DEAN KOONTZ (ur. 1945) należy do najpopularniejszych autorów amerykańskich. Karierę literacką rozpoczął w wieku 20 lat, startując w konkursie na opowiadanie zorganizowanym przez *Atlantic Monthly*. Po ukończeniu studiów pracował jako nauczyciel, jednocześnie sporo publikował, głównie z obszaru science fiction i horroru. Należy do pisarzy bardzo płodnych: jego dorobek to około 60 powieści oraz liczne opowiadania wydane pod własnym nazwiskiem i kilkoma pseudonimami. Obok Stephena Kinga, Koontz stał się głównym przedstawicielem gatunku thrillera psychologicznego, łączącego elementy grozy i zagadki kryminalnej ze zjawiskami nadprzyrodzonymi – trochę jak „Z Archiwum X". Do jego najbardziej znanych powieści należą: **Szepty** (1980), **Opiekunowie** (1987), **Zimny ogień** (1991), **Mroczne ścieżki serca** (1994), **Fałszywa pamięć** (2000), a z ostatnio opublikowanych – **Twarz** (2003), **Odd Thomas** (2003) oraz *The Taking* (2004). Wiele z nich zostało przeniesionych na ekran telewizyjny lub kinowy.

Dean
KOONTZ
Odd Thomas

Z angielskiego przełożył
WITOLD NOWAKOWSKI

WARSZAWA 2004

Tytuł oryginału:
ODD THOMAS

Redakcja: Barbara Nowak

Ilustracja na okładce: Jacek Kopalski

Projekt graficzny okładki: Andrzej Kuryłowicz

ISBN 83-7359-183-4

Dystrybucja

Firma Księgarska Jacek Olesiejuk
Kolejowa 15/17, 01-217 Warszawa
tel./fax (22)-631-4832, (22)-632-9155, (22)-535-0557
www.olesiejuk.pl/www.oramus.pl

Wydawnictwo L & L/Dział Handlowy
Kościuszki 38/3, 80-445 Gdańsk
tel. (58)-520-3557, fax (58)-344-1338

Sprzedaż wysyłkowa
Internetowe księgarnie wysyłkowe:
www.merlin.pl
www.ksiazki.wp.pl
www.vivid.pl

WYDAWNICTWO ALBATROS
ANDRZEJ KURYŁOWICZ
adres dla korespondencji:
skr. poczt. 55, 02-792 Warszawa 78

Warszawa 2004. Wydanie I
Skład: Laguna
Druk: OpolGraf S.A., Opole

Moim Staruszkom:
Mary Crowe, Gerdzie Koontz,
Vicky Page i Janie Paris.
Siądziemy razem. Coś przekąsimy.
Coś wypijemy. Jeść, jeść, jeść.

Ten, kto nadzieję chce ugościć,
Nie widzi cnoty w uległości.
Bo od kołyski do grobowej deski,
Serce bić musi. Serce nie śpi.

KSIĘGA ZLICZONYCH ROZKOSZY

Rozdział pierwszy

Nazywam się Odd Thomas, chociaż w obecnych czasach, gdy większość z nas wciąż klęka przed ołtarzem sławy, naprawdę nie wiem, kogo to obchodzi, że w ogóle żyję. Nie jestem sławny. Nie jestem dzieckiem sławnych ludzi. Nigdy nie poślubiłem nikogo sławnego i nikt sławny mnie nie zmieszał z błotem. Nikomu z nich też nie oddałem nerki. Co ciekawsze, wcale nie gonię za sławą.

Według standardów naszej kultury jestem zupełnym zerem, tak wielkim, że magazyn „People" nie tylko o mnie nic nie napisał, ale nawet odmówił mi prenumeraty, bojąc się, że czarna dziura mojej pustej egzystencji wessie go w mrok zapomnienia.

Mam dwadzieścia lat. Dla dorosłych przemądrzalców jestem więc nieledwie dzieckiem. Dzieci już mi nie ufają, widząc we mnie dorosłego. Po wsze czasy wyleciałem z magicznego świata małych i bezwąsych istot.

W konsekwencji spec od demografii mógłby uznać, że moim jedynym audytorium są młodzieńcy i dziewczęta gdzieś między dwudziestym i dwudziestym pierwszym rokiem życia.

Kłopot w tym, że tak wąskiemu gronu nie mam nic do powiedzenia. Nic mnie nie obchodzą troski i pragnienia większości amerykańskich dwudziestolatków. No, może z jednym wyjątkiem... Też chciałbym jakoś przetrwać.

Miałem niezwykłe życie.

Nie o to chodzi, że było na przykład lepsze od Twojego. Mam absolutną pewność, że Twoje życie jest w miarę potrzeb wypełnione blaskiem, szczęściem, pomyślnością i znośną dawką strachu. Tak jak ja jesteś człowiekiem, więc znasz pojęcia smutku i radości.

Ale moje życie było niezwykłe. Przytrafiły mi się osobliwe rzeczy, które na ogół nie zdarzają się przeciętnym ludziom.

Nigdy nie napisałbym tego pamiętnika, gdyby nie zmusił mnie do tego pewien olbrzym ważący ponad sto osiemdziesiąt kilo i mający sześć palców u lewej ręki.

Nazywa się P. Oswald Boone. Wszyscy na niego mówią Mały Ozzie, bo jego ojciec, Duży Ozzie, wciąż się pałęta po tym świecie.

Mały Ozzie ma kota imieniem Straszny Chester. Uwielbia go. Prawdę mówiąc, gdyby Straszny Chester wyzionął dziewiątego ducha pod kołami peterbilta, to Mały Ozzie zapewne nie przeżyłby tej straty. Wielkie serce pękłoby z rozpaczy.

Osobiście nie przepadam za Chesterem — choćby dlatego, że kilka razy nasikał mi do butów.

Ozzie próbował go tłumaczyć, i chociaż brzmiało to sensownie, to jednak mnie nie przekonał. Może inaczej: wierzę mu, ale nie wierzę kotu.

Bo niby jak mam wierzyć kotu, który ponoć urodził się pięćdziesiąt osiem lat temu? Owszem, nawet widziałem zdjęcia na poparcie tej teorii, ale wciąż uważam, że to zwykły szwindel.

Z pewnych oczywistych względów, o których opowiem za chwilę, ten rękopis nie może być wydany za mojego życia. Póki żyję, nie dostanę złamanego centa za to, co napisałem. Mały Ozzie wyszedł z propozycją, żebym zrobił Chestera swoim spadkobiercą, bo on przecież — tu cytuję — „wszystkich nas przeżyje".

Wolę wybrać kogoś innego. Kogoś, kto na mnie nie sika.

A poza tym przecież nie piszę tego dla pieniędzy. Chcę po prostu zachować zdrowy rozum i przekonać się, czy mam cel w życiu i czy zasługuję na dalszą egzystencję.

Bez obawy, moje zwierzenia nie będą smutne ani bardzo straszne. P. Oswald Boone przykazał mi, abym o wszystkim pisał lekkim tonem.

— Jak zaczniesz smęcić — burknął — to przygniotę cię moim ogromnym dupskiem. Dobrze wiesz, że waży prawie dwieście kilo. To nie najlepszy rodzaj śmierci.

Gruba przesada. Dupsko, chociaż wielkie, waży co najwyżej siedemdziesiąt kilogramów. Setka z kawałkiem jego zwalistego cielska maltretuje resztę szkieletu.

Już na początku okazało się, że nie o wszystkim można mówić wyłącznie na wesoło. Ozzie zaproponował wówczas, żebym wziął na siebie rolę subiektywnego narratora.

— Tak zrobiła Agata Christie w *Zabójstwie Rogera Ackroyda* — zauważył. — I podziałało.

W tamtej powieści miły narrator w rzeczywistości był mordercą, ale czytelnik dowiadywał się o tym na samym końcu.

Wierzcie mi, że nie jestem łotrem ani zbrodniarzem. Nie zrobiłem niczego złego, co musiałbym ukrywać. Mój subiektywizm bierze się z napięcia zawartego w pewnych słowach.

Nie musicie jednak się przejmować. Wkrótce i tak prawda wyjdzie na jaw.

Ale uprzedzam bieg wypadków. Mały Ozzie i Straszny Chester pojawią się na scenie dopiero po wybuchu krowy.

Cała historia zaczęła się we wtorek.

Dla Was to zwykły dzień po poniedziałku. Dla mnie to jeden z sześciu dni tchnących przygodą, strachem i tajemnicą.

Tylko czasami nie pomyślcie sobie, że wiodę jakieś magiczne życie. Zbytek tajemnic budzi zniechęcenie. Liczne przygody są męczące. A strach jest po prostu strachem.

Tamtego ranka, właśnie we wtorek, obudziłem się bez budzika już o piątej. Śniły mi się trupy w kręgielni.

Prawdę mówiąc, to nigdy nie nastawiam budzika, bo mam doskonałe wewnętrzne poczucie czasu. Kiedy chcę wstać o piątej, to wystarczy, że przed zaśnięciem powtórzę sobie w duchu ze trzy razy, że pobudka za piętnaście piąta.

Otóż to. Mój wewnętrzny budzik jest zupełnie sprawny, ale późni się o cały kwadrans. Dowiedziałem się tego przed wieloma laty i jak widać, znalazłem radę.

Sen o trupach w kręgielni dręczył mnie przez trzy lata, raz albo dwa w miesiącu. Jeszcze nie wszystko dla mnie jest na tyle jasne, żebym podjął jakieś działania. Mam nadzieję, że potem nie będzie za późno.

A zatem wstałem o piątej, usiadłem na łóżku i powiedziałem na głos:

— Oszczędź mnie, abym mógł ci służyć.

Tak brzmiał poranny pacierz, którego nauczyła mnie Babcia Sugars, jeszcze gdy byłem mały.

Pearl Sugars była matką mojej matki. Gdyby była matką mojego ojca, to nazywałbym się Odd Sugars — i miałbym całkiem przechlapane.

Babcia Sugars wierzyła, że z Bogiem można targować się o wszystko. Nazywała Go „starym sprzedawcą dywanów".

Kiedy siadała do pokera, w zamian za wygraną obiecywała Bogu nieść Jego święte słowa i dzielić się z sierotami. Do końca życia sporo zarabiała w karty. To była istotna część naszych dochodów.

Babcia Sugars lubiła sobie wypić i miała dryg nie tylko do pokera, więc nie zawsze mogła dotrzymać obietnicy i krzewić Słowo Boże wśród bliźnich. Wychodziła jednak z założenia, że Bóg wie, iż nie tylko przez nią jest oszukiwany, i że patrzy na to przez palce.

Jeżeli zrobisz to z fasonem, to zawsze możesz wykantować Boga i wyjść z tego zupełnie cało, mawiała Babcia Sugars. Żyj pomysłowo i z wyobraźnią, to sam pozwoli ci na więcej, bo będzie ciekaw, co wymyślisz. Da ci też spokój, jeżeli będziesz rozbrajająco głupi. Właśnie dlatego tylu głupców wciąż się pałęta po tym świecie i nieźle sobie radzą w życiu. Nie możesz tylko krzywdzić innych ani z rozmysłem, ani przez głupotę. To Go nie śmieszy i zsyła karę za niespełnione obietnice.

Babcia Sugars cichaczem nieźle pociągała, ogrywała w pokera największych twardzieli z rodzaju tych, co to wcale nie lubią przegrywać i jeździła jak wariat (ale nie po pijaku), z wyraźną pogardą dla wszelkich praw fizyki. Jadła dobrze i tłusto, a mimo to umarła zupełnie spokojnie, we śnie, w wieku siedemdziesięciu dwóch lat. Znaleziono ją z prawie pustą butelką brandy przy łóżku, ulubioną książką, otwartą na ostatniej stronie, i uśmiechem na ustach.

Wszystko więc wskazywało na to, że była z Bogiem w dobrej komitywie.

A zatem, jak już wspominałem, obudziłem się we wtorek rano, zadowolony z tego, że wciąż żyję. Na dworze było jeszcze ciemno. Zapaliłem nocną lampkę i rozejrzałem się po pomieszczeniu, które służyło mi za sypialnię, salonik, kuchnię i jadalnię. Nigdy nie wstawałem z łóżka, dopóki się nie przekonałem, kto na mnie tym razem czeka.

Ci, którzy życzliwie lub niechętnie przyglądali mi się, kiedy spałem, z reguły nie podejmowali rozmowy przy śniadaniu. Czasami wystarczyło, że poszedłem do kibla, żeby od razu prysnął czar poranka.

Tym razem był tylko Elvis w *lei* ze storczyków. Uśmiechał się i niczym z pistoletu celował we mnie palcem.

Dobrze mi się mieszkało w tej niewielkiej izdebce nad garażem na dwa samochody. Lokum było przytulne, chociaż z góry wiedziałem, że nigdy się nie znajdzie na przykład w „Architekturze wnętrz". Gdyby ich fotograf przypadkiem tutaj zajrzał, to zaraz pewnie mruknąłby z niechęcią, że w tytule nie ma słowa „zgroza".

Kartonowa postać Elvisa w skali jeden do jednego, zabrana kiedyś z kina, w którym wyświetlali *Błękitne Hawaje*, stała tam, gdzie ją postawiłem. Czasami w nocy ktoś ją przesuwał albo ruszała się sama.

Wziąłem prysznic. Namydliłem się brzoskwiniowym mydłem i brzoskwiniowym szamponem. Mydło i szampon dostałem od Stormy Llewellyn. Stormy naprawdę ma na imię Bronwen, ale uważa, że to za bardzo kojarzy się z elfem.

11

A ja naprawdę mam na imię Odd.

Moja matka twierdziła, że to błąd w metryce. Raz mówiła, że powinno być Todd, a raz, że Dobb, po jakimś wujku, który podobno żył w Czechosłowacji.

Ojciec zapewniał mnie, że moje imię zawsze brzmiało „Odd", ale nie zdradził mi nic więcej. Wspominał tylko, że nie mieliśmy żadnych krewnych w Czechach.

Matka z kolei z całej siły upierała się przy wuju, chociaż nie pokazała mi ani jego, ani swojej siostry Cymry, z którą rzekomo miał się ożenić.

Ojciec znał Cymry, lecz zaręczał, że nigdy nie wyszła za mąż. Uważał ją za dziwaczkę, ale do dziś nie wiem dlaczego. Nie mówił o tym.

Matka złościła się, kiedy ktoś nazywał jej siostrę dziwaczką. Uważała, że Cymry jest „darem od Boga" i na tym koniec. Żadnych wyjaśnień.

Nie próbowałem zmienić imienia. Przyzwyczaiłem się do niego, zanim dorosłem na tyle, żeby zrozumieć, że jest niecodzienne.

Ze Stormy łączy mnie coś więcej niż przyjaźń. Wręcz jesteśmy duchowo spokrewnieni.

Po pierwsze mamy kartkę z maszyny do wróżenia, głoszącą, że zawsze będziemy razem.

Po drugie mamy takie samo znamię.

A oprócz kartki i znamienia jestem w niej szczerze zakochany. Skoczyłbym dla niej prosto w przepaść, gdyby mnie tylko poprosiła. Rzecz jasna przedtem spytałbym o powód.

Na szczęście dla mnie Stormy nie miewa takich pomysłów. Nie żąda nic, czego sama nie mogłaby zrobić. Jest kotwicą moralną wśród zdradliwych prądów współczesnego świata. Dodajmy: kotwicą dużego statku.

Pewnego razu zastanawiała się przez cały dzień, czy wolno jej zatrzymać pięćdziesiąt centów, które znalazła w budce, w telefonie. W końcu odesłała je do urzędu telekomunikacji.

A wracając do skoku w przepaść... Nie chodzi o to, żebym

bał się śmierci. Po prostu jeszcze nie jestem gotów, aby umówić się z nią na randkę.

Pachnący brzoskwinią (tak jak lubi Stormy), bez strachu przed śmiercią, zjadłem jagodziankę, pożegnałem Elvisa słowami „Pilnuj interesu", kiepsko parodiując jego brzmienie głosu, i poszedłem do pracy, do Pico Mundo Grille.

Wstawał świt, ale słońce wisiało już nad horyzontem niczym ścięte żółtko.

Pico Mundo leży w tej części Kalifornii, w której mimo wody dostarczanej stanowym wodociągiem nie zapomnisz, że jednak jesteś na pustyni. W marcu panuje tu spiekota. W sierpniu, czyli tak jak dzisiaj, żar nie do opisania.

Do oceanu, który ponoć jest gdzieś na zachodzie, mamy tak daleko, że myślimy o nim niczym o ciemnej plamie na Księżycu zwanej Morzem Spokoju.

Czasem, podczas głębszych wykopów na obrzeżach miasta, gdzie wciąż przybywają jakieś nowe domy, robotnicy znajdują grube warstwy muszli. Kiedyś, przed wiekami, szumiało tu morze.

Gdy przyłoży się taką muszelkę do ucha, nie słychać fali, ale jękliwy świst suchego wiatru, jakby i ona zapomniała o swoim pochodzeniu.

Na dole, pod schodami wiodącymi z mojego mieszkania, w blasku wschodzącego słońca stała Penny Kallisto. Sama przypominała muszelkę na plaży. Miała czerwone trampki, białe szorty i białą koszulkę bez rękawów.

Zwykle nie wpadała w ponurą desperację wieku dorastania, tak charakterystyczną dla wielu nastolatków. Niedawno obchodziła dwunaste urodziny, była żywa, wesoła i skora do śmiechu.

Ale dzisiaj spojrzała na mnie jakoś tak poważnie. Jej niebieskie oczy lekko pociemniały niczym toń morza, na którą padnie cień chmury.

Popatrzyłem na dom, odległy o piętnaście metrów. Rosalia Sanchez — moja gospodyni — pewnie już czekała na to, abym ją zapewnił, że w nocy nie zniknęła. Nawet przed lustrem nie czuła się zupełnie bezpieczna.

Penny bez słowa stanęła plecami do schodów. Powoli wyszła na podwórko.

Niczym dwa majaki, za pomocą słońca i własnego cienia, para wielkich kalifornijskich dębów malowała na podjeździe złotopurpurowy obraz.

Penny, idąc przez koronkę ciemności i światła, to na przemian jaśniała, to kryła się w mroku. Czarna mantyla cienia przygasiła blask blond włosów; jej skomplikowany wzór zmieniał się z każdym krokiem.

Przestraszony, że Penny zaraz mi ucieknie, szybko zbiegłem ze schodów i poszedłem za nią. Trudno, pani Sanchez musiała poczekać.

Penny zaprowadziła mnie do małej kamiennej sadzawki na trawniku przed domem. Tam, wokół postumentu podtrzymującego nieckę, pani Sanchez zgromadziła pokaźną kolekcję różnej wielkości muszli wykopanych na stokach wzgórz okalających Pico Mundo.

Dziewczynka przykucnęła, podniosła muszlę wielkości pomarańczy, wstała i wyciągnęła do mnie rękę.

Muszla była chropawa i brązowo-biała. Gładkie wnętrze lśniło perłowym różem.

Penny złożyła dłoń, jakby ciągle trzymała muszlę, przytknęła ją do ucha i przechyliła głowę. W ten sposób dała mi znak, żebym posłuchał.

Poszedłem za jej przykładem, ale nie usłyszałem morza. Nie usłyszałem także melancholijnego śpiewu pustynnego wiatru, o którym mówiłem wcześniej.

W muszli chrapliwie dyszał jakiś potwór. Charczał przyśpieszonym rytmem i wydawał zduszone jęki obłąkanego pożądania.

W samym środku pustynnego lata dziwny chłód zmroził mi krew w żyłach.

Penny zauważyła po mojej minie, że usłyszałem to, co

chciała. Przeszła przez trawnik, wyszła na ulicę, stanęła tuż przy krawężniku i popatrzyła na zachodni kraniec Marigold Lane.

Odłożyłem muszlę, poszedłem za nią i też zamarłem w oczekiwaniu.

Zło czaiło się gdzieś w pobliżu. Ciekawy byłem jego twarzy. Wzdłuż ulicy rosły stare *kamani*. Twarde korzenie w wielu miejscach pokruszyły chodnik, wybrzuszając betonowe płyty. Wśród gałęzi nie było najcichszego wiatru. W powietrzu panowała niczym niezmącona cisza, jak w dzień sądu ostatecznego, na sekundę przed rozdarciem nieba.

Większość domów w tej okolicy, tak jak dom pani Sanchez, zbudowana była w stylu wiktoriańskim, w różnym stopniu zasuszenia. Pico Mundo powstało w tysiąc dziewięćsetnym roku. Ojcowie miasta przyjechali tutaj ze wschodniego wybrzeża, więc przywieźli ze sobą odległe zwyczaje i architekturę lepiej pasującą do chłodnego i wilgotnego klimatu.

Może myśleli, że wezmą ze sobą tylko to, co naprawdę kochali? Że na zawsze pozbędą się wszelkiego brudu?

Ale niestety, nikt z nas nie ma wpływu na bagaże, z którymi podróżuje. Mimo naszych najszczerszych chęci zawsze się znajdą ze dwie, trzy walizki mroku i niedoli.

Przez pół minuty jedynym ruchomym obiektem był jastrząb szybujący wysoko po niebie. Widziałem go co chwila między gałęziami.

Dzisiejszego ranka obaj wybraliśmy się na łowy.

Penny chyba wyczuła moje zdenerwowanie, bo wzięła mnie za prawą rękę.

Byłem jej wdzięczny za tę uprzejmość. Trzymała mnie zupełnie pewnie ciepłą i przyjazną dłonią. Jej duch dodawał mi odwagi.

Samochód jechał bardzo wolno, zaledwie kilka kilometrów na godzinę, więc usłyszałem go dopiero wtedy, kiedy wyłonił się zza rogu. Spojrzałem nań i zrobiło mi się nie tylko strasznie, ale i smutno.

Był to pontiac firebird 400 z tysiąc dziewięćset sześćdziesiątego ósmego roku, odrestaurowany z największą miłością. Dwudrzwiowy, o głębokiej granatowej barwie, zdawał się sunąć w naszą stronę, nie dotykając kołami ziemi. W upale wschodzącego dnia migotał jak fatamorgana.

Harlo Landerson chodził razem ze mną do liceum. Byliśmy w tej samej klasie. Do końca szkoły wciąż naprawiał i pucował auto, aż wreszcie zrobił z niego najprawdziwsze cudo, tak świeże i błyszczące jak jesienią sześćdziesiątego siódmego roku, gdy po raz pierwszy wystawiono je w salonie pontiaca.

Harlo był cichy i trochę nieśmiały. Nie wyszykował samochodu po to, aby podrywać laski. Nie liczył na to, że ci wszyscy, którzy do tej pory uważali go za ciepłe kluchy, ogłoszą nagle, że jest *cool* i że rtęć przy nim zamarza w termometrach. Nie miał ambicji towarzyskich. Nie łudził się, że awansuje w ścisłej hierarchii ogólniaka.

Z silnikiem V-8 o mocy trzystu trzydziestu pięciu koni mechanicznych, firebird przyśpieszał od zera do setki w ciągu niecałych ośmiu sekund. Ale Harlo nie lubił wyścigów. Nie imponowało mu, że jeździ taką wściekłą bryką.

Poświęcił czas, robotę i pieniądze, żeby odnowić firebirda wyłącznie dlatego, że był pod urokiem jego sylwetki i funkcjonalności. Można powiedzieć, że pracował z czystą, niemal uduchowioną pasją.

Ciekawe, skąd się u niego brała tak wielka miłość do tego samochodu? Może po prostu stąd, że nigdy nie miał nikogo do kochania? Mama mu umarła, kiedy był sześcioletnim brzdącem, a tato ciągle pił na umór. Samochód nie potrafi odpłacić ci miłością. Ale gdy jesteś bardzo samotny, to czasem bierzesz skąpy błysk światła na karoserii, pomruk silnika lub lśnienie chromu za przejaw uczuć.

Harlo nie darzył mnie przyjaźnią. Byliśmy tylko kolegami. Lubiłem go, bo nie miał w sobie agresji i nie był głupio hałaśliwy jak inni, którzy chcieli pokazać, że coś znaczą.

Uniosłem lewą rękę i pomachałem mu na powitanie. Penny Kallisto wciąż stała przy mnie.

Harlo ciężko harował po ukończeniu szkoły. Od dziewiątej rano do piątej po południu rozładowywał ciężarówki zajeżdżające pod Super Food i przenosił towary z magazynu na półki.

Wcześniej, o czwartej rano, rozwoził setki gazet do mieszkań we wschodniej części Pico Mundo. A raz w tygodniu do WSZYSTKICH domów dostarczał plastikową torbę pełną ulotek, reklam i kuponów rabatowych.

Tego ranka rozwoził jedynie gazety. Miotał każdą jak bumerangiem, silnym skrętem nadgarstka. Starannie złożone i zapakowane egzemplarze wtorkowego wydania „Maravilla County Times" wirowały w powietrzu i z cichym pacnięciem lądowały przed drzwiami albo na podjeździe, dokładnie tam, gdzie sobie życzył dany prenumerator.

Pontiac jechał drugą stroną ulicy. Harlo popatrzył na mnie i zahamował przed następnym domem.

Penny i ja przeszliśmy przez jezdnię.

— Sie masz, Odd — powiedział Harlo. — Jak tam samopoczucie w dzisiejszy piękny poranek?

— Kiepskie — odparłem. — Fatalne. Strasznie mi smutno.

Popatrzył na mnie z niekłamaną troską.

— Co się stało? Co mogę zrobić?

— Już zrobiłeś — odpowiedziałem.

Puściłem rękę Penny, przechyliłem się przez burtę pontiaca, zgasiłem silnik i wyłuskałem kluczyk ze stacyjki.

Zdumiony Harlo chciał złapać mnie za rękę, ale nie zdążył.

— Hej, Odd... Przestań się wygłupiać! Przecież wiesz, że nie mam na to czasu.

Co prawda nigdy nie słyszałem głosu Penny, lecz porozumiewała się ze mną niemym i bogatym w słowa językiem duszy.

Powiedziałem więc na głos to, co mi przekazała.

— Masz jej krew w swojej kieszeni.

Gdyby był niewinny, na pewno by oniemiał. Ale Harlo popatrzył na mnie sowim wzrokiem, w którym zamiast mądrości kryło się przerażenie.

— Tamtej nocy — dodałem — zabrałeś ze sobą trzy małe kawałki białego filcu.

Harlo położył dłoń na kierownicy i popatrzył przed siebie, gdzieś przez przednią szybę, jakby chciał, żeby pontiac nagle ruszył z miejsca.

— Kiedy skończyłeś z tą dziewczynką, zmoczyłeś filc w krwi z jej dziewictwa.

Harlo drgnął nagle i poczerwieniał, być może ze wstydu.

Przemawiałem dalej, nabrzmiałym z boleści głosem:

— Filc stwardniał po wyschnięciu i teraz przypomina niewielkie ciemne herbatniki.

Harlo już nie drżał, ale dygotał niczym w ataku febry.

— Jeden z nich zawsze masz przy sobie. — Głos trząsł mi się z emocji. — Lubisz go wąchać. Boże, Harlo... Czasem go bierzesz między zęby. Gryziesz...

Gwałtownym szarpnięciem otworzył drzwiczki i uciekł z samochodu.

Wcale nie jestem stróżem prawa. Ani łowcą nagród. Ani ucieleśnieniem zemsty. Prawdę mówiąc, sam nie wiem, kim jestem i dlaczego.

W takich chwilach jednak nie umiem się powstrzymać. Ogarnięty szałem nie potrafię zatrzymać rozwoju wypadków. Po prostu muszę zrobić to, co powinno być zrobione. Bronić się przed tym, to jakby pragnąć, aby ten nędzny świat wrócił do stanu łaski.

Kiedy Harlo uciekł z pontiaca, popatrzyłem na Penny i zauważyłem ciemniejsze ślady na jej szyi, których nie było przedtem, przy naszym pierwszym spotkaniu. Głęboki ślad po pasku, którym ją udusił, dobitnie świadczył o zwierzęcej furii, jaka go opanowała.

Współczułem jej i z tą właśnie myślą pobiegłem za Landersonem. Dla niego już nie miałem ani krzty współczucia.

Rozdział drugi

Z asfaltu na beton, z betonu na trawę, wzdłuż budynku, który stał naprzeciwko domu pani Sanchez, na tylne podwórko, za żelazny płotek, w głąb wąskiej alejki, aż do kamiennego muru. Tak właśnie uciekał Harlo. Wspiął się na mur i zniknął.

Zastanawiałem się, dokąd pobiegł. Przecież i tak nie mógł uciec ani przede mną, ani przed sprawiedliwością. A już na pewno nie mógł uciec przed sobą.

Za murem był niewielki dziedziniec i basen. W jasnym świetle poranka i cieniu rzucanym przez drzewa woda migotała odcieniami błękitu, od szafirów aż po turkusy, niby skarb rzucony przez dawnych piratów, żeglujących przed laty po bezkresnych morzach.

Po drugiej stronie basenu, za szklanymi drzwiami, stała młoda kobieta w piżamie, z kubkiem czegoś, co o tej porze zapewne miało dodać jej odwagi na spotkanie nowego dnia.

Harlo zobaczył ją i natychmiast skręcił w stronę kobiety. Chyba chciał użyć jej jako tarczy albo zakładniczki. W każdym razie nie zamierzał poprosić o kawę.

Dogoniłem go, złapałem za koszulę i przewróciłem. Obaj z głośnym pluskiem wpadliśmy do basenu.

Woda nie była zimna, bo przecież mieliśmy już niemal sam środek pustynnego lata. Tysiące bąbelków niczym deszcz srebrnych monet zatańczyło mi przed oczami i zaśpiewało w uszach.

Walnęliśmy o dno. Harlo odbił się, popłynął w górę i kopnął na odlew. Nie wiem, czy łokciem, piętą, czy kolanem trafił mnie w szyję.

Opór wody osłabił siłę ciosu, ale i tak jęknąłem, otworzyłem usta i opiłem się chlorowanej wody o lekkim posmaku olejku do opalania. Harlo wyrwał się z uchwytu. Jakby w zwolnionym tempie przedarłem się przez falującą kurtynę zielonego światła i niebieskich cieni i wychynąłem na skąpaną w słońcu powierzchnię.

Byłem pośrodku basenu; Harlo przy samym brzegu. Chwycił się krawędzi i wydźwignął na beton.

Kasłałem i wydmuchiwałem wodę z obu dziurek w nosie, ale odważnie i z hałasem pogoniłem za nim. Jako pływak miałbym o wiele mniejsze szanse na olimpiadę niż jako topielec.

Kiedy byłem szesnastolatkiem, pewnej ponurej nocy zostałem przykuty do dwóch nieboszczyków i wypchnięty z łódki do jeziora Malo Suerte. Od tamtej pory czuję dziwną awersję do wszystkich sportów wodnych.

Sztuczne jezioro, o którym wspominałem, leży na peryferiach Pico Mundo. *Malo suerte* znaczy zły omen.

Utworzone w czasach Wielkiego Kryzysu, w ramach projektu Administracji Postępu Pracy, początkowo nosiło imię pewnego polityka. I choć o jego zdradliwych wodach krąży tysiące opowieści, to nikt z miejscowych na pewno nie wie, jak i dlaczego powstała nazwa Malo Suerte.

Wszystkie zapiski o jeziorze spłonęły w pożarze ratusza, w tysiąc dziewięćset pięćdziesiątym czwartym roku. Pożar wywołał niejaki Mel Gibson, który się oblał benzyną i podpalił, żeby w ten sposób zaprotestować przeciwko zajęciu mienia za to, że nie płacił podatków.

Nie był kuzynem australijskiego aktora o tym samym imieniu i nazwisku, który po latach stał się słynnym gwiazdorem filmowym. Przeciwnie, jak wynika z ówczesnych doniesień, nie grzeszył urodą i nie miał talentu.

Tym razem mi nie przeszkadzały dwa truposze, zbyt martwe, żeby płynąć o własnych siłach, więc w miarę prędko dotarłem do brzegu. Wypełzłem z wody.

Harlo Landerson dobiegł do szklanych drzwi i stwierdził, że są zamknięte.

Kobieta w piżamie gdzieś zniknęła.

Pozbierałem się jakoś i podniosłem. Harlo tymczasem cofnął się od drzwi tylko na tyle, żeby nabrać rozpędu. Po chwili skoczył, kuląc głowę i wysuwając naprzód lewe ramię.

Skrzywiłem się w przeświadczeniu, że zaraz zobaczę krew, obcięte kończyny i głowę zgilotynowaną przez spadającą szybę.

Oczywiście bezpieczne szkło rozsypało się w tysiące maleńkich i miękkich kawałeczków. Harlo wdarł się do domu cały i z głową tkwiącą na karku.

Szkło zachrzęściło mi pod butami, kiedy poszedłem w jego ślady. Poczułem, że coś się pali.

Byliśmy w salonie. Wszystkie meble stały frontem do telewizora, wielkiego jak dwie lodówki.

W takim powiększeniu gigantyczna głowa spikerki prowadzącej *Today* była wręcz przerażająca. Jej zwykle zalotny uśmiech miał teraz w sobie tyle ciepła, co grymas barakudy, a błyszczące oczy wielkości cytryny wydawały się świecić obłąkańczym blaskiem.

Z pokoju przechodziło się prosto do przestronnej kuchni, oddzielonej od reszty tylko kontuarem.

Właśnie tam okopała się kobieta. W jednym ręku trzymała duży nóż kuchenny, a w drugim telefon.

Harlo stał w przejściu, zapewne rozmyślając, czy ta dwudziestoparolatka w ślicznej piżamce, skrojonej na kształt marynarskiego ubranka, znajdzie w sobie dość siły, żeby go dziabnąć nożem.

Dziewczyna wyciągnęła rękę daleko przed siebie i jednocześnie krzyknęła do słuchawki:

— Jest tutaj! Wdarł się do środka!

Za nią, na kredensie, stał dymiący toster. Chyba jakieś kanapki miały zeń wyskoczyć, lecz nie wyskoczyły. Poczułem zapach truskawek i swąd kauczuku. Dzień zaczął się dla niej nie najlepiej.

Harlo rzucił we mnie barowym stołkiem i wybiegł do przedpokoju.

Uchyliłem się przed pociskiem.

— Przepraszam panią za to zamieszanie — powiedziałem i poszedłem za mordercą Penny.

Z tyłu dobiegł mnie krzyk dziewczyny:

— Zamknij drzwi, Stevie! Zamknij drzwi!!

Zanim dotarłem do podnóża schodów, Harlo już wbiegał na półpiętro.

Od razu się domyśliłem, dlaczego skręcił, zamiast uciec z domu. Na pierwszym piętrze stał w samych majteczkach przestraszony chłopiec, mniej więcej pięcioletni. W rączce trzymał za nogę niebieskiego misia. Wyglądał tak bezradnie jak szczeniak pośrodku ruchliwej autostrady

Pierwszorzędny zakładnik.

— Zamknij drzwi, Stevie!

Chłopiec rzucił misia, odwrócił się i uciekł.

Harlo popędził za nim.

Byłem mokry, a w nosie wciąż wierciła mnie woń chloru, zmieszana teraz z przypalonym dżemem truskawkowym, lecz wdarłem się na pierwsze piętro niemal tak dzielnie, jak John Wayne w *Piaskach Iwo-jimy*.

Na pewno bałem się trochę bardziej niż Harlo, bo miałem więcej do stracenia — choćby na przykład Stormy Llewellyn i obietnicę wspólnej przyszłości. Gdyby pojawił się mąż z pistoletem, zastrzeliłby nas obu bez wahania.

Usłyszałem trzask zamykanych drzwi. Stevie posłusznie spełnił polecenie matki.

A gdyby Harlo, wzorem Quasimodo, miał gdzieś pod ręką kocioł z wrzącym ołowiem, to pewnie wylałby go prosto na mnie. Na szczęście nie miał, ale zepchnął szafkę, która stała na piętrze w korytarzu pod ścianą.

Ze zdziwieniem stwierdziłem, że mam zręczność małpy (co prawda mokrej), i szybkim skrętem ciała wyminąłem szafkę, wskakując na poręcz. Szafka potoczyła się dalej po schodach, z każdym następnym stopniem kłapiąc szufladami, jakby opętał ją duch krokodyla.

Zeskoczyłem z poręczy, stanąłem na schodach i pobiegłem na górę. Harlo właśnie próbował wyważyć drzwi do pokoju. Kiedy usłyszał, że nadbiegam, kopnął mocniej. Posypały się drzazgi i zamek w końcu puścił.

Harlo wpadł razem z drzwiami, jakby go wessał wir energii. Puściłem się pędem. Odepchnąłem drzwi wiszące na jednym zawiasie i zobaczyłem, że chłopiec schował się pod łóżko. To znaczy, chciał się schować, bo Harlo złapał go za lewą nogę i przytrzymał.

Chwyciłem lampkę w kształcie uśmiechniętej pandy, stojącą na czerwonym nocnym stoliku, i z całej siły walnąłem Landersona w głowę. Sterczące czarne uszy, popękany pyszczek, czarne łapy i fragmenty białego brzuszka posypały się po podłodze.

W świecie, w którym każdy organizm z bezwzględną stanowczością, o jakiej mówią nam uczeni, byłby podporządkowany prawidłom fizyki, Harlo padłby jak ścięty obok szczątków lampki. Niestety nie żyjemy w takim właśnie świecie.

Miłość pozwala zrozpaczonej matce podnieść samochód, pod którym w wypadku uwięzły jej dzieci. W ten sam sposób, wiedziony potęgą deprawacji, Harlo znalazł w sobie dość siły, aby bez wyraźnego szwanku wyjść ze spotkania z pandą. Puścił chłopca i odwrócił się do mnie.

Chociaż nie miał pionowych źrenic, to jego oczy jako żywo przypominały mi ślepia węża. Wyszczerzył zęby. Co prawda brakowało mu wystających lub zakrzywionych kłów, ale i tak wyglądał niczym wściekły szakal.

To już nie był ten sam chłopiec, z którym kilka lat temu

chodziłem do liceum. Nie był to cichy uczeń, który każdą wolną chwilę spędzał w swoim garażu, z niezwykłą cierpliwością odnawiając pontiaca.

Stała przede mną chora i skundlona dusza, kostropata, toczona rakiem, do niedawna zamknięta w jakimś ciemnym kącie labiryntu w umyśle Harla Landersona. W pewnym momencie wyłamała kraty, wspięła się na wieżę i przegoniła stamtąd dawnego właściciela. Teraz ona rządziła.

Uwolniony Stevie z krzykiem wpełzł pod łóżko. Ja jednak nie miałem łóżka ani nawet kołdry, pod którą mógłbym schować głowę.

Nie będę udawał, że w pełni pamiętam, co się wydarzyło w następnych minutach. Rzuciliśmy się na siebie. Łapaliśmy w ręce dosłownie wszystko, co mogło posłużyć nam za oręż. Po serii chaotycznych ciosów zwarliśmy się w ciasnym klinczu. Czułem na swojej twarzy gorący oddech Landersona i drobne kropelki śliny. Kłapał mi zębami tuż przy prawym uchu; przerażenie zmieniło go w zajadłą bestię.

Wyzwoliłem się z jego objęć, walnąłem łokciem w brodę i poprawiłem kolanem w krocze, ale nie trafiłem.

W oddali rozległ się jęk syren. Niemal w tej samej chwili w drzwiach stanęła matka Steve'a z błyszczącym nożem w ręku. Nadciągała odsiecz: jedna w piżamie, a druga w granatowo-czarnych mundurach służb policyjnych Pico Mundo.

Harlo nie mógł uciec przede mną i uzbrojoną matką. Nie mógł dosięgnąć chłopca, kryjącego się w kącie pod łóżkiem. Gdyby wyskoczył oknem na dach werandy, to chwilę później wpadłby prosto w ręce nadjeżdżających policjantów.

Syreny wyły coraz bliżej. Harlo wycofał się do rogu i dyszał ciężko, drżąc na całym ciele. Załamywał ręce i z poszarzałą twarzą patrzył na ściany, sufit i podłogę, lecz nie jak ktoś, kto wpadł w pułapkę, ale z ogromnym niedowierzaniem, jakby nie wiedział, skąd się nagle znalazł w tak dziwnym miejscu.

W odróżnieniu od dzikich zwierząt bestie w ludzkiej skórze niezmiernie rzadko bronią się do upadłego. Zapędzone do kąta, okazują tchórzliwość skrytą przedtem pod wstrętną powłoką brutalności.

Harlo też przestał sobie już wykręcać palce i zakrył twarz dłońmi. Przez szczeliny w tej zaimprowizowanej masce widziałem strach błyszczący w jego oczach.

Wcisnął się w kąt, plecami aż do samej ściany, i z wolna usiadł na podłodze, podkurczając nogi. Ciągle zasłaniał się rękami, jakby myślał, że w ten sposób stanie się niewidzialny dla sprawiedliwości.

Przecznicę dalej syreny ryknęły najgłośniej, a potem z wolna zaczęły cichnąć. Z głuchym pomrukiem i popiskiwaniem zgromadziły się przed frontowym wejściem.

Dzień wstał zaledwie przed godziną, a ja nie zmarnowałem ranka.

Rozdział trzeci

Zmarli nie mówią. Nie wiem dlaczego.

Policja zabrała Landersona. W jego portfelu znaleziono dwie fotografie z polaroida. Na obu była Penny Kallisto. Na jednej naga i żywa, a na drugiej martwa.

Stevie siedział na dole, w objęciach matki.

Szef policji w Pico Mundo, Wyatt Porter, kazał mi poczekać w dziecięcym pokoju. Usiadłem na krawędzi rozgrzebanego łóżka.

Nie byłem zbyt długo sam. Po chwili przez ścianę weszła Penny i usiadła koło mnie. Krwawe ślady zniknęły z jej szyi. Wyglądała tak, jakby nikt nigdy jej nie udusił. Jakby nie umarła.

I tak jak przedtem nic nie mówiła.

Skłaniam się ku tradycyjnym poglądom na życie doczesne i pozagrobowe. Ten świat to ciągła podróż ku odkryciom i oczyszczeniu. W przyszłym czekają na nas dwie krainy. Jedna z nich jest pałacem cudów i niekończącym się królestwem ducha, druga zaś zimną, mroczną i nieodgadnioną pustką.

Może jestem nieco głupkowaty. Niektórzy tak uważają.

Z kolei Stormy, kobieta o zgoła niekonwencjonalnych poglądach, święcie wierzy, że nasz obecny pobyt na tym świecie ma nas zahartować przed następnym życiem. Że nasza szczerość, uczciwość, odwaga i opór stawiany złu pod sam koniec zostaną dokładnie podliczone. Ci, którzy przejdą ów swoisty sprawdzian, stworzą armię duchów, powołaną do wyższego celu. Pozostali po prostu znikną.

Krótko mówiąc, Stormy uważa życie za obóz treningowy. Przyszłość nazywa „służbą".

Mam jednak nadzieję, że się trochę myli, bo jedną z implikacji takiej kosmologii jest to, że zmartwienia, jakie tutaj mamy, są niczym w porównaniu z tym, co nas jeszcze czeka.

Stormy twierdzi, że warte to będzie zachodu, częściowo dla zwykłej przygody, a częściowo ze względu na nagrodę, którą podobno otrzymamy w trzecim życiu.

Osobiście wolałbym dostać tę nagrodę wcześniej.

Stormy uwielbia czekać. Jeśli na przykład w poniedziałek nabierze nagle ochoty na lody z korzennym piwem, to kupi je dopiero we wtorek albo w środę. Zapewnia przy tym, że czekanie dodaje im smaku.

Mój punkt widzenia jest całkiem inny. Jeślibym lubił lody tak jak ona, jadłbym je w poniedziałek, we wtorek i w środę.

W takim wypadku, zdaniem Stormy, szybko stałbym się jednym z tych ogromnych spaślaków, których trzeba wynosić z domu za pomocą dźwigu, kiedy zachorują.

— Nie wstydziłbyś się jechać do szpitala na pace ciężarówki? — pytała. — Nie wyobrażaj sobie, że usiądę wtedy na twoim wzdętym brzuchu, niczym Świerszcz na nosie wieloryba i zaśpiewam *When You Wish Upon a Star*.

Jestem prawie pewien, że disnejowski Świerszcz z *Pinokia* nigdy nie siedział na nosie wieloryba. Coś mi się zdaje, że w ogóle nawet się nie spotkali.

Gdybym to jednak jej powiedział, popatrzyłaby na mnie spod oka, jakby chciała zapytać: „Naprawdę jesteś taki głupi, czy próbujesz się kłócić?". Wolę unikać takich spojrzeń.

Siedziałem zatem na dziecięcym łóżku i nawet myśl o Stormy nie poprawiła mi humoru. Gorzej, nie rozbawiła mnie też uśmiechnięta japa Scooby'ego, gapiąca się z pościeli. Pewnie już nic nie mogło mnie rozweselić.

27

Pomyślałem o Landersonie. O tym, że gdy miał sześć lat, na zawsze stracił matkę. O tym, że swoim życiem mógł uczcić jej pamięć. I o tym, że narobił jej takiego wstydu. Pomyślałem także o Penny. O tym, że musiała umrzeć w tak młodym wieku. O potwornym smutku jej rodziców i o tym, jak to wszystko na zawsze zmieniło ich życie.

Penny wzięła mnie za prawą rękę i ścisnęła lekko, żebym się nie martwił.

Jej dłoń była ciepła i całkiem realna niczym dłoń żywej istoty. Nie rozumiałem, jak to możliwe, że dla mnie jest prawdziwa, a jednocześnie przechodzi przez ściany. Że ja ją widzę, a inni tego nie potrafią.

Popłakałem się trochę. Czasem mi się to zdarza. Nie wstydzę się łez. W takich chwilach jak ta płacz uwalnia mnie od emocji, które w przeciwnym razie dręczyłyby mnie w nieskończoność.

Ledwie zamgliły mi się oczy pierwszymi drżącymi łzami, gdy Penny wzięła moją rękę w swoje dłonie, uśmiechnęła się i łobuzersko mrugnęła powieką, jakby chciała powiedzieć: „Wszystko w porządku, Odd. Wyrzuć to z siebie. Tak będzie lepiej".

Zmarli są bardzo czuli dla żywych. Przeszli tę ścieżkę przed nami, więc znają wszystkie nasze strachy, słabości, nadzieje i to, co dla nas niby najcenniejsze, a co nie może przetrwać. Współczują nam, bo naprawdę zasługujemy na współczucie.

Kiedy przestałem płakać, Penny wstała z łóżka, znów się uśmiechnęła, wyciągnęła rękę i odgarnęła mi włosy z czoła. Ten gest znaczył na pewno „żegnaj". „Żegnaj i... dziękuję".

Wyszła z pokoju przez ścianę na pierwszym piętrze prosto w sierpniowy ranek — lub do innego świata, być może jaśniejszego niż Pico Mundo latem.

Chwilę później w drzwiach stanął Wyatt Porter.

Był wielki, jak przystało na szefa policji, ale nie budził grozy. Miał oczy basseta i policzki ogara. W ogóle jego twarz zdawała się o wiele bardziej podlegać prawu grawitacji niż reszta ciała. Nieraz widziałem, że w potrzebie umiał być szybki i sprawny, lecz na co dzień wyglądał tak, jakby na jego potężnych barkach spoczywał jakiś olbrzymi ciężar.

Przez lata, kiedy okoliczne niskie wzgórza z wolna znikały pod warstwą cegieł i betonu, zło z zewnętrznego okrutnego świata wdzierało się do jednego z ostatnich bastionów cywilizacji, jakim niewątpliwie było Pico Mundo. Porter zapewne widział zbyt wiele ludzkich grzechów. Może ciążyły mu wspomnienia, którymi chciał, lecz nie mógł się podzielić.

— Znowu się spotykamy — mruknął po wejściu do pokoju.

— Właśnie — przytaknąłem.

— Rozbite drzwi do ogrodu i połamane meble.

— To nie ja. Stłukłem tylko lampkę.

— Lecz przyłożyłeś się do tego.

— Owszem.

— Dlaczego najpierw nie przyszedłeś do mnie? Odrobina sprytu i Harlo sam by się zdradził.

Kiedyś już to przerabialiśmy.

— Miałem przeczucie, że muszę załatwić to od razu. Coś mi podpowiadało, że niedługo mógłby popełnić nową zbrodnię.

— Miałeś przeczucie.

— Tak, proszę pana. To właśnie chciała mi przekazać Penny. Wyczuwałem, że namawia mnie do pośpiechu.

— Penny Kallisto.

— Tak.

Porter westchnął. Usiadł na jedynym krześle stojącym w pokoju — na czerwonym dziecięcym krzesełku w kształcie dinozaura Barneya z telewizji. Barney stał słupka, a jego głowa służyła za oparcie. Porter wyglądał teraz, jakby siedział mu na kolanach.

— Strasznie mi komplikujesz życie, synu.

— To raczej oni je komplikują. — Miałem na myśli zmarłych. — I to nam obu.

— Racja. Na twoim miejscu pewnie już dawno bym zwariował.

— Czasem się nad tym zastanawiam.

— Posłuchaj, Odd... Postaram się tak to załatwić, żebyś przypadkiem nie zeznawał w sądzie.

— Może mnie też uda się coś wymyślić.

Niewiele osób znało część mojej tajemnicy. Tylko Stormy wiedziała o wszystkim.

Chciałem żyć prostym, cichym i spokojnym życiem. Na tyle prostym, na ile pozwalały duchy.

— Moim zdaniem Harlo przyzna się do winy w obecności swojego adwokata — powiedział Porter. — Może nawet nie dojdzie do procesu. W razie czego powiemy, że wyciągnął portfel, żeby ci zapłacić wygraną za zakład o wynik zeszłego meczu, i wtedy zgubił zdjęcia Penny.

— Będę pamiętał — zapewniłem go głuchym tonem.

— Rozmawiałem z Hortonem Barksem. Zaledwie wspomni, że w ogóle brałeś w tym udział.

Horton Barks był redaktorem naczelnym i wydawcą „Maravilla County Times". Przed dwudziestu laty, podczas wędrówki przez lasy Oregonu, zjadł obiad z Wielką Stopą — jeśli kilka konserw i sucharów można nazwać obiadem.

Prawdę mówiąc, nie wiem, czy rzeczywiście spotkał Wielką Stopę. To on tak twierdzi. Z drugiej strony, opierając się na własnych doświadczeniach, nie powinienem zarzucać kłamstwa nikomu, kto zaręcza, że widuje się z kosmitami lub rodziną koboldów.

— Dobrze się czujesz? — zapytał Porter.

— Całkiem nieźle. Ale jestem zły, że się spóźnię do pracy. O tej porze mamy największy ruch.

— Dzwoniłeś?

— Tak. — Wskazałem na przypiętą do paska komórkę. Miałem ją przy sobie, gdy wpadłem do basenu. — Jeszcze działa.

— Wstąpię do was później, zamówię górę frytek i dużą jajecznicę.

— Śniadania do wieczora — odpowiedziałem mu hasłem

reklamowym Pico Mundo Grille, wymyślonym jeszcze w tysiąc dziewięćset czterdziestym szóstym roku.

Porter poprawił się na krzesełku, co sprawiło, że biedny Barney głośno jęknął.

— Chcesz całe życie pracować w barze szybkiej obsługi, synu?

— Nie, proszę pana. Myślałem nieraz, żeby przerzucić się na opony.

— Opony?

— Najpierw sprzedaż, a z czasem montaż. W Tire World zawsze szukają pracowników.

— A dlaczego właśnie opony?

Wzruszyłem ramionami.

— Są potrzebne. Poza tym to coś, czego jeszcze nie znam, a bardzo chciałbym poznać. Ciekaw jestem, jak wygląda życie przy oponach.

Chyba przez pół minuty siedzieliśmy w zupełnym milczeniu. Wreszcie Porter zapytał:

— Tylko to masz na widoku? Chodzi mi o opony.

— Podoba mi się także sprzątanie basenów. Ciągle ktoś tutaj się buduje, więc niemal co dnia przybywa jeden basen.

Porter z namysłem pokiwał głową.

— Mógłbym pracować też w kręgielni — dodałem. — Ludzie wciąż wchodzą i wychodzą... do tego duch rywalizacji...

— Co byś tam robił?

— Na początek wypożyczał buty. Co pewien czas trzeba je naświetlać, czy coś takiego. I polerować. Regularnie sprawdzać sznurowadła...

Porter znów skinął głową, a Barney pisnął bardziej jak mysz, a nie jak dinozaur.

Ubranie mi już prawie wyschło, lecz było bardzo pogniecione. Spojrzałem na zegarek.

— Lepiej już pójdę. Muszę się przebrać przed robotą.

Wstaliśmy z miejsc.

Barney rozleciał się na kawałki.

Porter popatrzył na czerwone szczątki.

— To mogło się połamać podczas waszej bójki — stwierdził.

— Mogło — odparłem.

— Ubezpieczenie pokryje stratę razem z całą resztą.

— Jak najbardziej — przytaknąłem.

Zeszliśmy na dół. Stevie siedział w kuchni na stołku i radośnie pożerał cytrynowe ciastko.

— Przepraszam, ale chyba złamałem ci krzesełko — powiedział Porter. Szef policji nie może kłamać.

— To i tak był tylko ten stary głupi Barney — oznajmił chłopiec. — Już tydzień temu wyrosłem z takich głupich rzeczy.

Jego mama ze zmiotką i wiadrem sprzątała szkło z podłogi.

Porter powiedział jej o krzesełku. Zapewniała go, że to nieważne, lecz po namowach obiecała, że sprawdzi, ile kosztowało.

Spytał, czy ma mnie odwieźć.

— Szybciej będzie, jak wrócę tą samą drogą, którą tu przybyłem — odparłem.

Wyszedłem przez dziurę w ścianie, w której przedtem były szklane drzwi, okrążyłem basen, wspiąłem się po murze, minąłem wąską alejkę, przeskoczyłem przez żelazny płotek, przeszedłem przez Marigold Lane i wróciłem do swojego mieszkanka nad garażem.

Rozdział czwarty

Widuję zmarłych. I za każdym razem MUSZĘ coś dla nich zrobić.

To, co prawda, daje efekty, lecz bywa niebezpieczne. Czasami kończy się dodatkowym praniem.

Przebrałem się w czyste dżinsy i świeżą koszulkę, a potem zszedłem na dół, na tylną werandę, aby tak jak co dzień zapewnić panią Sanchez, że wciąż ją widzę. Przez siatkę w drzwiach zobaczyłem ją siedzącą przy stole kuchennym.

Zapukałem.

— Słyszysz mnie? — spytała.

— Tak, proszę pani — odpowiedziałem. — Głośno i wyraźnie.

— A kogo słyszysz?

— Panią. Rosalię Sanchez.

— W takim razie wejdź, Odd Thomasie — zawołała.

Jej kuchnia pachniała chili i mąką kukurydzianą, smażonymi jajkami i półtłustym serem. Przyznaję, że dobrze umiem gotować szybkie dania, ale Rosalia Sanchez jest urodzoną kuchmistrzynią.

Wszystko w tym pomieszczeniu nosi ślady zużycia i ma już swoje lata, lecz lśni czystością. Antyki nabierają ceny, kiedy pokryją się patyną. Kuchnia pani Sanchez jest piękna niczym

33

najpiękniejszy antyk, z wprost bezcenną patyną pracy i miłości włożonej w gotowanie.

Zająłem miejsce przy stole, naprzeciwko gospodyni.

W obu rękach ściskała kubek z kawą, żeby powstrzymać drżenie dłoni.

— Dziś jesteś później niż zwykle, Odd Thomasie.

Zawsze zwracała się do mnie w ten sposób, imieniem i nazwiskiem. Czasami miałem wrażenie, że uważała słowo „odd" za jakiś królewski tytuł, w rodzaju księcia albo diuka. Pewnie myślała, że ludzie z gminu, zgodnie z etykietą, musieli mnie tak nazywać.

A może brała mnie za syna jakiegoś obalonego króla, którego, choć popadł w biedę, należało darzyć szacunkiem?

— Tak, przepraszam — odpowiedziałem. — Miałem niecodzienny ranek.

Nic nie wiedziała o moich szczególnych związkach ze zmarłymi. Miała dość własnych kłopotów. Nie powinna dodatkowo zamartwiać się tym, że zbłąkane dusze urządzają sobie pielgrzymki do jej garażu.

— Widzisz, co mam na sobie? — spytała z niepokojem.

— Żółto-brązową bluzkę i jasnożółte spodnie.

Uśmiechnęła się chytrze.

— A podoba ci się moja spinka, Odd Thomasie? Jest na niej taki ładny motyl...

— Nie ma pani spinki we włosach — odparłem. — Związała je pani z tyłu, żółtą wstążką. To dobry pomysł.

W młodości Rosalia Sanchez musiała być urzekająco piękna. Teraz, w wieku sześćdziesięciu trzech lat, przybyło jej nieco wagi i zmarszczek, będących świadectwem doświadczenia. Wciąż jednak była piękna uduchowionym pięknem. Miała w sobie ową słodką czułość i wielką pokorę, które przychodzą z czasem. Poza tym roztaczała wokół siebie aurę troskliwości, właściwą ludziom, którzy po latach doczekają się kanonizacji.

— Gdy nie zjawiłeś się o zwykłej porze — powiedziała — pomyślałam, że pewnie już nie możesz mnie zobaczyć. Przestraszyłam się, że ja też cię nie zobaczę. Kiedy się stanę niewidzialna, ty także będziesz dla mnie niewidzialny.

— Po prostu trochę się spóźniłem — odparłem.

— To straszne być niewidzialnym.

— Pewnie ma pani rację, ale wtedy mógłbym się rzadziej golić.

Pani Sanchez nigdy nie lubiła żartów z niewidzialności. Na jej świątobliwej twarzy pojawił się wyraz dezaprobaty.

— Kiedy rozmyślam o tym, to uparcie wierzę, że będę widziała ludzi, chociaż sama stanę się niewidzialna.

— W starych filmach z cyklu *Niewidzialny człowiek* w zimne dni widać było parę ulatującą bohaterowi z ust przy każdym oddechu — powiedziałem.

— Ale jeżeli inni dla mnie także znikną — ciągnęła, puszczając mimo uszu moje słowa — to będzie tak, jakbym była jedynym człowiekiem na ziemi. Zostanę zupełnie sama.

Wzdrygnęła się. Kubek głucho stuknął o blat stołu.

Nie byłem pewien, czy pani Sanchez zdaje sobie sprawę z tego, że rozprawiając o niewidzialności, w gruncie rzeczy mówi o śmierci.

Pierwszy prawdziwy rok nowego tysiąclecia, rok dwa tysiące pierwszy, nie był najlepszy dla ludzkości. Dla Rosalii Sanchez okazał się prawdziwie czarnym rokiem. Najpierw, pewnej kwietniowej nocy, straciła męża Hermana, który zmarł we śnie. Wieczorem położyła się obok człowieka, którego przez czterdzieści lat kochała — a po przebudzeniu zobaczyła trupa. Herman odszedł spokojnie, ale Rosalia strasznie to przeżyła. Doznała szoku.

Pod koniec lata, ciągle w żałobie, zrezygnowała z dawno planowanego wyjazdu na wakacje do Nowej Anglii. Jej trzy siostry wybrały się tam z rodzinami. Rankiem jedenastego września usłyszała, że samolot z Bostonu, którym leciały, został porwany i stał się pociskiem w rękach terrorystów, w jednej z najohydniejszych zbrodni w dziejach świata.

Rosalia Sanchez chciała mieć dzieci, lecz Bóg poskąpił jej

tej łaski. Herman, siostry, siostrzenice i siostrzeńcy byli więc dla niej całym światem. Wszystkich straciła, kiedy spała.

Gdzieś między wrześniem a świętami Bożego Narodzenia jej smutek zmienił się w łagodny obłęd. Spokojny obłęd, jej życie bowiem przez cały czas było spokojne. Nie umiała inaczej. Doszła do wniosku, że jej najbliżsi wcale nie umarli, lecz stali się niewidzialni. Kaprys przyrody — dosyć rzadki — sprawił, że zniknęli, ów efekt jednak w każdej chwili, jak pole magnetyczne, mógł ulec odwróceniu i wszyscy powrócą.

Pani Sanchez znała na pamięć wszystkie przypadki zaginięć statków i samolotów w Trójkącie Bermudzkim. Na ten temat przeczytała dosłownie każdą książkę, która wpadła jej w ręce.

Słyszała o niewyjaśnionych wydarzeniach Roku Pańskiego sześćset dziesiątego, kiedy dosłownie w ciągu jednej nocy zniknęły setki tysięcy Majów z miast Copàn, Piedas Negras i Palenque.

Ten, kto zechciałby jej wysłuchać, dowiedziałby się znacznie więcej o innych ważkich tajemnicach. Choćby ja — wiem za dużo, niż chciałbym i potrzebował wiedzieć o zaginięciu, co do człowieka, trzech tysięcy chińskich żołnierzy w pobliżu Nankinu, w tysiąc dziewięćset trzydziestym dziewiątym roku.

— Dziś jednak ciągle panią widać — powiedziałem. — Więc przed panią kolejny dzień. To dobrze.

Najbardziej bała się, że zniknie w chwili, gdy jej najbliżsi odzyskają widzialną postać.

Strasznie tęskniła za ich powrotem, ale ze strachem myślała, jak to będzie.

Przeżegnała się, powiodła wzrokiem po schludnej kuchni i wreszcie się uśmiechnęła.

— Mogę upiec ciasteczka.

— Może upiec pani dosłownie wszystko — odparłem.

— A co byś chciał, żebym ci upiekła, Odd Thomasie?

— Najlepiej niech to będzie dla mnie niespodzianka. — Spojrzałem na zegarek. — Muszę już iść do pracy.

Odprowadziła mnie do samych drzwi i uściskała na pożegnanie.

— Jesteś naprawdę dobrym chłopcem, Odd Thomasie.

— Pani zaś przypomina mi Babcię Sugars — odpowiedziałem. — Z tym wyjątkiem, że pani nie gra w karty, nie pije i nie jeździ jak wariat.

— Dziękuję ci — westchnęła. — Pearl Sugars... Wiesz, czasem o niej myślę. Była taka kobieca, a jednocześnie...

— Zołza — podsunąłem.

— Właśnie. Dobrze pamiętam, jak pewnego roku, w czasie kościelnego święta truskawek, napatoczył jej się pod rękę jakiś oprych, nachlany i na prochach. Rozłożyła go drugim ciosem.

— Miała straszliwy lewy sierpowy.

— Oczywiście najpierw kopnęła go w najczulsze miejsce. Ale moim zdaniem wystarczyłoby, żeby go walnęła. Bywają chwile, że chciałabym być taka jak ona.

Dom pani Sanchez był oddalony o sześć ulic od Pico Mundo Grille, w samym śródmieściu Pico Mundo.

Po wschodzie słońca z każdą minutą poranek stawał się coraz gorętszy. Widać bogowie pustyni Mojave nie znali słowa „umiarkowany".

Długie poranne cienie kurczyły się dosłownie w oczach. Uciekały z nagrzanych trawników, z parującego asfaltu i z betonu, na którym wkrótce równie dobrze jak na patelni w barze mógłbym usmażyć jajka.

Powietrze nie miało siły się ruszać. Gałęzie drzew zwisały bezwładnie. Ptaki albo uciekły w cień liści, albo wzbiły się o wiele wyżej niż rankiem, tam gdzie rzadkie powietrze gorzej przenosiło upał.

W tej martwej ciszy, pomiędzy domem pani Sanchez i Pico Mundo Grille, zauważyłem trzy ruchome cienie. Poruszały się każdy sobie, bo nie były to zwyczajne cienie.

W dzieciństwie nazywałem je „widmami". Ale widmo ma coś wspólnego z duchem, a przecież to nie były duchy pokroju Penny Kallisto.

Podejrzewam, że nigdy nie żyły w naszym świecie w normalnej ludzkiej postaci. Pewnie w ogóle nie znały pojęcia

„życie" w takim znaczeniu, jak my je rozumiemy. Nie należą do naszego wszechświata, lecz raczej do wiecznej ciemności. Mają płynne kształty. Nie są bardziej realne od zwykłego cienia. Poruszają się zupełnie bezdźwięcznie. Nie afiszują się ze swymi zamiarami, ale na pewno nie są nam życzliwe. Zazwyczaj przemykają chyłkiem niczym koty, tyle że koty wielkości człowieka. Czasami biegną wpół wyprostowane, jak senne zjawy, pół psy, pół ludzie.

Nie widywałem ich zbyt często. Swoją obecnością zawsze zwiastowały większe niż zwykle kłopoty i ciemniejsze sprawki.

Już nie są dla mnie widmami. Teraz nazywam je bodachami.

Bodach to słowo, które usłyszałem od sześcioletniego chłopca z Anglii. Przyjechał tutaj na wakacje i w mojej obecności nagle zobaczył cienie przemykające w świetle zmierzchu. Bodach to mały, wredny i podobno baśniowy stwór z Wysp Brytyjskich, który włazi kominem do domów i porywa niegrzeczne dzieci.

Nie wierzę, że wspomniane cienie mają z nim coś wspólnego. Mały Anglik na pewno też w to nie wierzył. Nazwał je tak, bo akurat to przyszło mu do głowy. Ja też nie umiem wymyślić innej nazwy.

Poza nim nigdy nie znałem nikogo, kto miałby zdolności podobne do moich. Kilka minut po tym, jak powiedział „bodach", zginął, przygnieciony do betonowej ściany przez ciężarówkę, która zjechała z szosy.

Trzy cienie spotkały się i dalej pomknęły razem. Biegły przede mną. Zamigotały na rogu ulicy niczym fala ciepłego powietrza i zniknęły. Ktoś mógłby pomyśleć, że były jedynie złudą wywołaną pustynnym klimatem i dokuczliwym słońcem.

Nieprawda.

Są takie dni, że jest mi bardzo trudno sprostać renomie dobrego kucharza. Tego ranka musiałem się skupić bardziej niż zwykle, żeby upichcić takie omlety, frytki, zapiekanki i hamburgery, z jakich byłem powszechnie znany.

Rozdział piąty

— Jajka. Ze streczem i po wybuchu — powiedziała Helen Arches. — Raz tyłek Porky'ego, raz mielone i półpasiec.

Przypięła zamówienie na tablicy, wzięła dzbanek ze świeżo parzoną kawą i poszła do gości.

Od czterdziestu dwóch lat była świetną kelnerką. Zaczynała jako osiemnastka. Przez ten czas kostki jej zesztywniały i dorobiła się platfusa. Kiedy szła, wyraźnie słychać było jej człapanie.

Właśnie to człap-człap-człap stało się podstawowym rytmem wspaniałej muzyki Pico Mundo Grille, wraz ze skwierczeniem i bulgotaniem potraw, stukiem naczyń i szczękiem talerzy. Melodię zapewniały rozmowy klientów i obsługi.

W ten wtorek mieliśmy wręcz urwanie głowy. Zajęte były wszystkie stoliki i dwie trzecie stołków przy barze.

Uwielbiam, gdy jest taki ruch. Pracuję na widoku, dokładnie pośrodku lokalu, więc przyciągam wzrok niczym nazwisko gwiazdora na frontonie teatru na Broadwayu.

Gdyby nie było gości, to zapewne czułbym się jak dyrygent orkiestry symfonicznej bez muzyków i bez słuchaczy. Stałbym w fartuchu zamiast fraka, z łyżką zamiast batuty w ręku, i czekał, co by tutaj zagrać z repertuaru kurczaka.

Na przykład jajko jest prawdziwym dziełem sztuki. Dać

głodnemu wybór między Beethovenem i jajecznicą z dwóch jaj smażonych na maśle, a wybierze jaja — a więc coś z kurczaka — i będzie to przeżywał niczym najwspanialsze rekwiem, rapsodię lub sonatę.

Każdy potrafi stłuc skorupkę i wylać jej zawartość do rondelka albo na patelnię. Niewielu umie stworzyć z tego tak smaczne jajka w koszulkach, jajecznicę lub omlet, jak te, które są moim dziełem.

To nie przechwałki. To raczej duma z rzetelnych osiągnięć, niepodszyta próżnością ani złudną pychą.

Nie urodziłem się z talentem do garnka i patelni. Wszystkiego nauczyłem się przez długie lata, praktykując pod okiem właścicielki Pico Mundo Grille, Terri Stambaugh.

Ona jedna dostrzegła, że coś we mnie drzemie, kiedy inni od razu spisali mnie na straty. Dała mi szansę. Odpłacałem jej za to zaufanie pierwszorzędnymi cheeseburgerami i tak puszystymi naleśnikami, że wydawały się szybować nad talerzem.

Była nie tylko moją szefową, lecz także mistrzynią w sprawach kulinarnych, zastępczą matką i przyjaciółką.

A poza tym wiedziała wszystko o Presleyu. Wystarczy przy niej wymienić jakąś datę, a natychmiast powie, gdzie był i co porabiał w tym dniu Król rock and rolla.

Ja wręcz przeciwnie, więcej wiem o jego życiu pozagrobowym.

Nawet nie patrząc na zamówienie, zrobiłem „strecza", czyli dodałem trzecie jajko do tradycyjnych dwóch i wywołałem wybuch. Mówiąc po ludzku: jajecznicę.

„Tyłek Porky'ego" to smażona szynka. Prosię siedzi na tyłku. Leży na brzuchu, skąd się kroi boczek, więc „brzuch Porky'ego" też wchodzi w rachubę.

„Półpasiec" to grzanka z podwójną porcją masła.

A mielone to po prostu mielone. Nie każde słowo, którego używamy, pochodzi z barowego slangu, tak jak nie każdy kucharz widuje umarłych.

Podczas wtorkowej zmiany w Pico Mundo Grille widziałem

wyłącznie żywych. Umarłych w barze łatwo zauważyć, bo nic nie jedzą.

Pod koniec pory śniadaniowej przyszedł komendant Porter. Usiadł samotnie przy wolnym stoliku.

Najpierw, jak zwykle, szklanką chudego mleka popił tabletkę pepcidu, a potem zgodnie z wcześniejszą obietnicą zamówił jajka i górę frytek. Cerę miał mlecznoszarą niczym roztwór kwasu karbolowego.

Uśmiechnął się do mnie blado i skinął głową. W odpowiedzi uniosłem łopatkę do omletów.

Chociaż czasami chciałem zamienić się z kucharza w sprzedawcę opon, to nigdy nie myślałem o tym, żeby być policjantem. To niewdzięczna robota i powoduje wrzody.

A poza tym boję się broni.

Zanim wszedł bodach, gości ubyło o połowę. Tylko dwa stołki były zajęte przy barze.

Cienie chyba nie mogą przenikać przez ściany, tak jak to robią duchy w rodzaju Penny Kallisto. W zamian wślizgują się przez każdą rysę, szparę i dziurkę od klucza.

Ten przeszedł przez wąską jak włos szczelinę między szklanymi drzwiami i metalową ramą. Początkowo wyglądał niczym falujące pasemko dymu albo pary, tylko że nie był przezroczysty, ale smoliście czarny.

Szedł raczej, niż skradał się na czworakach. Wciąż wydawał się zmienny i bezcielesny, a mimo to miał w sobie coś na podobieństwo psa i człowieka. Po cichu, niewidzialny dla wszystkich poza mną, przewędrował od drzwi do końca lokalu.

Odniosłem wrażenie, że odwracał głowę i uważnie patrzył na każdego z gości. Przemykał gładko wśród krzeseł i stolików, czasami tylko przystając na chwilę, jakby coś wzbudziło jego zainteresowanie. Nie miał pyska ani twarzy — ale część sylwetki przypominała łeb zakończony jak gdyby psią mordą.

Doszedł do ściany i zawrócił, zatrzymał się przed kontuarem i skierował na mnie uważne spojrzenie niewidzialnych oczu.

Udawałem, że go nie widzę. Wywijałem patelnią z dużo

większym zapałem, niż było to konieczne o tak późnej godzinie. Od czasu do czasu unosiłem głowę, lecz patrzyłem na gości, na człapiącą Helen albo na naszą drugą kelnerkę — kochaną Bertie Orbic, o krągłych kształtach i okrągłym nazwisku — albo przez okno, na skąpaną w słońcu ulicę. Smukłe palisandry dawały za mało cienia, żeby powstrzymać asfalt przed parowaniem. Powietrze tuż nad jezdnią drgało w bezgłośnym upale.

Zdarzało już się, że jakiś bodach, zupełnie tak jak teraz, przyglądał mi się z ciekawością. Nie wiem, skąd się to bierze. Chyba nie domyślają się, że je widzę. W przeciwnym razie mógłbym porządnie oberwać.

Skoro jednak są bliskie cieniom, to nie bardzo wiadomo, jak mogłyby mnie skrzywdzić. Wolę tego nie sprawdzać.

Bodacha w barze o wiele bardziej fascynowała magia kuchni niż moja skromna osoba. Przestał mi się przyglądać, kiedy tylko brzęk szklanych drzwi oznajmił przybycie nowego gościa.

A gość był dziwny. W środku lata, które spiekło na węgiel wszystkich mieszkańców Pico Mundo, uchował się biały jak mąka. Kępa krótko przystrzyżonych, bardzo jasnych włosów wyglądała na jego głowie niczym warstwa pleśni.

Usiadł przy barze, niedaleko ode mnie. Kręcił się na stołku to w lewo, to w prawo, to znowu w lewo, jak niecierpliwe dziecko. Z rozbawieniem patrzył na kuchnię, na mieszadło do koktajli i na automat z wodą gazowaną. Wydawał się lekko zdziwiony.

Bodach porzucił mnie natychmiast i z napięciem spojrzał na przybysza. Jeżeli jego głowa naprawdę była głową, to przekrzywiał ją na obie strony, jakby chciał lepiej widzieć. Jeżeli jego nos był naprawdę nosem, to węszył nim jak wilk szukający łupu.

Z drugiej strony baru rozległ się łagodny głos Bertie Orbic.

— Co zamawiasz, najdroższy?

Obcy wciąż się uśmiechał i odpowiedział tak cicho, że nic

z tego nie usłyszałem. Bertie popatrzyła na niego z zaskoczeniem, ale sięgnęła po długopis i zapisała zamówienie.

Przybysz miał duże oczy, w dodatku powiększone okularami w okrągłej drucianej oprawie. Było w nich coś niepokojącego. Jego wzrok prześliznął się po mnie niby cień po stawie, z takim samym zainteresowaniem, z jakim wspomniany cień patrzyłby na wodę.

Blada twarz o miękkich rysach przypominała mi grzyby, które kiedyś przelotnie widziałem w ciemnym kącie wilgotnej piwnicy, lub rodzinę leśnych purchawek.

Wyatt Porter całą swoją uwagę poświęcił jajecznicy i Grzyb był dlań równie niewidzialny jak bodach. Intuicja nie podpowiadała mu, że powinien choćby trochę lepiej przyjrzeć się nowemu klientowi.

Ja z kolei odczuwałem rosnący niepokój, częściowo dlatego, że Grzyb budził tak silne zaciekawienie zjawy.

Chociaż w pewnym sensie obcuję ze zmarłymi, nie miewam przeczuć — z wyjątkiem snów. Na jawie zawsze można mnie zaskoczyć na równi ze wszystkimi. Mogę zginąć na przykład od kuli terrorysty lub uderzony spadającą cegłą podczas trzęsienia ziemi. Nie jestem w stanie tego przewidzieć, dopóki nie huknie strzał lub nie poczuję, że chodnik tańczy mi pod nogami.

Moje podejrzenia w stosunku do Grzyba były o wiele bardziej instynktowne niż oparte na realnych przesłankach. Każdy, kto uśmiechał się tak jak on, był półgłówkiem albo też miał coś do ukrycia.

Szare oczy z sennym rozbawieniem patrzyły po sali, lecz nie znalazłem w nich śladu głupoty. Wręcz przeciwnie, wydawało mi się, że jest w nich jakaś zakamuflowana czujność, jak u węża, który na widok smacznej myszy tuż przed atakiem udaje zupełną obojętność.

Bertie przypięła zamówienie i powiedziała głośno:

— Dwie krowy, z płaczem, kołderką i prosiakiem.

Dwa hamburgery, z cebulą, żółtym serem i boczkiem.

Głos miała czysty i słodki niczym dziesięciolatka na stypendium Juilliarda.

— Podwójne rydle, dwa razy w piekle.

Podwójne frytki, mocno smażone.

— Dwie ciepłe Angielki na rybach w Filadelfii.

Dwie bułki z serem topionym i wędzonym łososiem.

Ale to jeszcze nie koniec.

— Sprzątanie kuchni plus czarne nereczki i zeppeliny.

Siekanka, czarna fasola i parówki.

— Od razu brać się do roboty, czy czekamy na jego kumpli? — spytałem.

— Od razu — odpowiedziała Bertie. — To dla niego. Taki chudzielec jak ty nigdy nie zrozumie pewnych rzeczy.

— Od czego zacząć?

— Od czego zechcesz.

Grzyb uśmiechnął się z rozmarzeniem do solniczki. Z zainteresowaniem obracał ją na wszystkie strony, jakby fascynowały go tajemnicze białe kryształki.

Nie był napompowany, więc nie mógł reklamować siłowni, ale nie był też gruby. No, może trochę zaokrąglony na wzór grzyba. Jeżeli wszystkie jego posiłki tak samo wyglądały, to miał metabolizm jak diabeł tasmański na metamfetaminie.

Najpierw zrobiłem kanapki z łososiem. Tymczasem Bertie przygotowała koktajl czekoladowy i coca-colę. Nasz gwiazdor umiał także wypić.

Zanim skończyłem z parówkami, zjawił się następny bodach. Oba z wyraźnym podnieceniem krążyły po lokalu, w tę i nazad, co chwila przystając przy obojętnym na ich zachowanie i wiecznie uśmiechniętym Grzybie.

Miałem gotowe cheeseburgery z boczkiem i frytki, więc stuknąłem dłonią w dzwonek stojący na blacie, aby dać znak Bertie, że może zabrać tacę. Robiła to zawsze z gracją i umiała postawić ją przed gościem tak zręcznie, żeby nie stuknąć o stolik lub blat kontuaru.

Przed frontowym oknem czekały aż trzy zjawy; natrętne

cienie, nieczułe na potęgę pustynnego słońca i patrzące na nas, jakbyśmy byli na wystawie.

Bywało, że nie widywałem ich całymi miesiącami. Sfora, którą spostrzegłem wcześniej na ulicy i to, co się działo w tej chwili przed barem zwiastowała, że dla Pico Mundo nadchodzą złe czasy.

Bodach ciągnie do śmierci jak pszczoła do miodu. Karmi się nią.

Ale zwykła śmierć nie przywoła nawet jednej zjawy, a co dopiero mówić o ich całym stadzie. Nie widziałem, by któraś z nich czatowała przy łóżku chorego na raka lub przy kimś, kto za chwilę miał dostać zawału.

Wabi je gwałt i przerażenie. Chyba to wyczuwają. Wtedy zbiegają się jak turyści pod znany z punktualności gejzer w parku Yellowstone.

Żaden bodach nie chodził za Harlem Landersonem w dniach poprzedzających śmierć Penny Kallisto. I pewnie żaden z nich nie był też na miejscu zbrodni, w czasie gdy Harlo gwałcił i dusił dziewczynkę.

Penny umierała w straszliwych cierpieniach i ze strachem. Każdy z nas modli się zapewne albo po prostu pragnie, jeśli nie wierzy w Boga, żeby jego śmierć była mniej brutalna. Bodach ma na to całkiem inny pogląd. Śmierć przez uduszenie jest dla niego za cicha i za spokojna. Nawet nie kwapi się wychynąć ze swojego leża, gdzieś tam w obcym wymiarze.

Raczej gustuje w przerażeniu. W najgorszych zbrodniach i torturach. W zwielokrotnionej i nieśpiesznej śmierci, polanej gęstym sosem okrucieństwa.

Gdy miałem dziewięć lat, zdarzyło się coś okropnego. Kilkunastoletni narkoman, Gary Tolliver, dosypał prochów do rosołu i uśpił całą swoją rodzinę — ojca, matkę, młodszego brata i młodszą siostrę. Potem skuł ich, zaczekał, aż się obudzili, i torturował przez cały weekend. Na koniec wszystkich zamordował elektryczną wiertarką.

W tygodniu poprzedzającym wspomniane wypadki dwa razy mijałem Gary'ego na ulicy. Za pierwszym razem podążały za nim trzy rozgorączkowane cienie. Za drugim było ich czternaście.

Ani trochę nie wątpię, że w ów krwawy weekend czarne zjawy hurmem ściągnęły do domu Tolliverów. Snuły się po pokojach, zawsze w centrum wydarzeń, chociaż niewidzialne dla ofiar i oprawcy. Patrzyły. Jadły.

Dwa lata później pijany szofer wjechał furgonetką na ruchliwą stację obsługi przy Green Moon Road, uderzył w dystrybutor z paliwem i spowodował wybuch. Zginęło siedem osób. Tamtego ranka widziałem siedem zjaw snujących się po okolicy niczym zbłąkane cienie w blasku wschodzącego słońca.

Wabi je także gniew przyrody. Półtora roku temu włóczyły się po ruinach przytułku Buena Vista, zniszczonego przez trzęsienie ziemi. Nie odeszły, dopóki ekipy ratunkowe nie wydobyły spod gruzów wszystkich rannych.

Pewnie zobaczyłbym je wcześniej, gdybym przypadkiem zaszedł w tamte strony. Być może uratowałbym kilka istnień ludzkich?

W dzieciństwie byłem pewien, że to paskudne duchy, siejące zło w ludziach, przy których się gromadzą. Od tamtej pory nieraz miałem okazję się przekonać, że wielu z nas nie potrzebuje ingerencji sił nadprzyrodzonych, żeby popełniać rozmaite świństwa. Niektórzy ludzie to wcielone diabły, którym rogi dla niepoznaki rosną do wnętrza czaszki.

Pomału doszedłem do wniosku, że obecność zjaw wcale nie potęguje zła. One po prostu się nim karmią. W pewnym sensie przypominają psychiczne wampiry, na wzór i podobieństwo wampirów w ludzkiej skórze z telewizyjnych talk-show, zmuszających emocjonalnie rozedrganych gości do obnażania zbolałej duszy.

W barze, koło Grzyba, kręciły się cztery cienie. Inne gapiły się przez okna. Tymczasem Grzyb spokojnie przełknął ostatni kęs hamburgera, zjadł ostatnią frytkę i wypił do końca mleczny koktajl i colę. Zostawił pokaźny napiwek dla Bertie, zapłacił w kasie i wyszedł na czele orszaku upiorów.

Patrzyłem za nim, jak swobodnie kroczył po rozgrzanym asfalcie, w promieniach palącego słońca. Przeszedł na drugą stronę ulicy. Cienie kłębiły się jak oszalałe tuż za nim i po bokach. Nie potrafiłem ich policzyć, ale założę się o tygodniową pensję, że było ich nie mniej niż dwadzieścia.

Rozdział szósty

Terri Stambaugh nie miała złotych ani niebiańsko błękitnych oczu, a mimo to było w niej coś z anioła. Zazwyczaj wystarczyło jej jedno spojrzenie, żeby kogoś przejrzeć na wylot, lecz kochała ludzi pomimo ich wad i grzechów.

Miała czterdzieści jeden lat, więc na dobrą sprawę mogłaby być moją matką. Brakowało jej jednak trochę ekscentryzmu, żeby naprawdę mi matkować. Trochę? No, tak z połowę.

Bar przejęła w spadku po rodzicach i dbała o to, by nic nie stracił ze swojej reputacji. Nie unikała ciężkiej pracy i uchodziła za dobrą szefową.

Jej jedynym drobnym dziwactwem była wręcz obsesyjna miłość do Elvisa i wszystkiego co z nim związane.

Uwielbiała, gdy ktoś sprawdzał jej wiedzę. Mówiłem zatem:

— Tysiąc dziewięćset sześćdziesiąty trzeci.

— Dobrze.

— Maj.

— Którego?

Było mi wszystko jedno.

— Dwudziestego dziewiątego.

— To była środa — odpowiadała Terri.

Minęła pora lunchu. O drugiej skończyłem zmianę. Siedzieliśmy sobie przy stoliku, czekając, aż Viola Peabody poda nam coś do jedzenia.

Przy kuchni zastąpił mnie Poke Barnet. Starszy ode mnie o trzydzieści lat, chudy i żylasty, miał twarz spaloną słońcem pustyni i wzrok rewolwerowca. Był cichy jak heloderma leżąca na skale i kłujący kaktus.

Gdyby żył w czasach Dzikiego Zachodu, to pewnie zostałby szeryfem albo rabusiem z bandy Daltonów, a nie kucharzem na kowbojskim szlaku. Wprawdzie nie znałem jego przeszłości, ale wśród garnków i patelni radził sobie zupełnie nieźle.

— W środę dwudziestego dziewiątego maja tysiąc dziewięćset sześćdziesiątego trzeciego roku — powiedziała Terri — Priscilla ukończyła Liceum Niepokalanego Poczęcia w Memphis.

— Priscilla Presley?

— Wtedy nazywała się Priscilla Beaulieu. W czasie rozdawania świadectw maturalnych Elvis czekał na nią w samochodzie przed szkołą.

— Nie dostał zaproszenia?

— Dostał, ale jego obecność wśród gości wywołałaby straszne zamieszanie.

— A kiedy się pobrali?

— To za łatwe. Pierwszego maja tysiąc dziewięćset sześćdziesiątego siódmego roku, w apartamencie hotelu Alladin, w Las Vegas.

Elvis zmarł, kiedy Terri miała piętnaście lat. Wtedy już nie robił wrażenia na nastolatkach. Stał się rozdętą karykaturą samego siebie, wychodząc na estradę w haftowanych dresach, bardziej pasujących do Wladzia Liberace niż do artysty, który w pięćdziesiątym szóstym porwał wszystkich swym wyczuciem rytmu i piosenką *Heartbreak Hotel*. To był pierwszy wielki sukces Presleya, długo królujący na listach przebojów.

W pięćdziesiątym szóstym roku Terri nie było na świecie. Fascynacja postacią Presleya ogarnęła ją dopiero szesnaście lat po jego śmierci.

Sama do końca nie wiedziała, dlaczego tak się stało. Częściowo dlatego, mówiła, że w jego najlepszych latach muzyka pop nie ulegała wpływom polityki i była wielką afirmacją życia. Po jego śmierci większość piosenek, zazwyczaj wbrew intencjom twórców oraz wykonawców, stała się hymnem na cześć faszyzmu. I tak zostało już do dzisiaj.

Ja podejrzewam, że podświadomie zaciekawiła się Elvisem, bo wyczuwała, że po śmierci zamieszkał z nami w Pico Mundo. Sam widywałem go już od dziecka, ale jej o tym powiedziałem jakiś rok temu. Zapewne była utajonym medium i „odbierała" jego obecność, co w rezultacie miało ważki wpływ na jej zainteresowania.

Nie mam pojęcia, dlaczego Król nie przeniósł się na Tamtą Stronę, ale ciągle, po tylu latach, wałęsa się po ziemi. Buddy Holly na przykład nigdy tak nie robił; ten wiedział, jak porządnie umrzeć.

I dlaczego Elvis wybrał Pico Mundo, a nie Memphis albo Las Vegas?

Terri, która wie o wszystkim, co się wydarzyło w ciągu czterdziestu dwóch lat jego zapracowanego życia, ręczy za to, że nigdy tu nie był. W żadnej książce o zjawiskach paranormalnych nie ma mowy o tak zabłąkanych duszach.

Wciąż głowiliśmy się nad tą zagadką, gdy Viola Peabody podała nam spóźniony lunch. Viola ma tak bardzo czarną skórę jak Helen płaskie stopy, i jest tak chuda jak Bertie pulchna.

Postawiła talerze na stole i spytała:

— Powróżysz mi, Odd?

Wielu ludzi w Pico Mundo wierzy, że jestem kimś w rodzaju wróżbity, być może wieszcza, może jasnowidza, cudotwórcy, proroka, jednym słowem: kimś. Tylko niektórzy wiedzą, że widuję zmarłych. Inni polegają wyłącznie na plotkach, więc ich domysły są z gruntu nieprawdziwe i czasami wręcz sprzeczne.

— Setki razy ci powtarzałem, Violu, że nie jestem magikiem. Nie umiem czytać z dłoni, a fusy z herbaty najzwyczajniej wyrzucam.

— Więc spójrz mi w twarz — odparła — i powiedz... Wiesz, co mi się dzisiaj śniło?

Zwykle była pogodną, wesołą dziewczyną, chociaż jej mąż Rafael uciekł z kelnerką z modnego zajazdu w Arroyo City i od lat już nie łożył na wychowanie dzieci. Teraz jednak, jak nigdy przedtem, wyglądała na zmartwioną i zdenerwowaną.

— Violu... — jęknąłem. — Najmniej znam się na twarzach.

Każde ludzkie oblicze jest bardziej tajemnicze niż sterana upływem czasu twarz słynnego sfinksa na piaskach Egiptu.

— Widziałam we śnie... siebie... — powiedziała Viola. — Byłam martwa. Miałam okropną dziurę w czole...

— Może to kara za to, że wyszłaś za Rafaela.

— Nie wygłupiaj się — ofuknęła mnie Terri.

— Pewnie mnie ktoś zabije — szepnęła Viola.

— Kiedy jakiś twój sen się sprawdził, kotku? — łagodnie zapytała Terri.

— Chyba nigdy — odpowiedziała Viola.

— W takim razie po co się martwisz?

— Do tej pory nie oglądałam we śnie własnej twarzy!

Nawet ja nigdy nie widziałem siebie, chociaż moje koszmary czasami się spełniają.

— Miałam dziurę w czole — powtórzyła — i wyglądałam... niczym upiór. Zupełnie bez życia...

Pocisk dużego kalibru, przebijając czoło, uwalnia określony ładunek energii, który może naruszyć strukturę całej czaszki i spowodować małą, lecz wyraźną zmianę ludzkich rysów.

— Prawe oko nabiegło mi krwią — ciągnęła Viola — i... i... niemal do połowy wypłynęło z oczodołu.

W snach nie odgrywamy roli obserwatora z zewnątrz, jak to czasami jest udziałem filmowych bohaterów. Dramat rozgrywa się na naszych oczach. Nie widzimy więc swojej twarzy zapewne dlatego, że moglibyśmy nagle zobaczyć potwora.

Twarz Violi, słodka jak mleczna czekolada, przybrała błagalny wyraz.

— Powiedz mi prawdę, Odd. Widzisz śmierć we mnie?

Nie zamierzałem jej wyjaśniać, że wszyscy jesteśmy naznaczeni śmiercią, która czeka uśpiona, by zakwitnąć we właściwym czasie.

Nie znałem ani złej, ani dobrej przyszłości Violi, lecz delikatna woń leżącego przede mną, wciąż nietkniętego cheeseburgera skłoniła mnie do małego kłamstwa, bo wreszcie chciałem zająć się jedzeniem.

— Będziesz żyła długo i szczęśliwie... i na starość umrzesz spokojnie we śnie.

— Naprawdę?

Z uśmiechem pokiwałem głową. Nie wstydziłem się tego, co zrobiłem. Przecież tak mogło być naprawdę. Co złego w tym, że ludziom daje się nadzieję? Sama prosiła mnie o wróżbę. Ja się nie narzucałem.

Viola wyraźnie poweselała i poszła do innych klientów. Tych, co płacą.

Zabrałem się do cheeseburgera.

— Dwudziestego trzeciego października tysiąc dziewięćset pięćdziesiątego ósmego roku — powiedziałem do Terri.

— Elvis był wtedy w wojsku — odparła, przerywając tylko na chwilę, żeby ugryźć kawałek zapiekanki z serem. — Stacjonował w Niemczech.

— Trochę to mało precyzyjne.

— Dwudziestego trzeciego wieczorem pojechał do Frankfurtu na koncert Billa Haleya.

— Sama to wymyśliłaś?

— Przecież wiesz, że nie. — Zapiekanka zatrzeszczała jej w ustach. — Za kulisami spotkał się z Haleyem i szwedzkim gwiazdorem rock and rolla, Little Gerhardem.

— Little Gerhard? To niemożliwe.

— Pseudonim ściągnął od Little Richarda. Nie wiem na pewno. Nigdy nie słyszałam, jak śpiewał. Viola zginie od strzału w głowę?

— Nie wiem. — Mięso było soczyste i dobrze wysmażone, z odpowiednim dodatkiem soli. Poke umiał grać w te klocki. — Sama mówiłaś, że to tylko sen.

— Wiele przeszła. To jej niepotrzebne.

— Kula w głowie? A kto by o tym marzył?

— Zaopiekujesz się nią? — spytała Terri.

— Niby jak?

— Wysuń swoje psychiczne czułki. Może w porę zatrzymasz bieg wydarzeń, zanim coś jej się stanie.

— Nie mam psychicznych czułków.

— To porozmawiaj z kimś ze swoich martwych przyjaciół. Czasami znają przyszłość, prawda?

— To nie są moi przyjaciele. Raczej przelotni znajomi. Poza tym pomagają mi tylko wtedy, kiedy chcą pomóc.

— Ja po śmierci na pewno będę ci pomagać — zapewniła mnie Terri.

— Kochana jesteś. Niemal żal bierze, że wciąż żyjesz. — Odłożyłem na moment cheeseburgera i oblizałem palce. — Jeżeli ktoś zamierza strzelać do ludzi w Pico Mundo, to tylko Grzyb.

— Kto to taki?

— Jakiś czas temu siedział przy barze. Zamówił porcję dla trzech i zjadł wszystko, jak żarłoczna świnia.

— Takich lubię — przyznała. — Ale go nie widziałam.

— Bo byłaś wtedy na zapleczu. Blady, nieco pulchny i zaokrąglony jak coś, co wyrosło w piwnicy Hannibala Lectera.

— Roztaczał złą aurę?

— Zanim wyszedł, obsiadła go sfora bodachów.

Terri wyraźnie zesztywniała i rozejrzała się po lokalu.

— Są tu jeszcze?

— Nie. Najgorszy stwór na horyzoncie to tylko Bob Zwieracz.

Bob naprawdę nazywał się Spinker, lecz zasługiwał na to przezwisko, bo faktycznie był dusigroszem. Bez względu na to, jaka suma widniała na rachunku, dawał napiwku ćwierć dolara.

53

Zapewne wyobrażał sobie, że jest dwa i pół razy lepszy od naftowego miliardera, Johna D. Rockefellera, o którym krążyła fama, że nawet w najlepszych restauracjach Manhattanu zostawiał kelnerowi nie więcej niż dziesięć centów.

Co prawda w czasach Johna, które zahaczały też o Wielki Kryzys, za dziesiątaka można było kupić gazetę i lunch w Automacie. Dzisiaj za ćwierć dolara kupisz tylko gazetę, w której nie ma co czytać. No, chyba że ktoś jest sadystą, masochistą albo samotnym desperatem do granic samobójstwa, szukającym szczerej miłości w drobnych ogłoszeniach.

— A może Grzyb był tutaj jedynie przejazdem? — zapytała Terri. — Może zjadł, wyszedł i pomknął autostradą?

— Coś mi mówi, że jednak wciąż się tu kręci.

— Sprawdzisz to?

— Jeśli go tylko znajdę.

— Chcesz mój samochód? — spytała.

— Na jakieś dwie godziny.

Do pracy chodziłem piechotą. Na dłuższe wycieczki miałem rower. W wyjątkowych wypadkach korzystałem z samochodu Stormy lub Terri.

Zbyt wiele rzeczy działo się poza mną: ciągłe wizyty i wezwania zmarłych, zjawy, prorocze sny... Pewnie już dawno oszalałbym co najmniej siedem razy, po razie na każdy dzień tygodnia, gdybym choć trochę nie uprościł sobie „normalnego" życia. To mój prywatny sposób obrony; brak samochodu, ubezpieczenia i zbędnych ubrań. Wszystko co mam, to kilka podkoszulków, dżinsy i klapki. Żadnych wycieczek w egzotyczne miejsca i żadnych wygórowanych ambicji.

Terri położyła kluczyki na stole.

— Dzięki — mruknąłem.

— Tylko nie podwoź nim przygodnych nieboszczyków, dobrze?

— Oni nie muszą jeździć. Zjawiają się tam, gdzie chcą. Chodzą w powietrzu. Latają.

— Jeśli mi powiesz, że któryś z nich siedział w moim gracie, to cały dzień będę szorować tapicerkę. Na samą myśl już mnie przeszły ciarki.

— A jeżeli to będzie Elvis?

— To co innego. — Skończyła jeść sałatkę. — Co z Rosalią? Widziałeś ją dziś rano? — Miała na myśli moją gospodynię, Rosalię Sanchez.

— Widziałem — odparłem

— To chyba dobrze dla niej.

Rozdział siódmy

Centrum handlowe Green Moon Mall stało przy Green Moon Road, pomiędzy starym Pico Mundo i nową zachodnią dzielnicą. Była to wielka hala piaskowej barwy, o prostokątnych ścianach, z założenia przypominająca dom z suszonych cegieł. Ściślej mówiąc: dom zbudowany przez olbrzymich Indian, którzy musieli mieć co najmniej dwanaście metrów wzrostu.

Założenia więc były szczytne i zgodne z naturą, chociaż wykonanie bez grama logiki. A w środku standard: Starbuck, Gap, Donna Kara, Crate & Barrel i tak dalej. Czyli to samo, co w Pico Mundo, Los Angeles, Chicago, Nowym Jorku i Miami.

W rogu wielkiego parkingu, z dala od sklepów, gnieździł się warsztat Tire World. Tutaj architektura była ciut weselsza.

Na dachu parterowego budynku stała wysoka wieża, zakończona ogromnym globusem. Globus obracał się leniwie i symbolizował Ziemię w czasach jej niewinności, zanim wąż zakradł się do raju.

Wokół planety krążył gruby pierścień jak wokół Saturna, ale nie był to pas kryształów, pyłu i meteorów tylko zwykłej gumy. Opona wirująca sinusoidalnym ruchem.

Pięć stanowisk zapewnia klientów, że nie będą czekali w kolejce na zmianę opon. Mechanicy chodzą w czystych drelichach. Są grzeczni. Uśmiechnięci. Sprawiają wrażenie szczęśliwych.

Można tu kupić akumulator i zmienić olej. Lecz najważniejsze są opony.

W pomieszczeniach unosi się magiczny zapach gumy czekającej, by wyrwać się na szosę.

Tamtego wtorku, po południu, chodziłem po warsztacie przez dziesięć lub piętnaście minut i nikt mi nie przeszkadzał. Czasami jakiś monter powiedział „dzień dobry", ale nie pytał mnie, co chcę naprawić albo kupić.

Prawdę mówiąc, bywałem tam już nieraz, więc dobrze wiedzieli, że ciekawi mnie życie opon.

Właścicielem Tire World był pan Joseph Mangione — ojciec mojego kumpla z ogólniaka, niejakiego Anthony'ego Mangione.

Anthony zdał do UCLA. Chciał zostać lekarzem.

Pan Mangione był z niego bardzo dumny, chociaż nie ukrywał żalu, że rodzinny interes nie przejdzie w ręce syna. Chętnie by mnie zatrudnił i traktował jak swego.

W Tire World były opony wszelkiej maści i miary, do aut osobowych, pikapów, ciężarówek oraz motocykli. W sumie sporo tego, ale wystarczyło się z nimi zapoznać, aby w dalszej pracy uniknąć wszelkich zbędnych stresów.

Wspomnianego wtorku nie miałem najmniejszych zamiarów, by w najbliższym czasie porzucić patelnię w Pico Mundo Grille, choć zawód kucharza może być męczący, zwłaszcza w porze lunchu, kiedy bar jest pełny, zamówień wciąż przybywa i w głowie aż huczy od gwary kelnerek. W takie dni, w których poza codzienną pracą mam więcej niż zwykle spotkań ze zmarłymi, brzuch mi wysiada i jestem nie tylko zmęczony, ale czuję u siebie wyraźne początki choroby wrzodowej.

Wtedy warsztat pana Mangione wydaje mi się równie spokojnym schronieniem jak klasztor.

Lecz nawet pachnący kauczukiem raj miał swojego ducha, który z uporem przesiadywał w hali wystawowej.

Szanowany kamieniarz, pan Tom Jedd, zmarł osiem miesięcy temu. Krótko po północy jego PT cruiser zjechał z Panorama Road, złamał przerdzewiałą barierę, stoczył się po skalistym trzydziestometrowym zboczu i utonął w wodach jeziora Malo Suerte.

Widziało to trzech rybaków, którzy byli w łódce jakieś sześćdziesiąt metrów od brzegu. Natychmiast zadzwonili z komórki na policję, ale pomoc zjawiła się za późno, żeby uratować Toma.

Biedny Tom stracił w wypadku lewą rękę. Lekarz sądowy nie umiał jednoznacznie powiedzieć, czy najpierw się utopił, czy też może wykrwawił.

Od tamtej pory duch Toma włóczył się po Tire World. Nie wiedziałem dlaczego. Jego śmierć nie miała nic wspólnego z oponami.

Sporo wypił w przydrożnym barze, zwanym Country Cousin. Sekcja wykazała, że miał we krwi jeden przecinek osiemnaście promila alkoholu, a więc dużo powyżej dozwolonego poziomu. Albo w pewnym momencie stracił panowanie nad kierownicą, albo po prostu zasnął.

Za każdym razem, kiedy wchodziłem do warsztatu, żeby pokręcić się wśród monterów i pomyśleć nad zmianą pracy, Tom witał mnie spojrzeniem albo skinieniem głowy. Wiedział, że go widzę. Raz nawet konspiracyjnie mrugnął do mnie okiem.

Nie zaczepiał mnie jednak ani w żaden sposób nie zdradzał swoich potrzeb. Był cichym duchem.

Wielka szkoda, że tacy należą do rzadkości.

Zginął w hawajskiej koszuli, malowanej w papugi, w szortach koloru khaki i białych trampkach, które zazwyczaj nosił bez skarpetek. Tak samo ubrany zjawiał się w Tire World.

Czasem był suchy, a czasem wyglądał na mokrego, jakby dopiero wyszedł z wód Malo Suerte. Zazwyczaj miewał obie ręce, ale zdarzało się, że przychodził bez lewej.

Zachowanie zmarłych bardzo wiele mówi o ich stanie ducha. Suchy Tom Jedd wydawał się pogodzony z losem i zrezygnowany. Mokry — na ogół bywał zły, zdenerwowany i ponury. Dzisiaj był suchy i starannie uczesany. Sprawiał wrażenie wypoczętego. Miał obie ręce, ale lewą trzymał za biceps w prawej, całkiem swobodnie, jakby niósł kij golfowy. Wyglądał dziwnie, lecz nie było w tym nic makabrycznego. Na szczęście nigdy nie widziałem go z ziejącą raną, może dlatego, że chciał być schludny, a może chciał podkreślić, że się nie wykrwawił.

Dwa razy, kiedy wiedział, że na niego patrzę, podrapał się ręką po plecach między łopatkami. Właśnie tą ręką, martwą i zupełnie sztywną, o lekko zgiętych palcach.

Duchy zazwyczaj są poważne i zachowują się nieco uroczyście. Niby już przeszły na drugą stronę, lecz ciągle coś je trzyma tutaj, więc niecierpliwią się, kiedy pójdą dalej. Czasami jednak spotykam ducha z nietkniętym poczuciem humoru. Na przykład Tom, żeby mnie rozbawić, nawet podłubał w nosie palcem urwanej ręki.

Ja wolę jednak, gdy są poważniejsze. Ciarki przechodzą mi po plecach, kiedy nieboszczyk się wygłupia. Robi to, jakby za wszelką cenę chciał być lubiany też po śmierci. Żałosny widok — i smutny dowód na to, jak potrafimy się poniżać.

Pewnie bym dłużej został w Tire World, gdyby Tom Jedd był mniej „zabawny". Zmęczył mnie swymi dowcipami i błyskiem w uśmiechniętych oczach.

Wróciłem do mustanga Terri. Tom stał w oknie witryny i z przesadą machał mi na pożegnanie martwą ręką.

Przejechałem przez spalony słońcem parking i znalazłem wolne miejsce w pobliżu głównego wejścia do centrum handlowego. Nad drzwiami rozwieszano właśnie ogromny transparent z informacją o dorocznej wielkiej wyprzedaży, trwającej od środy do soboty.

W handlowej mekce panował względny spokój. Tłum kręcił się wyłącznie w pobliżu sklepu z lodami Burke & Bailey.

Stormy Llewellyn pracowała tutaj od szesnastego roku życia. Teraz, jako dwudziestolatka, była już kierowniczką. Na dwudzieste czwarte urodziny miała zamiar otworzyć własną lodziarnię.

Gdyby tuż po maturze została astronautką, to dziś sprzedawałaby lemoniadę na Księżycu.

Twierdzi, że nie ma zbyt wielkich ambicji, lecz potrzebuje jakiejś stymulacji, by zabić wszechobecną nudę. Nieraz proponowałem jej, że ją podstymuluję.

Odpowiadała na to, że jej chodzi o „duchową stymulację".

Mówiłem wtedy, że mam swój rozum, chociaż może tego nie widać.

Odpowiadała na to, że mój jednooki wąż na pewno nie potrafi myśleć, a o tym, co mam w łepetynie, można by długo dyskutować.

— Wiesz, dlaczego czasami nazywam cię Puchatkiem? — spytała pewnego razu.

— Bo jestem jak przytulanka?

— Nie, bo Puchatek też miał łeb pełen trocin.

Nasze wspólne życie nie zawsze przypomina skecze Abbotta i Costella w tonacji *new wave*. Czasami ona gra rolę Rocky, a ja jestem Łosiem.

Stanąłem przy ladzie z lodami i powiedziałem:

— Chciałbym coś gorącego i słodkiego.

— Niestety mamy tylko zimne — odparła Stormy. — Idź na promenadę i grzecznie poczekaj. Zaraz ci coś przyniosę.

W lodziarni było dosyć tłoczno, ale uchowały się ze dwa lub trzy wolne stoliki. Stormy wolała jednak pogadać gdzie indziej. Wciąż jest obiektem westchnień kilku pracowników, więc nie chce im dawać powodu do plotek.

Doskonale rozumiem ich uczucia. Sam także wzdycham do niej.

Wyszedłem więc na główną promenadę i usiadłem przy rybach.

W Ameryce handel zawiązał sojusz z kinem. Filmy wręcz nafaszerowane są „cichą" reklamą, a sklepy projektuje się w myśl scenariusza. Na jednym końcu centrum Green Moon ze sztucznych skał spływa dwunastometrowy wodospad. Potem strumień płynie przez cały budynek, tu i ówdzie tworząc mniejsze katarakty.

Po gorączce zakupów, kiedy ktoś odkryje, że właśnie spłukał się zupełnie u Nordstroma, może się rzucić w wodę i utopić. Naprzeciwko lodziarni strumień kończy się tropikalnym stawem, otoczonym palmami i bujną paprocią. Włożono wiele starań, żeby wszystko było jak prawdziwe. Ciche ćwierkanie ptaków dobiega z głośników ukrytych wśród liści.

Brakuje zatem tylko ogromnych robali, duszącej wilgoci, jęczących w agonii chorych na malarię, jadowitych węży cienkich jak ołówki i wściekłych kotów, gryzących własne łapy, by swobodnie się poczuć jak w amazońskiej dżungli.

W stawie pływają kolorowe *koi*. Kilka jest tak wielkich, że starczyłyby na porządne danie. Ale reklama głosi, że za niektóre z nich trzeba by zapłacić po cztery tysiące baksów. Smaczne czy nie, to raczej obiad nie na każdą kieszeń.

Usiadłem na ławce tyłem do karpi, niewrażliwy na ich błyszczące płetwy i drogocenne łuski.

Pięć minut później przyszła Stormy. Niosła dwie porcje lodów. Patrzyłem na nią z prawdziwą przyjemnością.

Jej strój do pracy składał się z różowych butów, białych skarpetek, kusej różowej spódniczki, biało-różowej bluzki i dziarskiego różowego czepka. W połączeniu z tym strojem, jej południowa cera, czarne włosy i tajemnicze ciemne oczy sprawiały, że miałem wrażenie, iż widzę namiętną tajną agentkę, przebraną za wolontariuszkę ze szpitala.

Stormy jak zwykle znała moje myśli, bo gdy usiadła, powiedziała:

— W mojej lodziarni nikt nie będzie nosił tak idiotycznych ciuchów.

— Ślicznie wyglądasz.

— Bez wątpienia. Jak Gidget z horroru.

Podała mi jednego loda i przez dwie minuty siedzieliśmy w milczeniu, patrząc na przechodniów i oblizując się ze smakiem.

— Pomimo swądu boczku i hamburgerów wyraźnie czuć od ciebie szampon brzoskwiniowy — odezwała się Stormy.

— Jestem skarbem dla powonienia.

— Jak otworzę własną lodziarnię, to będziemy pracować razem i pachnieć tak samo.

— Nie przepadam za kręceniem lodów. Wolę frytki.

— Zatem to chyba prawda — westchnęła.

— Że co?

— Że przeciwieństwa mają się ku sobie.

— To ten nowy smak, o którym mi mówiłaś tydzień temu? — spytałem.

— Tak.

— Czekoladowo-wiśniowy z wiórkami kokosowymi?

— Kokosowo-wiśniowy z wiórkami czekolady — sprostowała. — Musisz dokładnie wiedzieć, czego chcesz, bo w przeciwnym razie dostaniesz coś innego.

— Nie myślałem, że lodowy biznes wymaga aż takiej precyzji.

— Uwierzysz komuś, a on potem cwanie zażąda zwrotu kasy, bo w jego lodach nie było wiórków kokosowych. I nie nazywaj mnie już więcej śliczną. Psiaki są śliczne.

— Kiedy szłaś do mnie, miałaś w sobie coś nieodparcie zadziornego.

— Najlepiej będzie, jeśli w ogóle dasz sobie spokój z przymiotnikami.

— Pyszne lody — odparłem. — Pierwszy raz je jadłaś?

— Wszyscy mówią tylko o nich. Ale ja wolę się nie śpieszyć.

— Odwlekasz moment satysfakcji.

— Tak. Dzięki temu wszystko jest o wiele słodsze.

— Może skwaśnieć, jeżeli będziesz czekać zbyt długo.

— Zabierzcie stąd Sokratesa. Odd Thomas wchodzi na mównicę.

Dobrze wiedziałem, że stąpam po bardzo cienkim lodzie. Postanowiłem zmienić temat.

— Skóra mi cierpnie, gdy mam te ryby za plecami.

— Uważasz, że coś knują? — spytała.

— Nie ufam im. Są zbyt kolorowe.

Zerknęła na staw przez ramię i z powrotem zajęła się lodami.

— Po prostu kopulują.

— Skąd wiesz?

— Ryby potrafią tylko jeść, srać i kopulować.

— Ciekawe życie.

— Robią kupę w tej samej wodzie, w której jedzą, i jedzą w tej samej mętnej od nasienia wodzie, w której kopulują. To obrzydliwe.

— Nigdy o tym nie pomyślałem — odparłem.

— Jak się tu dostałeś?

— Pożyczyłem samochód od Terri.

— Tęskniłeś za mną?

— Zawsze tęsknię. Lecz teraz jeszcze kogoś szukam. — Opowiedziałem jej o Grzybie. — Przeczucie mnie tu sprowadziło.

Kiedy kogoś nie mogę znaleźć w domu albo w pracy, wsiadam na rower lub do samochodu i pozornie bez celu krążę po ulicach. Zwykle najpóźniej już po półgodzinie spotykam tego, kogo chciałem spotkać. Muszę znać jego twarz albo imię, ale potem naprawdę jestem lepszy od wyżła.

Nie potrafię nazwać tej umiejętności. Stormy uważa to za psychiczny rodzaj magnetyzmu.

— O, właśnie przyszedł — powiedziałem na widok Grzyba, który powoli zmierzał promenadą wzdłuż strumienia, w kierunku stawu.

Stormy nawet nie musiała pytać, kogo miałem na myśli. Wyróżniał się wśród klientów jak kaczka na wystawie psów.

Lody jadłem spokojnie, lecz gdy zobaczyłem Grzyba, zimne ciarki przebiegły mi po plecach. Szedł długim szpalerem sklepów, a ja szczękałem zębami, jakby deptał po moim grobie.

Rozdział ósmy

Blady i pulchny, wodnistym wzrokiem spoglądał na wystawy i wydawał się rozbawiony niczym cierpiący na chorobę Alzheimera pacjent, który wyrwał się spod opieki i wędruje teraz po zupełnie nieznanym mu świecie. W rękach niósł dwie wypchane torby z supersamu.

— Co on ma takiego żółtego na głowie? — spytała Stormy.

— Włosy.

— Nie, to chyba jakaś włóczkowa jarmułka.

— Włosy.

Grzyb wszedł do lodziarni.

— Są przy nim bodachy? — zapytała Stormy.

— Mniej niż przedtem. Tylko trzy.

— I weszły za nim do mojego sklepu?

— Tak. Wszystkie są w środku.

— To niedobrze — oznajmiła złowrogim tonem.

— Niby dlaczego? Przecież klienci ich nie widzą.

— A co może być dobrego w przyczajonych i wstrętnych zjawach? — burknęła. — Poczekaj tutaj.

Siedziałem tyłem do kopulujących karpi, z niedojedzonym lodem w ręku. Nagle straciłem apetyt.

Widziałem Grzyba przez okna lodziarni. Stanął przy kontuarze, starannie przeczytał kartę i coś zamówił.

Stormy nie rozmawiała z nim, lecz pod byle pretekstem kręciła się za ladą w pobliżu.

Wcale mi się to nie podobało. Wyczuwałem, że coś jej grozi. Z doświadczenia wiedziałem, że zawsze powinienem ufać przeczuciom, a mimo to nie wstałem i nie poszedłem do niej. Kazała mi czekać na ławce. Jak większość mężczyzn, nie lubię słuchać poleceń kobiety ważącej niespełna pięćdziesiąt kilogramów po sutym obiedzie w Święto Dziękczynienia.

Gdybym miał lampę, dżina i jedno życzenie, to pewnie kazałbym się przenieść z powrotem do pachnącej gumą oazy spokoju. Do Tire World.

Pomyślałem o biednym Tomie, machającym oderwaną ręką, i postanowiłem, że jednak zjem lody do końca. Nikt z nas naprawdę nie wie, w której chwili życia dotrze do kresu swojej drogi. Może to już ostatnia szansa, żebym posmakował kokosowo-wiśniowych kulek z wiórkami czekolady?

Ledwie skończyłem, wróciła Stormy i usiadła koło mnie.

— Wziął wszystko na wynos. Duże orzechowe z syropem klonowym i duże pomarańczowe z czekoladą.

— To coś znaczy?

— Sam powinieneś wiedzieć. Ja tylko składam ci meldunek. W każdym razie mamy do czynienia z przedziwnym sukinsynem. Wolałabym, żebyś go zostawił.

— Przecież wiesz, że nie mogę.

— Bo musisz zbawić świat. Masz kompleks mesjasza.

— Nie mam kompleksu mesjasza, lecz... pewien dar, o którym ci wiadomo. Dostałem go, żebym go używał.

— A może to nie dar? Może to raczej klątwa?

— Dar. — Popukałem się w głowę. — Zachowałem pudełko.

Grzyb wyszedł z lodziarni. Oprócz dwóch wypchanych toreb z supersamu dodatkowo niósł teraz starannie zamknięte, watowane pudełko z lodami.

Popatrzył w prawo, potem w lewo, potem znów w prawo, jakby nie był pewny, skąd przyszedł. Jego mętny uśmiech, trwały jak tatuaż, na chwilę stał się nieco szerszy. Grzyb lekko skinął głową, radośnie przytakując swoim własnym myślom. Potem ruszył w górę strumienia, w kierunku wodospadu. Poszły za nim dwa cienie. Trzeci na kilka sekund został jeszcze w lodziarni.

Wstałem z ławki.

— Zobaczymy się na kolacji, Gidget.

— Tylko przyjdź żywy — powiedziała Stormy. — Wiesz przecież, że nie widzę zmarłych.

Zostawiłem ją, białą, różową i zadziorną, w tropikalnej oazie przesączonej wonią rozanielonych *koi* i poszedłem za grzybem w człowieczej postaci. Na zewnątrz poraził mnie jaskrawy blask słońca, tak ostry, że zdawał się wypalać mi kąciki oczu.

Rozpalony asfalt zapewne był o pięć stopni chłodniejszy od wielkich dołów ze smołą, w których przed milionami lat ginęły dinozaury. Gorący powiew natychmiast wysuszył mi usta i wypełnił nozdrza zapachem pustynnego lata; mieszaniną rozgrzanej krzemionki, pyłków kaktusa, żywicy *mesquite*, soli dawno wyschniętego morza i spalin, wiszących w suchym powietrzu niczym mglisty obłok cząsteczek mineralnych, spiralnie uwięzionych w kawałku kryształu.

Zakurzony ford explorer Grzyba stał w tym samym rzędzie co mustang, cztery samochody dalej. Gdyby mój magnetyzm psychiczny był silniejszy, to moglibyśmy nawet zaparkować zderzak w zderzak.

Grzyb otworzył bagażnik i włożył do środka torby z zakupami. Potem wyciągnął przenośną chłodziarkę, żeby schować lody. Wcisnął tam całe pudło.

Zapomniałem podłożyć ekran przeciwsłoneczny pod przednią szybę. Wciąż leżał wsunięty między fotel pasażera i dźwignię zmiany biegów. W rezultacie kierownica była tak gorąca, że jej nie mogłem dotknąć.

Uruchomiłem silnik, włączyłem klimatyzację i w lusterkach obserwowałem dalsze poczynania Grzyba.

Na szczęście miał ruchy tak powolne i metodyczne, jak

dojrzewanie pleśni. Zanim wyjechał tyłem ze swojego miejsca, już mogłem ruszyć za nim, nie pozostawiając na kierownicy przypalonych skrawków naskórka.

Przed wyjazdem na szosę zdałem sobie sprawę, że zjawy zniknęły. Żadna z nich nie wsiadła razem z Grzybem do forda i żadna nie pędziła w ślad za samochodem.

Z baru wyszedł w asyście co najmniej dwudziestu. W lodziarni pojawił się już tylko z trzema. Bodachy zazwyczaj wiernie towarzyszą ludziom, w których wyczuwają skłonności do gwałtu, i nie odchodzą, dopóki oprawca nie wytoczy ostatniej kropli krwi ze swej ofiary.

Zastanawiałem się, czy Grzyb przypadkiem nie jest złą inkarnacją śmierci. Na takiego wyglądał.

Wstęga asfaltu połyskiwała w słońcu nagromadzonym ciepłem. Na pierwszy rzut oka wydawała się równie rzadka jak woda. Ford jednak pomknął po niej bez bryzgów i piany.

Zjaw co prawda nie było, ale pojechałem za nim. Na dzisiaj skończyłem już robotę w barze. Resztę dnia miałem wyłącznie dla siebie, a wierzcie mi, nikt nie jest bardziej niespokojny niż kucharz bez zajęcia.

Rozdział dziewiąty

Camp's End w zasadzie nie jest miastem, ale raczej przedmieściem Pico Mundo; żywą pamiątką ciężkich czasów, które tu wciąż trwały nawet wtedy, gdy reszta kraju przeżywała boom gospodarczy. Większość trawników wyschła, część zastąpiono żwirem. Niewielkim domom potrzeba nowej sztukaterii, świeżej farby i walki z termitami.

Pierwsze szałasy postawili tutaj pod koniec dziewiętnastego wieku poszukiwacze skarbów, z głową w chmurach, ale bez rozumu, zwabieni plotkami o pokładach srebra. Niestety najobfitsze były właśnie plotki.

Z czasem poszukiwacze stali się legendą i zniknęli ze świata żywych. W miejsce szałasów powstawały zgrabne wille, domki kryte gontem i *casitas* o czerwonych dachach.

A jednak Camp's End szybciej popadło w ruinę niż inne miasta. Z pokolenia na pokolenie zachowywało swój charakter. Panowała tu atmosfera może nie tyle klęski, ile utrudzonej cierpliwości — osiedle było złuszczone, smutne, zardzewiałe, wyblakłe i zmarniałe, ale bez śladu bezradności, tak wszechobecnej w czyśćcu.

Nieszczęścia rosły tutaj jak na drożdżach, jakby pod domami rozciągały się ciemne sypialnie Hadesu. Do piekła było tu tak blisko, że diabelskie tchnienie, uwalniane z każdym chrapnięciem szatana, przenikało przez skażoną ziemię.

Grzyb skierował się do bladożółtej *casita* ze spłowiałymi niebieskimi drzwiami. Wiata pełniąca rolę garażu stała na bakier, jakby za chwilę miała się załamać pod ciężarem słońca.

Zatrzymałem się po drugiej stronie ulicy, przed pustą działką, zarośniętą parchatym bieluniem i jeżynami, splątanymi jak indiański „wyłapywacz snów". Zasadnicza różnica polegała na tym, że w krzaki jeżyn zamiast snów wpadały zmiętoszone gazety, puszki po piwie i coś, co przypominało podarte męskie bokserki.

Otworzyłem okno i zgasiłem silnik. Grzyb w tym samym czasie zaniósł lody i resztę zakupów do domu. Wszedł bocznymi drzwiami, od strony wiaty.

Letnie popołudnia w Pico Mundo są upalne i długie, bez nadziei na silniejszy wiatr i choćby jedną kroplę deszczu. Chociaż mój zegarek i zegar na desce rozdzielczej zgodnie wskazywały za dwanaście piąta, to skwar miał jeszcze potrwać parę godzin. W rannej prognozie zapowiadali plus pięćdziesiąt stopni, czyli rekord nawet jak na Mojave. Chyba troszeczkę przesadzili.

Krewnych i przyjaciół z chłodniejszych części kraju ogarnia zdumienie, gdy słyszą takie rzeczy. Mieszkańcy Pico Mundo odpowiadają wtedy, że wilgotność u nich wynosi zaledwie piętnaście do dwudziestu procent. W zwykły letni dzień, mówią, nikt tu się nie czuje jak w łaźni parowej, lecz jak w odświeżającej saunie.

Nawet w cieniu wielkiego starego *kamani*, którego korzenie bez wątpienia sięgały ponurych wód Styksu, nie miałem wrażenia, że siedzę sobie w saunie. Czułem się raczej jak dziecko, które w Czarnym Lesie znalazło piernikowy domek i w rezultacie trafiło do pieca czarownicy, z programem nastawionym na WOLNE PIECZENIE.

Czasem przejechał jakiś samochód; przechodniów nie było widać.

Nie bawiły się tu żadne dzieci. Żaden tata nie wyszedł, by podlać zwiędły ogród.

W pewnej chwili jedynie przebiegł pies, z wywalonym języorem i nisko zwieszoną głową, jakby uparcie gonił za fatamorganą przedstawiającą kota.

Po pewnym czasie moje ciało samo wytworzyło wilgoć, której brakło w powietrzu, i siedziałem w kałuży potu. Co prawda mógłbym uruchomić auto i włączyć klimatyzację, lecz nie chciałem marnować benzyny i przegrzać silnika. Poza tym, o czym wie każdy mieszkaniec pustyni, nagła zmiana ciepłoty wprawdzie utwardza metal, ale rozmiękcza umysł.

Po czterdziestu minutach Grzyb znów się pojawił. Zamknął na klucz boczne wejście, co wskazywało na to, że w domu nikogo nie ma, i wsiadł do zakurzonego forda.

Osunąłem się na siedzeniu i schowałem za drzwiami, dopóki nie przejechał. Wychyliłem głowę dopiero wtedy, kiedy pomruk samochodu na dobre umilkł w dali.

Potem poszedłem do żółtego domu. Nie bałem się, że ktoś na mnie patrzy zza zasłoniętych okien wzdłuż ulicy. Życie w Camp's End bardziej skłania do odosobnienia, niż wzmacnia ducha sąsiedzkiej czujności.

Mimo to nie zrobiłem z siebie większego widowiska i nie podszedłem do głównego wejścia. Zamiast tego skryłem się w cieniu pod wiatą i zastukałem do bocznych drzwi. Nikt mi nie odpowiedział.

Gdyby drzwi były zamknięte na zasuwę, to pewnie musiałbym się włamać oknem. Na szczęście zobaczyłem tylko zwykły zamek, z rodzaju tych, które potrafią otworzyć wszyscy młodzi Amerykanie, wychowani na telewizyjnych serialach kryminalnych.

Dla uproszczenia sobie życia nie mam konta w banku i płacę wyłącznie gotówką. Z tego powodu nie jestem dumnym posiadaczem karty kredytowej. Ale stan Kalifornia przewidująco wyposażył mnie w laminowane prawo jazdy, w sam raz mieszczące się w szczelinę w drzwiach koło zamka.

Tak jak się tego raczej spodziewałem, kuchnia nie była oazą największej czystości i w niczym nie przypominała folderów

Marthy Stewart. Lecz jednocześnie nie okazała się kompletnym chlewem. Panował w niej po prostu zwyczajny bałagan, a tu i ówdzie leżały okruszyny, na wypadek wizyty mrówek. W chłodnym powietrzu dał się wyczuć nikły, nieprzyjemny zapach. Nie rozpoznałem jego źródła. W pierwszej chwili pomyślałem sobie, że to woń Grzyba. W końcu wyglądał na takiego, co potrafi śmierdzieć lub nawet wydzielać trujące wyziewy.

Nie wiedziałem, czego naprawdę szukam, lecz byłem przekonany, że to rozpoznam, kiedy coś zobaczę. Ten facet przyciągał zjawy, więc przyszedłem tutaj ich śladem, w nadziei, że odkryję, co w nim tak je ciekawi.

Obszedłem całą kuchnię. Na próżno próbowałem wyczytać coś więcej z opróżnionego do połowy kubka zimnej kawy, ze zbrązowiałej skórki od banana, leżącej na desce do krojenia, z brudnych naczyń w zlewie i z tego, co znalazłem w szufladach i szafkach. Zauważyłem tylko, że we wnętrzu domu było nie tyle chłodno, ile wręcz przenikliwie zimno. Wprawdzie już obeschnąłem z potu, lecz miałem wrażenie, że na karku ktoś mi położył parę kostek lodu.

Taki ziąb był czymś bardzo dziwnym, gdyż nawet na Mojave, gdzie niezbędna jest klimatyzacja, próżno szukać nowych urządzeń w starych i zniszczonych budynkach. No, może co najwyżej w oknach, po jednym na każdy pokój, bo centralny układ jest zbyt drogi, czasem droższy nawet od remontu.

W kuchennych oknach nie było nic takiego.

Zdarza się w starszym budownictwie, że jedynym chłodnym pomieszczeniem jest sypialnia. W przeciwnym razie lokatorzy mieliby kłopot z zaśnięciem. Ale nawet w maleńkiej willi pokojowy klimatyzator nie ochłodziłby całego domu. A już na pewno nie zmieniłby kuchni w lodówkę.

Poza tym wentylatory montowane w oknach robiły straszny hałas. Kompresor buczał, wirnik warczał... Tutaj zaś nic nie było słychać.

Stałem przez chwilę z przechyloną głową i nasłuchiwałem.

Dom czekał w milczeniu. Po namyśle doszedłem do wniosku, że ta cisza jest nienaturalna. Przecież chodząc po kuchni, powinienem słyszeć skrzypienie linoleum lub klepek, wypaczonych upływem czasu, upałem i suszą. Tymczasem poruszałem się cicho jak kot po poduszce.

Przypomniałem sobie, że drzwiczki i szuflady też otwierały się z ledwie słyszalnym poświstem, jakby zaopatrzone były w szyny i zawiasy, dla których nie istniało zwykłe pojęcie tarcia.

Kiedy przeszedłem przez otwarte drzwi z kuchni do pokoju, zimne powietrze stało się jakby jeszcze gęstsze, skuteczniej tłumiąc wszelkie dźwięki. Skąpo umeblowany pokój sprawiał podobne wrażenie jak kuchnia. Też panował tu bałagan. Stare książki i czasopisma, kupione gdzieś na bazarze, walały się po stole, kanapie i podłodze.

Czasopisma były dokładnie takie, jak należało się spodziewać. Dominowały w nich zdjęcia nagich kobiet i artykuły o sportach ekstremalnych, szybkich samochodach i technikach uwodzenia, a wszystko to w otoczce reklam zachwalających zioła na potencję i maszynki do powiększania ulubionej części ciała przeciętnego samca. Nie mówię tu o mózgu.

Moją ulubioną częścią jest serce, bo tylko to mogę ofiarować Stormy. A poza tym, kiedy z samego rana słyszę, że wciąż bije, wiem przynajmniej, że w ciągu nocy nie dołączyłem do sporego grona uparcie namolnych duchów.

Książki jednak okazały się dla mnie zaskoczeniem. Same romanse, sądząc po okładkach, nawet niewinne, bez rozkołysanych piersi i co chwila zrywanych staników. Było w nich mniej o seksie, a więcej o miłości. Nie pasowały do czasopism, w których liczne panie bawiły się sutkami, rozkładały nogi i kusząco oblizywały usta.

Wziąłem do ręki jedną książkę, żeby ją przekartkować. Strony migały mi przed oczami, ale do moich uszu nie dobiegł żaden szelest.

Już wtedy powinienem uciec. Wszechobecna cisza i upiorna atmosfera domu powinny być dla mnie wyraźnym ostrzeżeniem. Lecz w moim zwykłym codziennym życiu nie brak tak dziwnych elementów jak zapach wędzonego mięsa i skwierczenie tłuszczu na rozgrzanej blasze. Nie wpadam więc łatwo w panikę. Czasami wręcz stawiam jej opór, powodowany ciekawością. Bywa, że potem tego żałuję.

Kiedy więc bezszelestnie przerzucałem kartki, pomyślałem sobie, że Grzyb przecież wcale nie musiał być samotny. Książki mogły należeć do kogoś innego. Do jego towarzyszki życia. Przegląd sypialni nie potwierdził tego podejrzenia. W szafie wisiały tylko jego ubrania. Rozgrzebane łóżko, leżące na podłodze wczorajsze slipy i skarpetki, i na wpół zjedzona drożdżówka z rodzynkami na papierowym talerzyku przeczyły cywilizowanej obecności kobiety.

Klimatyzator w oknie był wyłączony. Nie dochodził z niego nawet najmniejszy powiew.

Słaby zaduch, który poczułem w kuchni, tutaj był dużo silniejszy. Trochę przypominał swąd spalonego kabla, ale miał w sobie też coś z amoniaku i jakby pyłu węglowego oraz gałki muszkatołowej. A jednak żadna woń nie dominowała nad innymi.

Krótki korytarz, wiodący do sypialni, prowadził także do łazienki. Lustro już dawno było niemyte. Na zlewie leżała niezamknięta tubka pasty do zębów. Z kosza wysypywały się brudne papierowe chusteczki do nosa i inne śmieci.

Wróciłem do pokoju. Po drugiej stronie były kolejne drzwi. Podejrzewałem, że prowadzą do drugiej sypialni albo garderoby.

W ich pobliżu powietrze stało się tak zimne, że zobaczyłem bladą mgiełkę swojego oddechu. Przekręciłem lodowatą klamkę. Za drzwiami rozciągało się królestwo ciszy, która pochłonęła wszystkie resztki dźwięków. Przez chwilę nie słyszałem nawet własnego serca.

Czarny pokój czekał.

Rozdział dziesiąty

W ciągu dwudziestu lat swojego życia byłem w wielu ciemnych miejscach. W niektórych tylko brakowało światła, w innych także nadziei. Nigdzie jednak nie widziałem tak nieprzeniknionej czerni jak w dziwnym domu Grzyba.

Pokój był albo pozbawiony okien, albo na głucho zabity deskami i zasłonięty przed najmniejszą odrobiną słońca. Gdyby stał w nim na przykład elektroniczny budzik, to blade cyfry jaśniałyby w ciemnościach niczym latarnia morska.

Stałem w progu, gapiąc się w smolistą czerń. Wydawało mi się, że spoglądam w jakiś odległy i martwy zakątek otchłani kosmosu, w którym gwiazdy zmieniły się w bryły wypalonych węgli. Ziąb przenikał mnie do szpiku kości. Dokuczliwa cisza potęgowała wrażenie, że oto znalazłem się na niegościnnej stacji w przestrzeni międzyplanetarnej.

Zauważyłem coś jeszcze dziwniejszego. Przez otwarte drzwi do wewnątrz nie wpadała żadna smuga blasku. Granica między dniem i nocą była tak wyraźna, że tworzyła jakby czarną linię, namalowaną na futrynie. Mrok nie tylko bronił się przed światłem, on je pochłaniał.

Przyszło mi na myśl, że stoję przed litą ścianą najczarniejszego obsydianu, pozbawionego typowego lśnienia.

Nie jest mi obce uczucie strachu. Wrzućcie mnie do klatki

z głodnym tygrysem, to po ucieczce, tak jak każdy, będę musiał wziąć solidną kąpiel i wyprać spodnie.

Życie nauczyło mnie jednak, że najgorsze są znane strachy. Nieznane na ogół bywają mniej groźne. Większość ludzi boi się jednych i drugich.

Ja czuję strach przed ogniem, trzęsieniem ziemi i żmiją. Ale największe przerażenie ogarnia mnie na widok bliźnich, bo wiem, że są zdolni do najokropniejszych zbrodni.

Natomiast wielka tajemnica życia — śmierć i to, co się po niej dzieje — w ogóle mnie nie przeraża, bo codziennie obcuję ze zmarłymi. A poza tym głęboko wierzę, że nie odejdę w nicość.

Ile razy na różnych horrorach każdy z nas wkurzał się na bohaterów, że włóczą się po nawiedzonym domu, zamiast najzwyczajniej uciec? Zaglądali do różnych pomieszczeń, owianych ponurą sławą, penetrowali strychy pełne pajęczyn i cieni, i schodzili do piwnic, w których się gnieździły demony i karaluchy. A kiedy któryś wreszcie ginął z hukiem i trzaskiem, zarąbany-zakłuty-uduszony-lub-ścięty, zgodnie z twórczą inwencją wariata-reżysera, wzdrygaliśmy się na krześle, mówiąc „idiota", bo naprawdę zasłużył na tak głupi koniec.

Głupi wprawdzie nie jestem, ale z drugiej strony nigdy nie uciekam z nawiedzonych domów. Niespotykany dar widzenia, który mam już od niemowlęcia, pobudza mnie do eksploracji. Nie potrafię od niego uciec, tak jak cudowne dziecko nie ucieka przed czarodziejską mocą fortepianu. W pewnych sytuacjach chyba przypominam pilota myśliwca, czekającego tylko na to, żeby wzbić się w rozrywane pociskami niebo.

Właśnie z tego powodu Stormy czasem pyta, czy mój dar jest naprawdę darem, czy raczej przekleństwem.

Stanąłem na krawędzi czerni, uniosłem prawą dłoń jak do przysięgi — i ostrożnie dotknąłem pozornej bariery. Chociaż pochłaniała światło, to nie napotkałem praktycznie żadnego oporu. Moja dłoń zniknęła w smolistej przestrzeni.

Przez słowo „zniknęła" chcę powiedzieć to, że nie widziałem nawet najmniejszego śladu swoich palców. Ręka jak amputowana kończyła się w nadgarstku.

Przyznam szczerze, że serce waliło mi jak młotem, chociaż nie czułem bólu. Cofnąłem dłoń i odetchnąłem z ulgą — oczywiście bezgłośnie — widząc, że wszystkie palce wróciły nietknięte. Miałem wrażenie, że bez większego szwanku przeżyłem coś na kształt sztuczki w wykonaniu samozwańczo „złych" iluzjonistów, Penna i Tellera.

Kiedy jednak przestąpiłem próg, ani na chwilę nie puszczając klamki, nie znalazłem się w świecie iluzji, lecz w zupełnie realnym miejscu. No, przynajmniej tak realnym jak we śnie. Wokół mnie wciąż panowała niczym nieskażona ciemność. Zimno było jak diabli, a cisza zatykała niczym skrzepy w uszach postrzelonego w głowę.

Z przodu nic nie widziałem, lecz kiedy spojrzałem za siebie, to za drzwiami ujrzałem pokój w normalnym dziennym świetle. Nie biło jednak stamtąd więcej blasku niż z olejnego krajobrazu.

Chwilami się spodziewałem, że zobaczę Grzyba, który właśnie wrócił i z rozbawieniem patrzył na moją dłoń kurczowo zaciśniętą na klamce. Na szczęście wciąż byłem sam.

Kiedy odkryłem, że widzę wyjście i że znajdę drogę powrotu, puściłem klamkę i wszedłem głębiej. Jak tylko odwróciłem głowę, stałem się kompletnie ślepy i głuchy. Nie widząc, nie słysząc, straciłem orientację. Wymacałem kontakt na ścianie i pstryknąłem nim parę razy. Nic.

Wreszcie zauważyłem małe czerwone światło, którego przedtem na pewno tu nie było. Morderczy blask krwawego oka, tyle że to nie oko.

Gdzieś zniknęło moje poczucie przestrzeni i zdolność dokładnej oceny odległości. Malutka lampka wydawała mi się odległa o całe mile, niczym latarnia na maszcie statku, żeglującego nocą po morzu. Ale w tym domu brakowało miejsca dla takiej przestrzeni.

Odjąłem rękę od kontaktu. Nagle poczułem przypływ wewnętrznej energii jak pijak podniecony wonią alkoholu. Niemal nie dotykałem stopami podłogi, z determinacją idąc do czerwonej lampki.

Zastanawiałem się, dlaczego nie zjadłem drugiej porcji kokosowo-wiśniowych lodów z czekoladą, kiedy miałem po temu wymarzoną okazję. Zrobiłem sześć kroków, potem dziesięć... dwadzieścia... Światło nie stało się przez to większe. Im szybciej szedłem, tym szybciej zdawało się uciekać.

Zatrzymałem się i spojrzałem za siebie. Chociaż nie byłem ani trochę bliżej światła, to oddaliłem się od progu o mniej więcej dziesięć metrów.

Ciekawsza była jednak postać, która stanęła w drzwiach. Nie Grzyb. Na tle jasnego światła zobaczyłem... siebie.

Zwykle nie boję się tak zwanych tajemnic wszechświata. Nie tracę czasu na zachwyty, zdumienie i niedowierzanie. Ale teraz na klawiszach mojego umysłu wszystkie trzy uczucia zagrały arpeggio.

Wiedziałem, że nie patrzę na moje lustrzane odbicie, lecz na wszelki wypadek musiałem to sprawdzić. Uniosłem rękę i pomachałem. Drugi Odd Thomas nie pomachał do mnie, jak zrobiłby to człowiek w lustrze.

Co prawda stałem w oleistej czerni, więc może mnie nie widział. Usiłowałem krzyknąć. Czułem, jak napinają mi się struny głosowe, lecz nie słyszałem żadnego dźwięku. Tamten Odd Thomas pewnie też mnie nie słyszał.

Bardzo powoli, tak jak ja przedtem, zanurzył dłoń w nieprzeniknionym mroku i z takim samym osłupieniem oglądał efekt „amputacji".

To wydarzenie chyba naruszyło jakąś przedziwnie wątłą równowagę, bo czarny pokój nagle zawirował na podobieństwo żyroskopu. Tylko czerwone światło pozostało w miejscu. Tajemnicza siła zgarnęła mnie niczym mamucia fala zmiatająca pływaka z deski surfingowej i magicznie zabrała z ponurej komnaty —

— z powrotem do pokoju z książkami.

Wbrew temu, czego można było się spodziewać, nie zbudziłem się, leżąc na stosie papierów, ale stałem i to z grubsza w tym samym miejscu, w którym stałem przedtem. Ponownie podniosłem z podłogi jedną z książek. Ponownie kartki nie chciały szeleścić. Słyszałem tylko, jak mi bije serce.

Spojrzałem na zegarek i uświadomiłem sobie, że byłem naprawdę PRZEDTEM. Nie tylko wyszedłem z czarnego pokoju w jakiś tajemniczy i nieznany sposób, ale także cofnąłem się w czasie o kilka minut.

Ponieważ przed chwilą zobaczyłem siebie, jak ostrożnie zaglądam do ciemnej komnaty, więc uznałem, że doszło do jakiejś anomalii i że teraz aż dwóch nas krąży po tym dziwnym domu. Ja stałem tutaj, z książką Nory Roberts, a drugi włóczył się gdzieś po pokojach.

Już na początku wszystkich uprzedzałem, że mam dziwne życie.

Ciągłe kontakty z różnymi zjawiskami poszerzyły moje horyzonty oraz wyobraźnię do granic, które ktoś mógłby zwać szaleństwem. Ta właśnie cecha pozwoliła mi o wiele łatwiej uwierzyć w podróż w czasie. Wcale nie twierdzę, że to dla mnie dobre — bo każdy inny człowiek w takiej sytuacji na pewno zwiałby z domu Grzyba, aż by się kurzyło.

Ja nie uciekłem. Nie wróciłem także od razu do sypialni — do starej drożdżówki, majtek i skarpetek ani do łazienki.

Na początek odłożyłem książkę i przez kilka sekund stałem zupełnie spokojnie, zastanawiając się nad potencjalnymi skutkami spotkania z drugim Oddem. Poszukiwałem najbezpieczniejszego i najbardziej racjonalnego wyjścia z tej sytuacji.

No dobrze, kłamię. Bałem się wspomnianych skutków i nie miałem wystarczająco wiele doświadczenia, żeby wszystko dokładnie przewidzieć. I szczerze mówiąc, wcale nie wiedziałem, co dalej robić.

O wiele szybciej pakuję się w kłopoty, niż potem z nich wychodzę.

Podszedłem do drzwi i ostrożnie wyjrzałem na korytarz.

Drugi Odd stał w progu czarnego pokoju. To musiał być ten wcześniejszy ja, który jeszcze nie wszedł do środka.

Mógłbym krzyknąć do niego, gdyby dom tak skutecznie nie tłumił wszystkich dźwięków. Nie wiem, czy byłoby to najmądrzejsze, i bardzo dobrze, że okoliczności odwiodły mnie od tego.

Nie mam pojęcia, co bym mu powiedział, gdyby mnie słyszał. „Cześć, jak leci?".

Gdybym podszedł i w narcystycznym odruchu go uściskał, to możliwe, że tym sposobem rozwiązałbym paradoks dwóch Thomasów. Jeden z nas mógłby zniknąć. Albo obaj zginęlibyśmy w straszliwej eksplozji.

Przemądrzali fizycy twierdzą, że dwie rzeczy nigdy nie mogą istnieć w tym samym miejscu i czasie. Ostrzegają, że taka próba mogłaby okazać się tragiczna w skutkach.

Jeśli się dobrze zastanowić, to większość praw fizyki jest niczym innym jak tylko dostojnym określeniem absurdalnie trywialnych zjawisk. Każdy pijak, który chce zaparkować tam, gdzie stoi lampa, staje się domorosłym fizykiem.

Przyjąłem zatem, że nie możemy egzystować razem, bo to doprowadziłoby do katastrofy. Nie zamierzałem także eksplodować. Pozostałem więc w ukryciu, aż Odd Thomas zniknął w czarnym pokoju.

Większość czytelników zapewne podejrzewa, że w tym momencie paradoks dobiegł końca i że poważny kryzys, grobowym tonem zapowiadany przez uczonych, został na dobre zażegnany. Jeśli i Ty tak myślisz, to Twój optymizm wynika z prostego faktu, że postrzegasz świat wyłącznie za pomocą pięciu zmysłów. Nie jesteś, tak jak ja, zmuszany do działania przez paranormalną siłę, nad którą nie masz pełnej kontroli i której nie rozumiesz.

Możesz uważać się za szczęściarza.

Kiedy tylko spostrzegłem, że tamten Odd Thomas po raz pierwszy wchodzi do czarnego pokoju, podszedłem do drzwi, które zostawił za sobą otwarte. Oczywiście, nie widziałem go, ale byłem pewien, że wkrótce się odwróci i spojrzy w moją stronę. W mojej rzeczywistości to już się zdarzyło.

Odczekałem chwilę, żeby zobaczył czerwone światełko i zbliżył się do niego o dwadzieścia kroków. Domyślałem się, że zaraz popatrzy na mnie. Spojrzałem na zegarek i zapamiętałem, o której dokładnie zaczął się ten fragment. Potem wsunąłem w ciemność prawą rękę, po prostu, aby sprawdzić, czy coś się zmieniło, i ponownie wszedłem.

Rozdział jedenasty

Moim największym zmartwieniem, oprócz tego, że mogę eksplodować i spóźnić się na kolację ze Stormy, było to, że wpadnę w pętlę czasu i na zawsze zostanę więźniem w domu Grzyba, przez całą wieczność wchodząc do czarnej komnaty. Nie wiem, czy taka pętla w ogóle jest możliwa. Pierwszy lepszy fizyk zapewne by mnie wyśmiał i zarzucił mi ignorancję. Lecz to był mój kłopot, więc miałem prawo do domysłów.

Bądźcie spokojni — pętli nie było. Nie zamierzam do końca książki wciąż pisać o tym samym, choć są powody, dla których wolałbym ten stan rzeczy.

Za drugim razem mniej się wahałem. Szedłem do czerwonej lampki dużo śmielej, chociaż znowu z podobnie dziwnym podnieceniem, jakie odczuwałem przedtem. Lampka świeciła jakby groźniej, ale nie rozświetlała mroku.

Dwa razy popatrzyłem w otwarte drzwi pokoju, lecz nie zobaczyłem siebie. Mimo to nagle poczułem, że przestrzeń znów wiruje i znowu jakaś siła porwała mnie ze sobą —

— i przeniosła w upał lipcowego dnia. Właśnie wyszedłem z cienia rzucanego przez wiatę. Promienie słońca wbiły mi się w oczy pękami złotych igieł.

Przystanąłem, zmrużyłem powieki przed blaskiem i wycofałem się pod daszek.

Cisza panująca w domu nie wydostała się na zewnątrz. Gdzieś leniwie zaszczekał pies. Ulicą jechał stary pontiac z kaszlącym silnikiem i piszczącym paskiem klinowym. W czarnym pokoju spędziłem nie więcej niż minutę. Spojrzałem na zegarek. Najwyraźniej zostałem nie tylko wyrzucony z domu, ale też przeniesiony w przyszłość o pięć lub sześć minut.

Na spalonym słońcem podwórku i w skołtunionych krzakach, pod siatką oddzielającą tę posesję od następnej, monotonnie brzęczały cykady. Brzęczały i brzęczały jakby nasłoneczniona część naszego świata wciąż była narażona na krótkie spięcia.

W mojej głowie kłębiło się od rozmaitych pytań, lecz żadne z nich nie dotyczyło opon ani tym bardziej przygotowań, które powinien podjąć dwudziestoletni kucharz, aby spokojnie, w sześćdziesiątym piątym roku życia, odejść na emeryturę.

Zastanawiałem się, czy to możliwe, że głupkowato uśmiechnięty facet, niesprzątający w domu i na zmianę czytający romanse i pornosy, mógł jednocześnie być geniuszem, który używając elektronicznych części z Radio Shack, zmienił swój pokój w wehikuł czasu. Rok po roku liczne doświadczenia leczyły mnie ze sceptycyzmu, ale tym razem takie wyjaśnienie po prostu mi nie wystarczało.

Zastanawiałem się, czy Grzyb naprawdę był człowiekiem, czy może coś nowego zjawiło się w sąsiedztwie.

Zastanawiałem się, jak długo już tu może mieszkać, za kogo się podaje i co zamierza zrobić.

Zastanawiałem się, czy czarny pokój jest tylko wehikułem czasu, czy też czymś więcej. Moje wędrówki w czasie i przestrzeni mogły być ubocznym skutkiem jego podstawowej funkcji.

Zastanawiałem się, jak długo jeszcze będę stał pod przekrzywioną wiatą i myślał, zamiast coś w końcu zrobić.

Drzwi do kuchni, przez które poprzednio wszedłem do domu, zamknęły się automatycznie, jak tylko je puściłem. Znowu więc podważyłem zamek prawem jazdy, zadowolony, że mam od władz stanowych coś pożytecznego za moje podatki.

W kuchni, jak przedtem, znalazłem brązową skórkę od banana na desce do krojenia. Żadna gosposia, podróżująca w czasie, nie pojawiła się pod moją nieobecność, by pozmywać brudne naczynia.

W pokoju wciąż leżały pornosy i romanse, ale zanim doszedłem do końca korytarza, stanąłem jak wryty, uświadomiwszy sobie, że jednak coś się zmieniło.

Wszystko słyszałem. W kuchni wiekowe linoleum skrzypiało mi pod nogami. Wahadłowe drzwi do pokoju zgrzytały na zawiasach. Tajemniczy wir nie wsysał już każdego dźwięku.

Powietrze, przedtem lodowato zimne, teraz było zaledwie chłodne. I wciąż się robiło cieplej.

Przykra woń, która nie całkiem przypominała swąd spalonego kabla, zmieszany z czymś, co nie całkiem przypominało zapach amoniaku-węgla-gałki-muszkatołowej, stała się ostrzejsza, ale ciągle nie do rozpoznania.

Zwykłe przeczucie, niewiele mające wspólnego z szóstym zmysłem, ostrzegło mnie, żebym nie szedł dalej, do czarnego pokoju. Prawdę mówiąc, to chciałem jak najszybciej umknąć z korytarza.

Wróciłem do kuchni i schowałem się za wahadłowymi drzwiami, uchylając je odrobinę, aby zobaczyć, przed kim uciekałem. O ile był ktoś taki...

Ledwie zdążyłem się ukryć, a już wataha zjaw pognała korytarzem w kierunku salonu.

Rozdział dwunasty

Stado bodachów w pędzie przypomina trochę sforę wygłodniałych wilków. Innym razem są bardziej podobne do czatujących kotów.

Ten rój, który teraz wypełniał korytarz, miał w sobie coś z chmary owadów. Zjawy poruszały się czujnie, a zarazem szybko, niby kolonia wielkich karaluchów.

Dorównywały im też liczebnością. Dwadzieścia, trzydzieści, czterdzieści... Czarne i milczące, przemknęły do pokoju niczym cienie zbiegłe od swych legalnych właścicieli.

Jak smugi sadzy gnane powiewem, przedostawały się przez krzywe drzwi i wypaczone okna. Przez szczeliny i szpary uciekały z domu na zalane słońcem ulice Camp's End.

Uciekały, a jednak wciąż ich przybywało: pięćdziesiąt, sześćdziesiąt, siedemdziesiąt i więcej. Nigdy przedtem nie spotkałem ich tak wielu naraz.

Z kryjówki w kuchni nie widziałem całego korytarza, lecz domyślałem się, skąd przyszły. Nie wykluwały się z szarych kłębków kurzu i zbutwiałych skarpetek pod skotłowanym łóżkiem Grzyba. Nie wyszły z szafy ani ze zlewu, ani też z sedesu. Trafiły tutaj przez czarny pokój.

Wyglądało na to, że strasznie chcą się stąd wydostać i zwiedzić Pico Mundo. Lecz w pewnej chwili jeden bodach oddzielił się od reszty i jak wryty stanął pośrodku salonu.

Przyszło mi na myśl, że żadne sztućce i chemikalia, które były w kuchni, nie pomogą mi w walce ze zjawą. Skoro nie miała ciała, to nie mogłem jej nawet zranić. Wstrzymałem oddech.

Bodach stał nisko pochylony. Tak nisko, że przednie łapy — o ile to były łapy — zwisały mu poniżej kolan. Powoli obracał łbem i patrzył na dywan, jakby szukając śladów.

Żaden troll, przycupnięty w mroku i węszący za wonią krwi dziecka, nie wyglądał bardziej złowieszczo.

Siedziałem z lewym okiem przyklejonym do wąskiej szczeliny między futryną i drzwiami, jakby ciekawość zupełnie odebrała mi rozum i trzymała mnie tutaj nawet w chwili, w której najmądrzej było się zerwać i uciekać.

Pochód zjaw trwał nieprzerwanie. Mój prześladowca nie zwracał na to najmniejszej uwagi. Podniósł się i wyprostował grzbiet. Uniósł głowę i powolutku popatrzył w lewo i prawo.

Kląłem w duchu na brzoskwiniowy szampon. Dopiero teraz zdałem sobie sprawę, że czuć ode mnie wyraźną woń dymu i smażonego mięsa. Kucharz po pracy jest łatwym łupem dla lwów lub gorszych drapieżników.

Niemal bezkształtny, czarny jak noc bodach miał coś w rodzaju nosa, lecz bez widocznych nozdrzy. Nie mogłem także dostrzec jego uszu. Mimo to przeszukiwał pokój tak, jakby starał się coś wywęszyć lub usłyszeć.

Nagle zwrócił łeb w stronę drzwi do kuchni. Chyba mnie dostrzegł, chociaż był niewidomy jak Samson w Gazie.

Znam parę szczegółów z historii Samsona, bo jest dla mnie klasycznym przykładem tego, ile nieszczęść spada na ludzi, którzy są... hmmm... nieco utalentowani.

Wyprostowany bodach był większy ode mnie i nawet w swojej bezcielesnej postaci sprawiał wrażenie groźnego. Dumna postawa i zuchwale uniesiony łeb wywoływały we mnie te same myśli, które musi odczuwać mysz na widok pantery — wiedziałem, że zginę marnie, gdy tylko machnie łapą.

Wstrzymywałem oddech tak długo, aż mnie zabolało w płucach.

Miałem ochotę wiać stąd, gdzie pieprz rośnie, lecz bałem się, że przy najlżejszym poruszeniu drzwi bodach na pewno mnie zobaczy i skoczy za mną w pogoń.

W smętnym nastroju niepewności sekundy wlokły się jak minuty. Nagle, ku memu zaskoczeniu, zjawa schyliła się i chyłkiem pobiegła za innymi. Giętka jak czarna jedwabna wstążka przemknęła przez okienną szparę i zniknęła w słońcu.

Odetchnąłem pełną piersią. Powietrze wydawało mi się niemal słodkie. Patrzyłem, jak pozostałe cienie przesuwają się po korytarzu.

Kiedy ostatni z nich wydostał się na wolność, poszedłem do salonu. Ostrożnie.

Co najmniej setka ich przebiegła przez ten pokój. Podejrzewam, że nawet sto pięćdziesiąt.

Pomimo to wszystkie książki leżały tam, gdzie przedtem. Ani jedna kartka nie była poruszona. Tłum cieni nie pozostawił śladów na dywanie.

Wyjrzałem przez frontowe okno na spłowiały trawnik i skąpaną w słońcu ulicę. Jak okiem sięgnąć, nie wałęsał się tu żaden bodach.

Nienaturalny chłód zalegający w domu zniknął razem z nimi. Skwar pustynnego dnia przedostał się przez cienkie mury i sprawił, że dosłownie zewsząd buchał żar jak z otwartego pieca.

Na ścianach korytarza, nawet tam, gdzie zaledwie kilka minut temu najgęściej kłębiły się mroczne cienie, nie widać było żadnej smugi. Nie poczułem także woni spalonego kabla.

Trzeci raz podszedłem do tych samych drzwi.

Czarny pokój zniknął.

Rozdział trzynasty

Stałem w progu zwykłego pokoiku, o zupełnie skończonych wymiarach, tak na oko mniej więcej trzy i pół na cztery metry. Naprzeciwko mnie było pojedyncze okno, częściowo przesłonięte kunsztowną koronką liści drzewa olejkowego, skutecznie pochłaniającą większość słonecznego blasku, nie na tyle jednak, bym nie zauważył, że w pokoju nie ma czerwonego światła. Ani na środku, ani w żadnym kącie.

Gdzieś zniknęło źródło tajemniczej siły, dzierżącej władzę nad tym pomieszczeniem. Tej samej siły, która przenosiła mnie w przód i w tył w strumieniu czasu.

Pokój był chyba pracownią Grzyba. Całość umeblowania stanowiły żelazne szafki z szufladami, biurowy fotel i szare metalowe biurko z plastikowym blatem, imitującym drewno.

Na ścianie naprzeciw biurka wisiały trzy duże czarno-białe zdjęcia, wydrukowane zapewne na ploterze. Trzy portrety trzech mężczyzn — jednego z nieprzytomnym wzrokiem i radosnym uśmiechem na twarzy i dwóch ponuraków.

Wszyscy mi byli skądś znajomi, ale od razu rozpoznałem tylko wesołka. Charles Manson, sprytny demagog, którego mrzonki o rewolucji i wojnie rasowej odkryły raka toczącego generację dzieci kwiatów i zniweczyły wiek Wodnika. Na czole miał wyciętą swastykę.

Ciekawiło mnie, kim są dwaj pozostali. Nie wyglądali na komików z Vegas ani na słynnych filozofów.

Może to moja wyobraźnia, w połączeniu z przesączonym przez koronkę blaskiem, przydała ich oczom srebrnego połysku? W każdym razie mieli jakby mleczne, zamglone spojrzenie, niczym para zombi z filmu o żywych trupach.

Wcale nie byłem tym zachwycony, więc zapaliłem światło.

Bardzo dziwne — kurz i szpargały nie miały tutaj prawa wstępu. Po przekroczeniu progu Grzyb bałaganiarz zmieniał się w pedanta.

W szufladach przechowywał starannie ułożone teczki z wycinkami z gazet i wydrukami z Internetu. Wszystkie z nich dotyczyły seryjnych morderców i zbrodniarzy na wielką skalę.

Przegląd zaczynał Kuba Rozpruwacz, a kończył Osama bin Laden, na którego w piekle czekała specjalnie podgrzewana cela. Ted Bundy, Jeffrey Dahmer... Charles Whitman — snajper, który w sześćdziesiątym szóstym roku zabił szesnaście osób w Austin, w Teksasie. John Wayne Gacy. Ten z kolei uwielbiał przebierać się za klauna na przyjęciach dla dzieci. Zrobił sobie zdjęcie na politycznym wiecu w towarzystwie amerykańskiej pierwszej damy Rosalyn Carter i zakopał kilkanaście poćwiartowanych ciał na podwórku i w piwnicy pod swoim własnym domem.

Wyjątkowo grubą teczkę miał Ed Gein, pierwowzór postaci Normana Batesa z *Psychozy* i Hannibala Lecetra z *Milczenia owiec*. Nosił ozdobny pasek z sutków swoich ofiar, a za talerz do zupy służył mu ludzki czerep.

Nie bałem się obcych strachów z czarnego pokoju. Teraz jednak miałem przed sobą prawdziwe zło, znane i namacalne. Z duszą na ramieniu, drżącymi rękami przerzucałem akta, aż wreszcie zatrzasnąłem szafkę i postanowiłem więcej jej nie otwierać.

Wskutek tej lektury przypomniałem sobie, kim byli dwaj kolesie wiszący po bokach Mansona.

Z prawej patrzył na mnie Timothy McVeigh, sądzony i skazany za podłożenie bomby w budynku federalnym w Oklahoma City w tysiąc dziewięćset dziewięćdziesiątym piątym roku. Zginęło wtedy sto sześćdziesiąt osiem osób.

Po lewej wisiał Mohammed Atta, który wbił samolot w jeden z wieżowców World Trade Center, zabijając tysiące ludzi. Nie wydawało mi się, żeby sympatie Grzyba były po stronie radykalnych islamskich faszystów. Raczej, tak jak w wypadku Mansona i McVeigha, imponowała mu sprawność terrorysty, brutalność działań i posłuszeństwo w służbie zła.

Zatem ten pokój nie był pracownią. Tutaj mieściła się świątynia.

Zobaczyłem już dużo. Nawet za dużo, jeśli o mnie chodzi. Chciałem stąd wyjść. Chciałem wrócić do Tire World, odetchnąć zapachem gumy gotowej do dalekiej drogi i pomyśleć nad tym, co dalej.

Zamiast tego usiadłem w fotelu. Wcale nie jestem bojaźliwy, ale wzdrygnąłem się mimo woli, kiedy oparłem ręce w miejscu, którego dotykały przedtem jego dłonie.

Na biurku stały monitor i drukarka, mosiężna lampa i kalendarz. Żadnej najmniejszej plamki brudu czy odrobiny kurzu.

Powiodłem wzrokiem po pokoju, rozmyślając, jak to się dzieje, że czasami zmienia się w smolistą pustkę, a czasami wraca do normalnego stanu.

Ognie świętego Elma nie tańczyły na krawędziach szafek. Nie znalazłem objawów tajemniczych mocy ani innych zjawisk pozaziemskich.

A jednak przez pewien czas ten pokój był... portalem łączącym Pico Mundo z czymś bardzo odległym, położonym dalej niż Los Angeles lub nawet Bakersfield. Może na moment ów dom stał się stacją przesiadkową między naszym światem i piekłem? Pod warunkiem, że piekło w ogóle istniało.

Gdybym tak dotarł do czerwonego światła, błyszczącego w nieprzeniknionej czerni, zapewne trafiłbym na jakąś odległą planetę w zapomnianym kącie kosmosu, planetę, na której rządziły bodachy. Niestety nie miałem ze sobą wejściówki, więc wymiotło mnie najpierw w przeszłość do salonu, a potem w przyszłość, na parking.

Oczywiście brałem też pod uwagę to, że mogłem ulec złudzeniu. Na przykład mogłem być tak ogłupiały jak, dajmy na to, szczur z laboratorium, faszerowany toksynami o działaniu psychotropowym i zmuszany do oglądania telewizyjnych reality shows, pokazujących codzienne życie przebrzmiałych supermodelek i podstarzałych gwiazdorów rocka.

Czasem naprawdę myślę, że zwariowałem. Ale jak każdy porządny wariat z miejsca odrzucam wszelkie podejrzenia o moją niepoczytalność.

Nie chciało mi się szukać ukrytego wyłącznika, który z powrotem zmieniłby ten pokój w czarną dziurę. Rozsądek podpowiadał mi, że przepotężna siła, która otworzyła portal, pochodzi raczej z tamtej strony, a nie z naszego świata.

Przyszło mi na myśl, że Grzyb mógł nie wiedzieć, iż jego *sanctum* służy nie tylko za archiwum zboczonych marzeń, ale także za docelowy dworzec dla upiorów wybierających się na krwawy urlop. Jeżeli, w przeciwieństwie do mnie, nie miał szóstego zmysłu, to siedział tutaj, grzebiąc w papierach, nieświadom, że wokół niego kłębi się tłum złowieszczych cieni.

Gdzieś blisko mnie coś zachrobotało, jakby klekoczące kości. Oczami wyobraźni od razu zobaczyłem szkielet. Potem to samo coś zaszeleściło i umilkło.

Wstałem z fotela i z napięciem nadstawiłem uszu.

Sekundy mijały w ciszy. Pół minuty bez klekotania.

Pewnie szczur, co się wkurzył na skutek upału i łazi za ścianą albo gdzieś na strychu.

Z powrotem usiadłem za biurkiem i zacząłem kolejno zaglądać do szuflad.

Poza zwykłymi rzeczami, takimi jak ołówki, długopisy, spinacze, zszywacz i nożyczki, znalazłem dwa wyciągi z banku i książeczkę czekową. Wszystko wystawione na nazwisko Robert Thomas Robertson z Camp's End.

A zatem żegnaj, Grzybie. Witaj, Bob.

Bob Robertson wcale nie brzmiało groźnie i nijak nie nadawało się dla zbrodniarza. Nawet potencjalnego. Bardziej brzmiało jak imię i nazwisko jowialnego sprzedawcy starych samochodów.

Wyciąg z Bank of America liczył cztery strony i dotyczył stałego konta, dwóch depozytów — każdy po pół roku — bonów komercyjnych i akcji. Ogólna kwota, którą Robertson zgromadził w Bank of America, wynosiła siedemset osiemdziesiąt sześć tysięcy pięćset czterdzieści dwa dolary i dziesięć centów.

Przeczytałem to aż trzy razy, żeby sprawdzić, czy się nie pomyliłem.

Czterostronicowy wyciąg z Wells Fargo Bank z podsumowaniem wszystkich środków opiewał na czterysta sześćdziesiąt trzy tysiące sto dwadzieścia pięć dolarów i czterdzieści trzy centy.

Robertson trochę gryzmolił, ale dokładnie prowadził wszelkie rozliczenia w książeczce czekowej. Mógł z niej wypłacić dodatkowo sto dziewięćdziesiąt osiem tysięcy sześćset czterdzieści osiem dolarów i dwadzieścia jeden centów.

Facet, który miał majątek w wysokości prawie półtora miliona dolców, mieszkał w ruderze na obrzeżach miasta, w omijanym przez wszystkich Camp's End. To zakrawało na perwersję.

Gdybym to ja zgromadził aż tyle zielonych, byłbym kucharzem z czystej przyjemności. Nie pracowałbym dla zarobku. Podejrzewam też, że świat opon straciłby dla mnie urok.

Może Robertson nie dbał o luksusy, bo więcej przyjemności sprawiały mu marzenia o najkrwawszych zbrodniach?

Nagły łopot niemal mnie znów poderwał z fotela, lecz zaraz potem usłyszałem donośne krakanie i zrozumiałem, że to tylko wrony ganiają się po dachu. Odlatywały tuż przed świtem, żeby uniknąć najgorszego skwaru, przez cały dzień siedziały pod altaną liści i wracały, kiedy gasnące słońce powoli kończyło wędrówkę po niebie.

Wron się nie boję.

Ponownie przejrzałem książeczkę czekową. W ciągu minionych trzech miesięcy znalazłem opłaty wyłącznie za światło, gaz i tym podobne. Dziwniejsze jednak, że Robertson całkiem spore sumy wypłacał gotówką.

Przez ostatni miesiąc pobrał łącznie trzydzieści dwa tysiące, w ratach po dwa i cztery tysiące baksów. Łączna kwota za dwa miesiące wynosiła pięćdziesiąt osiem tysięcy.

Nawet przy swoim apetycie nie zdołałby zjeść wszystkich lodów kupionych za tyle pieniędzy w Burke & Bailey.

Najwyraźniej miał inne kosztowne zachcianki. Cokolwiek kupował, wolał za to nie płacić czekiem lub kartą kredytową.

Odłożyłem papiery z powrotem do szuflady i doszedłem do wniosku, że stanowczo za długo przebywam w tym domu.

Początkowo myślałem, że warkot podjeżdżającego pod dach explorera w porę uprzedzi mnie o powrocie Grzyba. Zdążyłbym wtedy uciec frontowymi drzwiami, w czasie gdy on zmierzałby do bocznego wejścia. Miałbym się jednak z pyszna, gdyby wrócił pieszo lub na przykład zostawił samochód na ulicy.

Wciąż gapili się na mnie McVeigh, Manson i Mohammed Atta. Wydawało mi się, że w ich oczach widzę złośliwą ciekawość, jakby oczekiwali, że zdarzy się coś złego.

Mimo to wytrzymałem jeszcze odrobinę i przerzuciłem kilka małych prostokątnych kartek kalendarza, szukając dat jakichś spotkań lub innych zapisków, poczynionych ostatnio ręką Robertsona. Wszystkie były zupełnie puste.

Wróciłem więc do dzisiejszej daty — wtorek, czternasty sierpnia — i zerknąłem w przyszłość. Brakowało piętnastego sierpnia. Ktoś wyrwał kartkę. Poza tym w kalendarzu nie było żadnych notatek.

Zostawiłem pokój, tak jak go zastałem, wstałem od biurka i podszedłem do drzwi. Zgasiłem górne światło. Złote promienie słońca, pocięte na kawałki przez długie wąskie liście, płonęły sztucznym ogniem na zasłonach, ale nie oświetlały wnętrza. Obudzony z marazmu cień gromadził się najgęściej przy portretach morderców.

W tej samej chwili coś wpadło mi do głowy, a zdarzało mi się to o wiele częściej, niż niektórzy myśleli i niżbym sobie życzył. Zawróciłem, zapaliłem światło i podszedłem do szafki. Chciałem sprawdzić, czy w szufladzie oznaczonej „R", wśród akt rozmaitych szaleńców i zbrodniarzy, przypadkiem nie znajdę papierów gospodarza.

Znalazłem teczkę z napisem: ROBERTSON, ROBERT THOMAS.

Byłoby śmieszne, gdybym w środku odkrył wycinki z różnych gazet z opisami zagadkowych morderstw i rozmaite dane, wiążące się z każdą sprawą. Mógłbym je wtedy zapamiętać, odłożyć teczkę na miejsce i udać się natychmiast do Wyatta Portera.

A on już by na pewno wiedział, jak dorwać Robertsona. Wsadzilibyśmy go za kratki, zanim popełniłby następną zbrodnię, którą być może sobie zaplanował.

W teczce jednak nie było nic poza pojedynczą kartką — tą samą, która zniknęła z kalendarza. Środa, piętnasty sierpnia.

Robertson nic na niej nie zapisał. A przecież była bardzo ważna, skoro umieścił ją we własnych aktach.

Spojrzałem na zegarek. O północy, czyli za sześć godzin i cztery minuty, czternasty sierpnia miał się spotkać z piętnastym.

I co potem? Na pewno coś się stanie. Ale co? Nic... dobrego.

Poszedłem do salonu, do poplamionych mebli, kurzu i czasopism leżących na podłodze. Znów mnie uderzył kontrast między schludnym gabinetem i bałaganem panoszącym się w innych częściach domu.

Gdzieś tutaj, wśród tandetnych pisemek „dla panów" i romansów tak nieszkodliwych, że mogłaby je czytać nawet żona pastora, Robertson stawał się nieczuły na zapomniane skórki od banana, kubki po kawie i skarpetki, które domagały się prania. Był nieswój, niczym niekształtny posąg ulepiony z gliny, niepewny własnej tożsamości.

Drugi Robertson, ten zza biurka, kompletujący makabryczne akta i szukający w Internecie kolejnych danych o zbrodniarzach, wiedział, kim jest. A przynajmniej wiedział, kim chce zostać.

Rozdział czternasty

Wyszedłem tak samo jak wszedłem, czyli bocznymi drzwiami z kuchni na zadaszony podjazd, ale nie wróciłem do samochodu Terri. Najpierw poszedłem na tył domu, żeby popatrzeć na podwórko.

Frontowy trawnik ledwie się trzymał, ale ten z tyłu zdechł już dawno. Spalony ugór nie pił kropli wody od czasu ostatniego deszczu, który spadł w lutym, pięć i pół miesiąca temu.

Gdyby Robertson wzorem Gacy'ego chciał na podwórku grzebać ćwiartowane zwłoki, musiałby jakoś spulchniać ziemię, żeby w ogóle wbić w nią szpadel. W tym miejscu każdy nocny grabarz złamałby nawet kilof. Tutaj był potrzebny co najmniej młot pneumatyczny.

Wokół podwórka biegło ogrodzenie ze zwykłej drucianej siatki. Żadnych gęstych pnączy ani żywopłotu — słowem, niczego, co dawałoby mordercy choćby namiastkę prywatności. Gdyby sąsiedzi mieli akurat zamiłowanie do makabry, mogliby przynieść skrzynkę piwa, wyciągnąć się na leżakach i dla rozrywki pooglądać pogrzeb.

Zakładając, że Robertson istotnie był zbrodniarzem, a nie dopiero kandydatem, to jego „ogród" musiał znajdować się gdzieś indziej. Podejrzewałem jednak, że w aktach nic nie brakowało; datę debiutu wyznaczył sobie na jutro.

Na skraju dachu przysiadła wrona, łypnęła na mnie podejrzliwie, rozdziawiła pomarańczowy dziób i zakrakała ochrypłym głosem. Podejrzewała pewnie, że chcę jej ukraść jakiegoś trzeszczącego chrząszcza albo inny smakołyk z tej pustyni.

Pomyślałem o kruku z poematu Poego, siedzącym nad drzwiami biblioteki i powtarzającym w kółko: „Nigdy już! Nigdy już!".

Stałem zatem, gapiąc się w górę, i nie pomyślałem nawet, że wrona była dla mnie oczywistym znakiem, a słowa Poego kluczem do zagadki. Gdybym zrozumiał, że to ptaszysko odgrywa rolę Kruka, to przez następne kilka godzin zrobiłbym coś innego i Pico Mundo zachowałoby chociaż cień nadziei.

Nie znałem jednak znaczenia wrony, wróciłem więc do mustanga. Na fotelu obok kierowcy siedział Elvis w mokasynach, spodniach koloru khaki i hawajskiej koszuli.

Inne znajome duchy zawsze chodziły ubrane tak jak w chwili śmierci.

Na przykład mój nauczyciel angielskiego z gimnazjum, pan Callaway, zmarł w drodze na bal kostiumowy, przebrany za Tchórzliwego Lwa z *Czarodzieja z krainy Oz*. Ponieważ był człowiekiem poważnym i dobrze wykształconym, było mi potem głupio, gdy go widywałem na mieście w skórze z taniego pluszu, z oklapniętymi wąsami i obwisłym ogonem, ciągnącym się po ziemi. Nie ukrywam, że mi ulżyło, kiedy wreszcie wyniósł się na dobre.

Elvis Presley po śmierci, tak samo jak za życia, ustanawiał własne reguły. Wyglądało na to, że może bez przeszkód wynajdywać kostiumy, które kiedyś nosił w filmach i na estradzie. Nie brakowało mu także domowych ciuchów. Ilekroć go widziałem, za każdym razem wyglądał inaczej.

Gdzieś czytałem, że najadł się prochów nasennych i uspokajaczy i że umarł w bieliźnie, a może w piżamie. Niektórzy mówili, że w płaszczu kąpielowym, lecz inni stanowczo temu zaprzeczali. Ja natomiast nie widziałem go w żadnym z wymienionych strojów.

Na pewno zmarł w łazience, u siebie, czyli w Graceland, nieogolony, z twarzą w wymiocinach. Tak brzmiał oficjalny raport koronera.

Na szczęście do mnie przychodził czysty, pachnący i bez zarostu.

Kiedy usiadłem za kierownicą i trzasnąłem drzwiami, uśmiechnął się i pokiwał głową. Jego uśmiech zawsze miał w sobie nieco melancholii.

Z wyraźną sympatią, jeśli nie współczuciem, poklepał mnie po ramieniu. Trochę mnie to zdziwiło i zastanowiło, bo nie przeżyłem nic, czym mógłbym zasłużyć na litość.

Teraz, już po piętnastym, wciąż nie jestem pewien, ile wiedział o straszliwych rzeczach, które nas czekały. Prawdopodobnie wszystko.

Jak inne duchy, Elvis nie mówi. No i nie śpiewa.

Czasami tańczy, gdy jest w nastroju. Umie się ruszać, ale daleko mu do Gene'a Kelly.

Uruchomiłem silnik i jednocześnie włączyłem CD — tak na chybił trafił. Terri z reguły ma pod ręką sześć płyt z piosenkami jej idola.

Elvis ucieszył się, kiedy z głośników popłynęły takty *Suspicious Minds*. Przy wyjeździe z Camp's End wystukiwał palcami rytm na desce rozdzielczej.

Zanim dotarliśmy do lepszej dzielnicy, w której mieszkał Wyatt Porter, słuchaliśmy już *Mama Likes the Roses* z *Elvis's Christmas Album*. Król rock and rolla miał łzy w oczach.

Nie lubiłem go w takim stanie. Bardziej mi się podobał jako dziki rocker ze złośliwym uśmieszkiem z czasów *Blue Suede Shoes*.

Otworzyła mi żona Wyatta, Karla. Smukła, ładna, o oczach tak zielonych jak liście lotosu, zawsze pogodna i promieniująca aurą optymizmu, co kontrastowało z wiecznie zgnębioną miną i smutnym spojrzeniem jej męża.

To chyba ona podtrzymywała go ciągle na duchu. Każdy

z nas potrzebuje jakiejś inspiracji, jakiejś nadziei w życiu. Karla była taką nadzieją dla Wyatta.

— Oddie! — powiedziała. — Miło, że wpadłeś. Wejdź. Wyatt jest na podwórku i zamierza za chwilę zrujnować dobre steki, kładąc je na grillu. Zaprosiliśmy kilku znajomych, więc jedzenia jest pod dostatkiem. Mam nadzieję, że też zostaniesz.

Zaprowadziła mnie na tyły domu, nawet nie wiedząc, że obok idzie Elvis w nastroju z *Heartbreak Hotel*.

— Dziękuję pani — odparłem. — Zwłaszcza za zaproszenie, ale niestety jestem już umówiony gdzie indziej. Wpadłem tylko na chwilę, żeby zamienić dwa słowa z szefem.

— Na pewno się ucieszy na twój widok — zapewniła mnie.

Wyatt faktycznie był na podwórku, ubrany w fartuch z dużym napisem: PRZYPALONE MIĘCHO LEPIEJ SMAKUJE Z PIWEM.

— Odd — mruknął. — Liczę na to, że nie popsujesz mi przyjęcia.

— Nie chciałbym, proszę pana.

Na gazowym grillu pichcił jarzyny i kukurydzę. Węglowy był przeznaczony wyłącznie do mięsa.

Do zachodu było jeszcze co najmniej dwie godziny, rozgrzany beton dyszał całodziennym skwarem, a z grilla buchał dodatkowy upał, więc na dobrą sprawę Wyatt powinien wydzielać z siebie tyle słonej wody, że wystarczyłoby jej do rekonstrukcji dawno martwego morza Pico Mundo. A on był suchy niczym aktor w reklamie antyprespirantów.

Przez wszystkie lata tylko dwa razy widziałem, jak się spocił. Raz, kiedy wyjątkowo wredny bandzior z odległości metra wymierzył mu prosto w krocze z kuszy dla płetwonurków. Drugi raz był jeszcze gorszy.

Elvis stanął przy stole i przyjrzał się sałatkom — owocowej i kartoflanej — i kukurydzianym chipsom. Zmartwił się, kiedy zobaczył, że nie ma kanapek ze smażonym bananem i masłem orzechowym, i poszedł nad basen.

Szef zaproponował mi piwo Corona. Pokręciłem głową i usiedliśmy na plastikowych krzesłach.

— Znowu widziałeś się ze zmarłymi? — spytał.

— Tak, proszę pana, nawet kilka razy. Ale nie o to chodzi. Teraz ważniejsze jest niestety to, co się dopiero stanie.

Opowiedziałem mu o Grzybie. O tym, jak go śledziłem w barze i potem w centrum handlowym.

— W barze to nawet go widziałem — mruknął Wyatt — lecz nie wydawał mi się podejrzany. Raczej... nieszczęśliwy.

— Tak, proszę pana, ale pan nie zna grupy jego fanów. — Precyzyjnie opisałem mu duże stado cieni.

Kiedy doszedłem do wydarzeń w Camp's End, wspomniałem, że drzwi były otwarte i że wszedłem do domu jedynie po to, aby sprawdzić, czy komuś nie należy udzielić pomocy. To zdejmowało z szefa odium współodpowiedzialności za — jakkolwiek było — zwyczajne włamanie.

— Nie jestem akrobatą — mruknął.

— Wiem, proszę pana.

— A ty mi każesz czasem stąpać po bardzo cienkiej linie.

— Wierzę, że ma pan znakomite poczucie równowagi.

— Coś mi się zdaje, że w tej chwili chrzanisz od rzeczy, synu.

— Być może, ale robię to zupełnie szczerze.

Opowiedziałem mu o wszystkim, co znalazłem w domu Robertsona. Nie wspomniałem jedynie o czarnym pokoju i wędrującym stadzie. Nawet ktoś tak sympatyczny i otwarty jak Wyatt Porter stałby się podejrzliwy, gdyby musiał uwierzyć w coś takiego.

— Czemu się tak przyglądasz, synu? — zapytał, gdy skończyłem.

— Słucham?

— Ciągle się gapisz w stronę basenu.

— To Elvis — wyjaśniłem. — Zachowuje się trochę dziwnie.

— Elvis Presley? Tutaj? W moim domu?

— Chodzi po wodzie w tę i nazad i macha rękami.

— Macha?

— Ale nie w naszą stronę, proszę pana. Nie ma w tym nic obraźliwego. Wygląda, jakby sprzeczał się sam ze sobą. Czasami się o niego martwię.

Zjawiła się Karla Porter z dwójką pierwszych gości.

Dwudziestokilkuletni Bern Eckles był najnowszym nabytkiem policji z Pico Mundo. Rozpoczął służbę zaledwie dwa miesiące temu.

Lysette Rains pracowała u Karli w oszałamiającym salonie piękności przy Olive Street, jakieś dwie przecznice od Pico Mundo Grille. Była specjalistką od nakładania tipsów.

Jeszcze nie byli parą, lecz podejrzewałem, że Wyatt i Karla zabawią się w swatów.

Oczywiście Eckles nie wiedział — i nie miał się dowiedzieć — o moim szóstym zmyśle. Na razie mijał mnie z daleka, jakby do końca nie był pewny, co też powinien o mnie myśleć. Nie rozumiał, dlaczego Wyatt zawsze ma dla mnie czas, choćby dla innych był zajęty.

Gościom podano drinki, a potem szef poprosił Ecklesa na chwilę do gabinetu.

— Spróbuję wejść na stronę wydziału ruchu, a ty zadzwonisz dla mnie pod kilka numerów. Chcę czegoś się dowiedzieć o facecie z Camp's End.

Idąc do domu, Eckles dwa razy spojrzał na mnie ze zmarszczonymi brwiami. Może myślał, że zacznę podrywać Lysette pod jego nieobecność.

Karla poszła do kuchni przygotować deser, a Lysette Rains usadowiła się na krześle, na którym przedtem siedział Wyatt. W dłoniach trzymała szklankę z colą zaprawioną pomarańczową wódką. Po każdym maleńkim łyczku oblizywała wargi.

— Jak to smakuje? — zapytałem.

— Jak posłodzony płyn do mycia naczyń. Ale czasami jestem wykończona i potrzebuję dawki kofeiny.

Miała na sobie żółte szorty i plisowaną żółtą bluzkę. Wyglądała jak cytrynowe ciastko z kremem.

— A jak tam twoja mama, Odd?

— Ciągle w formie.

— Tak myślałam. A tata?

— Wkrótce będzie bardzo bogaty.

— Co teraz robi?

— Sprzedaje działki na Księżycu.

— W jaki sposób?

— Za piętnaście dolców daje ci prawo własności do pół metra kwadratowego powierzchni Księżyca.

— Przecież Księżyc na pewno nie jest jego. — W głosie Lysette zadźwięczała ledwo uchwytna nuta dezaprobaty.

Zawsze była przesadnie miła i nikomu nie chciała wyrządzić przykrości, nawet gdy tak jak teraz miała do czynienia ze zwykłym oszustwem.

— Pewnie, że nie — mruknąłem. — Ale wymyślił sobie, że dotychczas nie było właściciela. Napisał więc do ONZ, że obejmuje Księżyc w posiadanie i zaraz po wysłaniu listu wziął się do sprzedaży działek. Słyszałem, że awansowałaś na zastępcę kierownika.

— Tak, mam teraz więcej obowiązków. Poza tym zmieniłam specjalność.

— Już nie nakładasz tipsów?

— Nakładam. Ale przedtem byłam zwykłą manikiurzystką, a teraz dostałam dyplom. Możesz mnie nazywać artystką od paznokci.

— To już naprawdę coś. Gratuluję.

Jej nieśmiały uśmiech był urzekający.

— Dla niektórych ludzi to nie ma znaczenia, lecz dla mnie...

Elvis właśnie wrócił znad basenu i usiadł koło nas. Znowu płakał. Uśmiechnął się przez łzy do Lysette. A może zrobił to, bo zauważył rowek między jej piersiami? Nawet po śmierci miał słabość do kobiet.

— Wciąż jesteś z Bronwen? — zapytała.

— Zawsze. Mamy takie samo znamię.

— Zapomniałam.

— Woli, jak mówi się na nią „Stormy".

— Każdy by wolał.

— A co myślisz o Ecklesie?

— Och, dopiero go poznałam. Wydaje mi się sympatyczny.

— Sympatyczny? — Skrzywiłem się. — Całkiem stracił dla ciebie głowę.

— Wiesz co? Ze dwa lata temu dałabym się na to nabrać. Ale teraz mogę powiedzieć tylko „sympatyczny".

— Znam gorsze rzcczy.

— Bez wątpienia. — Skinęła głową. — Trochę trwa, zanim człowiek naprawdę pojmie samotność tego świata... A potem boi się przyszłości.

Elvis był zawsze bardzo podatny na nastroje, więc po tych słowach wpadł w prawdziwą rozpacz. Łzy popłynęły mu ciurkiem po policzkach i ukrył twarz w dłoniach.

Rozmawialiśmy jeszcze chwilę, a Elvis bezgłośnie płakał. Potem przyszli następni goście.

Karla przyniosła tacę z koreczkami z sera, które nadały nowy sens słowom *hors d'oeuvre*. Chwilę po niej wrócili Wyatt i posterunkowy Eckles. Wyatt odciągnął mnie na stronę. Poszliśmy aż za basen, żeby spokojnie pogadać.

— Robertson sprowadził się do miasta dopiero pięć miesięcy temu — powiedział. — Kupił dom w Camp's End. Żadnej pożyczki ani hipoteki.

— Skąd wziął pieniądze?

— Dostał spadek. Bonnie Chan twierdzi, że po śmierci matki przyjechał do nas z San Diego. Wciąż mieszkał z matką, chociaż skończył już trzydzieści cztery lata.

Bonnie Chan prowadziła agencję nieruchomości i była znana w całym Pico Mundo z ekstrawaganckich kapeluszy. To pewnie ona sprzedała dom Robertsonowi.

— Z pierwszych ustaleń wynika, że ma czyste konto — ciągnął Wyatt. — Nie dostał nawet mandatu za nadmierną szybkość.

— Ciekawe, na co zmarła jego matka.

— Sprawdzamy to. Ale jak dotąd nie mam żadnych podstaw, żeby go przyskrzynić.

— Zbiera akta morderców.

— Oficjalnie nic o tym nie wiem. Może to jego zboczone hobby lub na przykład materiał do książki. To nic sprzecznego z prawem.

— Ale podejrzane.

Wzruszył ramionami.

— Wszyscy siedzielibyśmy w pierdlu za same podejrzenia. Ty zresztą pierwszy.

— Weźmie go pan pod obserwację? — zapytałem.

— Tylko dlatego, że jak do tej pory nigdy się nie pomyliłeś. Wieczorem wyślę kogoś pod jego dom i każę go bez przerwy śledzić.

— Szkoda, że tylko tyle.

— Synu, mieszkamy w Stanach Zjednoczonych. Ktoś mógłby nam zarzucić, że utrudniamy psychopatom prawo do samostanowienia.

Czasami bawił mnie fałszywy cynizm Wyatta. Tym razem jednak wcale nie było mi do śmiechu.

— To ciężka sprawa, proszę pana — powiedziałem. — Kiedy przypomnę sobie jego twarz... ciarki przechodzą mi po plecach.

— Będziemy go obserwować, synu. Nic więcej nie mogę zrobić. Na litość boską, przecież nie pojadę do Camp's End i go nie zastrzelę. — Popatrzył na mnie podejrzliwie. — Ty też nie — dodał.

— Boję się pistoletów — odparłem.

Wyatt spojrzał na basen.

— Wciąż tam łazi? — spytał.

— Nie, proszę pana. Stoi obok Lysette, zagląda jej za dekolt i płacze.

— Tam nie ma nic do płaczu — zauważył i mrugnął do mnie.

— Wcale nie chodzi o nią. Naszła go dzisiaj jakaś chandra.

— Niby dlaczego? Przecież za życia się nie mazał.

— Ludzie zmieniają się po śmierci. To pewien rodzaj traumy. Nigdy nie wiem, dlaczego płacze, chociaż robi to nader często. Nie próbował mi tego wyjaśnić.

Łzy Presleya wywarły na nim niemałe wrażenie.

— Można mu jakoś pomóc?

— To bardzo miło z pana strony, ale nie wyobrażam sobie, żeby ktokolwiek mógł coś dla niego zrobić. Z tego, co zaobserwowałem przy różnych okazjach, wyczuwam, że... najbardziej tęskni za matką, Gladys. Chciałby teraz być przy niej.

— Zawsze ją bardzo kochał, prawda?

— Wręcz ubóstwiał — odpowiedziałem.

— Ale umarła?

— Wcześniej od niego.

— Zatem są razem, o ile się nie mylę.

— Nie są, póki on trzyma się tego świata. Ona już dawno poszła za światłem, a on ciągle tkwi tutaj.

— Po co?

— Widocznie ma coś jeszcze do zrobienia. Coś istotnego.

— Tak jak dziś rano Penny Kallisto, która wskazała Harla Landersona?

— Tak, proszę pana. Chociaż zdarza się, że nie chcą odchodzić z tego świata, bo zbyt mocno go pokochali.

Szef skinął głową.

— Jemu tu było nie najgorzej.

— Miał ponad dwadzieścia sześć lat na załatwienie niedokończonych interesów — zauważyłem.

Wyatt rzucił okiem w stronę Lysette Rains, jakby chciał zobaczyć choćby najmniejszy ślad jej towarzysza — jakiś obłoczek pary, smużkę ektoplazmy lub dziwną radiację.

— Był niezły.

— Rzeczywiście.

— Powiedz mu, że zawsze może u nas bywać.

— Dobrze, proszę pana. Dziękuję.

— Na pewno nie chcesz zostać na kolacji?

— Niestety, ale już wcześniej byłem umówiony.

— Pewnie ze Stormy?

— Tak, proszę pana. To moje przeznaczenie.

— Umiesz wstawiać dziewczynom bajer, Odd. Założę się, że z przyjemnością słucha o tym „przeznaczeniu".

— Mnie też to sprawia ogromną radość.

Wyatt położył mi rękę na ramieniu i odprowadził mnie do furtki po północnej stronie domu.

— Dobra kobieta to najlepsza rzecz, jaka przytrafia się mężczyznom.

— Stormy jest nawet lepsza.

— Strasznie się z tego cieszę, synu. — Odsunął skobel i pchnął furtkę. — I nie przejmuj się tym Robertsonem. Weźmiemy go pod nasze skrzydła tak, żeby nic nie zauważył. Będzie nasz, zanim na dobre zacznie się wygłupiać.

— W dalszym ciągu się boję, proszę pana. To zły człowiek.

Kiedy wsiadałem do samochodu, Elvis już na mnie czekał.

Zmarli nie muszą chodzić ani jeździć. Z czystej nostalgii spacerują albo wpraszają się na przejażdżkę.

Zdążył się przebrać. Zrzucił ciuchy z *Błękitnych Hawajów* i miał na sobie teraz czarne spodnie, białą koszulę, czarny krawat oraz tweedową kurtkę sportowego kroju, z czarną chusteczką w górnej kieszeni. Tak wystrojony występował (jak mi to później powiedziała Terri) w filmie *To się zdarzyło na wystawie światowej.*

Odjeżdżając spod domu Porterów, słuchaliśmy *Stuck on You* — chyba jednego z najlepszych nagrań Króla.

Elvis rytmicznie kiwał głową i wystukiwał takt na kolanach, ale wciąż płakał.

Rozdział piętnasty

W śródmieściu koło kościoła Elvis dał znak, że chce wysiąść.

Kiedy zjechałem na bok, wyciągnął do mnie prawą rękę. Dłoń miał równie ciepłą i żywą jak Penny Kallisto.

Zamiast po prostu się pożegnać, wziął moją rękę w obie dłonie. Może faktycznie mi dziękował, choć wyglądało to na coś więcej.

Czymś się wyraźnie martwił. Lekko zacisnął palce, spojrzał mi w oczy z niekłamaną troską i znów potrząsnął moją prawicą.

— Wszystko w porządku — powiedziałem, nawet nie wiedząc, czy mam rację.

Wysiadł, nie otwierając drzwi — po prostu przez nie przeszedł — i wszedł do kościoła. Patrzyłem za nim, dopóki nie przeniknął przez ciężkie dębowe podwoje i nie zniknął mi z oczu.

Stormy umówiła się ze mną o ósmej, więc miałem jeszcze sporo czasu do zabicia.

Rób coś, zawsze mówiła Babcia Sugars, nawet przy pokerze, w bójce albo podczas jazdy. Nie przysypiaj, bo tylko się wpakujesz w najgorsze kłopoty.

Nawet bez takich porad nie mogłem po prostu czekać. Nie

potrafiłbym. Z braku laku znów zacząłem myśleć o Bobie Roberstonie i jego demonicznym hobby.

Pojechałem kawałek za kościół i zadzwoniłem do P. Oswalda Boone'a, tego, który waży ponad sto osiemdziesiąt kilo i ma sześć palców u lewej ręki.

Mały Ozzie odebrał po drugim sygnale.

— Odd, moja wspaniała krowa... wybuchła.

— Jak to wybuchła?

— Zrobiła bum — powiedział Mały Ozzie. — Tyle lat była na tym świecie, a potem w jednej chwili rozpadła się na kawałki.

— Kiedy to się stało? Nic o tym nie słyszałem.

— Dokładnie dwie godziny i dwadzieścia sześć minut temu. Była policja. Popatrzyli, a potem odjechali, bo nawet oni byli zszokowani tym, co zobaczyli, chociaż zapewne w swoim życiu widzieli już niejedną zbrodnię.

— Przed chwilą rozmawiałem z Wyattem Porterem. Nic mi nie mówił.

— Pewnie też nie wiedział. Musieli wstąpić na kielicha, żeby spokojnie napisać raport.

— Jak się pan trzyma? — zapytałem.

— Nie powiem ci, że poczułem się osierocony, bo to byłaby przesada, ale mi cholernie smutno.

— Dobrze wiem, jak bardzo kochał pan tę krowę.

— Tak, kochałem — westchnął.

— Wybierałem się do pana w gości, lecz teraz to chyba nie najlepsza pora.

— Wręcz przeciwnie, Odd. Przyjeżdżaj jak najprędzej. W takiej chwili nie ma nic gorszego niż samotność.

— Będę za kilka minut — obiecałem.

Mały Ozzie mieszkał w Jack Flats, które przed pół wiekiem nosiło nazwę Jack Rabbit Flats. Była to dzielnica na południowy zachód od starego miasta. Dlaczego Rabbit zniknął z jej nazwy, tego już naprawdę nie wiem.

Kiedy pod koniec lat czterdziestych stare śródmieście nieoczekiwanie stało się atrakcją turystyczną, przeprowadzono małą operację, żeby poprawić jego wygląd. Brzydsze fragmenty — sklepy z tłumikami, bronią i oponami — przeniesiono do Jack Flats.

Potem, jakieś dwadzieścia lat temu, powstały nowe supermarkety wzdłuż Green Moon Road i Joshua Tree Highway, odciągające większość klienteli od skromniejszych sklepików w Jack Flats.

Przez ostatnie piętnaście lat dzielnica stopniowo szlachetniała. Zrównano z ziemią stare magazyny, kramy i warsztaty, a na ich miejscu postawiono wille i apartamenty.

Mały Ozzie był jednym z pierwszych, który dokładnie wyczuł, co się święci. Wykupił pół hektara działki, na której stała dawno zamknięta restauracja. A później wybudował tam swój dom marzeń.

Dom miał piętro, windę, szerokie drzwi i żelbetowe stropy. Ozzie wziął poprawkę na swoje gabaryty, żeby przypadkiem gdzieś nie utknąć, gdyby naprawdę został — jak to mu przepowiedziała Stormy — jednym z tych ogromnych i ciężkich spaślaków, których trzeba wynosić dźwigiem, kiedy umrą albo zachorują.

Zatrzymałem samochód przed głównym wejściem i wysiadłem. Widok zniszczeń zaskoczył mnie o wiele bardziej, niż się spodziewałem.

Stanąłem w długim cieniu rzucanym wieczorową porą przez jeden z wysokich figowców i ze zgrozą spojrzałem na olbrzymi zewłok. Wprawdzie wszystko, co żyje, musi kiedyś umrzeć, ale niespodziewana i gwałtowna śmierć zawsze budzi pewną konsternację.

Cztery nogi, fragmenty rozsadzonej głowy i kawałki korpusu leżały rozrzucone po całym trawniku, na ścieżce i pod krzewami. Makabrycznym trafem oderwane wymię spadło na ogrodzenie, zawisło na pręcie i strzykami celowało w niebo.

Czarno-biała krowa rasy holenderskiej, wielka jak mikrobus, stała przedtem na szczycie dwóch stalowych drągów wysokości około sześciu metrów; żaden nie złamał się podczas wybuchu. Na górze pozostała tylko krowia dupa, przekręcona w stronę ulicy, jakby wypięta na przechodniów.

Pod krową wisiał niegdyś szyld restauracji, która tu stała zamiast domu. Mały Ozzie usunął napis, lecz zostawił sobie na pamiątkę plastikową krasulę.

Nie traktował jej jak największej w świecie ozdoby trawnika. Była dlań dziełem sztuki.

Z wielu książek, które napisał, aż cztery poświęcił sztuce, więc chyba wiedział, co mówi. A ponieważ był najsławniejszym mieszkańcem Pico Mundo (przynajmniej wśród żywych) i przy okazji także szanowanym — co rzadko idzie w parze — udało mu się wymóc na miejscowych władzach, żeby krowę traktować jak rzeźbę.

Kiedy dzielnica stała się modna i zaczęła porastać w piórka, część sąsiadów — nie wszyscy, lecz ci hałaśliwi — chciała usunąć krowę „ze względów estetycznych". Może to jeden z nich przeszedł od słów do czynów?

Minąłem zatem poszarpane szczątki dzieła sztuki i wszedłem na schody. Zanim jednak zdążyłem nacisnąć guzik dzwonka, w szerokich drzwiach zjawił się sam Ozzie.

— Czy to nie głupie, Odd?! — krzyknął na powitanie. — Popatrz sam, co tu nawyprawiał jakiś niedouczony dureń! Jedynym pocieszeniem dla mnie jest to, że „sztuka trwa przez wieki, a krytycy niczym łątki, wymrą już nazajutrz".

— Szekspir? — zapytałem.

— Nie, Randall Jarrell. Cudowny poeta, całkiem zapomniany, bo dzisiaj na uczelniach ważniejsza jest ludzka godność i lizanie tyłków.

— Mogę posprzątać...

— Nie, nie możesz! — huknął. — Niech przez tydzień lub miesiąc patrzą na ruiny te „węże pełne jadu, z lubością syczące".

— Szekspir?

— Nie, nie. W.B. Daniel piszący o krytykach. Z czasem

pozbieram wszystkie szczątki, ale zad zostanie, jako moja odpowiedź dla tych filistynów, co przynieśli bombę.

— A więc to była bomba?

— Bardzo mała. Przyczepili ją do rzeźby w nocy i nastawili zegar. Jak typowe „żmije, co się karmią ohydztwem i jadem", w chwili wybuchu byli już daleko od miejsca zbrodni. To też nie Szekspir, lecz Wolter na temat krytyków.

— Trochę się o pana martwię — powiedziałem.

— Niepotrzebnie, chłopcze. Ci tchórze mieli dość odwagi, aby pod osłoną nocy podkraść się do plastikowej krowy, ale na pewno boją się grubasa o łapskach tak wielkich jak moje.

— Nie mówię o nich. Mam na myśli pańskie ciśnienie.

Mały Ozzie lekceważąco machnął wspomnianym wielkim łapskiem.

— Ciesz się, że nie jesteś gruby. W moich żyłach płynie krew z cholesterolem, którego molekuły są wielkości ciągutek, więc nieco stresu nigdy nie zaszkodzi. Słuszny gniew mnie ratuje przed zawałem. Słuszny gniew i dobre czerwone wino. Chodź, otworzymy jakąś butelczynę i wzniesiemy toast na pohybel krytykom, „tej żałosnej odmiany głodnych krokodyli".

— Szekspir? — spytałem.

— Na litość boską! Wielki bard ze Stratfordu nie był jedynym człowiekiem na świecie, który w życiu naskrobał parę słów na papierze!

— Ale jak będę się go trzymał, to w końcu utrafię — mruknąłem.

Weszliśmy do domu.

— Dzięki takim sztuczkom ukończyłeś szkołę?

— Tak, proszę pana.

Ozzie zaprosił mnie do salonu i poszedł po wino Robert Mondavi Cabernet Sauvignon. W ten sposób zostałem sam ze Strasznym Chesterem.

Ten kot jest nie tyle gruby, ile bezczelny i wielki. Raz go widziałem, jak bez cienia strachu groźnie się odgryzał wielkiemu owczarkowi.

Podejrzewam, że nawet pitbull w morderczym nastroju wziąłby przykład z owczarka i uciekł, gdzie pieprz rośnie, w poszukiwaniu łatwiejszego łupu. Choćby krokodyli.

Straszny Chester jest barwy poczerwieniałej dyni, nakrapianej czarnymi cętkami. Na widok jego czarno-pomarańczowego pyska można pomyśleć, że miał jakieś konszachty z członkami zespołu Kiss.

Siedział na parapecie, gapiąc się na dziedziniec. Przez minutę udawał, że mnie nie zauważył.

W ogóle mi to nie przeszkadzało. Nikt nie nasikał mi do butów, które włożyłem dzisiaj, i wolałbym, żeby tak zostało.

Wreszcie odwrócił łeb, zmierzył mnie taksującym wzrokiem z taką pogardą, że żółć niemal kapała mu ze ślepi na podłogę, i znowu wlepił spojrzenie w okno.

Wyraźnie go fascynowały szczątki holenderki. Miał nieco melancholijny nastrój. Być może wykorzystał już osiem żywotów i w pewnej chwili poczuł się śmiertelny.

Ozzie otaczał się drogimi, dużymi i wygodnymi meblami. Ciemny perski dywan, mahoniowe rzeźby z Hondurasu i regały pełne książek czyniły to pomieszczenie zacisznym i przytulnym.

Mimo niebezpieczeństwa, jakie wciąż groziło moim butom, odetchnąłem z ulgą i poczułem się nieco spokojniejszy. Gdzieś zniknęło przeczucie wielkiego nieszczęścia, które towarzyszyło mi od chwili, gdy rano ujrzałem czekającą na mnie Penny Kallisto.

Pół minuty później Straszny Chester przywołał mnie do porządku swoim złowieszczym sykiem. Co prawda wszystkie koty to potrafią, ale on robił to z taką nienawiścią, że z miejsca mógłby zakasować kobrę i grzechotnika.

Coś zobaczył na zewnątrz. Coś, co go oburzyło aż do tego stopnia, że wstał, wygiął grzbiet i nastroszył futro. Chociaż wiedziałem, że nie chodzi o mnie, przesunąłem się na skraj fotela, w każdym momencie gotów do ucieczki. Chester znów syknął i drapnął łapą po szybie. Zgrzyt pazurów o szkło sprawił, że zimny dreszcz przebiegł mi po plecach.

Pomyślałem, że to może wraca ta sama ekipa, która w nocy wysadziła krowę, żeby zrzucić uparty tyłek, w dalszym ciągu sterczący na drągu.

Chester ponownie drapnął szybę. Wstałem i powolutku podszedłem do okna. Nie bałem się, że do pokoju nagle wpadnie flaszka z koktajlem Mołotowa. Chodziło mi raczej o to, żeby kot nie zrozumiał opacznie moich ruchów.

Na ulicy, za ogrodzeniem, twarzą w stronę domu, stał Grzyb Bob Robertson.

Rozdział szesnasty

W pierwszym odruchu chciałem się schować. Jeżeli Grzyb mnie śledził, to w jakiś sposób musiał podejrzewać, że byłem dzisiaj w Camp's End. Nagła ucieczka byłaby z mojej strony przyznaniem się do winy.

Zostałem zatem w pobliżu okna, lecz byłem wdzięczny opatrzności, że Straszny Chester dodatkowo oddziela mnie od Robertsona. A zachowanie kota tylko utwierdziło mnie w przypuszczeniach, że Grzybowi nie wolno ufać.

Aż do tej pory nie wierzyłem, że może dojść do takiej chwili, w której będę podzielał uczucia Chestera. No... z wyjątkiem miłości do Małego Ozzie.

Robertson — pierwszy raz odkąd go widziałem — nie był leniwie rozmarzony i się nie uśmiechał. Stał w słońcu, które już zmieniło się z rozpalonego do białości pieca w plaster rozgrzanego miodu, i spoział na dom ponurym wzrokiem. Na dobrą sprawę wyglądał teraz jak Timothy McVeigh, wiszący w jego gabinecie.

Za moimi plecami rozległ się głos Ozziego:

— „O Boże, że też ludzie sami wkładają sobie wroga w usta, by mógł im wykraść rozum".

Odwróciłem się i zobaczyłem go z tacą w dłoniach, na której stały dwa kieliszki wina i talerzyk z pociętymi w kostki kawałkami sera i cienkimi białymi krakersami.

Wziąłem kieliszek do ręki, podziękowałem grzecznie i ponownie spojrzałem w okno.

Bob Robertson zniknął.

Narażając się na ostrą reprymendę ze strony Chestera, podszedłem bliżej i powiodłem wzrokiem wzdłuż ulicy.

— No i co? — zniecierpliwił się Ozzie.

Robertson uciekł, jakby miał coś pilnego do załatwienia. Niedobrze, że go straciłem z oczu, pomyślałem. Gdyby wciąż za mną łaził, byłbym spokojniejszy. Przynajmniej wiedziałbym, gdzie jest i co porabia.

— „O Boże, że też ludzie sami wkładają sobie wroga w usta, by mógł im wykraść rozum" — powtórzył Ozzie.

Odwróciłem głowę od okna i zobaczyłem, że odstawił tacę i stał z kieliszkiem w dłoni, jakby zamierzał wznieść toast.

Zebrałem się w sobie i odpowiedziałem:

— Czasem bywają tak okropne dni, że człowiek szuka pocieszenia w winie, aby spokojnie zasnąć.

— Chłopcze, to nie był wstęp do dyskusji! Po prostu miałeś podać autora.

Ciągle myślałem o Robertsonie.

— Słucham?

— Szekspir! — zawołał bliski rozpaczy Ozzie. — Powiedziałem to z premedytacją, żebyś nareszcie zdał egzamin. A ty znowu się wygłupiłeś. Przecież to Cassio! *Otello*, akt drugi, scena trzecia.

— Cóż... Byłem trochę... rozkojarzony.

Chester przestał się jeżyć i z powrotem wyglądał niczym zwitek futra leżący na parapecie. Ozzie wskazał na okno i powiedział:

— Obraz zniszczenia, pozostawiony tu przez barbarzyńców, budzi przedziwną fascynację, prawda? Ktoś nam przypomniał, jak niezwykle cienka jest otoczka cywilizacji.

— Nie chcę, żeby pan poczuł się rozczarowany, lecz moje myśli nie były tak głębokie. Po prostu... zdawało mi się, że na ulicy widzę kogoś znajomego.

Ozzie ścisnął kieliszek w prawej dłoni — tej, która miała tylko pięć palców.

— Na pohybel wszystkim niegodziwcom.

— Na pohybel?... To chyba za mocne słowo, proszę pana.

— Nie psuj mi przyjemności, synu. Pij.

Pociągnąłem łyk wina, znów zerknąłem w okno i wróciłem na ten sam fotel, na którym siedziałem, zanim Chester wszczął alarm.

Ozzie też usiadł, ale jego fotel zatrzeszczał dużo głośniej od mojego.

Popatrzyłem na książki i na przepiękne lampy w stylu Tiffany'ego, ale tym razem nie poczułem się przez to spokojniejszy. Niemal słyszałem, jak mój zegarek odmierza sekundy do północy i piętnastego sierpnia.

— Przyszedłeś tutaj z pewnym brzemieniem — powiedział Ozzie. — A ponieważ nie widzę żadnej paki, idę o zakład, że ciężar, który dźwigasz, związany jest z kłopotami.

Powiedziałem mu wszystko o Bobie Robertsonie. Nie pominąłem nawet zagadki czarnego pokoju, choć nie wspomniałem o tym w rozmowie z Wyattem Porterem. Ozzie miał na tyle pojemną wyobraźnię, że był w stanie objąć nią prawie wszystko.

Pisał nie tylko książki popularnonaukowe, ale stworzył także dwie świetne serie powieści kryminalnych.

W pierwszej z nich, jak od razu można się domyślić, bohaterem był wielki i gruby detektyw, który z właściwym sobie jowialnym humorem w mig rozwiązywał wszelkie tajemnice zbrodni. Do pomocy miał piękną i wysportowaną żonę (bez pamięci w nim zakochaną). To ona śledziła głównych podejrzanych i wykonywała najtrudniejsze akcje.

Ozzie twierdził, że wymienione książki są swoistym pokłosiem burzy hormonów i dawnych młodzieńczych fantazji. Jak widać, pewne rzeczy nie mijają z wiekiem.

W drugiej serii główną postacią była kobieta, nawet ujmująca mimo ciągłych depresji i bulimii. Ozzie wymyślił ją w czasie kolacji z wydawcą. Kolacja trwała bite pięć godzin i w ruch częściej szły kieliszki niż widelce.

Ozzie uważał, że bohater książki może mieć problemy i wszelkie przypadłości, łącznie z najgorszymi, i mimo to cieszyć się sympatią czytelników. Tu w grę wchodzi talent pisarza, perorował.

— Nikt nie będzie chciał czytać przygód detektywa, który po jedzeniu biegnie do łazienki i wsadza sobie palec w gardło — upierał się wydawca.

Pierwsza powieść z tego cyklu zdobyła nagrodę Edgara, czyli coś na wzór Oscara w świecie kryminałów. Dziesiątą wydano już w większym nakładzie niż którąkolwiek z dziewięciu pozostałych.

Poważnym tonem, spod którego wyzierał przekorny uśmiech, Ozzie powiadał, że jeszcze nigdy, w całej historii literatury, tak wielu ludzi nie chciało z przyjemnością czytać o rzyganiu.

Jego sukcesy wcale mnie nie dziwiły. Kochał ludzi i umiał słuchać tego, co doń mówili. Ta miłość była obecna we wszystkich jego książkach.

Gdy powiedziałem mu o Robertsonie, czarnym pokoju i gabinecie pełnym zdjęć maniaków i zbrodniarzy, mruknął:

— Odd, wolałbym, żebyś miał pistolet.

— Boję się pistoletów — odparłem.

— A ja się boję o twoje życie. Jestem pewien, że Wyatt Porter wystawiłby ci zezwolenie na noszenie ukrytej broni.

— Wtedy musiałbym chodzić w kurtce.

— Możesz nosić hawajską koszulę i pistolet na plecach, za paskiem.

Skrzywiłem się.

— Nie lubię hawajskich koszul.

— Oczywiście — zawołał z jawnym przekąsem. — Twoje dżinsy i podkoszulek są wręcz najnowszym krzykiem mody.

— Czasami chodzę w moro.

— Pewnie bym klęknął przed twoją szafą. Ralph Lauren by się popłakał.

Wzruszyłem ramionami.

— Już taki jestem.

— Kupię ci odpowiednią broń i sam cię nauczę...

— Dziękuję panu za tak wielką troskę, ale odstrzeliłbym sobie stopy i bohaterem pańskiej następnej powieści stałby się detektyw jeżdżący na wózku.

— To już było. — Wypił łyk wina. — Wszystko już było. Jedynie raz na pokolenie trafia się jakiś świeży pomysł w rodzaju detektywa, który ciągle rzyga.

— Wciąż jest w zapasie chroniczna biegunka — mruknąłem.

Zrobił kwaśną minę.

— Obawiam się, że nie masz drygu do pisania kryminałów. À propos, skrobnąłeś coś ostatnio?

— To i owo.

— „To" zapewne oznacza tylko listę zakupów, „owo" zaś to jakieś liściki do Stormy. A poza tym?

— Nic — przyznałem.

Kiedy miałem szesnaście lat, P. Oswald Boone, ważący wtedy zaledwie sto trzynaście kilogramów, zgodził się zasiadać w jury konkursu literackiego, zorganizowanego przez moją szkołę. Sam zresztą był jej absolwentem. Nauczycielka angielskiego kazała wszystkim coś napisać.

Było to zaraz po śmierci Babci Sugars. Tęskniłem za nią, więc napisałem o niej. Traf chciał, że zdobyłem za to pierwszą nagrodę i na pewien czas stałem się w szkole sławny, chociaż nigdy tego nie chciałem.

Za wspomnienie o Babci dostałem ozdobną plakietkę i trzysta dolarów, za które kupiłem sobie tanią, ale całkiem niezłą wieżę audio.

Jakiś czas potem obie rzeczy — plakietkę i wieżę — rozwalił mi w drobiazgi wyjątkowo złośliwy upiór.

Jedynym długotrwałym skutkiem tamtego konkursu była moja przyjaźń z Małym Ozzie. Lubiłem go, ale przez pięć lat ustawicznie mnie namawiał, żebym pisał, pisał i pisał. Teraz

117

stwierdził, że taki talent jest prawdziwym darem i że nie wolno go zmarnować.

— Mam inny dar — odpowiedziałem. — Dwa to za dużo. Gdybym miał jednocześnie pisać i kontaktować się z duchami, to pewnie zaraz bym zwariował albo też strzelił sobie w łeb z pańskiego pistoletu.

Ozzie machnął ręką ze zniecierpliwieniem.

— Pisanie nigdy nie jest przyczyną cierpienia. To psychiczna chemioterapia. Redukuje ból i zmniejsza psychologiczne guzy.

W jego przypadku mogła to być prawda. Jeżeli rzeczywiście cierpiał, to wymagał właściwej kuracji.

Duży Ozzie jeszcze nie umarł, ale Mały widywał go nie częściej niż dwa razy w roku. Po każdym spotkaniu zwykle potrzebował około dwóch tygodni, żeby odzyskać równowagę ducha i zwykły dobry humor.

Matka też żyła. Mały Ozzie już od dwudziestu lat z nią nie rozmawiał.

Z tego, co wiem, Duży Ozzie ważył tylko około dwudziestu kilogramów mniej od Małego. Większość ludzi uważała zatem, że otyłość syna jest dziedziczna.

Mały Ozzie gwałtownie temu się sprzeciwiał. Za nic w świecie nie chciał być ofiarą genów. Zarzekał się, że ma słabą wolę i nie może powstrzymać się od jedzenia.

W ciągu minionych lat w rozmowach ze mną napomknął parę razy, że to jego rodzice są po części winni wymienionym słabościom. Nigdy jednak nie mówił o trudnym dzieciństwie ani o swoich przejściach. Za to zawzięcie pisał jeden kryminał za drugim...

Kiedy wspominał swoich rodziców, robił to bez goryczy. Ale wspominał ich bardzo rzadko — omijał ten temat. Za to zawzięcie pisał książki o sztuce, potrawach i winie...

— Literatura nie przyniesie mi tak wielkiej ulgi jak widok Stormy — powiedziałem. — Albo na przykład duża porcja kokosowo-wiśniowych lodów z wiórkami czekolady.

— W moim życiu nie ma żadnej Stormy — westchnął. — Za to lody mogę zrozumieć. — Dopił wino. — Co zamierzasz zrobić z tym Bobem Robertsonem?

Wzruszyłem ramionami.

Ozzie nie dał mi się wykręcić sianem.

— Nie możesz siedzieć po próżnicy, jeżeli facet wie, że byłeś w jego domu. Przecież inaczej by cię nie śledził.

— Będę ostrożny. Poczekam, aż szef Porter coś na niego znajdzie. A może to nie chodzi o mnie? Może usłyszał o wysadzonej krowie i przyszedł popatrzeć na jej doczesne szczątki?

— Odd... Będę rozczarowany, jeżeli jutro zginiesz i nie zdołasz rozwinąć talentów pisarskich.

— Niech pan raczej pomyśli, co ja wtedy powiem.

— Chciałbym, żebyś prędzej zmądrzał, kupił broń i napisał książkę, lecz z drugiej strony nie chcę zabierać ci młodości. „Jakże szybkie są nasze nogi w młodych latach!".

Tym razem stanąłem na wysokości zadania.

— Mark Twain.

— Wyśmienicie! Może jednak nie jesteś takim ignorantem, za jakiego pragniesz uchodzić.

— Raz już pan go cytował — przyznałem się bez bicia. — Dlatego zapamiętałem.

— I to wystarczy! To znak, że drzemie w tobie podświadoma chęć zerwania z zawodem kucharza i poświęcenia się literaturze.

— Wcześniej przerzucę się na opony.

Westchnął.

— Czasami bywasz uciążliwy. — Stuknął paznokciem w pusty kieliszek. — Trzeba było przynieść butelkę.

— Przyniosę, niech pan spokojnie siedzi. — Dobrze wiedziałem, że prędzej wrócę z kuchni z cabernetem, niż Ozzie zdołałby wstać z fotela.

Szeroki na trzy metry korytarz pełnił funkcję galerii sztuki. Po obu stronach były pokoje, też pełne książek, rzeźb i obrazów.

Kuchnia znajdowała się na samym końcu. Na kontuarze z czarnego granitu stała butelka — odkorkowana, by wino mogło pooddychać.

Dziwne... O ile we frontowych pokojach klimatyzacja działała bez zarzutu, o tyle w kuchni było niezwykle ciepło. Kiedy tam wszedłem, pomyślałem sobie, że coś się piecze we wszystkich czterech piekarnikach.

A potem zobaczyłem otwarte drzwi. Pustynny wieczór, wciąż skąpany w upartym letnim słońcu, wyssał chłód z kuchni.

Podszedłem do drzwi, żeby je zamknąć, i wtedy na podwórku zauważyłem Boba Robertsona. Był jak zwykle blady i jakby klajstrowaty.

Rozdział siedemnasty

Robertson stał, patrząc w moją stronę, jakby chciał, żebym go zauważył. Potem odwrócił się i odszedł na tyły posiadłości.

Za długo czekałem w drzwiach, wahając się, co zrobić. Pomyślałem, że to może któryś z sąsiadów mnie widział i powiedział mu, że kręciłem się wokół jego domu. Nie wiadomo tylko, jak zdołał tak szybko mnie odnaleźć. Było w tym coś denerwującego.

Potem uświadomiłem sobie, że ściągnąłem nieszczęście na Ozziego; sprowadziłem do niego psychopatę. Ta myśl obudziła mnie nagle z odrętwienia. Wyszedłem z kuchni, przeszedłem przez werandę, zbiegłem po schodach na taras, puściłem się pędem przez trawnik i pognałem za Robertsonem.

Dom Ozziego stał z przodu półhektarowej działki, od ulicy. Wokół rosną wysokie drzewa, odgradzające go od sąsiadów. Z tyłu drzew i krzewów jest o wiele więcej i tworzą coś w rodzaju gęstego zagajnika.

Robertson wbiegł w gąszcz wawrzynów, podokarpusów i pieprzowców, i zniknął.

Promienie zachodzącego słońca wciskały się zawzięcie w najmniejsze szczeliny między gałęziami, ale nie zawsze mogły przebić się przez listowie. W zielonym mroku było nieco chłodniej niż na trawniku, lecz wciąż gorąco. Cienie drzew wydawały mi się sztywne i twarde.

Mnóstwo tu było przeróżnych kryjówek. Robertson umiał skorzystać z okazji i zaszył się gdzieś bez śladu.

Przeszukałem zagajnik szybko, lecz w miarę dokładnie. Najpierw poszedłem do końca na południe, a potem zawróciłem na północ. Początkowo nie zamierzałem wcale się odzywać, ale na koniec zawołałem głośno parę razy: „Panie Robertson?". Nie odpowiedział.

Smugi blasku bardziej mi przeszkadzały niż pomagały w tych poszukiwaniach. Dawały niewiele światła, za to było ich wystarczająco dużo, żeby moje oczy nie mogły przywyknąć do półmroku.

Zmitrężyłem w tym gąszczu sporo czasu, bojąc się, że Robertson zajdzie mnie od tyłu. Trochę więc trwało, zanim dotarłem do tylnej furtki. Była zamknięta, ale zapadka równie dobrze mogła opaść przy trzaśnięciu.

Po drugiej stronie, wzdłuż malowniczej brukowanej uliczki ciągnęły się rzędy płotów i garaży, w towarzystwie wysokich palm i wiotkich pieprzowców. Jak okiem sięgnąć, w polu widzenia nie było ani Robertsona, ani nikogo innego.

Wróciłem więc do zagajnika z przeświadczeniem, że Grzyb wcale nie uciekł, lecz czeka, aby się na mnie rzucić w chwili nieuwagi. Musiałem jednak sprawiać wrażenie czujnego, bo nie wyskoczył ze swej kryjówki.

Doszedłem do werandy, odwróciłem się i jeszcze raz wlepiłem wzrok między drzewa. Ptaki zrywały się z gałęzi, ale nie dlatego, że ktoś je płoszył, lecz żeby odbyć ostatni lot przed zmierzchem.

Wszedłem do kuchni i zamknąłem drzwi. Zasunąłem zasuwkę. I założyłem łańcuch.

Wyjrzałem przez szybkę w drzwiach. Wokół panował spokój. I cisza.

Kiedy z butelką caberneta wróciłem do pokoju, z talerzyka zniknęła już połowa sera, a Mały Ozzie ciągle tkwił w ogromnym fotelu, w którym — jak sam powiadał — wyglądał niczym Król Żab na tronie.

— Mój kochany, myślałem, że wszedłeś do szafy i wyniosłeś się gdzieś do Narni.

Powiedziałem mu o Robertsonie.

— Był tutaj? — zapytał Ozzie. — W moim domu?

— Chyba tak — mruknąłem i dolałem mu wina do kieliszka.

— Co robił?

— Prawdopodobnie stał tuż za ścianą w korytarzu i słuchał naszej rozmowy.

— Nie brak mu odwagi.

Postawiłem butelkę na stole, obok kieliszka Ozziego, i zatarłem ręce, żeby pozbyć się nerwowej drżączki.

— Też włamałem się do jego domu i grzebałem mu po szufladach.

— Owszem. Ale ty stoisz po stronie bogów, a ten drań wygląda jak wielki karaluch-albinos na przepustce z piekła.

Straszny Chester przeniósł się z parapetu na mój fotel. Wyzywająco uniósł głowę i popatrzył na mnie. Ślepia miał zielone jak podstępny demon.

— Na twoim miejscu usiadłbym gdzie indziej — mruknął Ozzie. — Chcesz jeszcze? — spytał, wskazując na butelkę.

— Nie dopiłem pierwszego kieliszka — odparłem. — A poza tym muszę już lecieć. Wie pan... kolacja, Stormy... Ale niech pan nie wstaje.

— Nie mów mi, co mam robić — zaburczał i zaczął mozolnie wysupływać z fotela swą zwalistą postać. Nie była to łatwa sprawa, bo wkleił się w poduszki niczym tłusta mucha w mięsiste liście jakiejś egzotycznej owadożernej rośliny.

— To zupełnie niepotrzebne.

— Sam wiem, co mi potrzebne, ty zarozumialcu. Zapamiętaj sobie, że ja zawsze robię tylko to, co niezbędne, choćby na pozór wyglądało zupełnie inaczej.

Kiedy wstawał po dłuższym siedzeniu, to robił się czerwony,

to znowu bladł jak ściana. Aż strach pomyśleć, ile kosztowała go tak prosta czynność.

Na szczęście tym razem nic mu się nie stało. Nie był blady ani czerwony. Może pod wpływem wina, a może półmiska serów, stanął na nogach o wiele szybciej, niż żółw pustynny wygrzebujący się ze zdradliwych piasków.

— Skoro pan wstał — powiedziałem — to niech pan dobrze zamknie drzwi zaraz po moim wyjściu. I najlepiej niech pan siedzi w domu, póki to wszystko się nie skończy. Niech pan nikomu nie otwiera, dopóki pan nie będzie wiedział, kto naprawdę przyszedł.

— Wcale się go nie boję — odparł Ozzie. — Nie tak łatwo przebić kulą albo nożem warstwę tłuszczu, chroniącą moje ważniejsze organy. A poza tym liznąłem nieco zasad samoobrony.

— To niebezpieczny człowiek, proszę pana. Co prawda do tej pory panował nad sobą, ale jak pęknie, to będzie o nim słychać aż stąd do Paryża. Boję się go.

Ozzie lekceważąco machnął sześciopalczastą dłonią, żeby rozpędzić moje obawy.

— W przeciwieństwie do ciebie mam pistolet. Nawet niejeden.

— To niech pan trzyma je pod ręką. Przepraszam, że go tu przywlokłem.

— Bzdura. Najzwyczajniej w świecie wdepnąłeś w niego i przylgnął ci do buta. Przecież nie mogłeś o tym wiedzieć.

Zawsze przy pożegnaniu Ozzie przytulał mnie niczym ukochanego syna. Żaden z nas nie był tak przytulany przez ojca.

Zaskakiwało mnie, że ktoś o tak ogromnej tuszy mógł jednocześnie być tak delikatny. Pod tą górą cielska krył się przeraźliwie chudy chłopiec, z wolna zgniatany ciężkim brzemieniem, jakie nań nałożyło życie.

— Ucałuj ode mnie Stormy — powiedział w otwartych drzwiach.

— Oczywiście.

— Przyjdźcie kiedyś, żeby na własne oczy mogła zobaczyć szczątki mojej pięknej krowy jako widomy dowód zła panoszącego się na naszym świecie.

— Będzie wstrząśnięta. Na wszelki wypadek kupimy butelkę wina.

— Nie kupujcie. Mam pełną piwnicę.

Czekałem, aż zamknął drzwi. Odszedłem dopiero wówczas, gdy usłyszałem szczęk zamykanej zasuwki.

Minąłem krowie zwłoki zaśmiecające ścieżkę, podszedłem do samochodu i rozejrzałem się po cichej i pustej ulicy. Nigdzie nie zobaczyłem Robertsona ani jego brudnego forda explorera.

Przekręciłem kluczyk w stacyjce i nagle przemknęło mi przez głowę, że zaraz eksploduję, tak jak holenderka. Zrobiłem się nerwowy.

Krętą drogą pojechałem z Jack Flats do katolickiego kościoła Świętego Bartłomieja w zabytkowej części miasta. Ciągle kluczyłem, żeby sprawdzić, czy przypadkiem mnie ktoś nie śledzi. Wszystko na pozór wyglądało zupełnie niewinnie, lecz wciąż miałem wrażenie, że jestem obserwowany.

Rozdział osiemnasty

Pico Mundo nie jest miastem drapaczy chmur. Ostatnio zbudowano tu kilka czteropiętrowych bloków i to sprawiło, że część mieszkańców poczuła na swoich plecach niechciany oddech wielkiej metropolii. W „Maravilla County Times" pisano o „wielkomiejskiej klątwie" i zamartwiano się o przyszłość w „zimnych kamiennych wąwozach, do których nigdy nie dociera słońce i w których ludzie zredukowani są do roli brzęczącego tłumu, kłębiącego się we wnętrzu ula".

Słońce Mojave nie jest maleńkim słońcem z Bostonu ani beztroską złotą kulą z Karaibów. To groźna i ognista bestia, której na pewno nie przestraszą cienie czteropiętrowych domów.

Wraz z wieżą, dachem i iglicą kościół Świętego Bartłomieja jest najwyższym budynkiem w Pico Mundo. Czasem o zmierzchu jego białe mury zdają się świecić jakimś wewnętrznym blaskiem, niczym latarnia mgielna.

Do wieczora zostało jeszcze pół godziny. Niebo wciąż lśniło na pomarańczowo, lecz z wolna nabierało głębszej czerwonej barwy, jakby zranione słońce, brocząc krwią, cofało się do kryjówki. Białe ściany kościoła przybrały kolor niebios i płonęły teraz świętym ogniem.

Stormy czekała na mnie na schodach. Siedziała na najwyższym stopniu, a obok niej stał spory piknikowy koszyk.

Zdążyła już się przebrać. Zamiast mundurka z lodziarni miała na sobie białe spodnie, turkusową bluzkę i sandałki. Wtedy była słodka, teraz czarująca.

Jej kruczoczarne włosy i równie czarne oczy przywodziły na myśl żonę faraona, przeniesioną z Egiptu przez otchłanie czasu. W spojrzeniu zaś kryła się jakaś tajemnica, równa tej, która od wieków otaczała sfinksa, piramidy i resztę zabytków odkrytych w piaskach Sahary.

Stormy zdawała się czytać w moich myślach, bo powiedziała:

— Weź się w garść i trochę zapanuj nad hormonami. Jesteśmy pod kościołem.

Wstała. Zabrałem koszyk i pocałowałem ją w policzek.

— Teraz to przesadziłeś w drugą stronę — westchnęła.

— To od Ozziego — wyjaśniłem.

— Kochany Ozzie. Słyszałam, że stracił krowę.

— Istna jatka. Całe podwórko zaśmiecone kawałkami plastiku.

— Co dalej? Oddział szturmowy do walki z glinianymi krasnalami?

— Świat oszalał... — Pokiwałem głową.

Weszliśmy głównym wejściem do kościoła. Przedsionek był przyjaznym, miękko oświetlonym miejscem, o ścianach wyłożonych ściemniałą ze starości wiśniową boazerią.

Nie poszliśmy dalej, lecz skręciliśmy w prawo i stanęliśmy przed zamkniętymi drzwiami. Stormy wyjęła z kieszeni klucz i po chwili byliśmy już na parterze dzwonnicy.

Tutejszym proboszczem był stryj Stormy, ksiądz Sean Llewellyn. Dobrze wiedział, że uwielbiała chodzić na dzwonnicę, więc dał jej zapasowe klucze.

Drzwi zamknęły się cicho za nami. Mokra woń wilgoci zastąpiła zapach kadzidła.

Na schodach było zupełnie ciemno. Zanim Stormy zapaliła światło, przyciągnąłem ją do siebie szybkim i zdecydowanym ruchem i wycisnąłem na jej wargach namiętny pocałunek.

— Łobuz.

— Słodkie usta.

— A nie uważasz, że to trochę dziwne całować się w kościele? Zwłaszcza z języczkiem.

— W gruncie rzeczy to wcale nie jesteśmy w kościele.

— I w gruncie rzeczy to wcale nie było z języczkiem.

— Znasz dokładniejsze medyczne określenie?

— Znam jedno na ciebie — powiedziała.

— Jakie? — spytałem.

Z koszykiem w ręku zacząłem wspinać się za nią po spiralnych schodach.

— Priapic.

— Co to znaczy?

— Wiecznie napalony.

— Chyba nie chcesz, żeby jakiś lekarz z tego mnie wyleczył?

— Nie potrzeba lekarza. Medycyna ludowa zna lepsze sposoby.

— Na przykład jakie?

— Szybki i mocny kopniak w przyczynę schorzenia.

Skrzywiłem się.

— Taka z ciebie Florence Nightingale? Chyba zacznę nosić suspensorium.

Na samym szczycie, za następnymi drzwiami, wisiały dzwony.

Były aż trzy, odlane z brązu, różnych rozmiarów, ale wszystkie wielkie. Zwisały pośrodku wysokiego sklepienia, a wokół nich biegła mała galeryjka.

Zadzwoniły o siódmej na nieszpory i zamilkły aż do porannej mszy.

Dzwonnica była z trzech stron otwarta, jeśli nie liczyć wąskiej balustrady, sięgającej zaledwie do pasa. Rozciągał się stąd wspaniały widok na Pico Mundo, dolinę Maravilla i okoliczne wzgórza. Ulokowaliśmy się po lewej stronie, skąd lepiej można było podziwiać zachód słońca.

Stormy wyjęła z koszyka plastikowe pudełko, w którym przyniosła włoskie orzechy, smażone w łupinach na głębokim oleju, z niewielkim dodatkiem cukru i soli. Wsunęła mi jeden w usta. Przepyszna sprawa — to znaczy orzech... i to, że byłem przez nią karmiony.

Otworzyłem butelkę przedniego merlota i napełniłem dwa kieliszki.

Właśnie dlatego wcześniej nie dopiłem caberneta. Co prawda uwielbiałem Małego Ozzie, ale wolałem wino w towarzystwie Stormy.

Nie zawsze bywaliśmy tutaj na kolacji — najwyżej dwa lub trzy razy w miesiącu, kiedy Stormy chciała trochę oderwać się od przyziemności i być bliżej nieba.

— Za Ozziego — powiedziała, unosząc swój kieliszek. — Z wiarą, że nadejdzie dzień, który mu wynagrodzi wszystkie straty!

Nie zapytałem, co to za straty, bo wydawało mi się, że wiem, o co chodzi. Pewne rzeczy były dlań po prostu niedostępne, choćby ze względu na jego tuszę.

Nad horyzontem niebo było pomarańczowocytrynowe. Bliżej nas nabierało głębszej, krwistej barwy, aby nad nami stać się zupełnie purpurowe. Na wschodzie lada moment miały zabłysnąć pierwsze gwiazdy.

— Żadnej chmury — powiedziała Stormy. — Na pewno zobaczymy Kasjopeję.

Miała na myśli gwiazdozbiór po północnej stronie, nazwany imieniem mitycznej królowej. Ale nie tylko... Sęk w tym, że jej matka także nosiła imię Cassiopeia. Zginęła w katastrofie lotniczej, kiedy Stormy miała siedem lat. Ojciec poniósł śmierć w tym samym wypadku.

Stormy została praktycznie bez rodziny, z wyjątkiem stryja, który był księdzem. Oddano więc ją do adopcji. Po trzech miesiącach wyszło na jaw, że to się nie uda. Stormy wyraźnie dała do zrozumienia, że nie chce żadnych nowych rodziców, tylko powrotu tych, których kochała.

Do dnia ukończenia szkoły, czyli do siedemnastego roku życia, mieszkała w sierocińcu. Potem, aż do pełnoletności, pozostawała pod prawną opieką stryja.

Jak na bratanicę księdza miała dosyć dziwny stosunek do Boga. Dominował w nim gniew — czasem słabszy, a czasem wyraźniejszy.

— Co z Grzybem? — zapytała.

— Straszny Chester wyraźnie go nie polubił.

— Ten akurat nikogo nie lubi.

— Chyba się go przestraszył.

— To rzeczywiście coś nowego.

— Ma w ręku granat z wyciągniętą zawleczką.

— Straszny Chester?

— Nie, Grzyb. Naprawdę nazywa się Bob Robertson. Do tej pory nigdy nie widziałem, żeby tak jeżył sierść na grzbiecie.

— Robertson jest porośnięty sierścią?

— Nie, Chester. Nawet kiedy straszył owczarka alzackiego, zachowywał się dużo łagodniej.

— Trochę przyhamuj, mój kochany, i postaraj się mnie oświecić. Jak Bob Robertson trafił na Strasznego Chestera?

— Pewnie mnie śledził, gdy zobaczył, że włamałem się do jego domu...

Mówiąc „śledził", spojrzałem w dół, bo moją uwagę przyciągnął jakiś ruch na cmentarzu.

Cmentarz na zachód od kościoła ma w sobie coś zabytkowego. Trudno tu szukać metalowych tablic, osadzonych na płask w granicie, i trawników. Zamiast tego są liczne rzeźby i nagrobki. Całość zajmuje nieco ponad hektar gruntu i otoczona jest żelaznym płotem ze spiczasto zakończonych prętów. Niektóre groby leżą w cieniu ponad stuletnich kalifornijskich dębów, ale większość jest wystawiona na palące promienie słońca.

W ognistym blasku letniego zmierzchu trawa nabierała brązowej tonacji, cienie stawały się czarne niczym sadza, purpurowe niebo przeglądało się w wypolerowanych płytach nagrobkowych, a Robertson stał jak kamienny posąg — i to na widoku, z dala od najbliższego drzewa.

Stormy postawiła kieliszek na parapecie i przykucnęła obok koszyka.

— Mam ser, który świetnie pasuje do wina.

Nie ukrywam, że pewnie byłbym bliski paniki, nawet gdyby Robertson nisko pochylił głowę i na przykład czytał napisy na mogile. Ale niestety było jeszcze gorzej. Wcale nie przyszedł tutaj, aby oddać cześć zmarłym ani z żadnej innej zwyczajnej przyczyny.

Stał nieruchomo z uniesioną głową i patrzył prosto na mnie z takim natężeniem, że powietrze trzeszczało wokół niego jak przesycone elektrycznością.

Z tyłu, za dębami i żelaznym płotem, widziałem dwie ulice i fragment skrzyżowania przy północno-zachodnim rogu cmentarza. Nie widziałem natomiast ani śladu policji — żadnego radiowozu lub choćby tajniaków.

Porter obiecał mi, że postawi kogoś pod domem w Camp's End. Jeżeli Robertson jeszcze tam nie był, to policja faktycznie go nie namierzyła.

— Chcesz krakersów do sera? — zapytała Stormy.

Szkarłatna plama rozlała się szeroko po wieczornym niebie, brudząc pomarańczową smugę tuż nad horyzontem. Wkrótce zostało tylko wąskie pasmo jaśniejszego światła. Poczerwieniało nawet powietrze, a czarne cienie drzew i mogił stały się jeszcze czarniejsze.

Robertson przybył wraz z nastaniem nocy.

Postawiłem swój kieliszek obok kieliszka Stormy.

— Mamy kłopot.

— Krakersy to żaden kłopot — odpowiedziała. — To tylko kwestia wyboru.

Drgnąłem, słysząc za sobą jakiś straszny hałas.

Odwróciłem się i zobaczyłem trzy gołębie, które wleciały do dzwonnicy, zatoczyły krąg wokół dzwonów i usadowiły się w gniazdach na belce pod samym stropem. Przy okazji wpadłem na Stormy, która właśnie wstawała od koszyka, trzymając w rękach dwa papierowe talerzyki. Na podłogę posypał się grad krakersów i kawałków sera.

— Patrz, coś narobił, Oddie! — Kucnęła, odłożyła talerzyki na bok i zabrała się do sprzątania.

Lekko zgarbiony Robertson wciąż stał pod kościołem, na ciemnym trawniku. Kiedy zobaczył, że mu się przyglądam, uniósł prawą rękę w niemal hitlerowskim pozdrowieniu.

— Pomożesz mi? — zapytała Stormy. — Czy zachowasz się jak typowy facet?

Początkowo myślałem, że mi pogroził pięścią, ale nawet w tak kiepskim i gasnącym świetle chwilę później spostrzegłem, że jego zachowanie było mniej niewinne. Wyciągnął środkowy palec, wycelował nim we mnie i wykonał kilka gwałtownych ruchów ręką.

— Robertson jest tutaj — powiedziałem.

— Kto?

— Grzyb.

Robertson nagle ruszył z miejsca. Klucząc wśród nagrobków, szedł w stronę kościoła.

— Nici z kolacji — mruknąłem i wziąłem Stormy za ramię, żeby ją odciągnąć z dala od parapetu. — Znikajmy stąd.

Nie chciała słuchać, tylko spojrzała na dół.

— Nikt mnie tutaj nie będzie straszył.

— Ja już się boję. Zwłaszcza wariatów.

— Gdzie on jest? Nie widzę ani żywego ducha.

Wychyliłem się za balustradę, ale też już go nie zobaczyłem. Prawdopodobnie poszedł od frontu albo skręcił za róg budowli.

— Jaki zamek jest w drzwiach na dole? — zapytałem. — Same się zatrzaskują?

— Nie wiem. Chyba nie.

Nie miałem ochoty siedzieć na dzwonnicy, chociaż stąd pewnie dużo łatwiej ktoś mógłby usłyszeć wołanie o pomoc. Niestety drzwi na górze wcale nie miały zamka i byłem przekonany, że nawet we dwójkę nie zdołamy ich zaprzeć, jak facet się wkurzy i zechce je otworzyć.

Wziąłem Stormy za rękę i zdecydowanie pociągnąłem za sobą, na drugą stronę dzwonów. Ser i krakersy zostały na podłodze.

— Spadamy stąd.

— A koszyk, kolacja...

— Zostaw to tutaj. Wrócimy później. Może jutro.

Światło na schodach było zapalone, lecz z góry widzieliśmy jedynie fragment piętra, i to tylko na tyle, na ile nam pozwalały półkoliste ściany.

W dole panowała cisza.

— Pośpiesz się — ponagliłem Stormy i pierwszy zbiegłem po wąskich stopniach, nawet nie kładąc ręki na poręczy. Nie była to najbezpieczniejsza metoda schodzenia.

Rozdział dziewiętnasty

W dół, w dół, dookoła Wojtek, zbliżaliśmy się do parteru. Biegnąc, narobiliśmy tyle hałasu, że jeśli Robertson już wchodził na górę, to na pewno musiał nas usłyszeć.

W połowie drogi zadałem sobie pytanie, czy jednak przypadkiem trochę nie przesadzam. Ale od razu przypomniałem sobie jego wyciągniętą pięść, sterczący palec i ponure zdjęcia, które miał w mieszkaniu.

Mimo woli przyśpieszyłem kroku. Pędziłem teraz na złamanie karku, święcie przekonany, że na samym dole nie zdołam się zatrzymać, choćby Robertson czyhał tuż za drzwiami, żeby dźgnąć mnie nożem.

Bez przeszkód dotarliśmy do końca schodów. Drzwi były otwarte, więc nacisnąłem klamkę i pchnąłem je ostrożnie.

Wbrew moim obawom nikt na nas nie czekał w półmroku przedsionka.

Na schodach puściłem rękę Stormy. Teraz z powrotem wziąłem ją pod łokieć i przyciągnąłem blisko siebie.

Uchyliłem środkowe skrzydło potrójnych drzwi frontowych i zobaczyłem Robertsona, który właśnie wyłonił się zza rogu i wchodził po głównych schodach. Nie biegł, lecz raczej twardo sunął wprost przed siebie, jak czołg na polu walki.

Dobrze widziałem jego twarz skąpaną w czerwonym blasku

słońca, przywodzącym na myśl dzień Apokalipsy. Już nie uśmiechał się leniwie. W jego szarych oczach połyskiwały krwawe ogniki, a usta były zaciśnięte w morderczym grymasie. Samochód Terri stał na ulicy. Żeby do niego dotrzeć, musiałbym przebiec tuż koło Robertsona.

W razie potrzeby nie cofam się przed bójką, nawet z dwukrotnie większym lub cięższym przeciwnikiem. Lecz nie lubię bijatyki, nie jest moim życiowym kredo. Nie zachwycam się sobą i nie sterczę przed lustrem, przywykłem jednak do swojej twarzy i wolałbym jej raczej nie zmieniać.

Robertson był wprawdzie trochę wyższy ode mnie, ale miękki. Gdyby po prostu się nabuzował, jak zwykły facet po kilku piwach, to pewnie skoczyłbym na niego i usiłował go przewrócić.

Lecz to był wariat, obiekt uczuć potworów z innego świata i zagorzały fan morderców. Podejrzewałem, że ma nóż albo pistolet i że może ugryźć mnie w czasie bójki.

Stormy zapewne nosiła się z zamiarem, żeby mu skopać dupę — widywałem ją w takich akcjach — lecz tym razem nie mogłem jej na to pozwolić. Zawróciłem, szarpnąłem ją za sobą i pociągnąłem do głównej nawy.

Kościół był pusty. Wąskie promienie blasku padały na środkowe przejście. Olbrzymi krzyż za ołtarzem jaśniał w łagodnym świetle wiszącego nad nim reflektora. Pod ścianami migotały płomienie świeczek w rubinowych szkiełkach. Ale punkciki światła i czerwona poświata gasnącego dnia, sącząca się przez witraż po zachodniej stronie, przegrywały walkę z kongregacją cieni zadomowionych w bocznych nawach i na ławkach.

Pobiegliśmy środkiem. Byłem przekonany, że Robertson jak wściekły byk lada chwila wypadnie z przedsionka. Dotarliśmy jednak prawie do ołtarza i nic się nie stało. Zwolniliśmy kroku, żeby się obejrzeć.

Robertson jeszcze się nie pojawił. Gdyby wszedł do kościoła głównym wejściem, to siłą rzeczy musiałby iść prosto na nas.

A jednak wbrew logice i temu, co widziałem, wciąż miałem przekonanie, że nas obserwuje. Gdyby ktoś teraz uważnie spojrzał na moją skórę, to pewnie doszedłby do wniosku, że powinienem gęgać, stroszyć pióra i machać skrzydłami.

Stormy chyba w całości podzielała moje uczucia, bo popatrzyła na czarne prostokąty cieni na ławkach, w nawach i pod kolumnami.

— Jest dużo bliżej, niż się spodziewasz — szepnęła. — Bardzo blisko.

Pchnąłem na oścież furtkę w balustradzie oddzielającej nas od ołtarza. Poszliśmy dalej w absolutnej ciszy, żeby przypadkiem nie zagłuszyć dźwięków, które mogłyby nam zdradzić obecność Robertsona.

Minęliśmy chór i powoli zbliżaliśmy się do ołtarza. Ja jednak z każdym krokiem szedłem coraz wolniej i coraz rzadziej oglądałem się za siebie. Coś mi mówiło, że niebezpieczeństwo czai się przed nami.

Jak to możliwe? Przecież Roberston nie mógłby niepostrzeżenie przekraść się do przodu. A zresztą po co? Na jego miejscu zaatakowałbym od razu.

Mimo to czułem, jak napinają mi się mięśnie szyi. Po pewnym czasie stały się tak sztywne, jak sprężyna w nakręconym przed chwilą zegarku.

Kątem oka zauważyłem jakiś ruch nad ołtarzem i błyskawicznie spojrzałem w tę stronę, przyciągając Stormy do siebie. Mocniej ścisnęła mnie za rękę.

Chrystus z brązu poruszył się na krzyżu, jakby metal w cudowny sposób przemienił się w żywe ciało. Jakby Syn Boży zamierzał zejść na ziemię, aby znowu stać się Mesjaszem.

Chwilę później czar prysnął. Od gorącego reflektora odleciała ćma o skrzydłach wielkich jak dwie ostrygi. Zniknęło złudzenie ruchu, wywołane jej trzepoczącym, powiększonym cieniem.

Klucz od dzwonnicy pasował także do tylnych drzwi sanktuarium. Za nimi była mała zakrystia, w której ksiądz czynił zwykle ostatnie przygotowania do mszy świętej. Jeszcze raz powiodłem wzrokiem po kościele. Cisza. Jeśli nie liczyć cienia ćmy, to panował tam zupełny bezruch.

Otworzyłem drzwi, oddałem klucz Stormy i z duszą na ramieniu zajrzałem do zakrystii. Nie miałem się czego bać. Robertson przecież nie był magikiem i nie potrafił przenikać przez ściany. A jednak serce tłukło mi o żebra.

Namacałem kontakt i nikt na szczęście nie przybił mi ręki do ściany nożem lub siekierą. Zapaliłem światło i rozejrzałem się po małym, skromnie urządzonym pomieszczeniu. Nie zobaczyłem psychopaty o żółtych zapleśniałych włosach.

Po lewej stał mały klęcznik, na którym ksiądz zazwyczaj odmawiał modlitwy przed każdym nabożeństwem. Po prawej szafa z dewocjonaliami i ornatem oraz ława.

Stormy zamknęła za nami drzwi i kciukiem zasunęła skobel.

Szybko przeszliśmy na drugą stronę zakrystii. Drugie drzwi wychodziły na wschodni dziedziniec kościoła, bez cmentarza. Kamienna ścieżka prowadziła do domu proboszcza.

Te drzwi były też zamknięte, ale od środka dawały się otworzyć bez klucza. Odsunąłem zasuwkę... i zamarłem.

Przyszło mi do głowy, że Robertson wcale nie wszedł do kościoła, po tym jak go przed chwilą widziałem na schodach. Pewnie domyślił się, że chcemy uciec tylnym wyjściem, i pobiegł naokoło, chcąc złapać nas przed zakrystią. To przy okazji także wyjaśniało, dlaczego wydawało mi się, że coś czyha przed nami, a nie z tyłu.

— Co ci jest? — spytała Stormy.

Uciszyłem ją ruchem ręki. W innym wypadku byłoby to straszliwym błędem z mojej strony. Przyłożyłem ucho do szpary między drzwiami i futryną. Poczułem delikatny powiew ciepłego powietrza, ale nic poza tym. Nie usłyszałem żadnych podejrzanych dźwięków.

Czekałem. Nasłuchiwałem. Aż mnie skręcało ze zdenerwowania.

W końcu odszedłem od drzwi i szepnąłem do Stormy:

— Wracamy tą samą drogą, którą tu przyszliśmy.

Podeszliśmy do drzwi wiodących z zakrystii do kościoła. Już wyciągnąłem rękę, żeby je otworzyć... i znów się zawahałem. Przyłożyłem ucho do szczeliny. Tym razem nie poczułem ciepła, ale tak samo jak poprzednio nic nie usłyszałem. Obie pary drzwi były zamknięte od środka. Robertson musiałby mieć klucz, żeby się do nas dostać. Na pewno go nie miał.

— Nie możemy tu czekać aż do porannej mszy — powiedziała Stormy, jakby równie łatwo czytała w moich myślach jak na stronach Internetu.

Przy pasku miałem telefon komórkowy. Mogłem zadzwonić do Portera i powiadomić go o wszystkim. Istniała jednak pewna szansa, że Robertson poszedł po rozum do głowy i uświadomił sobie, czym byłaby jawna napaść na nas, tu, w kościele, choćby nawet bez świadków. Może więc opamiętał się i uciekł?

Miałbym się nieźle z pyszna, gdyby Wyatt Porter przysłał tutaj patrol albo, co gorsza, sam przyjechał i nie znalazł uśmiechniętego psychopaty. Owszem, przez minione lata wyrobiłem sobie u niego kredyt zaufania, ale wolałem go nie nadużywać.

Człowiek z natury rzeczy wierzy w triki wykonywane przez magika, lecz jest wyczulony na najmniejsze błędy. Jeżeli sztuczka się nie uda, to widzowie są źli na siebie, że tak łatwo dali się oszukać, i całą winę zrzucają na iluzjonistę.

Wprawdzie ja nie robiłem sztuczek, tylko korzystałem z wrodzonego daru, żeby szukać prawdy, ale też zdawałem sobie sprawę, że jestem w sytuacji kiepskiego magika i chłopca, który krzyczał, że zobaczył wilka albo też, jak w tym wypadku: Grzyba.

Wielu z nas desperacko wierzy, że jesteśmy częścią tajemnicy i że akt stworzenia był czymś wielkim i wspaniałym, a nie skutkiem przypadkowych zderzeń sił natury. I za każdym razem, kiedy dostajemy powód do zwątpienia, budzi się w nas przekorny robak, który natychmiast każe nam zapomnieć o tysiącu prawdziwych cudów. Cynizm staje się dla nas tym, czym kieliszek dla pijaka i kromka chleba dla głodującego.

Jako swoisty cudotwórca stąpałem po cienkiej linie, rozpiętej zbyt wysoko, żebym mógł liczyć na to, że przeżyję, jak stamtąd zlecę.

Wyatt Porter to dobry chłop, lecz mimo wszystko jest człowiekiem. Nie od razu odwróciłby się do mnie tyłem, ale nie mogłem go narażać na wstyd i pośmiewisko.

Mógłbym także zadzwonić do księdza Seana, czyli do stryja Stormy. Na pewno przyszedłby nam na pomoc i nie zadawał potem zbyt wielu trudnych pytań. Ale Robertson także był człowiekiem, a nie potworem z głębi piekieł. Jeśli faktycznie czaił się za drzwiami, to moim zdaniem raczej by nie uciekł na widok krucyfiksu albo koloratki.

Wystarczy, że wciągnąłem Stormy w tę aferę. Nie chciałem narażać stryja.

Dwie pary drzwi do zakrystii... Jedne na zewnątrz, drugie do kościoła.

W dalszym ciągu nie słyszałem nic podejrzanego, więc mogłem zdać się tylko na wyczucie. Wybrałem drzwi do kościoła. Lecz Stormy posłuchała swojej intuicji i powstrzymała mnie w ostatniej chwili. Położyła dłoń na mojej ręce, zanim zdążyłem odblokować zamek.

Przez moment patrzyliśmy sobie prosto w oczy. Potem, jak na komendę, odwróciliśmy głowy i spojrzeliśmy na drzwi wiodące na dziedziniec. W takich razach nasze znamiona i kartka z wróżbą z lunaparku nabierały dodatkowych znaczeń.

Bez jednego słowa przystąpiliśmy do realizacji wspólnie wymyślonego planu. Ja pozostałem przy drzwiach do kościoła, a Stormy po cichu przeszła na drugą stronę zakrystii. Gdyby Robertson nagle skoczył na mnie, szybko wybiegłaby na zewnątrz i zaczęła wołać o pomoc. Zamierzałem dołączyć do niej pod warunkiem, że od razu nie dałbym się zabić.

Rozdział dwudziesty

Tamta chwila w zakrystii stanowiła kwintesencję mojego życia. Zawsze między dwojgiem drzwi, między życiem w świecie żywych i życiem wśród umarłych, między transcendencją i zwykłym przerażeniem.

Stormy kiwnęła głową.

Na klęczniku czekała na księdza mała książeczka do nabożeństwa.

W jednej z szaf na pewno było wino mszalne. Mógłbym sobie strzelić małpkę dla kurażu.

Podparłem ramieniem drzwi, żeby łatwiej otworzyć skobel. Kiedy go powolutku odciągnąłem, zazgrzytał cienko niczym brzytwa ostrzona na pasku.

Gdyby Robertson chciał się na mnie rzucić, powinien zrobić to natychmiast, jak tylko usłyszał szczęk otwieranego zamka. Ale może miał więcej sprytu i nie był aż takim oszołomem, jakim wydawał mi się na początku, gdy wymachiwał ręką na cmentarzu.

Mógł się domyślić, że przytrzymam drzwi właśnie po to, aby w każdej chwili zatrzasnąć mu je przed nosem. Nawet wariaci mają własny rozum.

Ten Robertson, który bałaganił w kuchni, nie zmywał garnków, kruszył chleb i zostawiał skórki od banana, na pewno nie był dobrym strategiem. Ale ten, który w sterylnym gabinecie przechowywał akta najgorszych zbrodniarzy, w niczym nie przypominał starego kawalera spędzającego czas wśród pornosów i zaczytanych romansideł.

Skąd miałem wiedzieć, który z nich może stać za drzwiami? Popatrzyłem na Stormy. Wykonała ruch ręką, który mógł znaczyć „weź się w garść" albo „zaczynaj".

Jeszcze mocniej oparłem się o drzwi i nacisnąłem klamkę. Zazgrzytała. Zdziwiłbym się, gdyby było inaczej. Przeniosłem ciężar ciała na drugą nogę i uchyliłem drzwi na centymetr. Jeszcze trochę... Aż wreszcie całe stanęły otworem.

Jeśli Robertson czekał przy tylnym wyjściu, to pewnie teraz stał na dziedzińcu. W rdzawej poświacie gasnącego słońca musiał wyglądać tak, jakby przed chwilą sam się wygrzebał spod grobowej płyty.

Stormy zeszła ze swego posterunku. W te pędy wróciliśmy do nawy głównej kościoła, z której uciekaliśmy dwie minuty temu.

Ćma wciąż tańczyła w smudze światła i Chrystus znów wydawał ruszać się na krzyżu.

Woń kadzidła jakby straciła swój słodkawy posmak. Stała się duszniejsza, a płomienie świec pulsowały dziko, niczym tętniak tuż przed wylewem.

Minęliśmy ołtarz, prezbiterium i balustradę. Wciąż miałem wrażenie, że Robertson lada chwila wyskoczy na nas z mroku. Wrył mi się w umysł jako takie monstrum, że nie zdziwiłbym się, gdyby nagle z poszumem czarnych skrzydeł zleciał spod sufitu, jak anioł śmierci, zionący zabójczym oddechem.

Byliśmy mniej więcej w połowie drogi do wyjścia, kiedy za nami rozległ się głośny rumor i brzęk tłuczonego szkła. Odwróciliśmy się, lecz w pierwszej chwili nic nie było widać.

Zakrystia nie miała okien ani szyby w drzwiach na dziedziniec. A jednak to właśnie stamtąd dobiegał straszny hałas. Znów posypało się jakieś szkło, tym razem głośniej niż poprzednio.

Usłyszałem huk, jakby ktoś rzucił ławką w szafę z dewocjonaliami. Zabrzęczały tłuczone butelki wina. Z metalicznym dźwiękiem sypały się na podłogę srebrne kielichy i inne utensylia.

Wybiegliśmy stamtąd tak szybko, że żadne z nas nie zgasiło światła. Teraz, przez otwarte drzwi, widzieliśmy jakieś poruszenie: mozaikę skaczących cieni i tajemnicze błyski.

Nie wiedziałem, co się tam dzieje i nie miałem zamiaru tego sprawdzać. Pociągnąłem Stormy za rękę i co sił w nogach pognałem w kierunku przedsionka.

Wypadliśmy z kościoła i zbiegliśmy po schodach na ulicę. Zmierzch niemal już się wykrwawił; zostało w nim mało czerwieni. Purpurowy całun spowijał domy Pico Mundo.

Ręka mi drżała. Przez kilka sekund nie mogłem trafić kluczykiem do stacyjki. Stormy ciągle mnie ponaglała, jakbym w ogóle się nie śpieszył. Wreszcie kluczyk wszedł tam, gdzie trzeba, przekręciłem go i silnik zbudził się do życia.

Przed kościołem Świętego Bartłomieja pozostały na jezdni czarne ślady opon. Paląc gumy, tak prędko przejechaliśmy prawie dwie przecznice, że wyglądało to na teleportację. Dopiero potem wydyszałem:

— Dzwoń do Portera.

Miała własną komórkę, więc podałem jej tylko numer. Przez chwilę czekała na połączenie, a później powiedziała:

— Dzień dobry. Tu Stormy... — Przerwała, żeby wysłuchać odpowiedzi Portera. — Tak, wiem, że to czasami brzmi jak pogodynka. Odd chciał z panem mówić.

Wziąłem od niej telefon.

— Szefie, niech pan jak najszybciej wyśle kilku swoich ludzi do Świętego Bartłomieja! — zawołałem. — Jak się pośpieszą, to być może złapią Robertsona. Demoluje zakrystię. Boję się, że jak mu coś odpali, to zniszczy cały kościół.

Porter kazał mi poczekać i poszedł do drugiego aparatu.

Zatrzymaliśmy się dobre trzy przecznice od kościoła, przed meksykańskim barem szybkiej obsługi.

— Może pójdziemy na kolację? — zapytałem Stormy.

— Po tym wszystkim, co przed chwilą stało się w kościele?

Wzruszyłem ramionami.

— Od tej pory całe nasze życie będzie po tym, co się tam stało. Jeżeli o mnie chodzi, to jestem po prostu głodny. Im szybciej coś zjem, tym lepiej.

— Na dzwonnicy czekała nas prawdziwa uczta.

— Wcale nie wątpię.

— Padam z głodu.

Wbrew przepisom wjechałem w kolejkę pojazdów, jedną ręką trzymając telefon przy uchu. Powoli sunęliśmy w stronę okienka.

Po chwili usłyszałem głos Portera.

— Dlaczego wdarł się do zakrystii?

— Nie mam pojęcia, proszę pana. Najpierw próbował nas przyłapać na dzwonnicy...

— A co tam robiliście?

— Urządziliśmy sobie mały piknik.

— Umówmy się, że to rozumiem.

— Tam jest naprawdę bardzo miło. Co najmniej raz na dwa tygodnie robimy podobną imprezę.

— Nie chciałbym cię złapać z talerzem w ręku na maszcie na dachu ratusza, synu.

— Może najwyżej na przekąsce. Na piknik za mało miejsca.

— Jeżeli chcesz, to przyjeżdżajcie do nas. Nie skończyliśmy grillowania. Weźcie Elvisa.

— Nie da rady, proszę pana. Wysiadł koło baptystów. Teraz jestem tylko ze Stormy... i stoimy w kolejce po tacos. Ale dzięki za zaproszenie.

— Powiedz mi jeszcze coś o Robertsonie. Obserwujemy jego dom w Camp's End, lecz jak dotąd tam się nie pokazał.

— Był na cmentarzu — odpowiedziałem — i zauważył nas na dzwonnicy. Najpierw pokazał nam *fuck you*, a potem zaczął iść w stronę kościoła.

— Już wie, że u niego byłeś? — zapytał Porter.

— Chyba tak, choć nie powinien, skoro jeszcze nie był w domu. Niech pan poczeka chwilę.

Dotarliśmy do „okienka".

— Tacos z rybą, dodatkowa salsa, kukurydza smażona w cieście i duża cola — powiedziałem do mikrofonu, który tkwił w pysku osiołka noszącego sombrero. Popatrzyłem na Stormy. Skinęła głową. — Dwa razy.

— Zatrzymaliście się przy Mexicali Rose? — spytał Porter.

— Tak, proszę pana.

— To zamówcie churros. Palce lizać.

Posłuchałem jego dobrej rady i znów pogadałem sobie z osłem mówiącym głosem nastolatki.

Kolejka sunęła dalej.

— Robertson chyba dostał szału, kiedy zwialiśmy do kościoła — podjąłem przerwany wątek. — Ale dlaczego miałby wyżywać się na meblach?

— Wysłałem tam dwa radiowozy. Mają podjechać cicho, bez syreny. Na dobrą sprawę to już zapewne są na miejscu. Tylko że to wszystko mi nie pasuje. Zwykły wandalizm? Z twojej wcześniejszej opowieści wynikało, że chodzi o coś dużo gorszego.

— To prawda. A do piętnastego sierpnia pozostało mniej niż trzy godziny.

— Jak go przymkniemy na czterdzieści osiem, to będzie szansa na to, żeby go przycisnąć. I podłubiemy w jego życiorysie. Może nam z tego wyjdzie, co on knuje.

Powiedzieliśmy sobie „do widzenia" i nacisnąłem czerwoną słuchawkę. Stormy wyciągnęła rękę po telefon.

Spojrzałem na zegarek. Północ — a wraz z nią piętnasty sierpnia — nadciągała niczym tsunami, rosła z każdą chwilą i sunęła ku nam w głuchej ciszy, niosąc śmierć i zagładę.

Rozdział dwudziesty pierwszy

Czekałem na wiadomość od Wyatta Portera, że Robertson trafił do pudła za demolkę. Kolację zjedliśmy na parkingu za barem. Opuściłem do końca szyby w drzwiach mustanga, z nadzieją na mały przewiew. Jedzenie było bardzo dobre, ale w powietrzu śmierdziało spalinami.

— Włamałeś się do domu Grzyba — powiedziała Stormy.

— Nawet mu nie wybiłem szyby. Otworzyłem drzwi prawem jazdy.

— W lodówce były ludzkie głowy?

— Nie zaglądałem do lodówki.

— To gdzie je chciałeś znaleźć?

— Wcale ich nie szukałem!

Westchnęła.

— Upiorny uśmiech, dziwne szare oczy... Na twoim miejscu przede wszystkim rozejrzałabym się, czy gdzieś nie zobaczę jakiejś piłki z uszami. Wyśmienite tacos.

Z tym mogłem się przynajmniej zgodzić.

— Uwielbiam kolory salsa. Żółto-zielone strączki papryki, krwistoczerwone pomidory i małe fioletowe przecinki cebuli... Trochę wygląda to jak konfetti. Mogłabyś zawsze w taki sposób przyrządzać...

— Co ci odbiło? — wpadła mi w słowo. — Może ugryzła

145

cię Martha Stewart i teraz jesteś żywym trupem, udzielającym wiekopomnych porad? Powiedz mi lepiej, co tam znalazłeś. Na razie wiem, że głów nie było.

Opowiedziałem jej o czarnym pokoju.

Oblizała smukłe paluszki z okruszków ciasta.

— Teraz wysłuchaj mnie, Dziwaku * — mruknęła.

— Staję się jednym wielkim uchem.

— Uszy masz duże, ale bez przesady. A teraz posłuchaj: nigdy więcej nie wchodź do tej czarnej dziury.

— Już jej nie ma.

— Więc jej nie szukaj i nie czekaj, że się znowu zjawi.

— Nawet przez myśl mi to nie przeszło.

— Owszem, przeszło — powiedziała.

— Owszem, przeszło — przytaknąłem. — Po prostu chciałem to wyjaśnić. Dobrze wiedzieć, co to takiego i jak działa.

Dla podkreślenia swoich słów wycelowała we mnie kawałkiem kukurydzy w cieście.

— To na pewno są wrota piekieł, więc nawet do nich się nie zbliżaj.

— To nie są wrota piekieł.

— Tylko co?

— Sam nie wiem.

— Wrota piekieł. Jeśli je napotkasz i w nie wleziesz, to raz dwa znajdziesz się w piekle. Tylko przypadkiem sobie nie myśl, że zaraz pójdę tam za tobą, żeby wyciągać cię z płomieni.

— Będę pamiętał.

— Ciężki jest los żony postrzeleńca, który widzi zmarłych i codziennie gania za duchami. Jeżeli teraz zaczniesz szukać piekła, staniesz się nie do wytrzymania.

— Wcale nie ganiam za duchami — sprostowałem. — A od kiedy jesteś moją żoną?

---

* Gra słów; niecodzienne imię Thomasa — „Odd" — znaczy „dziwny" albo „dziwaczny".

— Kiedyś będę — odpowiedziała, dojadając kukurydzę. Nieraz pytałem ją, czy wyjdzie za mnie. Choć zgadzaliśmy się co do tego, że jesteśmy dla siebie stworzeni i że na pewno nigdy się nie rozstaniemy, zawsze zbywała moją propozycję czymś w rodzaju: „Strasznie cię kocham, Oddie, tak strasznie, że dałabym w dowód miłości odciąć sobie prawą ręką, ale małżeństwo to coś innego. Na razie spuśćmy nad tym zasłonę milczenia".

Zrozumiałe więc, że szczęka opadła mi ze zdziwienia, gdy usłyszałem, że jednak kiedyś staniemy przed ołtarzem. Kawałek taco wylądował na moim podkoszulku. Podniosłem go i zjadłem, by zyskać na czasie i choć trochę zebrać rozbiegane myśli.

— To znaczy... że przyjmujesz moje oświadczyny?

— Głuptasie, zrobiłam to już bardzo dawno temu. — Spod oka popatrzyła na moją zdumioną minę i dodała: — No dobrze, to nie było w konwencjonalnym stylu: „Tak, kochanie, od dziś jestem twoja". Ale użyłam innych sformułowań.

— Jak na przykład: „Spuśćmy nad tym zasłonę milczenia"? Trudno to uznać za „tak".

Otrzepała mnie z drobnych okruszków.

— Naucz się słuchać nie tylko uchem — oświadczyła.

— A którą część mojego ciała uważasz za ważniejszą?

— Nie zgrywaj się, to ci nie pasuje. Miałam na myśli to, że mógłbyś słuchać sercem.

— Słucham nim już tak długo, że czasami muszę wydłubać wosk z zastawek.

— Churros? — spytała, otwierając białą papierową torbę. W samochodzie od razu zapachniało smakowitym pączkowym ciastem z domieszką cynamonu.

— Jak możesz teraz myśleć o deserze? — burknąłem.

— Teraz? — zdziwiła się. — Przecież jemy kolację.

— Lecz mówimy o małżeństwie! — Serce mi łomotało tak, jakbym uciekał albo kogoś gonił, choć z drugiej strony byłem przekonany, że przy odrobinie szczęścia wszelkie pogonie mamy już za sobą. — Posłuchaj, Stormy... W takiej sytuacji muszę się rozejrzeć za jakąś lepszą pracą. Odejdę z baru... ale nie po to, żeby handlować oponami. To powinno być coś większego.

Przyjrzała mi się z takim rozbawieniem, że aż musiała pochylić głowę, przytłoczona jego ciężarem. Lekko zmrużyła jedno oko.

— A niby co twoim zdaniem może być lepsze niż opony?

Zastanawiałem się przez chwilę.

— Buty.

— Jakie buty?

— Wszystkie. Sprzedaż butów.

Nie wyglądała na zbytnio przekonaną.

— Lepsza od opon?

— No pewnie! Ile razy kupujesz opony? Założę się, że rzadziej niż raz w roku i w dodatku najwyżej komplet. Natomiast ludziom ciągle są potrzebne buty. Różne rodzaje: brązowe albo czarne, na przykład do garnituru, sandały, adidasy...

— Ty masz trzy pary trampek. W dodatku takich samych.

— Ja nie jestem taki jak inni.

— W to nie wątpię — mruknęła.

— Weź pod uwagę jeszcze coś innego — powiedziałem. — Nie każdy ma samochód. Za to wszyscy mamy nogi. No, prawie wszyscy... Mężczyźni, kobiety i dzieci. Rodzina, w której jest pięć osób, może mieć tylko dwa samochody, ale na pewno ma pięć par nóg!

— Kocham cię z różnych powodów, Oddie, ale najbardziej chyba właśnie za to.

Już nie mrużyła powiek i nie przechylała głowy. Patrzyła prosto na mnie. Jej oczy były jak dwie galaktyki — głębokie niczym ciemne niebo pomiędzy gwiazdami. Twarz promieniowała wewnętrznym uczuciem. Coś, co powiedziałem, musiało ją mocno wzruszyć, bo jak dotąd nawet nie tknęła churros.

Niestety, chyba słuchałem wyłącznie uszami, bo nie zrozumiałem.

— Za co? — spytałem. — Za... analizę potencjalnego rynku handlu butami?

— Wcale nie jesteś głupszy od moich znajomych, a jednocześnie taki... naiwny. Cudowne połączenie rozumu i prostoty. Wiedzy i naiwności. Ciętego dowcipu i wielkiej słodyczy.

— Za to mnie kochasz?

— W tej chwili tak.

— Kurczę, niedobrze... Bo nad tym nie da się podziałać.

— Podziałać?

— Właśnie. Jak ci się coś podoba, to zaraz chciałbym, żeby to było we mnie jeszcze lepsze. Gdybyś na przykład powiedziała, że lubisz to, jak dbam o siebie, jak się ubieram albo jak smażę naleśniki... Z dnia na dzień są naprawdę lepsze. Zapytaj Terri. Lekkie i puszyste, a jednocześnie smaczne. Ale zupełnie nie wiem, jak być jednocześnie choć trochę bardziej mądrym i naiwnym. Szczerze mówiąc, to nawet dobrze nie wiem, o co ci tak naprawdę chodzi.

— Super. W ogóle nie łam sobie tym głowy. Najlepiej bądź po prostu sobą. A kiedy już za ciebie wyjdę, nie zrobię tego dla pieniędzy.

Podała mi kawałek ciastka.

Serce waliło mi jak młotem i miałem zawroty głowy, więc cukier mógł się okazać dla mnie zabójczy, ale nie odmówiłem. Przez chwilę jedliśmy w zupełnym milczeniu, a potem spytałem:

— To co ze ślubem?... Kiedy zamawiamy tort?

— Już niedługo. Znudziło mi się ciągle czekać.

— Fakt — westchnąłem z radością i ulgą. — Nie wolno w nieskończoność zwlekać z przyjemnością.

Uśmiechnęła się.

— Widzisz, co się tu teraz dzieje?

— Nie. Chyba patrzę wyłącznie oczami. Co mam zobaczyć?

— Właśnie mam zamiar zjeść drugie churros. W tej chwili, a nie w przyszły czwartek.

— Jesteś niesamowita, Stormy.

— Jeszcze mnie dobrze nie znasz.

To był zły dzień. Najpierw Harlo Landerson, a potem Grzyb, czarny pokój, skłębiona horda cieni i zapłakany Elvis. A jednak siedząc obok Stormy i pałaszując churros, poczułem się szczęśliwy i w zgodzie z całym światem.

Rzecz jasna to nie trwało długo. Nagle zadzwonił mój telefon i bez zdziwienia usłyszałem w słuchawce głos Portera.

— Synu, widok zakrystii u Świętego Bartłomieja nadaje zupełnie nowe znaczenie słowom „demolka" i „ruina". Ktoś tam nieźle zaszalał.

— Robertson.

— Na pewno masz jak zwykle rację. Chyba to on. Niestety zniknął, zanim moi ludzie weszli do kościoła. Nie widziałeś go od tamtej pory?

— Trochę się tutaj ukrywamy, ale nie... nic nie widziałem. — Popatrzyłem na parking i długą kolejkę samochodów, niestrudzenie sunącą wzdłuż ściany Mexicali Rose. Potem spojrzałem na ulicę, niepewny, czy przypadkiem tam nie zobaczę zakurzonego forda explorera.

— Jego dom już od kilku godzin jest pod obserwacją — ciągnął Porter. — Lecz po facecie ani śladu.

— To może się posłużę swoim magnetyzmem? — zaproponowałem. Porter wiedział, że potrafię w ciągu pół godziny pozornie bezproduktywnego łażenia po ulicach odnaleźć tego, kogo właśnie szukam.

— Nie wiem, czy to mądre, synu. Przecież jest z tobą Stormy.

— Najpierw odwiozę ją do domu.

Zapomniałem, z kim mam do czynienia.

— Żebyś przypadkiem się nie zdziwił, Mulder — mruknęła.

— Słyszałem — odezwał się w telefonie Porter.

— Słyszał — powiedziałem do niej.

— I co z tego? — zapytała.

Porter wyraźnie był zaciekawiony.

— Ona mówi do ciebie „Mulder"? Tak jak w *Archiwum X*?

— Nie zawsze, proszę pana. Zazwyczaj wtedy, gdy uważa, że staję się nadopiekuńczy.

— A ty nazywasz ją czasami „Scully"?

— Tylko wówczas, kiedy chcę dostać w gębę.

— Całkiem popsułeś mi ten serial — oznajmił Porter.

— Niby dlaczego?

— W twoim ujęciu tajemnice stały się dla mnie zbyt realne. Świat duchów przestał być zabawny.

— Dla mnie też, proszę pana — odparłem.

W czasie naszej rozmowy Stormy zebrała wszystkie papierki, sztućce i opakowania, które zostały po kolacji, i upchała je do jednej torby. Wyrzuciła ją potem do śmietnika stojącego przy wyjeździe z parkingu.

Skręciłem w lewo, na ulicę.

— Najpierw pojedźmy do mnie — powiedziała Stormy. — Wezmę pistolet.

— Miałaś używać go jedynie w domu — odparłem. — Na to, by nosić go po całym mieście, potrzebne jest inne zezwolenie.

— Oddycham też bez zezwolenia.

— Żadnej broni — uparłem się jak kozioł. — Pojeździmy trochę i zobaczymy, co się stanie.

— Dlaczego boisz się pistoletów?

— Robią za dużo huku.

— Dlaczego zawsze unikasz odpowiedzi na to pytanie?

— Nie zawsze.

— To dlaczego boisz się pistoletów? — nie ustępowała.

— Pewnie w poprzednim życiu zostałem zastrzelony.

— Przecież nie wierzysz w reinkarnację.

— W podatki też nie wierzę, a mimo to je płacę.

— Dlaczego boisz się pistoletów?

— Być może miałem proroczy sen, w którym ktoś do mnie strzelał.

— Naprawdę miałeś?

— Nie.

Czasem umiała być męcząca.

— Dlaczego boisz się pistoletów?

Ja zaś z kolei umiem być głupi.

— A dlaczego boisz się seksu?

Zaraz pożałowałem tego pytania, ale już było stanowczo za późno. Od strony pasażera powiało ku mnie lodowatym chłodem. Stormy rzuciła mi przeciągłe i twarde spojrzenie, które mogło człowieka zmrozić aż do kości.

Przez dobrą chwilę zawzięcie udawałem, że ani trochę nie zdaję sobie sprawy z wrażenia, jakie wywarły na niej moje słowa. Prowadziłem samochód ze skupieniem, jak przystało na porządnego kierowcę.

Nie potrafię udawać. O wiele szybciej niżby się zdawało, spojrzałem na nią i zrobiło mi się strasznie głupio.

— Przepraszam — powiedziałem.

— Wcale się nie boję seksu — odparła.

— Wiem. Przepraszam. Jestem idiotą.

— Chcę być po prostu pewna...

Usiłowałem ją uciszyć. Nie udało mi się.

— Chcę być po prostu pewna, że mnie kochasz nie tylko dlatego. Że są inne, ważniejsze rzeczy.

— Ależ są! — zawołałem. Czułem się naprawdę podle. — Całe tysiące. Sama wiesz dobrze o tym.

— Chcę, żeby nasza miłość nawet w takich chwilach była prawdziwa, czysta i piękna.

— Ja też. Na pewno tak będzie, Stormy. Wszystko w swoim czasie. Nie musimy się śpieszyć.

Wyciągnąłem do niej rękę na zgodę, kiedy zatrzymaliśmy się na czerwonych światłach. Westchnąłem z ulgą, gdy mocno potrząsnęła moją prawicą.

Światła zmieniły się na zielone. Moja dłoń wciąż spoczywała w dłoni Stormy, więc prowadziłem tylko jedną ręką.

— Przepraszam, Oddie — powiedziała po chwili Stormy nabrzmiałym z emocji głosem. — To moja wina.

— Nieprawda. Zachowałem się jak idiota.

— Zapędziłam cię w kozi róg głupimi pytaniami, więc nic dziwnego, że wreszcie zacząłeś się bronić.

Mówiła prawdę, lecz nie poczułem się przez to ani trochę lepiej. Pół roku po tragicznej śmierci obojga rodziców siedmioipółletnia Stormy — nosząca jeszcze wtedy imię Bronwen — została adoptowana przez dobrze sytuowaną i bezdzietną parę z Beverly Hills. Zamieszkała w przepięknej posiadłości. Przyszłość rysowała się przed nią różowo.

Niecałe dwa tygodnie później przybrany ojciec przyszedł do niej w nocy, obudził ją i zdjął spodnie. Potem dotykał ją w dziwny i wstrętny zarazem sposób.

Stormy była okropnie sama, smutna, zmieszana i zawstydzona. Przez trzy miesiące znosiła ojcowskie „pieszczoty", aż w końcu powiedziała o wszystkim opiekunce z biura adopcyjnego, która właśnie przyszła z rutynową wizytą. Od tamtej pory, nietknięta, mieszkała w sierocińcu Świętego Bartłomieja. Opuściła go dopiero po skończeniu liceum.

Zaczęliśmy ze sobą chodzić dosyć dawno. Od czterech lat stanowimy najwierniejszą parę — i łączy nas prawdziwa przyjaźń. A mimo to — mimo wspólnych nadziei i planów na przyszłość — potrafiłem ją skrzywdzić. Wystarczyło, żeby zapytała, skąd bierze się mój strach przed bronią i już palnąłem z grubej rury: „Dlaczego boisz się seksu?".

Jakiś cynik powiedział kiedyś, że człowieka najbardziej można poznać po tym, że jest nieludzki.

Ze swojej strony jestem optymistą i wierzę w ludzi. Bóg chyba także wierzy, bo w przeciwnym razie już dawno zmiótłby nas z powierzchni ziemi i zaczął wszystko od początku. A jednak nie potrafię w całości odrzucić zacytowanych wyżej słów cynika. Jak widać, nawet we mnie tkwi coś nieludzkiego, skoro umiałem skrzywdzić tę, którą tak bardzo kocham.

Przez dłuższą chwilę płynęliśmy asfaltową rzeką. Nie znaleźliśmy nigdzie śladu Grzyba, lecz w zamian za to powoli odzyskaliśmy siebie.

— Kocham cię, Oddie — po pewnym czasie powiedziała Stormy.

— I ja cię kocham ponad życie — odparłem nieswoim głosem.

— Na pewno wszystko będzie dobrze — dodała.

— Już jest dobrze.

— Jesteśmy dziwni i szurnięci, ale na szczęście mamy siebie — przytaknęła.

— Gdyby ktoś kiedyś wymyślił termometr do mierzenia dziwactw, to rtęć by się zagotowała, gdybym go wziął pod pachę. Ty to zupełnie co innego. Jesteś spokojna i opanowana.

— Zatem nie dziwna, lecz szurnięta?

— Już wiem, o co ci naprawdę chodzi. Dziwactwo czasem bywa w modzie, ale szurniętych się omija.

— Właśnie.

— Więc dobrze, jesteś bardzo dziwna. To było nie po dżentelmeńsku.

— Przyjmuję twoje przeprosiny.

Kręciliśmy się po okolicy, korzystając z samochodu tak jak różdżkarz korzysta z różdżki w poszukiwaniu wody. Wreszcie skręciłem na parking przy Green Moon Lanes. To jest kręgielnia, jakiś kilometr dalej od centrum handlowego, w którym przedtem jedliśmy lody.

Stormy dokładnie znała ten sen, który mnie dręczył raz albo dwa razy w miesiącu przez ostatnie trzy lata. Wnętrze kręgielni i stosy trupów: wyprute flaki, oderwane ręce i twarze podziurawione nie jakąś pojedynczą kulą, ale całymi seriami strzałów.

— To tutaj? — spytała Stormy.

— Nie wiem.

— Myślisz, że dzisiaj twój sen się spełni?

— Chyba nie. Nie wiem. Może...

Poczułem pieczenie w gardle i kwaśny smak w ustach. To rybne tacos pływały w moim żołądku. Dłonie miałem zimne i mokre. Odruchowo wytarłem je o dżinsy. Niewiele brakowało, żebym pojechał do Stormy po pistolet.

Rozdział dwudziesty drugi

Parking koło kręgielni był w dwóch trzecich pełny. Objechałem go w kółko, szukając explorera, ale nic nie znalazłem. W końcu zjechałem na bok i zgasiłem silnik.

Stormy otworzyła drzwi.

— Zaczekaj — powiedziałem.

— Chyba nie chcesz, żebym mówiła do ciebie „Mulder" — mruknęła ostrzegawczym tonem.

Popatrzyłem na zielono-niebieski neon z napisem GREEN MOON LANES. Miałem nadzieję, że widziana przeze mnie masakra to jeszcze sprawa odległej przyszłości. Neon nie uaktywnił mojego szóstego zmysłu.

Projekt kręgielni uwzględniał koszty związane z budową dużej klimatyzowanej hali pośrodku pustyni Mojave. Budynek był niski — nawet przysadzisty — i niemal zupełnie pozbawiony okien. Dzięki temu upał nie wdzierał się do środka. Gładkie beżowe ściany w dzień odbijały promienie słońca, w nocy zaś szybko stygły.

Dawniej widok kręgielni nie wywierał na mnie smętnego wrażenia. Przeciwnie, podziwiałem jej klarowną konstrukcję, złożoną głównie z prostopadłych linii i dużych płaskich powierzchni. Był to dla mnie typowy przykład współczesnej architektury, dopasowanej do tutejszych warunków pogodowych. Ale teraz budynek kojarzył mi się z bunkrem lub składem amunicji, grożącym wybuchem. Arsenał, bunkier, grób, krematorium...

— Obsługa nosi czarne spodnie i niebieskie koszule z białym kołnierzykiem — powiedziałem.

— I co z tego? — zapytała Stormy.

— W moim śnie mieli brązowe spodnie i zielone koszulki polo.

Ciągle siedziała w otwartych drzwiach, z jedną nogą na zewnątrz.

— W takim razie to nie tutaj. Coś innego cię tu przyciągnęło. Całkiem bezpiecznie możemy wejść do środka i sprawdzić, co się tam dzieje.

— Jest jeszcze Fiesta Bowl — powiedziałem, mając na myśli drugą kręgielnię. Więcej ich nie było ani w Pico Mundo, ani w okolicy. — Ale tam wszyscy noszą się na szaro i na piersiach mają wyszyte imiona.

— Czyli twój sen dzieje się zupełnie gdzieś indziej. Nie w Pico Mundo.

— Nigdy dotąd to się nie zdarzało.

Jak długo żyję, nie wychyliłem nosa z tego miasta. Bo niby po co? Tu przynajmniej panował względny spokój. Nie dojechałem nawet do granicy rodzimego hrabstwa Maravilla.

Gdybym przypadkiem dożył osiemdziesiątki — w co bardzo wątpię i czym się przejmuję — to pewnie kiedyś wybrałbym się na jakąś dłuższą wyprawę i odwiedził któreś z sąsiednich miasteczek. A może też nie?

Nie lubię zmian i egzotycznych przygód. W głębi serca tęsknię za spokojem, stabilizacją, domem i rodziną. Potrzebne mi to, żeby nie zwariować.

W wielkim skupisku ludzi, w takim mieście jak Los Angeles, codziennie — nie, nawet co godzina — popełniana jest jakaś zbrodnia. W ciągu roku zdarza się tam więcej nieszczęść niż w całej historii Pico Mundo. Rojowisko Los Angeles produkuje śmierć niczym piekarnia świeże bułki. Trzęsienia ziemi, liczne pożary, ataki terrorystyczne...

Mogę jedynie sobie wyobrażać, ile duchów snuje się po ulicach każdej metropolii. W takim miejscu, nagabywany wciąż przez zmarłych poszukujących pocieszenia, sprawiedliwości albo towarzystwa, uciekłbym na pewno w autyzm lub też popełnił samobójstwo.

Teraz jednak wciąż żyłem, wolny od autyzmu, i musiałem się zmierzyć z kręgielnią Green Moon Lanes.

— No dobrze — mruknąłem z rezygnacją, bo naprawdę nie stać mnie było na odwagę. — Chodźmy się rozejrzeć.

Z nastaniem nocy asfalt oddawał część żaru zgromadzonego w dzień. W powietrzu unosiła się woń rozgrzanej smoły.

Na wschodzie widniał księżyc, tak nisko i tak wielki, że zdawał się spadać na nas. Z jego żółtej twarzy jak zawsze spoglądały oczodoły ślepych kraterów.

Babcia Sugars bała się widoku żółtego księżyca i powtarzała zawsze, że to jej przynosi pecha w kartach. Chyba właśnie dlatego zapragnąłem jak najszybciej zniknąć z pola widzenia tej trędowatej gęby. Złapałem Stormy za rękę i pociągnąłem ją w stronę wejścia do kręgielni.

Kręgle to jeden z najstarszych sportów świata. Grywano w nie już prawie pięć i pół tysiąca lat przed naszą erą. Jedynie w Stanach Zjednoczonych jest sto trzydzieści tysięcy torów w siedmiu tysiącach kręgielni. Roczne dochody z tego przedsięwzięcia wynoszą w Ameryce blisko pięć miliardów dolarów.

Znam się na tym, bo sporo czytałem o kręglach, z nadzieją, że w ten sposób pozbędę się koszmarów lub zrozumiem, co znaczą. Dowiedziałem się wielu najróżniejszych rzeczy, w większości nieciekawych.

Nawet wypożyczyłem buty i zagrałem osiem lub dziesięć kolejek. Nigdy nie byłem dobrym sportowcem.

Widząc, jak gram, Stormy powiedziała kiedyś, że gdybym

przeszedł na zawodowstwo, to w rynsztoku spędziłbym więcej czasu niż zatwardziały pijak *.

W Stanach Zjednoczonych ponad sześćdziesiąt milionów ludzi przynajmniej raz w roku gra w kręgle. Dziewięć milionów regularnie występuje w rozgrywkach ligowych i turniejach dla amatorów.

Tamtej czwartkowej nocy w Green Moon Lanes zjawiła się poważna część tej liczby. Wszyscy się śmieli, dowcipkowali, jedli nachos i frytki z tartym serem, pili piwo i bawili się tak wspaniale, że trudno było sobie wyobrazić, aby śmierć zebrała tutaj swoje żniwo.

Ale „trudno" wcale nie znaczy „niemożliwe".

Chyba pobladłem, bo Stormy spytała:

— Dobrze się czujesz?

— Tak. Dobrze. Nic mi nie jest.

Nigdy przedtem pomruk sunących kul i grzechotanie kręgli nie brzmiały w moich uszach tak złowieszczo. Teraz ów ciągły hałas działał mi na nerwy.

— Co robimy? — zapytała Stormy.

— Dobre pytanie. Nie znam odpowiedzi.

— Chcesz po prostu pochodzić, rozejrzeć się trochę i sprawdzić, czy nie ma tu jakichś złych wibracji?

Skinąłem głową.

— Tak. Pochodzić. Popatrzeć. Złe wibracje.

Nie uszliśmy daleko, gdy zobaczyłem coś, co sprawiło, że mi zaschło w ustach.

— O mój Boże...

Facet z wypożyczalni butów nie był dziś ubrany jak zwykle w czarne spodnie i niebieską koszulę z białym kołnierzykiem. Miał na sobie brązowe spodnie i zieloną koszulkę polo, taką samą jak poszarpane trupy w mojej wizji.

---

* Gra słów; *gutter* to po ang. „ściek", „rynsztok", ale także rynna obok toru, po którym wraca kula do kręglarza. Odd rzucał tak nieudolnie, że jego kule ciągle staczały się z toru do rynny.

Stormy odwróciła się, powiodła wzrokiem po hali i wypatrzyła w tłumie dwóch jego kolegów.

— Wszyscy dostali nowe ubrania.

Senne koszmary zapadają w pamięć, lecz pozbawione są szczegółów. Sporo w nich tajemnicy, a mniej realizmu, zwłaszcza wskazówek dotyczących miejsca albo czasu. Widziałem twarze ofiar skrzywione w agonii, zniekształcone cieniem i widmowym światłem, ale nie potrafiłem ich opisać tuż po przebudzeniu.

Z wyjątkiem jednej, młodej dziewczyny trafionej w pierś i szyję. Jej twarz dziwnym trafem została nietknięta. Dziewczyna miała długie jasne włosy, zielone oczy i mały pieprzyk nad górną wargą, w lewym kąciku ust.

Zobaczyłem ją, kiedy weszliśmy trochę dalej w głąb hali. Wyglądała zupełnie tak samo. Stała za barem i właśnie nalewała komuś piwo z beczki.

Rozdział dwudziesty trzeci

Usiedliśmy przy wolnym stoliku koło baru, ale nie zamówiliśmy żadnych drinków. I tak byłem już na wpół pijany strachem. Chciałem zabrać stąd Stormy. Odpowiedziała mi, że nie wyjdzie.

— Przecież musimy coś z tym zrobić — oznajmiła stanowczym tonem.

Na razie wymyśliłem jednak tylko tyle, żeby zadzwonić do Wyatta Portera. Pobieżnie wyjaśniłem mu całą sytuację i powiedziałem, że Bob Robertson wybrał na swój debiut prawdopodobnie Green Moon Lanes. To właśnie tutaj chciał świętować dzień swojej pierwszej masowej zbrodni.

Jak na człowieka po dniu ciężkiej pracy i przyjęciu zakrapianym piwem Wyatt zareagował zadziwiająco szybko i przytomnie:

— Do której mają otwarte?

Mocniej przycisnąłem słuchawkę do prawego ucha, a lewe zatkałem palcem, żeby trochę odciąć się od hałasu.

— Chyba aż do północy, proszę pana.

— Czyli jeszcze nieco ponad dwie godziny. Zaraz tam kogoś do was przyślę, niech zajmie się ochroną i poczeka na Robertsona. Ale przedtem mówiłeś, synu, że to się stanie piętnastego sierpnia. Dopiero jutro, a nie dzisiaj.

— Taką datę znalazłem w jego kartotece. Naprawdę nie wiem, co dokładnie znaczy. W gruncie rzeczy dopiero po północy będzie można mówić z pełnym przekonaniem o tym, że dzisiaj nikt nie zginął.

— A są tam te zjawy, które nazywasz bodachami?

— Nie, proszę pana. Ale na pewno przyjdą razem z Robertsonem.

— W Camp's End jeszcze go nie było — odparł Porter. — Najwyraźniej cały czas krąży gdzieś po mieście. Jak wam smakowały churros?

— Palce lizać — odpowiedziałem.

— Na przyjęciu miałem trudny wybór między murzynkiem a domowym plackiem z brzoskwiniami. Przemyślałem to i zjadłem oba.

— Wiem, bo kiedyś miałem tę przyjemność, żeby spróbować placka pańskiej żony. Niebo w gębie.

— Dla samego ciasta bym się z nią ożenił, ale na szczęście jest także piękna i mądra.

Pożegnaliśmy się i przypiąłem telefon do paska.

— Pora się zwijać — powiedziałem do Stormy.

Pokręciła głową.

— Zaczekaj chwilę. Jeśli blondynki tu nie będzie, to nie dojdzie do strzelaniny — mówiła cicho, pochylając się nisko nad stolikiem, żebym usłyszał ją pomimo gwaru. — Musimy jakoś ją stąd zabrać.

— Nie. Senne wizje niedokładnie przedstawiają bieg przyszłych wydarzeń. Ona będzie w pełni bezpieczna, a i tak dojdzie do masakry.

— Ale przynajmniej ją uratujemy. Jedna ofiara mniej.

— Chyba że zamiast niej zginie ktoś, kto nie powinien. Na przykład barman, który ją zastąpi. Na przykład ja... albo ty.

— To możliwe.

— Bardzo możliwe. Jak mogę ją ratować, wiedząc, że tym samym wydam wyrok śmierci na kogoś innego?

Na sąsiednich torach rozległ się głośny łomot. Trzy z czterech rzuconych kul z trzaskiem wpadły pomiędzy kręgle. Zabrzmiało to jak seria strzałów. Skuliłem się odruchowo, chociaż wiedziałem, że nikt nie strzela.

— Nie mam prawa decydować o tym, że ktoś powinien za nią zginąć — powiedziałem.

Rzadko miewam prorocze sny, więc na szczęście nie gnębią mnie wciąż dylematy natury moralnej. To nawet lepiej.

— A poza tym, jak miałbym to zrobić? Stanąć przy barze i powiedzieć jej, że zginie, jeśli natychmiast stąd nie wyjdzie?

— Zapewne pomyślałaby, że jesteś głupi albo niebezpieczny, ale by wyszła.

— Nic podobnego. Po pierwsze bałaby się, że wyleci z pracy. A po drugie kobiety we współczesnym świecie nie lubią okazywać strachu. Chcą być tak silne jak mężczyźni. Nocą najwyżej poprosiłaby któregoś ze swoich kolegów, by odprowadził ją do samochodu. To wszystko.

Stormy patrzyła na barmankę, a ja powiodłem wzrokiem po hali, żeby sprawdzić, czy gdzieś nie zobaczę cieni zwiastujących obecność mordercy. Nie było jednak tu nikogo oprócz żywych ludzi.

— Jest taka ładna i pełna życia — Stormy mówiła o dziewczynie. — Ma zaraźliwy śmiech i silną osobowość.

— Wydaje ci się pełna życia, bo wiesz, że wkrótce może zginąć.

— Nie wolno nam jej tak zostawić — powiedziała. — Powinniśmy ją jakoś ostrzec... Dać jej przynajmniej szansę.

— Najlepszą szansę będzie miała wtedy, gdy powstrzymamy Robertsona. Wolałbym, żeby nikt nie zginął.

— Myślisz, że zdołasz go powstrzymać?

— A co by było, gdyby rano nie przyszedł do Grille w towarzystwie stada bodachów? Nic bym o nim nie wiedział.

— Nie ma pewności, że z nim wygrasz.

— Nic nie jest pewne na tym świecie.

Popatrzyła mi prosto w oczy i zastanowiła się nad tym, co powiedziałem.

— Poza nami — szepnęła wreszcie.

— Poza nami. — Odsunąłem krzesło od stolika. — Idziemy.

Stormy znów spojrzała na blondynkę.

— To bardzo trudne.

— Wiem.

— I nieuczciwe.

— A od kiedy śmierć jest uczciwa?

Wstała.

— Nie pozwolisz jej umrzeć, prawda Oddie?

— Postaram się.

Wyszliśmy z kręgielni, z nadzieją, że znikniemy stąd przed przybyciem policji. Nie chciałem, aby ktoś z nich wiedział, że tu byłem.

Żaden policjant z Pico Mundo nie rozumiał, skąd się bierze moja niezwykła zażyłość z Wyattem Porterem. Wyczuwali, że coś jest nie tak, ale nie wiedzieli, co widzę i czego mogę się domyślać. Porter zapewniał mi dobrą ochronę.

Niektórzy byli przekonani, że chciałbym zostać policjantem. Że mam pociąg do tej roboty, lecz jednocześnie brak mi wrodzonej odwagi lub sprytu, aby sprostać prawdziwym wymaganiom.

Inni znów uważają, że Porter stał się dla mnie kimś w rodzaju przybranego ojca i że wybrałem go, bo mój własny był nieudacznikiem. Prawdę mówiąc, mają trochę racji.

Ich zdaniem trafiłem pod skrzydła Porterów jako szesnastolatek, tuż po definitywnym rozstaniu z rodzicami. Wyatt i Karla nigdy nie mogli mieć swoich dzieci, więc nic dziwnego, że otoczyli opieką chłopaka, który z dnia na dzień został sam jak palec. Lubię tę wersję, bo pasuje do moich skromnych potrzeb. Ale policjant z natury rzeczy nie byłby dobrym policjantem, gdyby nie wyczuł, że za tym kryje się coś więcej. I nie inaczej było w Pico Mundo. Chociaż na pozór wydawałem się zupełnie nieskomplikowany, to postrzegano mnie jako łamigłówkę z brakującymi fragmentami.

Wyszliśmy z Green Moon Lanes o dziesiątej. Od zmierzchu upłynęła już niemal godzina, a mimo to temperatura ciągle wynosiła prawie czterdzieści stopni. Dopiero po północy miała spaść poniżej trzydziestu.

Bob Robertson trafił na odpowiednią aurę, żeby stworzyć piekło na ziemi.

Powoli szliśmy w stronę samochodu. Stormy najpewniej wciąż myślała o barmance, bo w pewnej chwili powiedziała:

— Czasem nie umiem sobie wyobrazić, jak ty potrafisz żyć z tym wszystkim.

— Kwestia postawy.

— Jak to działa?

— Czasami lepiej, a czasami gorzej.

Chciała mnie jeszcze o coś spytać, ale w tej samej chwili padły na nas światła nadjeżdżającego radiowozu. Wiedziałem, że policjant na pewno mnie rozpoznał, więc stanąłem obok Stormy i czekałem, aż podjedzie bliżej.

W radiowozie siedział Simon Varner. Był w policji zaledwie od trzech lub czterech miesięcy, a zatem tylko trochę dłużej do Ecklesa, który tak pilnie przypatrywał mi się na przyjęciu u Wyatta Portera. Trzy miesiące to jeszcze za krótko, żeby wyzbyć się podejrzliwości.

Varner miał tak pogodną twarz, że z powodzeniem mógłby występować w programach dla dzieci, i ciężkie powieki, które upodobniały go do Roberta Mitchuma. Wychylił się przez otwarte okno i wsparł na drzwiach muskularną łapę. Wyglądał teraz niczym zaspany niedźwiedź z jakiejś disnejowskiej kreskówki.

— Fajnie cię widzieć, Odd. Witam, panno Llewellyn. W zasadzie czego tu szukamy?

Byłem pewny, że Porter nie wspominał o mnie, kiedy mu kazał jechać do kręgielni. Za każdym razem starannie pomijał mój udział i udawał, że wszystkie zebrane przez niego informacje pochodzą z normalnych źródeł. Robił to zresztą nie tylko po to, żeby osłaniać moją tajemnicę. Dobrze wiedział, że sprytny adwokat obaliłby każdy akt oskarżenia oparty na „wydumanych wizjach" jakiegoś domorosłego medium.

Pamiętałem jednak, że Bern Eckles widział mnie u Portera i na jego prośbę sprawdzał Robertsona. Wiedział więc, że mam coś z tym wspólnego. A skoro wiedział, to na pewno już puścił plotkę po komendzie.

Mimo wszystko postanowiłem udawać głąba.

— Czego szukamy? Chyba nie bardzo rozumiem, panie władzo.

— To nie ty rozmawiałeś z szefem? Przecież dlatego mnie tu przysłał.

— Przyszliśmy popatrzeć na znajomych — odpowiedziałem. — Kiepsko gram w kręgle.

— To prawdziwy „król rynny" — ze śmiechem dodała Stormy.

Varner sięgnął ręką za siebie i wziął z fotela komputerowo powiększone zdjęcie Robertsona. Prawdopodobnie pochodziło z jego prawa jazdy.

— Znasz tego gościa?

— Nie mogę powiedzieć, że znam — odparłem. — Widziałem go dzisiaj dwa razy.

— Nie mówiłeś szefowi, że tu się będzie kręcił?

— Nie. Skąd miałbym to wiedzieć?

— Szef powiedział, żebym uważnie patrzył mu na ręce. Jeżeli sięgnie do kieszeni, to raczej nie po perfumy.

— Z szefem najlepiej się nie sprzeczać.

Na parking wjechał lincoln navigator i zatrzymał się tuż za radiowozem. Varner na całą długość wyciągnął rękę przez okno i dał mu znak, żeby jechał dalej.

W środku siedziało dwóch ludzi. Żaden z nich nie był Robertsonem.

— Gdzie go widziałeś po raz pierwszy? — spytał Varner.

— Przed południem przyszedł na lunch do Grille.

Zaspany niedźwiedź lekko uniósł ciężkie powieki.

— I to wszystko? Zamówił lunch? Myślałem... że tam coś się stało.

— Owszem, ale niezbyt wiele. — Skróciłem opowieść do maksimum, pomijając wszystko, o czym nie musiał wiedzieć. — Zachowywał się dosyć dziwnie. Szef też go widział, bo przypadkiem był w barze w tym samym czasie. Później, po południu, już po mojej pracy, natknąłem się na niego po prostu na ulicy. No i... zaczął się trochę stawiać.

Varner nieufnie zmrużył oczy tak, że przypominały teraz wąskie szparki. Instynktownie wiedział, że coś przed nim ukrywam. W rzeczywistości nie był aż tak ociężały, na jakiego wyglądał.

— Jak to „stawiać"?

— Łobuz zaczepiał mnie, więc Odd kazał mu się wynosić. — Zręczną wymówką Stormy wybawiła mnie od gorszego kłamstwa.

Prawdę mówiąc, Grzyb nie miał w sobie nic z typowego macho i na pewno nie myślał, że dziewczęta mdleją na jego widok. Stormy jednak jest taka piękna, że nawet podejrzliwy Varner doszedł do wniosku, że mogła zbudzić hormony Robertsona.

— Zdaniem szefa to on zdemolował zakrystię u Świętego Bartłomieja — mruknął. — Ale o tym już pewnie wiecie.

Stormy postanowiła przejąć inicjatywę i odciągnąć ode mnie Sherlocka.

— Wiem, że to głupie — powiedziała — ale nie mogę się powstrzymać, żeby pana o coś nie zapytać. Mam nadzieję, że pan się nie obrazi... Co oznaczają te litery na pańskim tatuażu?

Varner był ubrany w koszulę z krótkimi rękawami. Na lewym przedramieniu, tuż nad zegarkiem, miał wytatuowany skrót POD.

— Wstyd się przyznać, panno Llewellyn, ale nie byłem grzecznym chłopcem jako nastolatek. Wstąpiłem do ulicznego gangu. Na szczęście w porę wrócił mi rozsądek, i za to dziękuję Bogu. To pamiątka jeszcze z tamtych czasów.

— I co znaczy? — powtórzyła Stormy.

Stropił się.

— Same świństwa — westchnął. — Wolałbym ich głośno nie powtarzać.

— Spokojnie można to usunąć — wtrąciłem. — Nowe metody są naprawdę niezłe.

— Myślałem o tym — przyznał Varner. — Potem jednak przyszło mi do głowy, że zostawię sobie to dla przypomnienia, jak daleko kiedyś zszedłem z dobrej drogi i jak łatwo zrobić pierwszy krok do złego.

— To wspaniałe i fascynujące — odpowiedziała Stormy i pochyliła się, jakby chciała z bliska obejrzeć ów symbol bohaterstwa. — Ludzie na ogół uciekają od swojej przeszłości i boją się jej spojrzeć w oczy. Miło słyszeć, że ktoś taki jak pan troszczy się o nasze wspólne bezpieczeństwo.

Wygłosiła tę tyradę tak gładko, że jej słowa brzmiały całkiem szczerze.

Varner pławił się w tych słodkościach niczym pączek w maśle, a Stormy powiedziała do mnie:

— Musimy iść do domu, Odd. Pamiętaj, że wcześnie wstaję.

Pożegnałem zatem Varnera, który najwyraźniej zrezygnował z dalszych podchwytliwych pytań, i poszliśmy do samochodu.

— Nie wiedziałem, że tak dobrze potrafisz wodzić ludzi za nos — odezwałem się, kiedy już z powrotem zasiadłem za kierownicą.

— To chyba raczej za mocne określenie. Powiedzmy sobie, że dokonałam drobnej manipulacji.

— Po ślubie będę musiał na ciebie uważać — westchnąłem i przekręciłem kluczyk w stacyjce.

— Co to znaczy?

— Nie chcę, żebyś mną też manipulowała.

— Na miłość boską, mój ty Dziwaku, przecież to się dzieje codziennie! Manipuluję tobą, składam i wałkuję.

Nie byłem pewny, czy nie żartowała.

— Naprawdę?

— Robię to bardzo delikatnie, wręcz z uczuciem. Ty zaś za każdym razem jesteś wniebowzięty.

— Hmm... Naprawdę?

— Z reguły prowokujesz mnie swoim zachowaniem.

Samochód warczał, a ja wciąż trzymałem nogę na hamulcu.

— To znaczy, że sam się o to proszę?

— Czasami nawet mam wrażenie, że na to czekasz.

— Mówisz poważnie? Sam już nie wiem...

— O właśnie. Jesteś strasznie słodki.

— Słodkie to mogą być szczeniaki.

— Ty i szczeniaki. Sama słodycz.

— Więc nie żartujesz.

— Jesteś zupełnie pewien?

Przyjrzałem jej się.

— Nie. Droczysz się ze mną.

— Aby na pewno?

Westchnąłem głośno.

— Widuję zmarłych, ale ciebie nie umiem przejrzeć.

Kiedy wyjeżdżaliśmy z parkingu, zauważyłem, że radiowóz stał tuż przed głównym wejściem do Green Moon Lanes.

Zamiast po cichu obserwować halę i złapać Robertsona przed popełnieniem zbrodni, Simon Varner ustawił się na widoku, zapewne po to, żeby go odstraszyć. Podejrzewam, że taki pomysł nie znalazłby uznania w oczach Wyatta Portera.

Varner pomachał nam na pożegnanie. Chyba jadł pączka.

Babcia Sugars uczyła mnie, że w życiu nie wolno być pesymistą. Coś mi się zdaje, że robiła to tylko z przekonania, że czarne myśli jak magnes przyciągają zło i w rezultacie naprawdę prowadzą do nieszczęścia. Pamiętałem jej słowa, a mimo to nie mogłem oprzeć się refleksji, że Bob Robertson mógł z łatwością po cichu zajść Varnera i strzelić mu z tyłu w głowę.

Rozdział dwudziesty czwarty

Viola Peabody — ta sama, która osiem godzin temu obsługiwała mnie i Terri w Grille — mieszkała zaledwie dwie przecznice od Camp's End, lecz włożyła tyle pracy w ogród, remont dachu i odmalowanie, że jej dom zupełnie nie pasował do tej zapadłej okolicy.

Domek był mały i prosty, lecz przypominał baśniową willę z romantycznych obrazów Thomasa Kinkade'a. Pod bladym księżycem jasne ściany świeciły niczym alabaster, a blask starej lampy wydobywał z mroku czerwone kwiaty powoju, pnącego się po werandzie i daszku nad frontowymi drzwiami.

Viola nie była zaskoczona tak późną i w dodatku niezapowiedzianą wizytą. Przywitała nas bardzo serdecznym uśmiechem i zapytała, czy może chcemy mrożonej kawy lub herbaty. Odmówiliśmy grzecznie.

Usiedliśmy w małym salonie, w którym Viola kiedyś własnoręcznie cyklinowała i malowała lakierem podłogę. Sama utkała chodnik, sama uszyła zasłony i kapy na stare meble, tak że wyglądały jak nowe.

Szczupła niczym dziewczynka, lekko przycupnęła na brzeżku fotela. Trudy znojnego życia nie pozostawiły na niej śladu. Nie wyglądała na swoje lata ani nawet na to, że jest samotną matką, wychowującą dwie córeczki, pięcio- i sześcioletnią, które teraz spokojnie spały w przyległym pokoju.

Jej mąż Rafael, który ją porzucił i nie zamierzał łożyć ani centa na utrzymanie dzieci, był takim głupcem, że powinien chodzić w stroju błazna, łącznie z butami o zakręconych noskach i czapce z dzwoneczkami.

Dom nie miał klimatyzacji. Okna były otwarte na oścież, a na podłodze stał wentylator. Wirnik zaciekle młócił powietrze, dając wrażenie chłodu.

Viola splotła dłonie na kolanach, pochyliła się w naszą stronę i uśmiechnęła smutno, jakby od początku znała powód naszej wizyty.

— Chodzi ci o mój sen, prawda? — cicho powiedziała do mnie.

— Opowiedz mi go jeszcze raz — poprosiłem półgłosem, żeby nie obudzić dzieci.

— Widziałam... siebie, z dziurą w głowie i nabrzmiałą twarzą.

— Myślisz, że ktoś cię zastrzelił?

— Tak — potwierdziła i złożyła ręce jak do modlitwy. Potem wsunęła je między kolana. — Prawe oko miałam opuchnięte i całe we krwi. Gałka oczna niemal wypadła z oczodołu.

— Zwykły koszmar — powiedziała Stormy, żeby ją trochę uspokoić. — Takie sny nigdy się nie sprawdzają.

— To już przerabialiśmy — odparła Viola. — Odd... mówił mi dziś to samo. — Popatrzyła na mnie. — Ale prawdopodobnie zmienił zdanie, skoro pofatygował się aż tutaj.

— Gdzie byłaś, kiedy to się stało?

— Nigdzie. Wiesz, jak to bywa w snach... Wszystko jest mętne i niewyraźne.

— Chodzisz czasami do kręgielni?

— Na to potrzeba trochę kasy. A ja tymczasem muszę oszczędzać na studia dla dziewczynek. Muszą być kimś, kiedy dorosną.

— Byłaś kiedyś w Green Moon Lanes?

Pokręciła głową.

— Nie.

— Czy coś w twoim śnie mogło wskazywać na to, że jesteś właśnie w kręgielni?

— Nie. Tak jak mówiłam, nie wiem, gdzie to było. Dlaczego pytasz o kręgielnię? Też ci się coś śniło?

— Tak.

— Zabici? — zapytała.

— Owszem.

— A twoje sny się sprawdzają?

— Czasami — przytaknąłem.

— Wiedziałam, że mnie zrozumiesz. Dlatego do ciebie przyszłam.

— Powiedz mi więcej, co widziałaś, Violu.

Zamknęła oczy, żeby sobie wszystko lepiej przypomnieć.

— Uciekam przed czymś. Są jakieś cienie... to znowu błyski... ale naprawdę nic konkretnego.

Mój szósty zmysł jest czymś niezwykłym pod względem siły i klarowności. Lecz jednocześnie jestem przekonany, że wiele osób ma tę samą ukrytą percepcję, choć nieco słabszą i objawiającą się tylko w szczególnych przypadkach, czasami pod postacią snu lub nagłego przebłysku tak zwanej intuicji. Niestety ludzie najczęściej lekceważą takie doświadczenia, bo uważają, że świat nadprzyrodzonych zdarzeń po prostu nie istnieje. Bywa, że nieświadomie odczuwają strach przed głębszą eksploracją swych serc i umysłów. Boją się prawdy o rzeczywistości dużo bardziej złożonej niż świat materialny, o którym nauka z ufnością powiada, że jest sumą wszechrzeczy.

Wziąwszy to pod uwagę, wcale się nie zdziwiłem, że sen Violi — z początku na pozór bez znaczenia — po pewnym czasie okazał się niezwykle ważny.

— Słyszałaś może jakieś głosy? — zapytałem. — Niektórzy ludzie nic nie słyszą.

— Owszem, słyszałam własny oddech i... gwar, jakby dużego tłumu.

171

— Tłumu?

— Tak... Jak na stadionie.

— Mamy coś takiego w Pico Mundo? — bąknąłem nieco zbity z tropu.

— Nie wiem. A może to był mecz Małej Ligi?

— Na żadnym nie ma tylu widzów — zauważyła Stormy.

— To nie musiały być tysiące głosów. Równie dobrze najwyżej setka — wyjaśniła Viola. — Po prostu chór gadających głosów.

— Jak to się stało, że zobaczyłaś siebie? — spytałem.

— Nie widziałam momentu śmierci. Biegnę wśród błysków i tańczących cieni, potykam się, padam...

Jej oczy poruszyły się pod zamkniętymi powiekami, jakby naprawdę usnęła i po raz pierwszy przeżywała ów straszliwy koszmar.

— Padam... — powtórzyła. — Na dłoniach czuję coś mokrego. To krew. Potem cienie znikają, zalewa mnie snop światła i widzę siebie, martwą.

Drgnęła i otworzyła oczy.

Maleńkie krople potu perliły jej się na czole i nad górną wargą.

W pokoju było bardzo gorąco, chociaż pracował wentylator. Viola jednak się nie pociła, dopóki nie zaczęła opowieści.

— Pamiętasz jeszcze coś szczególnego? — spytałem. — Nawet najmniejsza rzecz może mi się przydać. Na czym leżałaś? To znaczy... twoje ciało? Na podłodze? Na trawie? Na asfalcie?

Zastanawiała się przez chwilę, a potem pokręciła głową.

— Nie wiem. Pamiętam tylko, że koło mnie leżał ktoś jeszcze. Jakiś mężczyzna.

Wyprostowałem się na kanapie.

— Drugi... nieboszczyk?

— Tak. Tuż obok. Jakby skurczony i na boku, z jedną ręką za plecami.

— A może było więcej ofiar? — wtrąciła Stormy.

— Może... Zauważyłam tylko jego.

— Poznałabyś go?

— Nie widziałam twarzy. Leżał plecami do mnie.

— Spróbuj sobie przypomnieć więcej, Violu... — zacząłem, ale mi przerwała.

— Prawie na niego nie patrzyłam. Zbyt się bałam, żeby go oglądać. Spoglądałam na moją martwą twarz i próbowałam krzyczeć, ale nie mogłam, więc próbowałam jeszcze bardziej, aż nagle usiadłam na łóżku i wydawało mi się, że wrzeszczę na całe gardło. W rzeczywistości wydałam jedynie westchnienie.

Ożywiła się pod wpływem wspomnień. Chciała wstać, lecz chyba nogi odmówiły jej posłuszeństwa, bo z powrotem opadła na fotel.

— Jak był ubrany? — spytała Stormy, jakby czytała w moich myślach.

— Kto? Ten zabity? Miał zgiętą nogę, do połowy wysuniętą z buta... Nosił mokasyny.

Czekaliśmy, aż przypomni sobie coś jeszcze. Sny są początkowo gęste jak śmietana, ale przypominają chude mleko w chwili, kiedy się budzimy, z czasem zaś zamieniają się w serwatkę kapiącą przez sączek i pozostaje z nich niewiele treści w zakątkach umysłu.

— Spodnie miał poplamione krwią... — ciągnęła Viola. — Chyba koloru khaki... Albo raczej brązowe.

Powiew wentylatora poruszył liśćmi palmy stojącej w rogu pokoju. Rozległ się suchy szelest, który nasuwał mi myśli o karaluchach lub buszujących szczurach... W każdym razie nic miłego.

Viola znalazła ostatnią łyżeczkę twarożku, pozostałą z serwatki.

— Nosił koszulkę polo...

Wstałem z kanapy. Musiałem się poruszyć. Pokój okazał się zbyt mały, żeby swobodnie po nim chodzić, ale nie zamierzałem siadać.

— Zieloną — dokończyła Viola. — Nosił zielone polo.

Pomyślałem o tym chłopaku, który wypożyczał buty w Green Moon Lanes. I o blondynce nalewającej piwo. Oboje byli w nowych ubraniach.

— Powiedz mi prawdę, Odd — poprosiła Viola jeszcze cichszym głosem. — Popatrz na mnie. Dostrzegasz we mnie piętno śmierci?

— Tak — odparłem.

Rozdział dwudziesty piąty

Nie umiem czytać z ludzkich twarzy, żeby poznać przyszłość albo wejrzeć w czyjąś osobowość. A mimo to nie mogłem ani chwili dłużej spoglądać na Violę, bojąc się, że jednak zobaczę zbyt wiele. W wyobraźni widziałem dwie małe dziewczynki, stojące nad grobem matki.

Podszedłem do otwartego okna i wyjrzałem na boczne podwórko, ocienione drzewami pieprzowymi. Z ciepłego mroku napływał słodki zapach jaśminu, zasadzonego tam przez Violę.

Na ogół nie odczuwam strachu przed ciemnością. Ale tej nocy potwornie się bałem, bo piętnasty sierpnia pędził ku nam z szybkością ekspresu, jakby obroty Ziemi uległy przyśpieszeniu za prztyknięciem boskiego palca.

Odwróciłem się w stronę Violi, która wciąż siedziała na skraju fotela. Jej duże oczy stały się teraz wielkie jak u sowy, a opalona twarz nabrała szarego odcienia.

— Jutro masz wolne? — zapytałem.

Przytaknęła.

Ponieważ dzieci zostawiała pod opieką siostry, mogła pracować w Grille przez sześć dni w tygodniu.

— Zaplanowałaś coś? — spytała Stormy. — Co będziesz robić?

— Rano wezmę się do sprzątania. W domu zawsze jest coś do zrobienia. Popołudnie... zarezerwowałam sobie dla dziewczynek.

— Dla Nicoliny i Levanny? — wymieniłem imiona jej córek.

— Tak... zwłaszcza dla Levanny. W sobotę są jej urodziny. Skończy siedem lat. Ale w soboty zawsze jest ruch w barze i zarabiam więcej na napiwkach. Nie powinnam z tego rezygnować, więc urodziny urządzamy wcześniej.

— Jak?

— Wszystkie dzieciaki oszalały na punkcie nowego filmu. No wiecie, tego o psie... Idziemy jutro, na szesnastą.

Zanim Stormy otworzyła usta, już domyśliłem się, co powie.

— Ten gwar równie dobrze mógł dochodzić z kina, a nie z boiska, z meczu Małej Ligi.

— Co miałyście zrobić po filmie? — spytałem Violę.

— Terri zaprosiła nas do Grille. Powiedziała, że stawia kolację.

W barze także czasami panował niezły hałas, zwłaszcza gdy brakowało już miejsc przy stolikach, ale rozmowy nawet kilkunastu gości trudno uznać za pomruk większego tłumu. Z drugiej strony, we śnie wszystko jest spaczone, nie wyłączając dźwięków.

Nagle poczułem się nieswojo, stojąc tyłem do otwartego okna. Zimny dreszcz przebiegł mi po plecach.

Znowu spojrzałem na podwórko. Wszystko wyglądało zupełnie tak samo jak minutę temu.

Wiotkie gałęzie pieprzowca nieruchomo zwisały w zastygłym, przesiąkniętym jaśminem powietrzu. Krzewy tworzyły mozaikę cieni, lecz nie widziałem wśród nich Robertsona ani żadnego innego intruza.

Mimo to odsunąłem się trochę w bok od okna i jeszcze raz popatrzyłem na Violę.

— Moim zdaniem powinnaś zmienić swój plan na jutro — powiedziałem.

Miałem świadomość, że ratując Violę, mogłem przyczynić się do czyjejś śmierci. To samo było przecież z barmanką. Ale barmanki wcale nie znałem... a Violę uważałem za swoją przyjaciółkę.

W rozwiązywaniu trudnych problemów, szczególnie moralnych, o wiele częściej kierujemy się uczuciami niż uczciwością i rozumem. Być może każda z takich decyzji wiedzie nas prostą drogą do piekła. Jeżeli tak, to na mnie czeka tam spory komitet powitalny.

Na swą obronę mogę tylko dodać, że podświadomie byłem przekonany, że tu nie chodzi tylko o Violę, ale także o jej córeczki. O trzy życia zamiast jednego.

— Masz nadzieję... — Viola dotknęła drżącą ręką swojej twarzy. Przesunęła palcami po szczęce, policzkach i czole, jakby chciała sprawdzić, czy jej rysy już nie są zdeformowane piętnem nieuchronnej śmierci. — Masz nadzieję, że to coś pomoże?

— Nasze losy nie biegną jedną prostą drogą — powiedziałem, na moment stając się wieszczbiarzem, choć rano próbowałem wymigać się od tego. — Ciągle trafiają na rozstaje. Różne ścieżki prowadzą do różnych celów. Nam jednak po to dano wolną wolę, byśmy mogli wybierać.

— Zrób, co ci radzi Oddie — odezwała się Stormy. — Wtedy na pewno wszystko będzie dobrze.

— Lecz to nie takie łatwe — dodałem prędko. — Możesz na przykład wybrać inną drogę, a ona skręci i obszernym łukiem doprowadzi cię w to samo miejsce.

Viola patrzyła na mnie z podziwem zakrawającym wręcz na uwielbienie.

— Zawsze wiedziałam, że to twoja działka, Odd. Że znasz się na tym, co nierzeczywiste i nadprzyrodzone.

Zrobiło mi się trochę głupio, więc podszedłem do drugiego okna. Nasz samochód stał pod latarnią, naprzeciwko domu. Wokoło panowała cisza. Nic niepokojącego. Nic — i zarazem wszystko.

W drodze z kręgielni zastosowaliśmy stosowne środki ostrożności, żeby zmylić ewentualny pościg. Mimo to nie zapomniałem, że Robertson zdołał mnie wyśledzić u Małego Ozzie i w kościele. Nie chciałem, żeby powtórzyło się to po raz trzeci.

— Violu — powiedziałem, znowu patrząc na nią. — Nie wystarczy jedynie zmiana twoich jutrzejszych planów. Musisz być czujna. Dobrze uważaj na wszystko, co ci się wyda... dziwne.

— Już podrywam się na każdy szelest.

— To też niedobrze. Żeby być czujną, nie możesz dać się ponieść nerwom.

Skinęła głową.

— Chyba masz rację.

— Musisz zachować całkowity spokój.

— Postaram się. Tak, tak... spróbuję.

— Pilnie obserwuj, co się wokół dzieje. Wtedy zawczasu zobaczysz zagrożenie i zdołasz umknąć.

Przycupnięta na brzeżku fotela wyglądała jak konik polny w każdej chwili gotowy do skoku.

— Rano przyniesiemy ci zdjęcie człowieka, na którego powinnaś najbardziej uważać — powiedziała Stormy. Spojrzała na mnie. — Da się to zrobić, Oddie?

Pokiwałem głową. Byłem przekonany, że Porter na pewno pozwoli mi zatrzymać zdjęcie Robertsona, przysłane z wydziału ruchu.

— Co to za jeden? — spytała Viola.

Starałem się jak najdokładniej opisać jej wygląd Grzyba. Nie widziała go rano w barze, bo przyszedł jeszcze przed jej zmianą.

— Gdy go zobaczysz, to uciekaj. On jest zdolny do najgorszego. Ale dziś w nocy nic się nie stanie. Nie tutaj. Z tego, co wiemy, facet wybierze jakieś ruchliwe miejsce, bo chce trafić na pierwsze strony gazet...

— Nie idź z dziećmi jutro do kina — przypomniała Stormy.

— Nie pójdę — zapewniła ją Viola.

— Ani do baru.

Nagle poczułem, że natychmiast muszę rzucić okiem na śpiące dziewczynki. Nie wiedziałem, po co mi to potrzebne, lecz nie mogłem tego zlekceważyć.

— Violu? Mogę spojrzeć na Nicolinę i Levannę?

— Teraz? Przecież już śpią.

— Nie będę ich budził. Ale... to bardzo ważne.

Wstała z fotela i zaprowadziła nas do pokoju zajmowanego przez dziewczynki. Dwie lampki, dwie szafki, dwa łóżeczka i dwa małe cherubinki śpiące w samych majteczkach, nakryte prześcieradłem.

Paliła się tylko jedna lampka z morelowym abażurem. Miękkie światło robiło przyjemne wrażenie.

Oba okna były szeroko otwarte. Na siatce, niczym bezcielesny duch, trzepotała biaława ćma. Tłukła skrzydłami w cienki muślin z energią zagubionej duszy, dobijającej się do wrót raju.

Od środka były dodatkowe kraty, które z łatwością dało się otworzyć jednym pociągnięciem dźwigni niedostępnej z zewnątrz. Viola zamontowała je, aby chronić dzieci przed zboceńcami pokroju Landersona.

Siatka i kraty zatrzymają ćmę albo człowieka, ale nie bodacha. Aż pięć ich było w małym pokoiku.

Rozdział dwudziesty szósty

Po dwa złowieszcze cienie stały przy każdym łóżku, goście z otchłani piekieł, wędrowcy z czarnego pokoju.

Zjawy pochylały się nad dziewczynkami, przyglądając im się z zainteresowaniem. Ich ręce — o ile miały ręce — przesuwały się pomalutku tuż nad prześcieradłem, jakby mierzyły wielkość i kształt dziecięcego ciała.

Po prawdzie nie wiem, co tam się działo. Miałem wrażenie, że zwabiła je energia życia, roztaczana przez Nicolinę i Levannę. Cienie pławiły się w tej energii.

Jak dotąd żaden z nich nie zauważył naszej obecności. Poruszały się niczym w transie, jakby urzeczone niewidzialną siłą promieniującą od dziewczynek. Niewidzialną dla mnie, lecz nie dla nich.

Piąty stwór pełzał po podłodze, zygzakowatym, niemal gadzim ruchem. Wśliznął się pod łóżeczko Levanny, posiedział tam chwilę, a potem wysunął się niczym salamandra i zniknął pod łóżeczkiem Nicoliny. Kręcił tułowiem na boki jak wielki wąż poruszający się w zwolnionym tempie.

Wzdrygnąłem się mimo woli. Wyczuwałem, że piąta zjawa natrafiła na eteryczny ślad, pozostawiony na podłodze przez małe nóżki dziewczynek. Oczami wyobraźni — mam nadzieję, że to naprawdę była tylko wyobraźnia — widziałem cienki zimny język, którym bodach co chwila dotykał dywanu.

Nie wszedłem głębiej do pokoju.

— Wszystko w porządku — szepnęła za mną Viola. — Śpią twardo. Na pewno się nie obudzą.

— Są takie śliczne... — powiedziała Stormy.

Viola aż pokraśniała z dumy.

— Grzeczne i dobre — wyszeptała, lecz w tej samej chwili musiała dostrzec na mojej twarzy ułamek tego, co się we mnie działo, bo zapytała:

— Coś jest nie tak?

Zdobyłem się na nieszczery uśmiech. Stormy rzuciła na mnie okiem i od razu domyśliła się całej prawdy. Powiodła wzrokiem po wszystkich ciemnych kątach: w prawo, w lewo i pod sufitem, jakby chciała zobaczyć choćby drobny ślad obecności sił nadprzyrodzonych.

Cztery zgarbione bodachy przy łóżeczkach przypominały mi kapłanów jakiejś diabolicznej wiary — może Azteków przy ołtarzu, na którym składano ofiarę z ludzi? Ich ręce wciąż tańczyły w dziwnej pantomimie nad ciałami dwojga śpiących dzieci.

Ponieważ nie odpowiedziałem od razu na pytanie, Viola pomyślała, że stało się coś złego i zrobiła krok w głąb pokoju.

Łagodnie przytrzymałem ją za rękę.

— Przepraszam, Violu. Nic się nie stało. Chciałem tylko sprawdzić, czy dziewczynki są bezpieczne. Dobrze, że mają kraty w oknach.

— W razie czego wiedzą, jak je otworzyć — odpowiedziała.

Jedna ze zjaw siedzących przy łóżku Nicoliny obudziła się z transu i zauważyła, że ktoś wszedł do pomieszczenia. Jej ręce poruszały się teraz nieco wolniej, a wilczy łeb zwrócił się w naszą stronę i patrzył na nas przejmującym wzrokiem. O tyle przejmującym, że bodachy są pozbawione oczu.

Niechętnie zostawiałem dzieci w towarzystwie pięciu złowrogich bestii, lecz nic nie mogłem zrobić, żeby je stąd przepędzić.

Z tego, co wiem o bodachach, wynikało, że choć postrzegają świat podobnie do nas, czyli pięcioma zmysłami, to w żaden sposób nie mogą oddziaływać na naszą rzeczywistość. Nie wydają dźwięków, nie poruszają żadnymi przedmiotami, a gdy przechodzą, to na ich drodze nie drgnie nawet najmniejszy pyłek kurzu.

Są mniej cielesne niż ektoplazma unosząca się nad stolikiem podczas seansów spirytystycznych. To tylko senne zjawy z nieziemskich koszmarów.

Dziewczynkom nic nie groziło. Nie teraz. Nie tutaj.

Przynajmniej taką miałem nadzieję.

Podejrzewałem, że bodachy przybyły do Pico Mundo, aby już wcześniej zająć dobre miejsca na czas krwawego przedstawienia. Teraz po prostu się zabawiały. Być może widok potencjalnych ofiar sprawiał im jakąś przyjemność. Może z ponurym rozbawieniem patrzyły na Bogu ducha winnych ludzi, nieświadomie idących na spotkanie śmierci?

Wciąż udawałem, że ich nie dostrzegam. Położyłem palec na ustach, jakbym dawał znak moim towarzyszkom, że nie powinniśmy budzić śpiących dzieci, i wyszliśmy z pokoju. Drzwi zostawiłem nieco uchylone, tak jak je zastałem przedtem. Cienie zostały, zajęte własnymi sprawami. Węszyły i poruszały górnymi kończynami, odprawiając przedziwną ceremonię.

Bałem się, że któryś z nich zechce pójść za nami. Na szczęście dotarliśmy do frontowych drzwi bez żadnej złowrogiej eskorty.

Spojrzałem na Violę i odezwałem się tak cicho jak w pokoju dziewczynek:

— Jedną rzecz muszę wyraźnie powiedzieć. Zabroniłem ci jutro iść do kina. Ale tu chodzi nie tylko o ciebie. Niech ci przypadkiem nie wpadnie do głowy, żeby dziewczynki wyszły gdzieś do miasta, nawet pod dobrą opieką. Ani do kina, ani nigdzie indziej.

Jej gładkie brwi stały się pasemkiem brązowego sztruksu.

182

— Moje maleństwa... Ale ich przecież nie widziałam we śnie!

— Żaden sen nie objawia całej prawdy. Widzimy tylko jej niewielką cząstkę.

Moje słowa zamiast pogłębić jej niepokój, sprawiły, że poczerwieniała z gniewu. To bardzo dobrze. Strach i gniew były najwłaściwszym bodźcem, który powinien wzmóc jej czujność i zdolność do szybkich, lecz przemyślanych działań.

Na wszelki wypadek dodałem:

— Nawet gdybyś zobaczyła we śnie, że ktoś do nich strzela... albo gdyby, nie daj Boże, któraś z nich zginęła, to i tak nie pamiętałabyś tego po przebudzeniu.

Stormy położyła jej rękę na ramieniu.

— Twój umysł odruchowo odrzuciłby tę wizję.

— Zostaną w domu — z determinacją oznajmiła Viola. — We trzy urządzimy sobie niewielkie przyjęcie.

— Wątpię, czy to wystarczy — westchnąłem.

— Niby dlaczego? Wprawdzie nie wiem, gdzie byłam we śnie, ale na pewno poza domem.

— Mówiłem ci, że czasem różne drogi wiodą do tego samego upartego celu.

Nie powiedziałem jej o zjawach w dziecięcym pokoju, bo przy okazji musiałbym ujawnić moją tajemnicę. Dotychczas tylko Terri, Wyatt Porter z żoną i Mały Ozzie znali większość prawdy. Stormy wiedziała wszystko.

Gdybym do tego kręgu dopuścił więcej osób, ktoś wreszcie mógłby puścić farbę. Natychmiast stałbym się sensacją. Jedni uznaliby mnie za straszydło, a inni za swojego guru. Nie miałbym ani chwili czasu dla siebie lub dla moich bliskich. Moje życie stałoby się tak skomplikowane, że raczej nie chciałbym żyć.

— We śnie byłaś z dala od domu — powiedziałem do Violi. — Jeśli jednak jutro nie pójdziesz do kina, to twój los może ulec zmianie... i przyjść tutaj, do ciebie. Prawdę mówiąc, wątpię, żeby tak się stało, ale nie wolno nam pominąć żadnej możliwości.

— A w twoim śnie to się stanie jutro?

— Tak... i będzie lepiej, jeżeli z twojej wizji zawczasu usuniemy choć dwa elementy.

Obejrzałem się w stronę domu. Żaden bodach nie przyszedł tu za nami. Wciąż byłem przekonany, że ich obecność nie wywiera nawet najmniejszego wpływu na nasze losy. Nie mogłem jednak ryzykować życia dzieci Violi.

— Po pierwsze — powiedziałem jeszcze ciszej — nie idź do kina ani do Grille. Po drugie nie zostawaj w domu.

— Gdzie mieszka twoja siostra? — zapytała Stormy.

— Dosłownie dwie ulice dalej, przy Maricopa Lane.

— Wpadnę do ciebie rano, między dziewiątą a dziesiątą — oznajmiłem. — Przyniosę obiecane zdjęcie i zabiorę was do twojej siostry.

— Wcale nie musisz tego robić, Odd. Dam sobie radę.

— Nie. Pojedziemy razem. To konieczne.

Chciałem mieć pewność, że żadna zjawa nie pójdzie za nią i dziewczynkami.

Zniżyłem głos do szeptu.

— Nie mów Levannie ani Nicolinie o tym, co masz zamiar zrobić. Nie dzwoń do siostry, że przyjeżdżasz. Ktoś mógłby to usłyszeć.

Viola ze strachem i zdziwieniem rzuciła okiem w głąb mieszkania.

— Ale kto?

Musiałem być tajemniczy.

— Pewne... siły. — Gdyby jakiś bodach usłyszał o jej jutrzejszej przeprowadzce, to zamiast wyliczonych przeze mnie dwóch kroków, tylko jeden dzieliłby ją od niebezpieczeństwa. — Naprawdę wierzysz, tak jak powiedziałaś wcześniej, że znam się na tym, co nierzeczywiste i nadprzyrodzone?

Energicznie pokiwała głową.

— Tak, wierzę.

Z przejęcia tak szeroko rozwarła powieki, że aż nie mogłem

na nią spokojnie popatrzeć, bo jej wielkie oczy miały w sobie coś z nieruchomego spojrzenia nieboszczyka.

— Możesz mi ufać, Violu. Idź, zdrzemnij się trochę. Przyjadę rano. Jutro wieczorem już będzie po wszystkim i twój sen stanie się tylko wspomnieniem.

Wcale nie byłem tego pewien, lecz uparcie nadrabiałem miną. Uśmiechnąłem się i pocałowałem Violę w policzek na pożegnanie.

Uścisnęła mnie, a potem wtuliła się w ramiona Stormy.

— Dzięki wam czuję się mniej samotna.

Na zewnątrz, bez wentylatora, noc była gorętsza niż w jej małym domku.

Księżyc powoli wspinał się ku gwiazdom, zrzucając po drodze żółtawe zasłony, żeby w końcu odsłonić srebrzyste oblicze. Srebrzyste i zimne jak tarcza zegara.

Rozdział dwudziesty siódmy

Nieco ponad godzinę przed północą, pełen obaw, że nadchodzący dzień może być ostatnim w życiu dwojga dzieci, zajechałem na parking na tyłach Pico Mundo Grille.

Zgasiłem światła i wyłączyłem silnik.

— Opuścisz kiedyś nasze miasto? — spytała Stormy.

— W gruncie rzeczy wolałbym tu nie kręcić się po śmierci jak biedny Tom Jedd w Tire World.

— Chodzi mi o to, czy wyjechałbyś jeszcze za życia?

— Sama myśl o tym przyprawia mnie o zimne dreszcze.

— Dlaczego?

— Świat jest ogromny.

— Nie wszędzie. Bywają wsie i miasteczka mniejsze i cichsze niż Pico Mundo.

— Chodzi mi o to... że w innym miejscu wszystko byłoby dla mnie całkiem nowe. Nie lubię tego. Wolę stare śmieci. Przy wszystkim, z czym na co dzień miewam do czynienia... Nie dałbym rady. Nowe ulice, nowa zabudowa, nowe zapachy, sami nowi ludzie...

— Zawsze myślałam, że moglibyśmy razem zamieszkać w górach.

— Nowa pogoda. — Pokręciłem głową. — To też mi całkiem niepotrzebne.

— A poza tym — dodała — wcale nie musimy wyjeżdżać stąd na stałe. Może na dwa, trzy dni? Na przykład do Vegas.

— To według ciebie małe ciche miejsce? Idę o zakład, że tam są całe tysiące duchów snujących się po okolicy.

— Dlaczego?

— Bo to są ludzie, którzy stracili wszystko przy ruletce lub zielonym stole. Potem wrócili do hotelu i palnęli sobie prosto w głowę. — Wzdrygnąłem się. — Samobójcy zawsze krążą w miejscu śmierci. Boją się pójść gdzieś dalej.

— Chyba za bardzo wierzysz w legendę Las Vegas, mój Dziwaku. Nikt tam co rano nie wymiata tuzina świeżych trupów.

— A co z tymi, którzy zginęli w wojnach gangów i do tej pory leżą w betonie, niechętnie grając rolę fundamentów? Założę się, że mają kupę spraw do załatwienia i że na pewno czują się skrzywdzeni. Poza tym hazard to nie dla mnie.

— I to mówi wnuk Pearl Sugars?

— Cóż... Przyznaję, że usiłowała wychować mnie na karciarza. Niestety nic z tego nie wyszło.

— Uczyła cię gry w pokera?

— Tak. Graliśmy na cenciaki.

— To też hazard.

— Ale nie w wypadku Babci Sugars.

— Dawała ci wygrywać? To ekstra z jej strony...

— Domagała się, żebym pojechał z nią na południowy zachód. Wciąż powtarzała: „Na starość chcę być w drodze, Odd, a nie w jakimś głupim przytułku, na bujanym krześle, wśród pierdzących staruszek. Umrę z głową na stole i z kartami w ręku, w trakcie licytacji, a nie z nudów, w gronie bezzębnych inwalidek, próbujących o kulach tańczyć mambę".

— W drodze... — z namysłem powtórzyła Stormy. — Tam ciągle dzieje się coś nowego.

— Nowe rzeczy z każdym nowym dniem — westchnąłem. — Ale przynajmniej byłoby zabawnie. Babcia chciała mnie mieć przy sobie... Przykazała mi, że jeśli umrze przy kartach, to mam natychmiast zgarnąć wygraną i dopilnować, żeby jej ciała nie porzucono na pustyni na żer dla kojotów.

— Wiem już, dlaczego nie lubisz podróży, ale co cię faktycznie odstrasza od hazardu?

— Prawdę mówiąc, to wygrywałem nie tylko dlatego, że Babcia Sugars dawała mi wygrywać.

— Pomagał ci w tym twój... dar?

— Tak.

— Z góry wiedziałeś, jakie dostaniesz karty?

— Nie, to nie było aż tak wyraźne. Po prostu czułem, że mam lepsze karty od pozostałych graczy albo na odwrót. Sprawdzało się to w dziewięciu przypadkach na dziesięć.

— Spora przewaga.

— To samo było przy blackjacku i tak dalej.

— Czyli praktycznie żadnej licytacji.

— Właśnie. Raczej... obfite żniwa.

Stormy od razu zrozumiała, dlaczego nie grałem w karty.

— W gruncie rzeczy, to byłby zaledwie krok od kradzieży.

— Aż tak bardzo nie potrzebuję kasy — powiedziałem. — Dopóki ludzie będą jeść hamburgery, to zawsze znajdę sobie coś do roboty.

— Albo dopóki będą mieli nogi.

— To też prawda. Pod warunkiem, że zajmę się sprzedażą butów.

— Nie mówiłam o Vegas w kontekście zabawy — wyjaśniła.

— Za daleko, żeby tam jechać na śniadanie.

— Do Vegas mamy stąd najwyżej trzy godziny drogi. Kaplice są otwarte przez okrągłą dobę. Nie trzeba robić analizy krwi ani nic takiego. Do rana bylibyśmy już małżeństwem.

Stormy już nieraz przyprawiała mnie o palpitację serca. Tak było i tym razem.

— Ufff... — westchnąłem z głębi piersi. — Takie coś naprawdę mogłoby mnie skłonić do podróży.

— Mogłoby? Nic więcej?

— Jutro możemy zrobić próbę krwi, w czwartek odebrać zezwolenie i wziąć ślub w sobotę. Przynajmniej będą z nami wszyscy przyjaciele. Nie chcesz tego?

— Chcę. Ale o wiele bardziej chcę być twoją żoną.

Pocałowałem ją.

— Skąd ten nagły pośpiech po tylu wahaniach?

Od paru minut tkwiliśmy w tym mrocznym zaułku, więc wzrok trochę przywykł mi do ciemności. W przeciwnym razie na pewno bym nie zauważył zdenerwowania na twarzy Stormy. Zwłaszcza w jej oczach... To już nie był zwykły niepokój, ale prawdziwe przerażenie.

— Hej, hej... — powiedziałem uspokajającym tonem. — Wszystko będzie dobrze.

Głos jej nie drżał. Była za dzielna, żeby zacząć płakać. Gdy jednak znów się odezwała, zabrzmiało to niczym smutna skarga.

— Strach mnie obleciał... Od tamtej pory, kiedy siedzieliśmy koło złotych karpi, a on przyszedł...

Słowa uwięzły jej w gardle.

— Grzyb? — podsunąłem.

— Tak. Wstrętny sukinsyn. Bez przerwy boję się o ciebie, od chwili gdy go zobaczyłam. To znaczy... zawsze się o ciebie boję, Oddie, ale próbuję tego nie pokazać, bo wiem, że to i tak ci przecież w niczym nie pomoże i że masz mnóstwo innych spraw na głowie, więc na huk ci omdlała panna...

— Omdlała panna?

— Bardzo przepraszam. Chyba na chwilę mnie rzuciło w lata trzydzieste ubiegłego wieku, czyli w moje poprzednie wcielenie. A więc na huk ci płaczliwa baba...

— W sumie wolałem „omdlałą pannę". Posłuchaj teraz. Grzyb to faktycznie niezły zwyrodnialec, chodząca bomba atomowa z włączonym zapalnikiem, ale ma przeciw sobie mnie i Portera. Złapiemy go, zanim wybuchnie.

— Błagam cię, nie bądź taki pewny siebie, Oddie. Przez to naprawdę możesz zginąć. On cię zabije.

— Nikt mnie nie zabije.

— Okropnie boję cię o ciebie — powtórzyła.

— Jutro wieczorem — powiedziałem — Bob Robertson alias Grzyb znajdzie się za kratkami. Może zdołamy go powstrzymać w porę, może niestety zdąży kogoś skrzywdzić. Tak czy owak, na pewno wezmę cię na kolację i pomówimy o naszym ślubie. W dalszym ciągu będę miał obie ręce, obie nogi...

— Przestań, Oddie! Nie mów już ani słowa...

— ...tę samą głupią głowę, na którą teraz patrzysz...

— Przestań!

— ...i nie będę ślepy. Nie mogę, bo inaczej nie widziałbym ciebie. Nie będę głuchy, bo w przeciwnym razie w ogóle bym nie usłyszał, co w końcu z naszym ślubem i...

Rąbnęła mnie prosto w pierś.

— Nie igraj z losem, do cholery!

W samochodzie było za mało miejsca, żeby mogła wziąć pełny zamach. Prawdę mówiąc, to nawet nie poczułem tego uderzenia.

Po cichu zaczerpnąłem tchu i powiedziałem:

— Nie odczuwam strachu przed losem. Nie jestem przesądny.

— Może ja jestem?

— W takim razie najlepiej skończmy tę rozmowę.

Pocałowałem ją. Ona mnie także.

Czule objąłem ją ramieniem.

— Moja głupia omdlała panno... Robertson ma tak źle w głowie, że zapewne nie dostałby posady nawet w motelu Batesa*, ale w gruncie rzeczy to zwykły frajer. Czym dysponuje? Praktycznie niczym poza kilkoma wagonami syfu, który mu zaklajstrował umysł. Wrócę do ciebie bez zadrapań, dziur i siniaków. I nie zgubię metki kontroli jakości.

— Mój Puchatku — powiedziała, jak to czasem jej się zdarzało.

---

* Norman Bates, psychopatyczny morderca i zarazem właściciel odludnego motelu, jest bohaterem filmu *Psychoza* Alfreda Hitchcocka.

Uspokoiwszy ją — przynajmniej trochę — poczułem się jak mężczyzna, jak twardy szeryf o złotym sercu ze starego kowbojskiego filmu, uśmiechem zbywający troski narzeczonej i bez zmrużenia oka gromiący bandytów na ulicach Dodge City. Jak jeden z tych, co to wracali w ramiona ukochanej bez najmniejszej plamki na białym kapeluszu.

Byłem skończonym głupcem. Kiedy teraz, zmieniony pod wpływem ran i cierpienia, wracam myślami do owej sierpniowej nocy, tamten Odd Thomas wydaje mi się kimś zupełnie obcym. Dużo bardziej ode mnie wierzył w swoje siły i umiał żyć nadzieją, ale nie był mądry. Żal mi go z tego powodu.

Mam przykazane, żeby ta opowieść nie stała się zbyt mroczna. Jak zacznę smęcić, to przygniecie mnie niemal dwustukilowa muza z siedemdziesięciokilogramowym dupskiem. No i zawsze kot może mi naszczać do buta.

Rozdział dwudziesty ósmy

Wysiedliśmy z mustanga. Odniosłem wrażenie, że znana nam ulica ginęła w oddali w dużo głębszej ciemności niż zazwyczaj. Blask księżyca był jakiś słabszy, a cienie gęściejsze.

Z tyłu baru, nad wejściem do kuchni, paliła się lampka alarmu. Ona także nie rozpraszała mroku — to raczej mrok próbował ją przytłumić.

Żelazne schody wiodły na piętro, do mieszkania Terri Stambaugh. Przez zasłony prześwitywało światło.

Na szczycie schodów Stormy wskazała na niebo, wyciągając palec ku północy.

— Kasjopeja.

Gwiazda po gwieździe, rozpoznałem całą konstelację.

W greckiej mitologii Kasjopeja była matką Andromedy. Andromedę uratował z łap morskiego stwora bohaterski Perseusz — ten sam, który także zabił najgorszą z trzech gorgon, Meduzę.

Córka zupełnie innej Cassiopei, Stormy Llewellyn, też jest prawdziwą gwiazdą i zasługuje nie mniej od Andromedy na to, by jej imieniem nazwać gwiazdozbiór. Ale ja nie walczyłem z gorgonami, więc nie mogę równać się z Perseuszem.

Zapukałem. Terri otworzyła drzwi, wzięła ode mnie kluczyki od samochodu i zaproponowała, żebyśmy zostali na drinka lub kawę.

Powiew chłodnego powietrza z klimatyzatora poruszał płomieniami dwóch świec płonących w lichtarzach na ścianie kuchni. Migotliwe światło sprawiało przyjemne wrażenie. Przed naszym przyjściem Terri siedziała przy stole. Na obrusie w biało-czerwoną szachownicę stał kieliszek brzoskwiniowej brandy. Gdzieś w tle jak zwykle śpiewał Elvis. Tym razem: *Wear My Ring Around Your Neck.*

Stormy nie czekała na mnie na dole, przy schodach, bo wiedzieliśmy, że Terri zaprosi nas do środka.

Bywały noce, że nie mogła zasnąć. A nawet jeśli nie miała z tym kłopotu, czas dłużył jej się w nieskończoność.

O dziewiątej wieczorem wieszała na drzwiach baru napis „ZAMKNIĘTE". Ostatni klient wychodził między dziewiątą a dziesiątą. Terri piła bezkofeinową kawę lub coś mocniejszego i wyciągała korek z butelki z samotnością.

Jej mąż Kelsey — ukochany jeszcze z gimnazjalnych czasów — zmarł dziewięć lat temu. Nie miał szans w walce z nowotworem, lecz mimo to się nie poddawał. Przedłużył swą agonię o całe trzy lata.

Kiedy dowiedział się o chorobie, poprzysiągł w duchu, że nie zostawi Terri samej. Miał nieugiętą wolę, ale nie miał siły, żeby dotrzymać tego przyrzeczenia.

Terri podziwiała jego niezmiennie dobry humor i ciche bohaterstwo, z jakim toczył długotrwałą bitwę ze śmiertelnym wrogiem. W ostatnich latach przed jego śmiercią jej miłość zamieniła się niemal w uwielbienie.

Kelsey na swój sposób spełnił obietnicę. Jego duch nie włóczy się po barze ani w ogóle po Pico Mundo. Lecz pozostał żywy we wspomnieniach żony, a pamięć o nim na trwałe wyryła się w jej sercu.

Terri rozpaczała przez trzy lub cztery lata. Potem jej ból zmalał, przechodząc w głęboki smutek. Dziwiło ją, że nie musi szukać pocieszenia, choć pogodziła się ze stratą. Dziura, którą po sobie pozostawił Kelsey, okazała się dla niej lepsza niż jakakolwiek łata.

Dziewięć lat temu, w tym samym roku, w którym pochowała męża, zainteresowała się życiem i muzyką Elvisa Presleya. Miała wtedy trzydzieści dwa lata.

Różne są przyczyny tej wielkiej fascynacji. Wśród nich niewątpliwie jest nie bez znaczenia także to, że dopóki Terri powiększa swoje zbiory — kolekcję płyt, pamiątek i faktów biograficznych — nie ma czasu na kolejne flirty i emocjonalnie pozostaje wierna zmarłemu mężowi.

Elvis to drzwi, które zamknęła przed romansem. Gmach jego życia stał się dla niej górską pustelnią, sprytną kryjówką i klasztorem.

Stormy i ja siedliśmy przy stole. Terri subtelnie pokierowała nami tak, by żadne z nas nie zajęło czwartego krzesła — tego samego, na którym kiedyś zawsze siadał Kelsey.

Niemal od razu rozmowa zeszła na temat ślubu. Terri nalała nam po kieliszeczku brandy i wzniosła toast za „wiele lat wspólnego szczęścia".

Każdej jesieni nastawiała gąsior z nalewką z brzoskwiniowych skórek. Gotowała zacier i na koniec przelewała wszystko do butelek. Gotowa brandy miała kuszący zapach, lecz jednocześnie była taka mocna, że pijaliśmy ją z małych kieliszków.

Po drugiej kolejce Król zaśpiewał *Love Me Tender*, a ja opowiedziałem Terri o mojej przejażdżce z Elvisem. Początkowo słuchała mnie z przejęciem, ale potem posmutniała nagle, kiedy wspomniałem, że ciągle płakał.

— Już przedtem parę razy widziałem go w takim stanie — dodałem. — Po śmierci stał się bardzo wrażliwy. Ale dzisiaj prawie rozpaczał.

— Nic w tym dziwnego — powiedziała Terri. — Miał swoje powody.

— Jakie? — spytałem. — Nic o tym nie wiem.

— Dziś jest czternasty sierpnia. A właśnie czternastego sierpnia tysiąc dziewięćset pięćdziesiątego ósmego roku, o godzinie trzeciej czterdzieści pięć nad ranem zmarła jego mama. Miała zaledwie czterdzieści sześć lat.

— Gladys — odezwała się Stormy. — Miała na imię Gladys, prawda?

Można być sławnym w świecie filmu, tak jak Tom Cruise, i można być gwiazdorem rocka jak Mick Jagger. Można być znanym literatem albo politykiem... ale sława dopiero wtedy zmienia się w legendę, kiedy kolejne pokolenia wciąż pamiętają imię twojej matki — prawie pół wieku po jej śmierci i ćwierć po twojej własnej.

— Elvis był wtedy w wojsku — wspominała Terri. — Dwunastego sierpnia dostał okolicznościowy urlop i przyleciał do Memphis. Siedział przy niej w szpitalu. Ale szesnasty sierpnia był wcale nie lepszy.

— Dlaczego?

— Tego dnia umarł — powiedziała.

— Elvis? — zapytała Stormy.

— Tak. Szesnastego sierpnia tysiąc dziewięćset siedemdziesiątego siódmego roku.

Wysączyłem z kieliszka resztkę brandy.

Terri sięgnęła po butelkę.

Z ochotą jeszcze bym się napił, ale wiedziałem, że nie mogę, więc zakryłem kieliszek dłonią.

— Przez cały czas miałem wrażenie, że się o mnie martwił.

— Co to znaczy? — spytała Terri.

— Ze współczuciem poklepał mnie po ręce i miał... melancholijny wyraz twarzy, jakby trochę mnie żałował.

Terri wyglądała na mocno poruszoną.

— Dlaczego mi od razu o tym nie powiedziałeś?

Wzruszyłem ramionami.

— Bo nie wiedziałem, że to takie ważne. Elvis to po prostu Elvis.

— Skoro nieważne, to po co teraz mówisz? — spytała.

— Dla mnie ważne — wtrąciła Stormy. — Gladys zmarła czternastego sierpnia, a Elvis szesnastego. Na piętnastego, czyli na jutro, ten sukinsyn Robertson zaplanował sobie, że zacznie mordować ludzi.

Terri zmarszczyła brwi i popatrzyła na mnie.

— Robertson?

— Grzyb. To właśnie po to wziąłem twój samochód, żeby go szybciej znaleźć.

— Znalazłeś?

— Tak. Mieszka w Camp's End.

— I co dalej?

— Pracujemy nad tym z Porterem.

— Robertson to napromieniowany mutant z jakiegoś horroru — powiedziała Stormy. — Znalazł nas u Świętego Bartłomieja, a jak mu uciekliśmy, to zdemolował całą zakrystię.

Terri nalała jej odrobinę brandy.

— Mówiłaś, że ma zamiar kogoś zamordować?

Stormy na ogół niewiele piła, ale tym razem dała się namówić na następną kolejkę.

— Sen kucharza zaczął się pomału spełniać.

Teraz Terri przestraszyła się już nie na żarty.

— Ten o kręgielni?

— O kręgielni... a może i o kinie — odpowiedziała Stormy i jednym haustem wychyliła cały kieliszek.

— Ma to coś wspólnego także ze snem Violi? — zwróciła się do mnie Terri.

— Za długo by opowiadać — mruknąłem. — Późno już. Jestem wykończony.

— Wspólnego? Mało powiedziane — wtrąciła Stormy.

— Muszę się trochę przespać! — zawołałem proszącym tonem. — O wszystkim ci opowiem jutro, Terri, jak już będzie po całej sprawie.

Odsunąłem krzesło, chcąc wstać, ale Stormy złapała mnie za rękę i zmusiła, żebym został przy stole.

— A teraz dowiaduję się, że sam Elvis Presley ostrzegł Odda, że może jutro zginąć.

— To nie tak! — zaprotestowałem. — Najpierw poklepał mnie po ramieniu, a nieco później, zanim wysiadł, podał mi rękę.

— Podał ci rękę? — powiedziała Stormy takim tonem, jakby ten prosty gest oznaczał najgorsze przeczucia.

— Przecież to nic takiego. Wziął moją rękę w obie dłonie, potrząsnął nią dwa razy...

— Dwa razy!

— ...i popatrzył na mnie z namysłem.

— Jakby ci współczuł? — nalegała Stormy.

Terri sięgnęła po butelkę, żeby jej znowu nalać.

Szybko położyłem rękę na kieliszku.

— Oboje mamy już dość.

Stormy oburącz chwyciła mnie za rękę, tak jak to przedtem zrobił Elvis, i powiedziała natarczywym tonem:

— Presley ci dał do zrozumienia, niedoszły Super-Batmanie, że jego matka zmarła czternastego sierpnia, on szesnastego, a ty... jeśli nie będziesz dobrze pilnował swego tyłka... dołączysz do nich właśnie piętnastego. Takie pasemko śmierci, zakumałeś?

— To nieprawda — odparłem.

— Więc może myślisz, że cię podrywał?

— Niemożliwe. Nie w głowie mu romanse. Już umarł.

— A poza tym nie był pedałem — dorzuciła Terri.

— Ja tego nie powiedziałem. To Stormy...

— Założę się o mój bar i lewą połowę tyłka, że nie był pedałem! — zawołała Terri.

Jęknąłem z cicha.

— To najgłupsza gadka, w jakiej brałem udział.

Terri obrzuciła mnie przeciągłym spojrzeniem.

— Bez przesady... Tysiące razy rozmawiałeś ze mną o dużo głupszych rzeczach.

— Ze mną też — natychmiast poparła ją Stormy. — Jesteś niewyczerpanym źródłem głupich tematów, Odd.

— Gejzerem — podsunęła Terri.

— To nie ja, to moje życie — przypomniałem.

— Lepiej nie wtrącaj się do tego — poradziła mi Terri. — Porter na pewno da sobie radę.

— Nie zamierzam mu w tym przeszkadzać. Przecież nie jestem policjantem. Nie noszę broni. Służę mu jedynie radą i pomocą.

— Tym razem powstrzymaj się od dobrych porad — nie ustępowała Stormy. — Zostaw to. Jeden jedyny raz proszę cię, żebyś dał sobie spokój. Pojedź ze mną do Vegas. Teraz. Jeszcze tej nocy.

Chciałem spełnić jej prośbę. Cieszyłem się, kiedy mogłem sprawić jej choćby małą radość. W takich chwilach miód był o wiele słodszy, ptaki śpiewały piękniej niż zwykle i na świecie panował pokój. Przynajmniej dla mnie.

Chciałem, ale nie mogłem. To jednak nie to samo.

— Problem w tym, że nie mogę już się wycofać — powiedziałem. — Nawet gdybym próbował odejść, to kłopoty i tak mnie znajdą w ten albo inny sposób.

Wziąłem kieliszek do ręki. Przypomniałem sobie, że jest pusty, i odstawiłem go z powrotem.

— Jeżeli mam coś do zrobienia, to mój „magnetyzm" włącza się na dwa sposoby. Mogę na chybił trafił włóczyć się po mieście i nieomylnie znaleźć tego, kogo szukam... W tym wypadku Robertsona. Druga możliwość jest taka, że to on mnie znajdzie, niezależnie od swych intencji. W takiej sytuacji nie panuję nad tym, co się wokół mnie dzieje... i dużo łatwiej mnie zaskoczyć.

— Teoretycznie — powiedziała Stormy.

— Owszem, masz rację, że nie potrafię tego udowodnić, ale to prawda. Wyraźnie czuję to... gdzieś w dołku.

— Zawsze wiedziałam, że nie myślisz głową — mruknęła Stormy zupełnie innym tonem.

Zamiast perswazji — nawet złości — w jej głosie brzmiała smutna rezygnacja.

— Wytargałabym cię za uszy, gdybym przypadkiem była twoją matką — powiedziała Terri.

— Gdybyś przypadkiem była moją matką, to w ogóle by mnie tu nie było.

Z namysłem popatrzyłem na dwie najważniejsze kobiety w moim życiu. Każdą z nich kochałem w nieco odmienny sposób. Ciężko mi było odmówić ich prośbom, nawet w słusznej sprawie.

W blasku świec ich twarze otaczała ta sama złota aura. Obie patrzyły na mnie z tym samym niepokojem, jakby kobieca intuicja pozwalała im zobaczyć rzeczy, których ja nie umiałem dostrzec szóstym zmysłem.

Elvis pytał z głośników: *Are You Lonesome Tonight?*

Spojrzałem na zegarek.

— Jest już piętnasty sierpnia.

Wstałem. Tym razem Stormy nie próbowała mnie zatrzymać, ale także podniosła się z krzesła.

— Obawiam się, że rano będziesz musiała mnie zastąpić — powiedziałem do Terri. — Albo ściągnij Poke'a.

— Nie umiesz ratować świata i jednocześnie smażyć jajecznicy?

— Nie, bo wtedy przypalam boczek. Przepraszam, że nie mogłem wcześniej zawiadomić cię, że mnie nie będzie.

Terri odprowadziła nas do drzwi. Najpierw uściskała Stormy, potem ja dostałem się w jej objęcia, a na koniec pociągnęła mnie za ucho.

— Pojutrze masz być punktualnie, z patelnią przy kuchni, albo cię zdegraduję i przez resztę życia będziesz zwyczajnym dziadkiem klozetowym.

Rozdział dwudziesty dziewiąty

Wielki świetlny termometr, wiszący nad drzwiami Bank of America wskazywał, że temperatura wynosi zaledwie plus trzydzieści stopni Celsjusza. Było więc stosunkowo chłodno, ale nikogo to w zasadzie nie powinno dziwić, bo przecież niedawno minęła godzina, od której czarownice latają na miotłach.

Ulicami miasta błądził leniwy powiew. To wzmagał się, to zamierał, jakby rdza zżarła wiatraki bogów. Ciepły i suchy, kapryśnie szeleścił wśród figowców, palm i palisandrów.

W Pico Mundo panowała cisza. Kiedy wietrzyk wstrzymywał oddech, słyszałem tykanie przełączników sygnalizacji świetlnej na skrzyżowaniach.

Ostrożnie szliśmy do mieszkania Stormy, ukradkiem rozglądając się na wszystkie strony, jakby Robertson miał za moment wyskoczyć niczym diabeł z pudełka zza samochodu albo z jakiejś bramy.

Poza liśćmi kołyszącymi się w podmuchach wiatru jedyny ruch czyniły stada nietoperzy uganiających się za ćmami. Co chwila któryś z nich wpadał w krąg światła, rzucany przez latarnię, a potem leciał w stronę księżyca, a może nawet Kasjopei.

Stormy mieszkała trzy ulice od Pico Mundo Grille. Szliśmy w milczeniu, trzymając się za ręce.

Dla mnie nie było już odwrotu. Pomimo wyrażanych przed chwilą obiekcji Stormy też wiedziała, że w gruncie rzeczy nie miałem większego wyboru. Musiałem pomóc Porterowi powstrzymać Robertsona przed popełnieniem zbrodni, której wizja dręczyła mnie przez trzy lata.

Powiedzieliśmy sobie wszystko na ten temat. Żadne z nas nie miało najmniejszego zamiaru niepotrzebnie powtarzać swoich argumentów. Nie chciało nam się też rozmawiać o czymś innym. W dzisiejszą noc beztroskie pogaduszki traciły cały urok.

Stary, piętrowy wiktoriański dom został podzielony na cztery mieszkania. Stormy mieszkała na parterze, po prawej.

Nie spodziewałem się, żeby Robertson tutaj na nas czekał. Chociaż dowiedział się, kim jestem, na pewno nie znał adresu Stormy.

Gdyby koniecznie chciał mnie dopaść, czyhałby raczej w moim lokum nad garażem Rosalii Sanchez.

Rozsądek kazał nam jednak zachować wzmożoną ostrożność. Po cichu wślizgnęliśmy się do sieni, a potem do mieszkania Stormy. W środku panował przyjemny chłód i leciutko pachniało brzoskwinią. Upał Mojave został gdzieś daleko, za zamkniętymi drzwiami.

Stormy mieszkała w trzech pokojach z kuchnią i łazienką. Zapaliła światło i od razu poszła do sypialni. Tam miała schowany pistolet, kaliber dziewięć milimetrów.

Wyjęła magazynek, sprawdziła, czy jest naładowany, i z trzaskiem wsunęła go z powrotem w kolbę.

Boję się broni w każdym miejscu i o każdym czasie — z wyjątkiem chwil, kiedy jest w rękach Stormy. Ona jedna mogłaby siedzieć z palcem na przycisku detonatora bomby atomowej, a ja czułbym się tak bezpiecznie, żeby drzemać.

Sprawdziliśmy okna. Były zamknięte, tak jak je zostawiła. Żadna szafa nie zamieniła się w kryjówkę Czarnego Luda.

Stormy poszła umyć zęby i przebrać się do spania, a ja zadzwoniłem do Green Moon Lanes. Przez chwilę słuchałem nagranych informacji o godzinach otwarcia, cenach i usługach. Od czwartku do niedzieli kręgielnia działała już od jedenastej, a od poniedziałku do środy dopiero od pierwszej po południu. Zatem Robertson, dysząc żądzą mordu, mógł tam wejść dzisiaj nie wcześniej niż o pierwszej.

W Pico Mundo były także dwa multipleksy — w sumie dwadzieścia sal kinowych. Dowiedziałem się przez telefon, że film, na który Viola chciała iść z dziewczynkami, grano tylko w dwóch salach, w tym samym multipleksie. Zapamiętałem godziny seansów; najwcześniejszy zaczynał się o trzynastej dziesięć.

Poszedłem do sypialni, rozłożyłem pościel, zdjąłem buty i położyłem się na wierzchu, na cienkim kocu. Czekałem na Stormy.

Skromne mieszkanko umeblowane było różnymi starociami, kupowanymi przez nią w sklepiku Armii Zbawienia. Mimo to nie sprawiało wrażenia niedostatku. Wręcz przeciwnie, miało swój charakter. Stormy umiała wydobyć dziwną magię z przedmiotów, które inni uznaliby zapewne za mdłe, osobliwe lub nawet groteskowe.

Stojąca lampa nakryta była jedwabnym abażurem z długimi frędzlami. Krzesła od Stickleya stały obok wiktoriańskich stołków z miękkimi siedzeniami. Do tego reprodukcje Maxfielda Parrisha, kolorowe wazony z barwionego szkła i mnóstwo bibelotów. Na zdrowy rozum powinien tu panować absolutny chaos. Nic podobnego. Mieszkanie Stormy to jedno z najprzyjemniejszych miejsc, w jakich bywałem.

Wydaje się, że czas zamarł tutaj w miejscu.

W tych trzech pokojach jestem szczęśliwy. Zapominam o swoich zmartwieniach. Nie myślę o naleśnikach i złośliwych duchach.

Tu nie mogę doznać żadnej krzywdy.

Tutaj wiem, co mnie jeszcze czeka, i bardzo się z tego cieszę.

Tu mieszka Stormy, więc tylko tutaj mogę żyć pełnią życia.

Nad jej łóżkiem wisi za szkłem, oprawiona w ramki, kartka z maszyny do wróżenia: LOS SPRAWI, ŻE NA ZAWSZE BĘDZIECIE RAZEM.

Cztery lata temu w przejezdnym lunaparku znaleźliśmy nieco dziwne, krzykliwie pomalowane urządzenie z napisem „Mumia Cyganki". Stało w ciemnym kącie wielkiego namiotu, pełnego automatów do gier i różnych innych, czasami makabrycznych atrakcji z pogranicza fantasy i horroru.

Maszyna, wysoka na ponad dwa metry, wyglądem przypominała staroświecką budkę telefoniczną. Dół miała blaszany, a mniej więcej od połowy zaczynała się szklana gablota.

W tej gablocie siedziała lilipucia postać ubrana w strój Cyganki, łącznie z tandetną biżuterią i kolorową chustą na głowie. Poskręcane, kościste i wychudłe dłonie opierała na biodrach. Zielony nalot na jej paznokciach sprawiał wrażenie pleśni. Napis pod spodem głosił, że jest to autentyczna mumia karłowatej Cyganki, słynnej w osiemnastym wieku w całej Europie z niezwykle trafnych wróżb i przepowiedni. Plamista skóra na jej twarzy przylegała do kości czaszki. Usta i powieki miała zaszyte czarną nicią.

Mimo wszystko byłem przekonany, że nie jest to dzieło śmierci, rzeźbione w martwym ciele, ale artysty, dobrze obeznanego z gipsem, papierem i lateksem.

Tuż przed nami podeszła do Mumii jakaś inna para. Wrzucili ćwierć dolara do maszyny, a dziewczyna pochyliła się nad kratką w szklanej gablocie i zapytała na głos:

— Powiedz nam, Cyganko, czy moje małżeństwo z Johnym będzie naprawdę długie i szczęśliwe?

Chłopak, zapewne wspomniany Johnny, wdusił przycisk z napisem WRÓŻBA i na miedzianą tackę wypadła jakaś kartka. Przeczytał ją na głos:

— „Zimny wiatr wieje, a tymczasem noc każda zda się trwać przez tysiąclecia".

Popatrzyli na siebie i pomyśleli, że to raczej nie jest odpowiedź na ich pytanie. Spróbowali więc znowu. Johnny odczytał drugą wróżbę:

— „Tylko szaleniec skacze z wysokiej skarpy do zamarzniętego jeziora".

Dziewczyna doszła do wniosku, że Mumia Cyganki jej nie dosłyszała.

— Czy moje małżeństwo z Johnnym będzie naprawdę długie i szczęśliwe? — powtórzyła głośniej.

Johnny przeczytał trzecią kartkę:

— „Chore drzewa w sadzie wydają trujące owoce".

A potem czwartą:

— „Kamieniem się nie najesz i piaskiem nie napijesz".

Zawzięli się. Z uporem godnym lepszej sprawy wydali w sumie jeszcze dwa dolary. Przy piątej wróżbie już się posprzeczali. Zanim Johnny przeczytał ósmą, między nimi wiało lodowatym chłodem, tak jak to przepowiedziała pierwsza wróżba.

Po odejściu zakochanej pary przyszła kolej na nas. Mumia już przy pierwszej próbie dała nam do zrozumienia, że jesteśmy sobie przeznaczeni i że zawsze będziemy razem.

W tym miejscu Stormy na ogół dodaje, że karlica mrugnęła okiem.

Ja tam tego nie widziałem. Nie wiem, jak ktoś tak może mrugnąć zaszytą powieką, żeby przy tej okazji nie pękła żadna nitka. Ale widok mrugającej mumii mocno działa na moją wyobraźnię.

Czekałem zatem pod wiszącą wróżbą. Stormy wyszła z łazienki ubrana w zwykłe bawełniane białe majteczki i koszulkę z bohaterami kreskówki SpongeBob SquarePants.

Wszystkie modelki z katalogu Victoria's Secret, w stringach, kusych haleczkach i cienkich biustonoszach, nie mają — nawet razem wzięte — w sobie tyle seksu, co Stormy w figach i podkoszulku.

Położyła się przy mnie na boku i przytknęła ucho do mojej piersi, żeby posłuchać bicia serca. A było czego...

Często robiła tak przed zaśnięciem. Traktowała mnie niczym zaufanego przewoźnika, który uwoził ją w objęcia snu.

— Jeżeli chcesz mnie... to już możesz — powiedziała po chwili milczenia.

Nie jestem święty. Używam prawa jazdy, żeby bywać w domach, do których nikt mnie nie zapraszał. Nie nadstawiam drugiego policzka i na gwałt odpowiadam gwałtem. Mam w głowie tyle brudnych myśli, że mógłbym zniszczyć warstwę ozonową. Ciągle źle mówię o mojej matce.

A jednak kiedy usłyszałem propozycję Stormy, to pomyślałem sobie o małej dziewczynce, znanej światu jeszcze pod imieniem Bronwen, osieroconej, smutnej i samotnej, która myślała, że odnajdzie bezpieczny port w nowej rodzinie, lecz przekonała się, że jej przybrany ojciec wcale nie chciał córki, ale pragnął mieć zabaweczkę. Oczami wyobraźni widziałem jej niepewność, strach, wstyd i poniżenie.

Pomyślałem też o Penny Kallisto i o muszelce, którą mi dała. O tym, jak z błyszczącego różowego gardła popłynął głos potwora dyszącego niezdrową żądzą.

Uwierzcie mi — nie porównywałem swoich czystych uczuć do chorej namiętności Harla Landersona, lecz w uszach wciąż mi brzmiały jego głuche pomruki i zwierzęce jęki.

— Niebawem będzie sobota — powiedziałem. — Sama uczyłaś mnie, że warto czekać, bo to tylko dodaje smaku.

— A co zrobisz, jeśli sobota nie nadejdzie?

— Nadejdzie — zapewniłem ją. — A po niej tysiąc innych.

— Chcę być z tobą.

— To coś nowego?

— Skądże, na Boga!

— Dla mnie też nie.

Przytuliłem ją. Słuchała bicia mego serca. Włosy opadły jej na twarz, jak lśniące skrzydło kruka. Coś mi śpiewało w duszy.

Wkrótce mruknęła kilka słów pod nosem do kogoś, kogo z przyjemnością zobaczyła we śnie. Przewoźnik bez zarzutu wykonał swoją pracę i dowiózł ją do krainy marzeń.

Wstałem ostrożnie, żeby jej nie obudzić, okryłem ją cienkim kocem i zapaliłem nocną lampkę. Stormy nie lubiła sypiać zupełnie po ciemku. Włożyłem buty, pocałowałem ją w czoło i wyszedłem z pokoju. Została sama, z dziewięciomilimetrowym pistoletem leżącym na stoliku. Pogasiłem światła w całym mieszkaniu, wyszedłem na korytarz i zamknąłem drzwi swoim kluczem.

We frontowych drzwiach było okrągłe okienko z przezroczystym witrażem. Przez maleńkie szkiełka widziałem pocięty na kawałki i zdeformowany fragment werandy. Podszedłem bliżej i niemal przytknąłem oko do szyby, żeby zobaczyć coś więcej. Po drugiej stronie ulicy stał nieoznakowany samochód policyjny.

Gliniarze z Pico Mundo nie mają zbyt wielu okazji, żeby brać czynny udział w tajnych operacjach. W gestii Portera były tylko dwa takie wozy. Zwykły przechodzień na pewno by ich nie rozpoznał. Mnie było łatwiej, bo ze względu na moje konszachty z Porterem zdarzyło się, że jechałem już jednym i drugim. Zresztą wiedziałem, że się nie mylę, bo z dachu białego mikrobusu sterczała charakterystyczna antena krótkofalówki.

Nie prosiłem Portera o ochronę dla Stormy. Gdybym tak zrobił, to natychmiast dostałbym od niej po uszach. Stormy na każdym kroku podkreślała, że umie o siebie zadbać. Miała pistolet, dyplom z kursu samoobrony i swoją kobiecą dumę.

Prawdę mówiąc, to ja byłem teraz dla niej największym zagrożeniem. Bob Robertson ze mną miał na pieńku.

Logika wskazywała na to, że Porter wysłał swoich ludzi wyłącznie ze względu na mnie.

A może wcale nie chodziło o żadną ochronę? Może mieli mnie obserwować? Przecież Robertson trafił za mną do Małego Ozzie, a potem do kościoła Świętego Bartłomieja. Było zatem całkiem prawdopodobne, że znów się gdzieś pojawi w mojej okolicy. Można by go wtedy aresztować i dokładnie wypytać o demolkę w kościele.

Rozumiałem intencje Portera, ale wkurzyłem się, że po cichu podsunął mi „opiekuna", nie pytając mnie nawet o to, czy zechcę grać rolę przynęty. Poza tym czuję się odpowiedzialny za mój nadnaturalny dar, więc czasem muszę wymknąć się policji. Porterowi to nie przeszkadza. Miałby się z pyszna, gdybym odruchowo zrobił coś w swoim stylu na oczach jego podkomendnych.

Nie wyszedłem zatem z domu frontowymi drzwiami, lecz zawróciłem w głąb korytarza i wymknąłem się od podwórka. W bladym blasku księżyca minąłem cztery garaże, otworzyłem żelazną furtkę i znalazłem się na ulicy.

Policjant w samochodzie myślał, że mnie śledzi, a tymczasem został ochroniarzem Stormy. Ona zaś nie mogła o to się pogniewać, bo przecież nie prosiłem nikogo o ochronę.

Jeszcze nie chciało mi się spać, chociaż byłem cholernie zmęczony. Mimo wszystko poszedłem do domu.

Może Robertson czekał tam, by mnie zabić? A może zdołałbym go obezwładnić, wezwać Portera i raz na zawsze zakończyć tę całą sprawę?

Spodziewałem się gwałtownej bójki ze szczęśliwym zakończeniem.

Rozdział trzydziesty

Mojave przestała oddychać. Martwe płuca pustyni już nie wydychały leniwego wiatru, który towarzyszył nam po drodze do mieszkania Stormy.

Szybkim krokiem zmierzałem do domu. Szedłem ulicą, potem ścieżką wydeptaną przez środek pustej działki, dalej dawno wyschniętym kanałkiem i znowu ulicą.

Po mieście hulały zjawy.

W pierwszej chwili ujrzałem je z daleka. Było ich co najmniej tuzin, przemieszczających się na czworakach. W mroczniejszych miejscach wyglądały tylko jak kłębowisko cieni, ale kiedy wpadały w krąg światła latarni, to nabierały wyraźniejszych kształtów. Ich miękkie ruchy i groźne zachowanie przywodziły na myśl stado głodnych lampartów.

Podążały w stronę piętrowego georgiańskiego domu przy Hampton Way. Poszedłem tamtędy, starannie trzymając się drugiej strony ulicy. Zobaczyłem dwadzieścia lub trzydzieści cieni przedostających się przez szpary w oknach i szczelinę pod drzwiami.

Jeden z nich jak oszalały wił się i kręcił pod zapaloną lampą na werandzie. Po chwili wpadł do środka przez dziurkę od klucza.

Z domu wyszły dwa inne. Przeniknęły przez siatkę rozpiętą

w oknach na poddaszu. Zręcznie niczym pająki zeszły po pionowej ścianie na dach werandy, a potem skoczyły na trawnik.

W tym domu mieszkali Ken i Micali Takudowie. Mieli troje dzieci. We wszystkich oknach było zupełnie ciemno. Cała rodzina spała nieświadoma tego, że w pobliżu nich po pokojach snują się złe duchy, cichsze od karaluchów.

Domyślałem się, że to ktoś z Takudów ma zginąć właśnie dzisiaj w brutalnej masakrze, na którą ściągały zjawy. Może mąż lub żona, może nawet wszyscy...

Z doświadczenia wiedziałem, że bodachy zwiastują jakieś nieszczęście. Tak było w przytułku Buena Vista, tuż przed trzęsieniem ziemi. Teraz jednak miałem wewnętrzne przekonanie, że pod własnym dachem Takudowie są całkiem bezpieczni. Podobnie Viola i jej córki — przynajmniej na razie.

Tym razem ponure cienie nie zbierały się w jednym miejscu, ale krążyły po całym mieście. Z ich zachowania można było wnosić, że składały wizyty w domach przyszłych ofiar. Taka swoista uwertura przed głównym pokazem.

Szybko minąłem dom Takudów, nie oglądając się za siebie. Nie chciałem, aby któraś zjawa poznała po mnie, że je widzę.

Drugie stado okupowało posesję Morrisa i Rachel Melmanów na Eucalyptus Way.

Morrie był dawnym inspektorem oświaty na okręg Pico Mundo. Po przejściu na emeryturę usłuchał wewnętrznego głosu i stał się nocnym markiem. Ciche godziny po zapadnięciu zmierzchu poświęcał na jakieś swoje hobby. Rachel spokojnie spała na górze, przy zgaszonym świetle, a on do późna przesiadywał w pokoju na parterze.

Już z daleka dostrzegłem charakterystyczne, niby wyprostowane, lecz jednocześnie przygarbione sylwetki bodachów. Widziałem je we wszystkich oknach. Niespokojnie kręciły się po całym domu, jakby zapach nadciągającej śmierci wprawiał je w gwałtowną, radosną ekstazę.

Zresztą od rana, kiedy zobaczyłem je dziś po raz pierwszy,

w pewnym sensie zachowały się tak samo. Ich milcząca furia przyprawiała mnie o dreszcz przerażenia.

Tej strasznej nocy ciągle z uwagą spoglądałem w niebo, jakbym spodziewał się, że tam także ujrzę watahy upiorów. Ale cień skrzydeł nie padał na księżyc, a gwiazdy świeciły jasno od Lisa aż do Andromedy.

Bodachy nie mają masy, więc na dobrą sprawę nie działa na nie prawo przyciągania. A jednak nigdy nie widziałem, żeby któryś z nich latał. Wygląda na to, że choć nie należą do naszego świata, to mimo wszystko w pewnej mierze są uzależnione od ziemskiej fizyki.

Doszedłem do Marigold Lane i stwierdziłem z ulgą, że przynajmniej tutaj teren jest zupełnie czysty.

Minąłem miejsce, w którym dzisiaj rano zatrzymałem samochód Harla Landersona. W porównaniu z tym, co się potem stało, dzień zaczął się stosunkowo łatwo.

Penny Kallisto wskazała mi mordercę i ocaliła swoje rówieśniczki. Tym samym zawarła rozejm z naszym światem i odeszła w pokoju. Sukces dał nadzieję, że sobie poradzę z dużo gorszym nieszczęściem, jak magnes wabiącym czeredę bodachów.

W domu Rosalii Sanchez nie paliły się już żadne światła. Rosalia zawsze szła wcześnie spać i zrywała się o świcie, żeby sprawdzić, czy wciąż jest widzialna.

Nie doszedłem ulicą do garażu, lecz ostrożnie przekradłem się po trawniku, po cichu przemykając od dębu do dębu. Kiedy stwierdziłem, że na podwórku naprawdę nikogo nie ma, poszedłem na tył budynku. Tu też nie znalazłem zaczajonego wroga, lecz za to wystraszyłem małego królika, który spokojnie siedział na grządce liriope. Smyrgnął mi prosto spod nóg, a ja w klasyczny sposób jęknąłem ze strachu i o mało nie fiknąłem kozła.

Powoli wszedłem po żelaznych schodkach, patrząc na okna, czy przypadkiem coś się nie poruszy.

Ząbki klucza cicho zazgrzytały w zamku. Przekręciłem klamkę do oporu i otworzyłem drzwi.

Zapaliłem światło i mój wzrok od razu padł na jakiś przedmiot spoczywający na podłodze. Był to pistolet.

Skoro znam Stormy i Wyatta Portera, to nic dziwnego, że umiem odróżnić pistolet od rewolweru. A w dodatku moja własna matka w natarczywy sposób uczyła mnie niuansów budowy broni palnej.

Ten pistolet nie był przypadkową zgubą. Ktoś ułożył go tak starannie, jąk jubiler kładzie brylantową kolię na czarnym aksamicie, żeby błyszczała niemal erotycznym blaskiem w świetle lampy. Zwykła podpucha obliczona na to, że odruchowo schylę się i wezmę broń do ręki.

Rozdział trzydziesty pierwszy

Popatrzyłem na meble, wyciągnięte z graciarni (zbyt zniszczone i stare, żeby trafić nawet do tych tanich sklepów, w których bywała Stormy), na książki ułożone równo na regale z cegieł i desek, na plakaty, na których widnieli kolejno: Charles Laughton w roli Quasimodo, Mel Gibson jako Hamlet i E.T. z filmu pod tym samym tytułem (trzej bohaterowie, z którymi zawsze utożsamiam się z trzech różnych powodów), i na niezmiennie uśmiechniętego Elvisa z tektury...

Od progu mieszkanie wyglądało tak, jak je zostawiłem we wtorek rano, przed wyjściem do pracy.

Drzwi były zamknięte, bez śladów włamania. Przedtem obszedłem cały dom i nie zauważyłem żadnej wybitej szyby.

Nie bardzo wiedziałem, co zrobić. Z jednej strony miałem ogromną ochotę zostawić drzwi otwarte i w ten sposób zapewnić sobie możliwość ucieczki, z drugiej — chciałem je zamknąć, żeby nikt nie mógł znienacka napaść mnie od tyłu. Po długim namyśle zamknąłem je po cichu i zasunąłem skobel.

Przez dwa okna — dla przewiewu zasłonięte tylko gazą — co jakiś czas wpadał świergot nocnych ptaków. Poza tym panowała taka głucha cisza, że plusk kropel wody, kapiących do zlewu w aneksie kuchennym, dudnił mi w uszach niczym łoskot werbli.

Ktoś liczył na to, że wezmę pistolet do ręki, więc z premedytacją dałem dwa duże kroki i stanąłem na środku pokoju.

Jedną z zalet wynajmowania małej kawalerki — takiej, w której lodówka stoi obok łóżka, oddzielona jedynie krzesłem — jest to, że dosłownie w ciągu kilkunastu sekund można sprawdzić, czy nikt się przypadkiem nie schował w jakimś kącie. Ciśnienie ci nie skacze i nie grozi zawałem, gdy zaglądasz do szafy albo za kanapę. Nie skacze, bo po prostu nie ma na to czasu.

Pozostała tylko łazienka.

Drzwi do niej były zamknięte, choć zostawiłem je otwarte.

Po kąpieli zawsze otwieram drzwi na oścież, bo w łazience jest maleńkie okno, rozmiarami chyba nie większe od bulaja, oraz sterany życiem wentylator, który mieli powietrze, jakby za chwilę miał z wysiłku skonać, a przy okazji robi taki hałas jak perkusja dręczona przez heavymetalowca. Gdybym zamykał drzwi, to w krótkim czasie mógłbym się spodziewać inwazji zmutowanej pleśni, spragnionej ludzkiego mięsa. Wtedy zapewne siłą rzeczy kąpałbym się w kuchennym zlewie.

Odpiąłem telefon od paska i zadałem sobie pytanie, czy nie lepiej będzie zadzwonić na policję.

Zrobiłbym z siebie durnia, gdyby przyjechali i nie znaleźli nikogo pod prysznicem. Istniały jednak inne scenariusze, w których wspomniany dureń nie był czymś najgorszym.

Zerknąłem na pistolet leżący na podłodze. Po co go podrzucono? Żebym go wziął do ręki? Ale dlaczego?

Położyłem komórkę na kredensie, stanąłem obok drzwi łazienki i zacząłem pilnie nasłuchiwać. Tak jak poprzednio, jedynym dźwiękiem było świergotanie ptaków i głośne plum! następnej kropli, która po przerwie wpadła do zlewu.

Wyciągnąłem rękę do klamki. Drzwi otworzyły się zupełnie bez oporu.

Ktoś nie zgasił światła w łazience.

Przyznam się, że mam lekkiego świra na punkcie oszczędzania prądu. Może to zaledwie sprawa kilku centów, lecz biedny kucharz, w dodatku z widokami na rychłe małżeństwo, nie powinien zostawiać włączonego światła lub radia na użytek pająków albo zbłąkanych duchów, którym akurat przyjdzie ochota na wizytę pod jego nieobecność.

W małej łazience nie było miejsca, żeby gdzieś się ukryć. No... chyba że za ceratą, czyli pod prysznicem.

Zawsze pamiętam o tym, żeby po kąpieli starannie zaciągnąć zasłonę, bo wiem, że w przeciwnym razie nie miałaby jak wyschnąć. Mokre fałdy od razu pokryłyby się pleśnią.

A jednak po moim wyjściu ktoś musiał ją odsunąć. Może ten sam ktoś, kto teraz leżał na brzuchu w wannie?

Wpadł tam bez czucia albo go wepchnięto. W każdym razie żaden żywy człowiek nie wytrzymałby długo w tak dziwnej pozycji, z twarzą wciśniętą w odpływ i z ręką wykręconą na plecy w ten sposób, że musiał mieć albo zwichnięte ramię albo nawet zerwany pas barkowy.

Popatrzyłem na jego białą dłoń o haczykowato zgiętych palcach. Nie poruszała się. Nawet nie drżała.

Na ściance wanny czerniła się wąska strużka zakrzepłej krwi.

Krew, zwłaszcza kiedy jest jej więcej, można bez trudu wyczuć po zapachu. Świeży zapach nawet nie budzi odruchu obrzydzenia, choć jest wyraźny i przerażający. Teraz jednak nic nie poczułem.

Grudka płynnego mydła na kafelkach i resztki piany w umywalce podpowiedziały mi, że morderca starannie umył ręce po dokonaniu zbrodni. Prawdopodobnie chciał zmyć krew i drobiny prochu. Mokry ręcznik rzucił do wanny, na głowę ofiary. Odruchowo wycofałem się tyłem z łazienki i przystanąłem dopiero za drzwiami.

Serce biło mi przyśpieszonym rytmem, niepasującym do ptasich treli wpadających przez otwarte okno. Spojrzałem na pistolet leżący na podłodze tuż przy progu. Dobrze zrobiłem, że go nie podniosłem, choć w dalszym ciągu jeszcze nie wiedziałem, co tu się naprawdę stało.

Komórka wciąż leżała na kredensie. Na szafce obok łóżka stał telefon stacjonarny. Zastanawiałem się, do kogo mógłbym i do kogo musiałbym zadzwonić. Nie podobało mi się takie rozwiązanie.

W końcu uznałem, że najlepiej będzie, jak najpierw zobaczę twarz ofiary.

Wszedłem z powrotem do łazienki i pochyliłem się nad wanną. Starałem się nie dotknąć sztywnych i powykręcanych palców nieboszczyka. Złapałem go za ubranie i z pewnym wysiłkiem przewróciłem na bok, a potem na plecy.

Mój ręcznik zsunął mu się z twarzy.

Bladoszare oczy Boba Robertsona miały czujniejszy wyraz niż za życia, choć brakowało w nich charakterystycznej iskry rozbawienia. Grzyb zdawał się patrzyć gdzieś daleko, jakby w ostatnich chwilach swojej ziemskiej egzystencji zobaczył coś potworniejszego od twarzy mordercy.

Rozdział trzydziesty drugi

Przez moment miałem dziwne wrażenie, że Grzyb zaraz mrugnie okiem, złapie mnie, wciągnie do wanny i zatopi w mojej szyi zęby, które tak dobrze służyły mu podczas śniadania w Pico Mundo Grille.

Jego niespodziewana śmierć pozbawiła mnie nagle potwora. Zawiodły wszystkie kalkulacje i przewidywania. Z góry przyjąłem, że to właśnie on będzie mordercą odpowiedzialnym za masakrę, którą widziałem we śnie. Nawet do głowy mi nie wpadło, że też mógłby być ofiarą. A teraz w moim labiryncie zabrakło Minotaura, którego mógłbym dopaść i poskromić.

Robertson zginął od strzału w pierś, oddanego z bliskiej odległości. Tak bliskiej, że lufa niemal dotykała ciała. Na koszuli widniał szarobrązowy ślad po przypaleniu.

Niewiele krwawił, bo jego serce przestało bić niemal natychmiast.

Znowu wyszedłem z łazienki.

Odruchowo sięgnąłem ręką do klamki, lecz w tej samej chwili owładnęło mną dziwne uczucie, że jak zamknę drzwi, to Robertson mimo wszystko wstanie, po cichu wyjdzie z wanny i zaczai się na mnie tuż za progiem.

No dobrze, wiedziałem, że był zimnym trupem. I co z tego?

Czasami miewam takie irracjonalne lęki, przy których mnie aż ściska w dołku.

Zostawiłem więc drzwi otwarte, podszedłem do kuchennego zlewu i umyłem ręce. Wytarłem je w papierowy ręcznik i... niewiele brakowało, żebym znów je umył. Miałem wrażenie, że cuchną śmiercią, chociaż dotknąłem Robertsona wyłącznie przez ubranie.

Podniosłem słuchawkę telefonu. Zagrzechotała na widełkach i omal jej nie upuściłem. Dłonie trzęsły mi się jak galareta.

Przez chwilę słuchałem sygnału.

Znałem numer do Wyatta Portera. Nawet go nie musiałem szukać.

Odłożyłem słuchawkę, nie stuknąwszy palcem w ani jeden klawisz.

Mój układ z Porterem uległ drobnej zmianie. Teraz w łazience miałem nieboszczyka czekającego, by go ktoś zobaczył. A w pokoju leżało narzędzie zbrodni.

Kilka godzin temu złożyłem doniesienie o zwadzie z denatem w kościele. Porter wiedział ponadto, że wczoraj po południu byłem w Camp's End i że włamałem się do domu Robertsona. Denat zatem miał motyw, by mnie szukać.

Jeśli pistolet stanowił własność Robertsona, to dalsze wnioski dla policji były całkiem jasne. Grzyb w jakiś sposób dowiedział się o mojej „wizycie", przyszedł tutaj i zaczął mi grozić. Wywiązała się kłótnia, od słów przeszliśmy do rękoczynów, aż wreszcie zastrzeliłem go w obronie własnej.

Nie oskarżono by mnie o spowodowanie śmierci ani tym bardziej o morderstwo. Prawdopodobnie nawet nie zostałbym aresztowany.

Jeśli jednak pistolet nie należał do Robertsona, to tkwiłem w tym jak szczur w lepkiej pułapce.

Wyatt Porter znał mnie wystarczająco dobrze, żeby wiedzieć, że nigdy z zimną krwią nie strzeliłbym do człowieka. Jako komendant miał duży wpływ na przebieg każdego śledztwa i podejmował ważne decyzje, ale nie był jedyny w swoim fachu. Inni na pewno mniej skwapliwie uznaliby moją niewinność. Porter chociażby dla zasady musiałby mnie po prostu zamknąć, na dzień lub dwa, czyli do czasu, aż wymyśliłby właściwy sposób, żebym znów znalazł się na wolności.

W celi byłbym bezpieczny i z dala od katastrofy wiszącej nad Pico Mundo, lecz jednocześnie nie mógłbym wykorzystać swego daru i choćby trochę zapobiec tej tragedii. Nie mógłbym odprowadzić Violi Peabody i jej córeczek do domu siostry. Nie mógłbym skłonić nikogo z Takudów do zmiany dzisiejszych planów.

Miałem nadzieję, że w środę po południu zawczasu trafię na miejsce zbrodni, idąc śladem bodachów. Dobrze wiedziałem, że pociągną tam całym stadem, na długo przed masakrą. Miałbym zatem dość czasu, aby uratować wszystkich, którzy nieświadomie wyjdą na spotkanie śmierci.

Ale spętany Odyseusz nie powiedzie druhów z powrotem do Itaki.

Użyłem tego porównania wyłącznie po to, żeby wywołać uśmiech na twarzy Małego Ozzie. Na pewno będzie ubawiony myślą, że stawiam siebie w jednym szeregu z bohaterem wojny trojańskiej.

— Pisz wszystko dużo lżejszym tonem, niż miałbyś na to ochotę — pouczał mnie, zanim jeszcze wziąłem się do roboty. — Nie buduj wzniosłych ołtarzy. Prawdy o życiu szukaj nie w cierpieniu, ale w nadziei, drogi chłopcze.

W miarę jak zbliżam się do końca, to coraz mi trudniej dotrzymać danej mu wtedy obietnicy. Światło przygasa i powoli zanurzam się w gęstniejącym mroku. Pamiętam jednak o tym, żeby zadowolić moją ogromną, sześciopalczastą muzę. Dlatego stosuję takie sztuczki, jak ta z Odyseuszem.

W rezultacie doszedłem do słusznego wniosku, że nie mogę prosić o pomoc Portera. Zgasiłem światła w całym mieszkaniu oprócz łazienki. Nie chciałem siedzieć po ciemku z trupem. Podejrzewałem, że Robertson nawet po śmierci chowa w zanadrzu dla mnie jakąś niespodziankę.

W ciemnym pokoju poruszałem się z taką pewnością siebie, jakbym od dziecka był niewidomy i mieszkał tu przez całe lata. Po cichu podszedłem do okna i nieznacznie uchyliłem żaluzje. W świetle księżyca po prawej zobaczyłem schody, poprzecinane prążkami cienia. Nikt na nich nie czekał i nikt po nich nie wchodził.

Przed sobą miałem pustą Marigold Lane, częściowo zasłoniętą przez masywne dęby. Mimo to widziałem ją na tyle dobrze, aby upewnić się, że po drugiej stronie nie stoi żadne podejrzane auto.

Nikt mnie zatem nie obserwował. A jednak byłem przekonany, że mordercy Robertsona wrócą. Kiedy upewnią się, że jestem w domu i znalazłem ciało, przyjdą tutaj, żeby mnie też zabić i upozorować moje samobójstwo, albo — co wydawało mi się bardziej wiarygodne — zadzwonią na policję. W ten sposób trafiłbym do paki.

Dobrze, że z góry umiem rozpoznać pułapkę.

Rozdział trzydziesty trzeci

Zasunąłem żaluzję i nie zapalając światła, podszedłem do komódki stojącej przy łóżku. W takim pomieszczeniu wszystko jest przy łóżku, łącznie z kanapą i mikrofalówką. W dolnej szufladzie miałem jedyną zmianę czystej pościeli. Pod poszewkami leżało wyprasowane i starannie złożone prześcieradło.

Co prawda sytuacja wymagała ofiar, ale raczej niechętnie z nim się rozstawałem. Dobra pościel z bawełny wcale nie jest tania, a ja mam alergię na część syntetyków.

Rozpostarłem prześcieradło w łazience na podłodze.

Robertson bawił się w trupa i miał gdzieś moje kłopoty, lecz mimo to byłem przekonany, że pójdzie mi z nim trochę łatwiej. On jednak nie chciał wyleźć z wanny. Nie sprzeciwiał mi się w świadomy sposób, ale stosował bierny opór, związany z *rigor mortis*.

Okazał się tak sztywny i nieporęczny, jak sterta desek pozbijanych pod przypadkowym kątem.

Z ociąganiem przytknąłem dłoń do jego twarzy. Był zimniejszy, niż przypuszczałem.

Musiałem zatem poczynić dalsze oględziny, żeby lepiej zrozumieć przebieg wczorajszych wypadków. Dla własnego dobra chciałem poznać prawdę. Roberston leżał w wannie twarzą w dół, kiedy go znalazłem. Teraz spoczywał już na plecach, więc mogłem rozpiąć mu koszulę.

To była obrzydliwa praca. Przewidywałem, że tak będzie, ale nie aż do tego stopnia. Po prostu rzygać mi się chciało. Dłonie miałem zupełnie mokre. Błyszczące guziki wyślizgiwały mi się ze spoconych palców.

Zerknąłem na twarz trupa, przekonany, że oderwie się od własnych myśli i zacznie patrzeć mi na ręce. Oczywiście nic takiego się nie stało. Wlepiał przerażony wzrok gdzieś w przestrzeń, poza kurtynę oddzielającą świat żywych od świata zmarłych.

Miał lekko rozchylone usta, jakby nie zamknął ich po jakiejś prośbie albo ostatnim tchnieniu, które wydał, witając się ze śmiercią.

Ciarki przebiegły mi po plecach, kiedy na niego popatrzyłem. Szybko spuściłem głowę, ale ciągle miałem wrażenie, że przypatrywał mi się po kryjomu. Gdybym w tym momencie poczuł na twarzy jego oddech, to wrzasnąłbym, lecz wcale nie byłbym zaskoczony.

Nigdy tak się nie bałem żadnego nieboszczyka. Znajome duchy są czymś ulotnym, czymś na kształt wizji, więc ze zwłokami — na całe szczęście — nie mam na co dzień do czynienia.

W tej chwili jednak woń i widok martwego ciała mniej mi przeszkadzały niż pewne charakterystyczne cechy Grzyba — owa „gąbczastość", widoczna już za jego życia, oraz niezdrowa fascynacja śmiercią, torturami, zbrodnią, ćwiartowaniem i kanibalizmem, czego dowody przechowywał w swoim gabinecie.

Odpiąłem ostatni guzik i rozchyliłem mu koszulę. Nie miał na sobie podkoszulka, więc od razu zobaczyłem sińce. Po śmierci cała krew spływa do najniżej położonych partii ciała i tam tworzy wielkie ciemne plamy. Płaska pierś i obwisły brzuch Robertsona były niemal zupełnie sine, wstrętne i pocętkowane.

Temperatura zwłok, sztywność mięśni i plamy opadowe wyraźnie wskazywały na to, że zginął znacznie wcześniej niż przed godziną. W moim mieszkaniu było dosyć ciepło, więc proces następował szybciej, ale na pewno nie do tego stopnia.

Przyszło mi na myśl, że już na cmentarzu pod kościołem Świętego Bartłomieja czekał na mnie złośliwy duch, a nie żywy człowiek.

Próbowałem sobie przypomnieć, czy Stormy też go widziała. Pochyliła się nad koszykiem... A potem niechcący wytrąciłem jej z rąk krakersy z serem. Rozsypały się po podłodze... Nie. Nie mogła widzieć Robertsona. Zniknął, zanim podeszła do parapetu i popatrzyła w dół.

Chwilę później, kiedy otworzyłem drzwi i zobaczyłem go na schodach, stała za mną. Ja zaś natychmiast zawróciłem i pociągnąłem ją za sobą do nawy głównej. Nawet nie zdążyła rzucić okiem na dwór.

A jeszcze wcześniej? Dwa razy widziałem Robertsona w Jack Flats, u Małego Ozzie. Raz na chodniku przed frontowymi drzwiami i raz na podwórku. W obu przypadkach Ozzie nie mógłby zaświadczyć, że chodziło o prawdziwego, żywego człowieka.

Straszny Chester zobaczył Robertsona przez okno i zaczął się wściekać. Ale równie dobrze mógł patrzeć na ducha.

Niejednokrotnie już zauważyłem, że psy i koty reagują na obecność duchów. Natomiast na pewno nie widzą bodachów. Do innych zjaw odnoszą się z dumną rezerwą, nie zdradzając objawów zbytniego podniecenia.

Straszny Chester wyczuwał jednak aurę zła, otaczającą Grzyba za życia i po śmierci.

Wszystko więc wskazywało na to, że ostatni raz widziałem żywego Robertsona w Camp's End, kiedy wyszedł z domu, wsiadł do samochodu i odjechał. Do czarnego pokoju trafiłem dużo później.

Od tamtej pory Robertson uganiał się za mną ze złością, jakby obwiniał mnie, że przyczyniłem się do jego śmierci. Co prawda zginął w moim mieszkaniu, lecz musiał wiedzieć, że to nie ja pociągnąłem za cyngiel. Stał przecież twarzą do zabójcy, w odległości zaledwie kilkunastu centymetrów. Po co tu przyszli? Tego nie wiedziałem. W tych warunkach nie umiałem spokojnie myśleć.

Ktoś mógłby zapytać, dlaczego rozzłoszczony duch nie zaczaił się na mnie w łazience albo w kuchni i nie zrobił demolki, takiej jak w kościele? Zapominacie jednak, że niepokorne duchy wędrują po ziemi, bo nie chcą się pogodzić z tym, że już nie żyją. Z doświadczenia wiem, że wolą być jak najdalej od swojego martwego ciała. Sztywne zwłoki są dla nich brutalnym przypomnieniem, że nie należą już do świata żywych.

Widok nieruchomego ciała sprawia, że duch o wiele bardziej odczuwa naglącą potrzebę, by zerwać stare więzi i przejść na drugą stronę. Większość z nich usiłuje sprzeciwić się temu. Robertson wróciłby na miejsce śmierci dopiero wtedy, gdyby usunięto trupa i zmyto ślady krwi.

To mi nie przeszkadzało. Nie chciałem mieć ubawu ze zdrowo wkurzonym duchem.

Rujnacja w zakrystii Świętego Bartłomieja wcale nie była dziełem żywego człowieka. Tam szalał złośliwy upiór, popularnie zwany Poltergeistem. Nikt inny nie dokonałby aż takich zniszczeń.

Kiedyś w podobny sposób straciłem zupełnie nową wieżę, lampę, radio z budzikiem, zgrabny stołek barowy i kilka talerzy. Kucharza nie stać na takie zabawy. To jeden z powodów, dla których moje meble w większości pochodzą ze sklepu ze starzyzną. Im mniej mam, tym mniej tracę.

Popatrzyłem zatem na sine plamy na zapadłej piersi i obwisłym brzuchu Robertsona i wysnułem z nich uprzednio wspomniane wnioski. Potem zacząłem zapinać mu koszulę, starając się nie patrzeć na dziurę po kuli. Nie udało mi się.

W pulchnej, posiniałej piersi widniał mały otwór o poszarpanych brzegach. Był mokry... i na swój sposób dziwny. Nie wiedziałem, na czym ta dziwność polega i nie chciałem dłużej nad tym się zastanawiać.

Mdłości pełzały mi coraz szybciej po ściankach żołądka. Czułem się, jakbym znowu miał cztery lata i zachorował na złośliwą grypę. Byłem słaby, w gorączce i z wzrokiem utkwionym w głąb własnej niedoskonałości.

A ponieważ i tak miałem już co sprzątać bez powtórki ze słynnych wymiotów Elvisa, to zacisnąłem zęby, przełknąłem gulę w gardle i zapiąłem koszulę nieboszczyka.

Wprawdzie o zwłokach wiedziałem trochę więcej niż przeciętny człowiek, ale nie byłem patologiem. Nie potrafiłem zatem dokładnie określić godziny śmierci Robertsona.

Zgodnie z logiką nastąpiło to gdzieś między siedemnastą trzydzieści a dziewiętnastą czterdzieści pięć. W tym czasie byłem w Camp's End, odbyłem wędrówkę po czarnym pokoju, odwiozłem Elvisa do Portera, a potem do baptystów i na koniec wybrałem się do Małego Ozzie.

Porter i jego goście mogli częściowo poprzeć moje alibi, lecz żaden sąd na pewno nie chciałby wysłuchać zeznań składanych przez ducha Elvisa. To się nie mogło udać.

Wiedziałem więc, że jestem cholernie udupiony. W dodatku czas działał na moją niekorzyść. Każde pukanie do drzwi byłoby sygnałem, że już ktoś zdążył po cichu zawiadomić policję.

Rozdział trzydziesty czwarty

Poczucie zagrożenia na skraju paniki sprawiło, że wstąpiły we mnie nowe siły. Stękając srogo i klnąc na czym świat stoi, wyciągnąłem Robertsona z wanny i położyłem go na prześcieradle rozpostartym na podłodze.

W wannie było niewiele krwi. Odkręciłem prysznic i spłukałem ślady gorącą wodą.

Dobrze wiedziałem, że nigdy więcej tu się nie wykąpię. Albo do końca życia będę chodził brudny, albo znajdę sobie jakieś inne mieszkanie.

Przeszukałem kieszenie spodni Robertsona. W obu znalazłem sporo pieniędzy: w lewej ciasno zwinięte dwadzieścia studolarówek, w prawej dwadzieścia trzy. Zatem to nie był napad rabunkowy.

Włożyłem banknoty z powrotem do kieszeni.

W portfelu było jeszcze więcej forsy. Też ją wepchnąłem mu do spodni, portfel natomiast zatrzymałem, żeby go potem dokładniej obejrzeć. Miałem nadzieję, że trafię na coś, co mi pomoże lepiej poznać mordercze zamiary Robertsona.

Zwłoki zabulgotały wstrętnie, kiedy je zawijałem. To były pewnie pęcherzyki krwi albo flegmy w gardle, ale zabrzmiało to jak beknięcie.

Zakręciłem końce prześcieradła za głową i pod nogami trupa

i ciasno zawiązałem je białym sznurowadłem, które wyciągnąłem z drugiej pary trampek.

Grzyb przypominał teraz olbrzymiego skręta. Nie palę trawki ani papierosów, lecz on właśnie teraz tak wyglądał.

Albo jak kokon. Wielki kokon skrywający larwę, która zamierzała zmienić się w coś innego. Lepiej mnie nie pytajcie w co. Wolałem tego nie wiedzieć.

Zamiast walizki miałem foliową torbę z księgarni. Spakowałem do niej ubranie na zmianę, szampon, pastę i szczoteczkę do zębów, elektryczną golarkę, telefon komórkowy, latarkę, nożyczki, paczkę chusteczek higienicznych i tabletki na ból żołądka. Wiedziałem, że do rana na pewno się nie zmarnują.

Wytaszczyłem ciało z łazienki i przeciągnąłem je przez ciemny pokój, aż do dużego okna w południowej ścianie. Gdybym na przykład mieszkał w bloku, to zapewne z samego rana odbyłoby się nadzwyczajne zebranie komitetu osiedlowego, na którym zapadłaby uchwała zabraniająca wyrzucania zwłok przez okno po godzinie dwudziestej drugiej.

Trup był zbyt ciężki, żebym mógł go wynieść stąd na plecach. Gdybym z kolei ściągnął go po żelaznych schodkach, to po pierwsze narobiłbym kupę hałasu, a po drugie odstawiłbym niezłe widowisko dla ewentualnych spóźnionych przechodniów.

Pod oknem stał mały stół i dwa krzesła. Odsunąłem je na bok, podciągnąłem żaluzję, zdjąłem siatkę i wychyliłem się, żeby sprawdzić, czy podwórka na pewno nie widać od sąsiadów.

Teren był ogrodzony drewnianym płotem i porośnięty wokół starymi krzewami bawełny. Niewiele dało się zobaczyć między gałęziami, a poza tym księżyc świecił blado i nikt nie mógłby przed sądem przysiąc, że naprawdę widział, co robiłem.

Z trudem dźwignąłem z podłogi zawiniętego w prześcieradło Grzyba i wysunąłem go przez okno — nogami naprzód, bo chociaż był na pewno martwy, to nie chciałem, żeby spadł na głowę. Gdzieś w połowie prześcieradło zahaczyło o wystający gwóźdź, więc musiałem popchnąć dużo mocniej. Wreszcie zwyciężyło prawo grawitacji.

Z okna do ziemi było najwyżej ze cztery metry. W sumie niewiele, ale na dole rozległ się głuchy i nieprzyjemny stuk, brzmiący zupełnie tak, jakby ktoś z góry zrzucił trupa na twardą ziemię.

Nie słychać było szczekania psów. Nikt nie zapytał: „Co się stało, Maude?". Nikt nie powiedział: „Och, Clem! Ten straszny Odd Thomas przed chwilą wyrzucił przez okno czyjeś zwłoki!". Pico Mundo spało.

Żeby nie zostawić zbędnych odcisków palców, wziąłem pistolet do ręki przez papierową ścierkę i włożyłem go do foliowej torby z rzeczami na drogę.

Potem wróciłem do łazienki, żeby sprawdzić, czy dobrze posprzątałem. Na gruntowne porządki już nie było czasu, ale przyrzekłem sobie, że jak tylko wrócę, to odkurzę pokój, żeby pozbyć się włosów lub kawałków tkanki i wyczyszczę wszystko, czego Robertson mógłby tu dotykać...

Nie chroniłem w ten sposób mordercy. Z tego, co widziałem, był opanowanym i chłodnym zawodowcem, zbyt sprytnym i ostrożnym, żeby pozostawić jakieś odciski palców lub inne dowody bytności w moim mieszkaniu.

Spojrzałem na zegarek — i niemal mnie zatkało ze zdziwienia. Pierwsza trzydzieści osiem. A wydawało mi się, że noc pędem zmierza na spotkanie dnia. Byłem przekonany, że jest już wpół do trzeciej albo nawet później. Tak czy owak, nie pozostało mi zbyt wiele czasu. Wprawdzie zegarek był elektroniczny, ale w uszach dźwięczało mi tykanie mijających sekund.

Zgasiłem światło w łazience, podszedłem do frontowego okna i jeszcze raz wyjrzałem przez szparę w żaluzji. Nie widziałem nikogo, kto by na mnie czekał na ulicy.

Wziąłem torbę, wyszedłem z domu i zamknąłem za sobą drzwi. Schodząc po schodach, czułem się jak finalistka konkursu Miss America w kostiumie kąpielowym.

Wiedziałem, że na pewno nikt mnie nie obserwuje, a mimo

to byłem na wpół przytomny ze zdenerwowania. Dręczyło mnie poczucie winy. Wpatrywałem się w ciemność, przed siebie i na boki — tylko nie pod nogi. To istny cud, że w końcu nie spadłem ze schodów i nie skręciłem karku. Policja wtedy miałaby dwa zagadkowe trupy.

Ktoś mógłby w tym momencie spytać, skąd to poczucie winy? Przecież nie zabiłem Boba Robertsona.

No cóż... Z tym akurat nie miewam kłopotów. Znaczy, z poczuciem winy. Czasami czuję się odpowiedzialny za katastrofę kolejową w Georgii, za bomby terrorystów w jakichś dziwnych miastach, za huragany w Kansas...

Gdzieś w środku ciągle coś mi podpowiada, że powinienem bardziej zająć się tym darem, kształtować go, a nie tylko żyć z nim z dnia na dzień. Wtedy mógłbym zawczasu wyczuwać liczne zbrodnie i szybciej śpieszyć ludziom na ratunek — nawet z dala od Pico Mundo. Ale to oczywiście nie tak. Doskonale zdaję sobie sprawę, że głębsza ingerencja w świat pozazmysłowy oderwałaby mnie od rzeczywistości. Powoli popadłbym w szaleństwo i stałbym się bezużyteczny. Czyli wiem o tym, lecz część mojej jaźni i tak źle ocenia moje intencje.

Domyślam się, skąd u mnie to ciągłe poczucie winy. Chodzi o matkę i jej pistolety.

To, że ktoś zna konstrukcję własnej psychologii, wcale nie znaczy, że potrafi ją zręcznie przebudować. Izba Nieuzasadnionej Winy stanowi trwały fragment mojej psychicznej architektury i obawiam się, że nigdy nie zdołam jej odnowić.

Jakoś szczęśliwie dotarłem aż do końca schodów i nikt na mnie nie skoczył z okrzykiem: *J'accuse!* Obszedłem garaż — i nagle stanąłem jak wryty na widok pobliskiego domu. Pomyślałem o Rosalii Sanchez.

Chciałem po cichu skorzystać z jej chevroleta, żeby wywieźć stąd ciało Robertsona. Rosalia rzadko jeździła samochodem. Na pewno zdążyłbym spokojnie odstawić go z powrotem do garażu, zanim zaczęłaby coś podejrzewać. Kluczyki były mi niepotrzebne. Może w liceum nie całkiem uważałem na lekcjach matematyki, ale za to wystarczająco wcześnie poznałem budowę pojazdów.

O Rosalii pomyślałem jednak nie dlatego, że mogła mnie zauważyć. Zląkłem się o jej bezpieczeństwo.

Robertson i zabójca byli u mnie gdzieś między siedemnastą trzydzieści a dziewiętnastą czterdzieści pięć. Zjawili się więc w biały dzień. W pełnym blasku słońca na Mojave.

Podejrzewałem, że początkowo działali razem, ręka w rękę. Robertson pewnie był przekonany, że idą do mnie tylko po to, żeby mi zrobić jakieś świństwo. Mieli urządzić zasadzkę. Bardzo się zdziwił, kiedy zobaczył, że kumpel mierzy doń z pistoletu.

Po zastrzeleniu Robertsona i zastawieniu pułapki na mnie zbrodniarz nie tracił czasu na przeglądanie szuflad z bielizną ani na wyjadanie resztek z lodówki. Po prostu uciekł. Też za dnia.

Na pewno bał się, że ktoś go widział z okien sąsiedniego domu.

A może chciał się pozbyć świadka? Podszedł do tylnych drzwi mieszkania i zapukał... Spokojna wdowa, mieszkająca sama, nie była groźnym przeciwnikiem.

Ale po prawdzie, dla ostrożności, mógł przyjść tu dużo, dużo wcześniej — zanim sprowadził Boba Robertsona. Mógł też zastrzelić panią Sanchez z tego samego pistoletu. Wtedy byłbym wrobiony w dwa morderstwa.

Wiedziałem, że potrafił działać szybko, skutecznie i bezwzględnie. Bez najmniejszych wahań wykończył wspólnika.

Dom Rosalii był pogrążony w ciszy. Z ciemnego okna wyzierała tylko blada upiorna twarz. To księżyc na zachodnim niebie przeglądał się w gładkiej szybie.

Rozdział trzydziesty piąty

Zacząłem iść w stronę domu pani Sanchez, zanim dokładnie zdałem sobie sprawę z tego, co naprawdę robię. Zatrzymałem się po paru krokach.

Jeśli Rosalia już nie żyła, to nie mogłem jej w niczym pomóc. A na pewno nie żyła, jeżeli odwiedził ją morderca.

Do tej pory uważałem Boba Robertsona za wolnego strzelca, świra i pogibusa, który zapragnął przejść do historii jakimś krwawym czynem, godnym zwyrodnialców, których akta trzymał w swoim gabinecie.

Może kiedyś tak było... lecz od tamtej pory zaszedł dużo dalej. Spotkał drugiego szaleńca, opętanego myślą o podobnej zbrodni, i razem stworzyli bestię o dwóch twarzach, dwóch zawziętych sercach i dwóch parach dłoni, zdolnych do najohydniejszej pracy.

Dowód wsiał na ścianie w domu Robertsona, chociaż w pierwszej chwili go nie zrozumiałem. Manson, McVeigh i Atta. Nie działali sami. Spiskowali razem z innymi.

W szufladach były dokumenty o seryjnych mordercach, którzy samotnie polowali na swoje ofiary, ale tych trzech doczekało się nie lada wyróżnienia. Robertson wierzył w braterstwo zła.

Musiał skądś wiedzieć, że włamałem się do jego domu. Może miał gdzieś kamery?

Socjopaci na ogół cierpią na silną paranoję, a Robertson miał dość pieniędzy, żeby uzbroić swoje mieszkanie w dobrze ukryty, lecz niezawodny system czujników i zabezpieczeń. Pewnie powiedział swemu zabójcy o moich odwiedzinach. Kto wie? Może tamten dopiero wtedy postanowił pozbyć się wspólnika? Nie chciał, żeby ktoś wiedział o ich znajomości. A może to Robertson trochę się mnie przestraszył? Może chciał zmienić ustaloną datę i dokonać masakry po piętnastym sierpnia? Jego kompan na pewno na to się nie zgadzał, bo zbyt długo czekał na swoją okazję. Zbyt długo sycił się tą myślą, żeby teraz odkładać to na później. Był żądny krwi.

Odwróciłem się plecami do domu Rosalii. Gdybym wszedł tam i znalazł ją zamordowaną, to nie potrafiłbym stąd zabrać trupa Robertsona. Sama myśl o tym, że mógłbym zobaczyć ją martwą — „Widzisz mnie, Odd? Jeszcze na dobre nie znikłam?" — odbierała mi niemal wszystkie siły. Ryzykowałem, że za chwilę zupełnie się rozkleję.

A tymczasem byłem potrzebny Violi i jej córkom.

Gdybym trafił do pierdla, to do jutra wieczór zginęłoby co najmniej kilkanaście osób. Mogłem je uratować, ale pod warunkiem, że wcześniej poznam czas i miejsce rzezi.

Wydawało mi się, że za sprawą magii nagle przestały działać znane prawa fizyki. Blask księżyca przybrał na wadze. Czułem go na plecach, kiedy powoli szedłem z powrotem na tyły garażu, gdzie czekały zwłoki w białym prześcieradle.

Tylne drzwi były otwarte. W ciemnym pomieszczeniu pachniało gumą, olejem, starym smarem i rozgrzanym drewnem. Ta ostatnia woń pochodziła z krokwi, w dzień wystawionych na działanie słońca. Włożyłem torbę do samochodu.

Ponuro zdałem sobie sprawę, że przeżycia dzisiejszego dnia mocno mnie wyczerpały psychicznie i fizycznie. Z trudem wciągnąłem nieboszczyka głębiej i zamknąłem drzwi. Dopiero wtedy po omacku zapaliłem światło.

W dużym garażu spokojnie mogłyby się zmieścić aż trzy samochody, gdyby nie to, że jedną trzecią ogólnej powierzchni zajmowały przeróżne graty. Potem był kawałek całkiem wolnej przestrzeni, a samotny chevrolet stał sobie tuż pod ścianą.

Próbowałem podnieść klapę bagażnika, ale okazało się, że jest zamknięta.

Za nic w świecie nie chciałem jechać z trupem na tylnym siedzeniu.

W ciągu dwudziestu lat swojego życia widziałem wiele osobliwych rzeczy. Jedną z dziwniejszych był na przykład duch prezydenta Lyndona Johnsona, wysiadający z autokaru na dworcu w Pico Mundo. Przyjechał z Portland w Oregonie, przez San Francisco i Sacramento, jedynie po to, żeby się przesiąść do następnego autokaru, zmierzającego w stronę Phoenix, Tucson i innych miast w Teksasie. Ponieważ Johnson zmarł w szpitalu, miał na sobie tylko piżamę. Był boso i wyglądał na mocno wkurzonego. Niemal od razu zauważył, że go widzę. Łypnął na mnie spod oka, szybko spuścił spodnie i pokazał mi goły tyłek.

Chociaż żaden nieboszczyk nigdy nie ożył w mojej obecności ani nie zaczął się poruszać pod wpływem czarnej magii, bałem się pojechać w jakiś zapadły kąt Pico Mundo, mając umrzyka za plecami.

Oczywiście nie mogłem go posadzić na przednim siedzeniu. Ładnie bym wyglądał z takim ponadstukilowym skrętem.

Niemało mnie to kosztowało, żeby go w końcu wepchnąć na tył chevroleta. Niemało sił i bólu brzucha. Robertson był jakiś luźny w tym swoim kokonie. Jakby za bardzo miękki... bo ja wiem? Dojrzały?

Wciąż miałem przed oczami śliską i poszarpaną ranę na jego piersi... Sflaczałe, posiniaczone ciało i plamki ciemnej wstrętnej mazi. Nie przyglądałem jej się zbyt uważnie, ale choć szybko odwróciłem głowę, to i tak krwawa dziura wryła mi się w pamięć niczym czarne słońce.

Zanim załadowałem zwłoki i zamknąłem drzwi samochodu, byłem tak zlany potem, jakby jakiś olbrzym wziął mnie za mokrą ścierkę i usiłował wyżąć. Czułem się też jak szmata.

O drugiej w nocy temperatura spadła do zaledwie dwudziestu ośmiu stopni, ale założę się, że tu, w garażu, było co najmniej o dziesięć więcej. Otarłem z oczu krople potu, sięgnąłem pod deskę rozdzielczą i znalazłem właściwe kable. Tylko raz prąd dał mi po łapach. Potem rozległ się pomruk silnika.

Przez ten czas mój pasażer nawet nie drgnął.

Zgasiłem światło, położyłem foliową torbę na wolnym fotelu i usiadłem za kierownicą. Pilotem uruchomiłem drzwi garażu.

Ze schowka wyjąłem całą garść papierowych chusteczek i osuszyłem nimi twarz. Dopiero wtedy przyszło mi do głowy, że wciąż nie wiem, gdzie najlepiej wyrzucić mój ładunek. Ani miejskie wysypisko śmieci, ani kontener Czerwonego Krzyża nie wydały mi się najlepszym pomysłem.

Gdyby ktoś nieco za wcześnie znalazł Robertsona, to Wyatt Porter miałby do mnie wiele trudnych pytań, które na pewno kłóciłyby się z moimi planami uratowania Pico Mundo przed masakrą. Byłoby znacznie lepiej, gdyby zwłoki gniły sobie spokojnie przez okrągłą dobę i dopiero później w kimś wzbudziły nieoczekiwaną miłość do Chrystusa.

W tej samej chwili przypomniałem sobie, że znam świetną kryjówkę. Kościół Szepczącej Komety. Bar topless, księgarnia dla dorosłych i najsmaczniejsze hamburgery.

Rozdział trzydziesty szósty

Kościół Szepczącej Komety powstał ponad dwadzieścia lat temu, w bok od autostrady, kilkaset metrów za granicą miasta, przy zjeździe prowadzącym przez suchy zagajnik. Nawet wtedy, kiedy mieściła się tu świątynia niecodziennej wiary, wspomniany „kościół" w niczym nie przypominał kościoła. Teraz, pod nocnym rozgwieżdżonym niebem, główny budynek — wysoki na sześćdziesiąt i szeroki na dwadzieścia metrów, półkolisty, z zardzewiałej blachy i z okrągłymi otworami okien — wyglądał niczym stary pojazd kosmiczny, pozbawiony dziobu i do połowy zagrzebany w ziemi.

Wokół niego, ukryte wśród umarłych i umierających drzew, słabo widoczne w plątaninie cieni i księżycowego światła, mniejsze blaszaki wyznaczały granicę posiadłości. To były domy prawdziwych wyznawców.

Założyciel kościoła, Caesar Zedd Jr, twierdził, że we śnie i na jawie słyszał szept pozaziemskich istot, zmierzających ku Ziemi na statku ukrytym wewnątrz komety. Kosmici zdradzili mu, że są bogami, którzy stworzyli ludzi i zwierzęta.

Większość mieszkańców Pico Mundo była przekonana, że działalność kościoła zakończy się pewnego dnia zbiorową komunią, suto zakrapianą zatrutą oranżadą. A wtedy, jak w Gujanie, byłyby setki trupów. Nic takiego jednak się nie stało.

Wręcz przeciwnie, wiarygodność Zedda została podważona z chwilą, kiedy aresztowano go wraz z innymi kapłanami pod zarzutem masowej produkcji ekstasy. Podobno pod tym względem nie miał sobie równych na całym bożym świecie.

Po likwidacji sekty do władz hrabstwa Maravilla zgłosiło się tak zwane Towarzystwo Obrony Pierwszej Poprawki, czyli właściciel największej w Stanach Zjednoczonych sieci sex--shopów, barów topless, pornograficznych stron internetowych i knajpek karaoke. Po uzyskaniu zezwolenia przerobili kościół na coś w rodzaju erotycznego lunaparku i umieścili neon, który głosił: KOŚCIÓŁ SZEPCZĄCEJ KOMETY: BAR TOPLESS, KSIĘGARNIA DLA DOROSŁYCH I NAJSMACZNIEJSZE HAMBURGERY.

Plotka głosiła, że ich frytki i hamburgery były rzeczywiście smaczne i że reklamy nie kłamały, obiecując darmowe soft--drinki. A mimo to restauracja świeciła pustkami, zwłaszcza w porównaniu z innymi lokalami, do których mieszkańcy Pico Mundo lubili chodzić całymi rodzinami.

Na szczęście pozostała działalność lunaparku, znanego w okolicy jako Szept Hamburgera, pozwalała wyrównać straty ponoszone w branży spożywczej. Bar topless, księgarnia (w której nie było ani jednej książki, ale tysiące filmów na wideo) i dom publiczny (nieuwzględniony w wystąpieniu o zezwolenie na działalność gospodarczą) sprawiały, że przez tę pustynną oazę przelewał się ocean forsy.

Prawnicy korporacji zaciekle bronili konstytucji, więc interes kręcił się bez większych przeszkód mimo dziesięciu pozwów o jawną prostytucję. Kryzys nastał dopiero wtedy, kiedy trzy „panienki" zginęły, zastrzelone przez nagiego klienta, naćpanego po uszy PCP i viagrą.

Działka przeszła na własność hrabstwa na rzecz niespłaconych podatków i grzywien. Zupełny brak dozoru sprawił, że przez pięć ostatnich lat pustynia coraz śmielej upominała się o swoje. Dumna świątynia kosmicznych bogów popadła w kompletną ruinę.

Teren był zaprojektowany tak, aby przypominał tropikalny ogród. Miękkie trawniki, dziesiątki palm, paprocie, bambusy, pnącza... To wszystko wymagało stałego podlewania. Krótka pora deszczowa stanowczo nie wystarczała, żeby utrzymać przy życiu ów niezwykły eden.

Przy zjeździe z autostrady wyłączyłem światła i zanurzyłem się w gęstą plątaninę cieni rzucanych przez uschnięte palmy. Dziurawa i popękana jezdnia zaprowadziła mnie na tył kościoła i dalej, do baraków.

Nie chciałem zostawiać samochodu z włączonym silnikiem, ale musiałem sobie zapewnić możliwość szybkiej ucieczki. W razie nagłej potrzeby nie zdołałbym od razu odpalić go bez kluczyków.

Wziąłem z torby latarkę i poszedłem poszukać jakiegoś miejsca, w którym mógłbym schować uciążliwe zwłoki.

Mojave znów odzyskała oddech. Ze wschodu ciągnął leniwy powiew, pachnący suchym drewnem, gorącym piaskiem i dziwnym życiem pustyni.

Kiedyś w każdym z dziesięciu blaszanych domów mieszkało po sześćdziesięciu wyznawców kultu. Wszyscy gnieździli się w ciasnych wnętrzach, przypominających palarnię opium. Potem, gdy kościół przerobiono na burdel z hamburgerami, część baraków uległa znacznej przebudowie. W miejsce barłogów dano przegródki, zmieniono wystrój i tak powstały ciepłe pokoiki, do których nagminnie ściągała rozochocona klientela topless-baru.

W ostatnich latach pusty budynek kościoła i okoliczne domki zostały zdewastowane i ogołocone z niemal wszystkich sprzętów. Wyłamywano drzwi. Niektóre z nich już powypadały z przeżartych rdzą zawiasów.

Kolejno oglądałem każdy blaszak. Dopiero w trzecim sprężyna w drzwiach okazała się na tyle mocna, że trzymała je zamknięte.

Nie chciałem zostawiać zwłok na zewnątrz, żeby nie stały się łatwym łupem dla kojotów. Wprawdzie Robertson był potworem, ale bez względu na to, co planował, wzdragałem się przed porzuceniem go na żer drapieżników. W uszach dźwięczały mi słowa Babci Sugars, która okropnie bała się takiego losu.

Może kojoty nie przepadają za padliną. Być może jedzą tylko to, co same upolują.

Pustynia jednak tętni własnym życiem, dobrze skrywanym przed oczami przeciętnego obserwatora. Wiele z tutejszych stworzeń chętnie pożywiłoby się czymś tak mięsistym jak pulchne ciało Robertsona.

Podprowadziłem chevroleta jak najbliżej trzeciego domku i zatrzymałem się nie dalej niż trzydzieści metrów od progu. Potrzebowałem aż minuty, aby zebrać się na tyle w sobie, żeby znów zająć się nieboszczykiem. Połknąłem dwie tabletki na żołądek.

Podczas jazdy Grzyb nie spytał, czy jeszcze daleko... a mimo to ciągle nie wierzyłem, że jest naprawdę martwy.

Okazało się, że wyciągnąć go było dużo łatwiej, niż wepchnąć do samochodu. W pewnym momencie przeżyłem jednak chwilę grozy, gdy jego wielkie nalane ciało zakolebało się pod prześcieradłem. Miałem wrażenie, że taszczę worek pełen jadowitych węży.

Zaciągnąłem go pod barak, zablokowałem otwarte drzwi latarką, ręką otarłem pot z czoła, odwróciłem głowę — i zobaczyłem żółte ślepia. Świeciły nisko nad ziemią, w odległości ośmiu lub dziesięciu metrów. Coś patrzyło na mnie wygłodniałym wzrokiem.

Wyszarpnąłem latarkę z drzwi i poświeciłem w tamtą stronę. Zobaczyłem coś, czego się najbardziej bałem: kojota, który przywędrował tutaj od strony pustyni, żeby pobuszować wśród starych budynków. Wielki, żylasty, grubo ciosany, z ostrym spojrzeniem i silną szczęką — w sumie mniej okrutny niż niejeden człowiek, chociaż w tamtej chwili wydał mi się demonem zbiegłym z otchłani piekieł.

Nie bał się światła. To znaczyło, że czuł się pewny siebie

237

w obecności ludzi... i że nie przyszedł sam. Szybko poświeciłem w pozostałe kąty. Tak — zobaczyłem jeszcze jedną bestię, przyczajoną nieco na prawo od pierwszej.

Do niedawna kojoty z rzadka atakowały dzieci. Nigdy nie odważyły się napaść na dorosłych. Ale od czasu kiedy człowiek wkroczył na ich łowiska, stały się dużo śmielsze i bardziej agresywne. W ciągu ostatnich pięciu lat zanotowano w Kalifornii kilka przypadków atakowania ludzi przez kojoty. Te dwa nie czuły żadnego strachu. Widziały we mnie smakowity kąsek.

Rozejrzałem się wokół, szukając kamienia, i znalazłem solidny kawałek betonu, który wykruszył się z chodnika. Rzuciłem nim w bliższego drapieżnika. Pocisk uderzył w asfalt jakieś piętnaście centymetrów od niego, odbił się i znikł w ciemnościach.

Kojot odskoczył w bok, lecz nie uciekł. Drugi poszedł za jego przykładem i też został na swoim miejscu.

Żaden z nich nie zwracał najmniejszej uwagi na warkot dochodzący od strony samochodu. Ja zaś z kolei czułem się nieswojo. Szept Hamburgera leżał na odludziu, więc nikt nie powinien znaleźć się tak blisko, by przyjść tutaj, zwabiony niezwykłym hałasem. Jeśli jednak nie byłem sam, to przez szum silnika nie usłyszałbym, że ktoś nadchodzi.

Nie mogłem robić dwóch rzeczy naraz. Najpierw musiałem gdzieś schować trupa, a dopiero potem zająć się kojotami.

Pomyślałem, że zanim wrócę, to na pewno już sobie pójdą, zwabione wonią królika lub innego łatwego łupu.

Przeciągnąłem zwłoki przez próg do środka baraku i starannie zamknąłem za sobą drzwi.

Wzdłuż wąskiego korytarza było pięć pomieszczeń. Jedna łazienka i cztery pokoje. W pokojach pracowały kiedyś prostytutki. W świetle latarki zobaczyłem całe tony kurzu, jakieś pajęczyny, dwie butelki po piwie i chmarę martwych pszczół...

Nawet po tylu latach w powietrzu unosiła się ledwie uchwytna woń palonych świec, kadzidełek, perfum i olejków. A poza tym czuć było o wiele silniejszy, kwaśny zapach moczu, pozostawiony tutaj przez zwierzęta.

Meble skradziono już dawno temu. Lustra wiszące na suficie w dwóch pokojach wyznaczały miejsca, gdzie niegdyś stały łóżka. Ściany pomalowane były na różowo.

Każdy pokój miał dwa okrągłe okna — bez szyb, bo dzieciaki strzelały do nich z wiatrówek. Na szczęście w czwartym pokoju oba okna były zupełnie nietknięte. Nie mógł tu zatem wejść żaden większy ścierwojad, żeby pożywić się ciałem Robertsona.

W tej samej chwili pękło sznurowadło, kokon rozchylił się i ze środka wyjrzała lewa noga trupa.

Z początku miałem zamiar zabrać prześcieradło i oba sznurowadła. Co prawda były całkiem zwyczajne, z najzwyczajniejszej pasmanterii, lecz w pewnym sensie wskazywały na mnie.

Pochyliłem się nad Robertsonem i przypomniałem sobie dziurę w jego piersi. W uszach zabrzmiał mi głos matki: „No? Pociągniesz wreszcie za ten cyngiel? Strzelaj! Kiedy strzelisz?".

Od lat wiedziałem już, co robić z takimi wspomnieniami. Matka najpierw przycichła, a kilka sekund później umilkła zupełnie.

Gorzej poszło mi z raną na piersiach Robertsona. Nie umiałem o niej zapomnieć. Pulsowała życiem, jakby gdzieś tam pod nią nieustannie biło jego martwe serce.

Już w łazience, przy pierwszych oględzinach, kiedy rozpiąłem mu koszulę, by rzucić okiem na zsiniałe ciało, coś kazało mi uważniej popatrzeć na ranę. Wstrętna ciekawość, pomyślałem wtedy i złożyłem winę na karb chorobliwych upodobań matki. Widać jej wpływ był na mnie większy, niż się spodziewałem. Pośpiesznie odwróciłem wzrok od krwawej dziury i zasłoniłem ją koszulą.

Teraz, klęcząc przy Robertsonie i z trudem rozplątując drugie sznurowadło, które wiązało kokon, próbowałem nie myśleć o tym, co wtedy zobaczyłem. Niestety nie udało mi się.

We wzdętych zwłokach zabulgotały gazy. Przypominało to serię chrząknięć, zakończoną czymś, co zabrzmiało jak głośne westchnienie... z ust martwego człowieka, spowitego w bawełniany całun.

Nie wytrzymałem dłużej. Zerwałem się na równe nogi, światłem latarki omiotłem zjadliwie różowe ściany i uciekłem. Gdzieś w połowie korytarza zdałem sobie sprawę, że zostawiłem otwarte drzwi do pokoju. Zawróciłem, żeby je zamknąć. Mimo wszystko nie chciałem, żeby pustynne drapieżniki dobrały się do ciała Boba Robertsona.

Rogiem podkoszulka starannie wyczyściłem klamki we wszystkich pokojach, do których zaglądałem. Potem zatarłem nogą pozostawione wcześniej ślady. Z zapamiętaniem szurałem wśród tumanów kurzu, łudząc się nadzieją, że nikt nie trafi na wyraźniejszy odcisk moich butów.

Otworzyłem frontowe drzwi. W wąskim promieniu światła błysnęły ślepia trzech kojotów, odgradzających mnie od chevroleta.

Rozdział trzydziesty siódmy

Wąski pysk, silnie umięśnione nogi i zapadłe boki czynią z kojota zwierzę zdolne do nagłej i szybkiej napaści. A jednak, kiedy taki łotrzyk siądzie naprzeciw ciebie z groźnym błyskiem w oku, to ma w sobie coś ze zwykłego psa. Niektórzy zwą go wilkiem preriowym, choć nie ma wilczej elegancji. Siedząc, wygląda prawie na szczeniaka, bo wielkie uszy nie pasują do tak małej głowy, a łapy są też za duże w stosunku do reszty ciała.

Trzy kojoty, które spoglądały na mnie, wydawały się mniej skore do walki, a bardziej zaciekawione. Powtarzam: wydawały się — komuś, kto nie zauważył ich napiętych mięśni i rozdętych nozdrzy. Wszystkie trzy czujnie nadstawiały uszu. Jeden z nich lekko przechylił łeb, jakby uznał mnie za jakieś dziwadło. Prawdę mówiąc, nie był odosobniony w swej opinii.

Dwa czekały przed samochodem, mniej więcej pięć metrów ode mnie. Trzeci zajął pozycję od strony pasażera, tuż przed otwartymi tylnymi drzwiami.

Najpierw wrzasnąłem najgłośniej, jak umiałem. Gminna wieść niesie, że kojoty boją się hałasu i nagły okrzyk może je wystraszyć. Dwa z nich drgnęły, lecz żaden nie poruszył się nawet o centymetr.

Mokry od potu, musiałem pachnieć jak trochę słone, ale smakowite danie.

Cofnąłem się z powrotem do budynku. Kojoty nie atakowały, co wskazywało na to, że jeszcze nie nabrały zupełnej pewności, że mogą mnie pokonać. Na wszelki wypadek odgrodziłem się od nich zamkniętymi drzwiami.

Z drugiego końca korytarza też można było wyjść na zewnątrz, ale stamtąd musiałbym dłużej iść do samochodu. Nie przemknąłbym niezauważony. Zanimbym dotarł do drzwi chevroleta, to trzej kuzyni Wile'a E. Coyota ze zwariowanych filmów ze Strusiem Pędziwiatrem wyczuliby mój zapach i kilka sekund później miałbym ich na karku. Nie czekaliby nawet na dostawę bomby lub armaty z firmy Acme.

Mógłbym zaczekać w baraku do rana. Wtedy na pewno bym się ich pozbył, bo po pierwsze kojoty polują głównie nocą, a po drugie były zbyt głodne, żeby tu tak długo siedzieć. Benzyny miałem jeszcze pół baku, więc tym akurat nie musiałem się przejmować, ale niestety przez te parę godzin silnik na pewno by się przegrzał i byłoby po samochodzie.

Moja latarka też by zgasła najwyżej za godzinę. Mimo przechwałek, że nie boję się świata umarłych, nie zamierzałem spędzić reszty nocy w zupełnych ciemnościach, zamknięty w blaszanym domu razem z nieboszczykiem.

Nie miałem na czym zawiesić wzroku, więc znowu przypomniała mi się jego rana. Każde najmniejsze tchnienie wiatru, szepczącego przez wybite okno, brzmiało dla mnie jak szelest odwijanego prześcieradła.

Zacząłem szukać czegoś, czym mógłbym rzucić w kojoty. Nie zamierzałem ściągać butów z nóg Robertsona, więc do dyspozycji miałem tylko dwie butelki, które znalazłem wcześniej w korytarzu.

Wziąłem je i podszedłem do drzwi. Zgasiłem latarkę, wsunąłem ją za pasek od spodni i odczekałem kilka minut, częściowo po to, żeby kojoty mogły się spokojnie wynieść, a częściowo, żeby przyzwyczaić wzrok do ciemności.

Otworzyłem drzwi, mając cichą nadzieję, że moi wrogowie przerwali oblężenie, ale czekało mnie rozczarowanie. Cała trójca siedziała tam, gdzie przedtem: dwa przed samochodem, trzeci obok przedniego koła od strony pasażera.

W blasku słońca ich sierść byłaby brązowa, z lekkim rudawym odcieniem, gdzieniegdzie przetykana pasemkami czerni. W nocy stały się szare jak patynowane srebro. W ich ślepiach czaiło się groźne szaleństwo.

Najodważniejszy z nich, czyli ten, który siedział najbliżej, musiał być przywódcą grupy. Nie dość, że był największy, to miał posiwiałą mordę, co świadczyło, że musiał być doświadczonym łowcą.

Fachowcy radzą, żeby złym psom nie patrzeć prosto w ślepia. To podobno wzmaga agresję i pobudza zwierzę do ataku. Jeżeli jednak psa zastąpić kojotem, to tym podobne rady mogą doprowadzić do śmierci eksperta. Unikanie kontaktu wzrokowego jest dla drapieżnika oznaką słabości. Stajesz się wtedy łatwym łupem. Równie dobrze mógłbyś położyć się na tacy, z podwójną porcją ziemniaków i wilczomleczem.

Wbiłem wzrok w ślepia przewodnika stada i stuknąłem butelką o żelazną framugę drzwi. Potem stuknąłem jeszcze mocniej, aż pękło szkło. Zostałem teraz z zębatym „tulipanem" w ręku, najeżonym ostrymi krawędziami.

To nie była najlepsza broń przeciwko drapieżnikom o ostrych jak sztylety kłach urodzonych mięsożerców, zawsze jednak odrobinę lepsza od nieuzbrojonej dłoni.

Liczyłem na to, że mój zdecydowany wypad choćby na chwilę powstrzyma je od ataku. Wystarczyło, żeby zawahały się na trzy lub cztery sekundy, abym zdołał dopaść do otwartych drzwi chevroleta.

Postąpiłem krok w stronę przewodnika. Drzwi blaszanego domu zamknęły się za mną z cichym stukiem. Kojot od razu wyszczerzył na mnie mocno zaciśnięte zęby. Głuchy, wibrujący pomruk wydobył mu się z gardzieli.

Zignorowałem ostrzeżenie, zrobiłem następny krok i szybko uniosłem rękę, i rzuciłem w kojota drugą, całą butelką. Trafiła go prosto w pysk, odbiła się i potłukła na twardym chodniku.

Zdziwiony kojot przestał warczeć i bez pośpiechu przeszedł na przód samochodu. Nie uciekał przede mną, tylko raczej z premedytacją dołączył do swoich kompanów. W ten sposób dał mi na pozór wolną drogę ucieczki. Ja z kolei wiedziałem jednak, że nie mogę pobiec. Przez cały czas musiałem mieć oko na wrogów.

Gdybym uciekał, to kojoty skoczyłyby na mnie całą trójką. Co prawda miały do mnie dalej niż ja do samochodu, ale na pewno były dużo szybsze.

Groźnie wymachując stłuczoną butelką, krok za krokiem zbliżałem się do warczącego chevroleta. Każdy centymetr drogi, który pokonałem, był moim małym prywatnym zwycięstwem.

Dwa kojoty przypatrywały mi się ciekawie, unosząc łby i wywalając języki z otwartych pysków. Ale ciekawość w niczym nie przytłumiła ich czujności. Stały na lekko ugiętych tylnych nogach, gotowe w każdej chwili wprawić w ruch silne mięśnie ud i rzucić się do przodu.

Bardziej martwiła mnie postawa ich przywódcy. Nisko opuścił łeb, uszy położył po sobie, obnażył zęby i pilnie przypatrywał mi się spod wpółprzymkniętych powiek. Łapy tak mocno dociskał do chodnika, że nawet w słabym księżycowym blasku wyraźnie widziałem jego rozczapierzone palce. Wyglądał, jakby stał na samych koniuszkach pazurów.

Przesunąłem się już tak daleko, że cała trójka znalazła się przede mną, ale po prawej stronie. Z lewej czekały na mnie otwarte drzwi samochodu. Nerwy miałem jak postronki, głównie dlatego, że kojoty czekały w zupełnym milczeniu. Z dwojga złego wolałbym, żeby zaczęły warczeć. Mniej więcej w połowie drogi pomyślałem sobie, że teraz to już na pewno dobiegnę do samochodu, wskoczę do środka i zatrzasnę drzwi przed nosem drapieżników.

I wtedy usłyszałem głuchy pomruk z lewej.

Zjawił się czwarty członek bandy. Podkradł się do mnie z tyłu, za samochodem i odciął mi drogę ucieczki.

Kątem oka zauważyłem jakieś poruszenie z prawej. Szybko odwróciłem głowę w tamtą stronę. Złowieszcza trójka skorzystała z mojej chwilowej nieuwagi i przysunęła się nieco bliżej. Blask księżyca zamigotał srebrnie w wąskiej strużce śliny, ściekającej z pyska przywódcy.

Czwarty kojot zawarczał głośniej, jakby chciał się przebić przez pomruk silnika. W rezultacie sam stał się żywym silnikiem śmierci, na razie pracującym na jałowym biegu, ale gotowym do szybkiego startu. Ukradkiem zerknąłem w bok i zobaczyłem, że chyłkiem pełznął w moją stronę.

Rozdział trzydziesty ósmy

Blaszany barak był za daleko. Zanim doskoczyłbym do drzwi, herszt stada siadłby mi na plecach i zębami rozorał szyję. Reszta gryzłaby mnie po nogach, usiłując przewrócić na ziemię. Kawałek szkła, który trzymałem w ręce, był marną bronią. Mógł najwyżej posłużyć mi do tego, żebym sam podciął sobie gardło. Poczułem nagłe parcie na pęcherz i bezwiednie pomyślałem sobie, że jak tak dalej pójdzie, to kojoty dostaną marynatę...

...lecz w tym momencie klient z lewej zakrztusił się własnym głosem i coś pisnął w przymilny sposób.

Trzy kojoty z prawej też spuściły z tonu i wydawały się czymś zakłopotane. Przestały czaić się do skoku, stanęły zupełnie prosto i czujnie nadstawiły uszu.

Zmiana w ich zachowaniu była tak nieoczekiwana, jakby znalazły się pod wpływem czarów. Miałem wrażenie, że to mój anioł stróż natchnął je litością i uratował mnie w ten sposób przed wypatroszeniem.

Stałem sztywno jak oniemiały i bałem się poruszyć, żeby jakimś przypadkowym gestem nie zniszczyć zaklęcia. Chwilę trwało, zanim zauważyłem, że kojoty patrzą gdzieś za mnie.

Ostrożnie odwróciłem głowę i ujrzałem, że wspomniany

anioł miał postać całkiem ładnej, lecz chudej dziewczyny o delikatnych rysach i rozczochranych jasnych włosach. Stała nieco po lewej stronie, bosa i zupełnie naga, jeśli nie liczyć skąpych koronkowych majteczek. Szczupłe ręce trzymała skrzyżowane, żeby zasłonić piersi. Jej gładka skóra połyskiwała lekko w bladym świetle księżyca. W oczach, niebieskich jak beryle i głębokich niczym ocean, kryło się tyle melancholii, iż od razu zrozumiałem, że mam do czynienia z kimś, kto należy już do świata zmarłych.

Samotny kojot z lewej położył się na ziemi. Stracił bojowy zapał i zapomniał o głodzie. Wpatrywał się w dziewczynę niczym wierny pies, czekający na słowa pochwały od ukochanego pana.

Pozostała trójka była mniej uległa, ale też z napięciem patrzyła na ducha. Żaden z nich nie zamierzał wprawdzie się położyć, lecz dyszały ciężko i co chwila oblizywały pyski, co, jak wiadomo, jest oznaką niepewności wszystkich psowatych. Kiedy dziewczyna mnie minęła i stanęła koło samochodu, cofnęły się, lecz nie ze strachu, a jakby bardziej z rewerencją.

Odwróciła się do mnie. Jej uśmiech był paradoksalnie uosobieniem niezwykłego smutku.

Schyliłem się i ostrożnie położyłem stłuczoną butelkę na ziemi. Poczułem podziw dla percepcji i zasad kojotów przedkładających nowe doświadczenia ponad zwykłe potrzeby żołądka.

Także podszedłem do samochodu, zamknąłem tylne drzwi i otworzyłem przednie.

Dziewczyna popatrzyła na mnie z powagą, jakby dogłębnie poruszona myślą, że ktoś ją widzi tyle lat po śmierci. A ja z kolei wciąż byłem pod wrażeniem tego, że spotkałem ją w stworzonym przez nią czyśćcu.

Piękna zaledwie obietnicą piękna, niczym róża w połowie pełnego rozkwitu, na pewno nie miała więcej niż osiemnaście lat w chwili śmierci. Była zbyt młoda, żeby z własnej woli tak długo tkwić w okowach tego świata i tak długo cierpieć w samotności. Musiała być jedną z tych trzech prostytutek, zabitych pięć lat temu przez szaleńca. To właśnie zaraz potem zamknięto Szept Hamburgera. Życie na pewno jej nie rozpieszczało, lecz w głębi ducha pozostała czuła i wstydliwa.

Wyciągnąłem do niej rękę, wzruszony jej delikatnością i ciężką karą, którą sama na siebie nałożyła.

Nie zamknęła w palcach mojej dłoni. Smętnie zwiesiła głowę i po krótkim wahaniu opuściła ręce wzdłuż boków. Zobaczyłem jej piersi... i dwie ciemne rany postrzałowe, które doprowadziły ją do śmierci.

Na pewno nic jej nie trzymało w tym odludnym miejscu. Na pewno też nie pokochała życia dostatecznie mocno, żeby nie chcieć rozstać się z tym światem. Podejrzewałem, że została tutaj, bo bała się wyroku. Nie wiedziała, co ją czeka dalej.

— Nie bój się — powiedziałem do niej. — Przecież nie byłaś potworem. Prawda? Poznałaś strach, samotność i poczucie wielkiego zagubienia. Ale tak się dzieje ze wszystkimi, którzy odchodzą w ten sposób.

Powoli uniosła głowę.

— Czułaś się słaba i okropnie głupia. To też normalne. Mnie się to zdarza bardzo często.

Popatrzyła mi prosto w oczy. Jej melancholia była teraz głębsza, bolesna niczym żal, a jednocześnie na swój sposób kojąca niczym smutek.

— Tak, zdarza mi się — powtórzyłem — lecz kiedy umrę, to bez wahania pójdę dalej. Ty też powinnaś uczynić to bez żadnych obaw.

Nie obnosiła swoich ran jak boskich stygmatów, ale jak piętno diabła, a tego wcale nie powinna robić.

— Nie mam pojęcia, jak tam jest naprawdę, lecz wiem, że czeka cię o wiele lepsze życie, bez licznych trosk, których tu zaznałaś. Tam jest twoje miejsce i tam będziesz kochana.

Po reakcji dziewczyny od razu poznałem, że pojęcie miłości było dla niej ulotną i tęskną nadzieją, niespełnioną w jej krótkim, nieszczęśliwym życiu. Wiele cierpiała, od dzieciństwa aż po huk wystrzału, który stał się zwiastunem jej śmierci. Z tego też względu różnych rzeczy nie potrafiła sobie wyobrazić... Skąd miała wiedzieć, że istnieją miejsca, w których „miłość" nie jest jedynie pustym słowem?

Uniosła ręce i znowu skrzyżowała je na piersiach, zasłaniając paskudne rany.

— Nie bój się — powtórzyłem.

Jej uśmiech, choć nie stracił poprzedniej melancholii, stał się troszeczkę bardziej zagadkowy. Nie wiedziałem, czy ją choć trochę pocieszyłem.

Wstydziłem się, że było we mnie tak niewiele wiary. Ciekawe dlaczego? Zaprzątnięty własnymi myślami, wsiadłem do samochodu po stronie pasażera, zamknąłem drzwi i przesunąłem się za kierownicę.

Nie chciałem, by dziewczyna została bez nadziei wśród martwych palm i zardzewiałych blaszanych baraków. Lecz czas mnie gonił. Księżyc i gwiazdy z wolna sunęły po niebie, nieubłagane w swoim ciągłym ruchu jak wskazówki na tarczy zegara. Za kilka godzin w Pico Mundo ktoś miał popełnić nową zbrodnię. Musiałem jakoś go powstrzymać.

Odjechałem pomału, co chwila zerkając w lusterko. Dziewczyna stała w księżycowym blasku, wśród stada milczących kojotów, niczym współczesna Diana podczas przerwy w łowach, kochanka wszystkich nocnych stworzeń, coraz zwiewniejsza i eteryczna, lecz w dalszym ciągu niegotowa, żeby wejść na Olimp.

Opuściłem Kościół Szepczącej Komety i wróciłem do Pico Mundo. Pożegnałem w myślach zastrzeloną dziewczynę, i chwilę potem dowiedziałem się, że ktoś strzelał do mojego bliskiego przyjaciela.

Rozdział trzydziesty dziewiąty

Gdybym znał imię albo twarz mordercy, którego szukałem, od razu zdałbym się na mój „psychiczny magnes" i objechał całe Pico Mundo, z nadzieją, że go zaraz znajdę. Ale niestety człowiek, który zabił Robertsona i chciał zabić jeszcze kilka osób, pozostawał dla mnie bezimienną plamą. Pogoń za widmem oznaczała tylko stratę paliwa i cennego czasu.

Miasto spało, lecz nie demony. Po ulicach krążyły bodachy, dużo liczniejsze i o wiele straszniejsze od kojotów. Przemykały przez noc, ogarnięte ekstazą wyczekiwania.

Mijałem miejsca, wokół których wrzało kłębowisko cieni. Początkowo usiłowałem zapamiętać adresy nawiedzonych domów, bo w dalszym ciągu byłem przekonany, że ich mieszkańcy zginą dzisiaj, między porankiem a wieczorem.

Nasze miasteczko jest co prawda mniejsze od znanych metropolii, ale i tak się rozrosło przez ostatnie lata. Razem z nowymi dzielnicami liczy ponad czterdzieści tysięcy mieszkańców, w hrabstwie, którego cała populacja sięga pół miliona. Zdołałem poznać tylko małą garstkę.

Nie znałem ludzi, którzy mieszkali w domach, do których zaglądały zjawy. Nie miałem czasu, żeby ich odwiedzić, ani nadziei, że przekonam ich do zmiany planów, tak jak to zrobiłem z Violą Peabody.

Zastanawiałem się, czy nie zastukać do swoich znajomych — do tych, którzy także budzili ciekawość bodachów — i nie zapytać ich, dokąd się wybierają. Przy odrobinie szczęścia może bym odnalazł jedno miejsce, powtarzające się na każdej liście.

Sęk w tym, że nikt z nich nie należał do najwęższego kręgu moich przyjaciół. Nic nie wiedzieli o moich zdolnościach i uważali mnie za ekscentryka, ale przywykli już do moich dziwactw, więc nie byliby zdumieni, gdybym przyszedł w nocy z podobnym pytaniem.

W ten sposób jednak mógłbym wzbudzić podejrzliwość bodachów. Gdybym choć raz zwrócił na siebie ich uwagę, szybko odkryłyby, kim jestem. Wciąż pamiętałem o wypadku sześcioletniego chłopca z Anglii, który powiedział głośno o bodachach. Chwilę później został przygnieciony przez ciężarówkę do betonowej ściany. Siła zderzenia była tak wielka, że część pustaków rozsypała się po prostu w gruzy, odsłaniając metalowe pręty rusztowania.

Sekcja zwłok wykazała, że szofer ciężarówki był młodym, dwudziestoośmioletnim, i zdrowym mężczyzną, który tuż przed wypadkiem doznał nagłego wylewu i skonał na miejscu, siedząc za kierownicą.

Śmierć nastąpiła w chwili, gdy samochód wjechał na szczyt wzgórza, u podnóża którego stał mały Anglik. W czasie śledztwa dokonano starannych pomiarów i ustalono, że przy tym nachyleniu stoku ciężarówka powinna skręcić i uderzyć w mur dobre dziesięć metrów od miejsca wypadku. Podejrzewano więc, że martwy szofer całym ciężarem ciała zwalił się na kierownicę i zmienił kierunek jazdy. Mały Anglik miał po prostu pecha.

Znam dużo więcej tajemnic wszechświata niż ci, którzy na co dzień nie widują zmarłych, ale rozumiem z tego tylko cząstkę prawdy o naszej egzystencji. Wiem jednak coś, co poparte jest całym moim życiowym doświadczeniem — przypadki nie istnieją.

W całym wszechświecie widzę to, o czym uczeni wciąż przekonują nas na małą skalę: że w chaosie istnieje również pewien ustalony ład i porządek zasługujący na to, by go trochę lepiej poznać i zrozumieć — choć czasami jest to bardzo trudne. W rezultacie nie zatrzymywałem się przy domach tłumnie odwiedzanych przez bodachy i nie budziłem lokatorów dziwnymi pytaniami. Dobrze wiedziałem, że jakiś zdrowy jak byk kierowca wielkiej ciężarówki tylko czeka na mały wylew lub pęknięcie tętniaka mózgu, żeby nagle znaleźć się na mojej drodze.

Zamiast tego pojechałem do Wyatta Portera. Była prawie trzecia nad ranem. Przez cały czas zastanawiałem się, czy mam prawo nachodzić go o tak nieludzkiej porze.

W ciągu naszej znajomości tylko dwa razy budziłem go w środku nocy. Za pierwszym razem przyszedłem mokry i ubłocony, wciąż podzwaniając łańcuchami, którymi źli ludzie przykuli mnie do dwóch trupów i wrzucili do jeziora Malo Suerte. Za drugim razem chodziło o przestępstwo, z którym sam sobie bym nie poradził.

Teraz co prawda jeszcze nie doszło do najgorszego, ale nad Pico Mundo zbierały się ciemne chmury. Porter powinien wiedzieć, że Bob Robertson nie działał sam, tylko w zmowie.

Problem polegał na tym, jak mu to przedstawić, nie mówiąc przy okazji, że znalazłem Grzyba u siebie w łazience i że wywiozłem zwłoki w mniej ruchliwe miejsce, z premedytacją łamiąc kilka paragrafów.

Skręciłem w ulicę, przy której mieszkał Porter, i ze zdziwieniem zobaczyłem światła w wielu domach. Najjaśniej było przy willi Porterów.

Na ulicy stały cztery radiowozy. Widać przyjechały w gwałtownym pośpiechu, bo nie parkowały tuż przy krawężniku. Na dachu jednego z nich połyskiwał włączony „kogut".

Czerwono-niebieskie błyski goniły się po trawniku, na którym rozmawiało pięciu policjantów. Z ich postawy i gestów wynikało, że pocieszali się wzajemnie.

Początkowo chciałem zatrzymać się po drugiej stronie i nie wychodząc z samochodu, zadzwonić pod domowy numer Portera. Opowiedziałbym o wszystkim — z wyjątkiem tego, że na chwilę wszedłem w rolę taksówkarza dla nieboszczyków.

Teraz jednak ze ściśniętym sercem wysiadłem z chevroleta i zostawiłem go na ulicy obok radiowozów. Wyłączyłem światła, lecz nie zgasiłem silnika. Miałem nadzieję, że żaden z policjantów nie zajrzy do środka i nie zobaczy, że w stacyjce nie ma kluczyków.

Znałem tych, którzy stali przede mną na trawniku. Popatrzyli na mnie, gdy do nich podbiegłem.

Najpotężniejszy i najwyższy z nich, Sonny Wexler, wyciągnął swoją wielką łapę i zatrzymał mnie, zanim zdołałem go wyminąć i pobiec dalej, w stronę domu.

— Stój, chłopcze — powiedział cichym głosem. Zawsze tak mówił. — Tam teraz jest ekipa śledcza.

Dopiero wtedy zobaczyłem, że po werandzie kręci się Izzy Maldanado. Przez chwilę szukał czegoś na kolanach, a potem wstał i rozprostował zesztywniałe plecy.

Izzy pracował w laboratorium kryminalnym głównego biura szeryfa hrabstwa Maravilla, któremu podlegała policja z Pico Mundo. Gdyby ktoś znalazł zwłoki Grzyba w Kościele Szepczącej Komety, to nikt inny tylko właśnie Izzy szukałby tam dowodów.

Chciałem wiedzieć, co tu się stało, ale nie mogłem dobyć z siebie głosu. Nie mogłem nawet przełknąć śliny. Jakiś paskudny glut tkwił mi w gardle. Bezskutecznie próbowałem go przełknąć albo wypluć. Dobrze wiedziałem, że to tylko ze zdenerwowania, lecz mimo woli pomyślałem o Guntherze Ulsteinie, uwielbianym przez wszystkich nauczycielu śpiewu i dyrygencie orkiestry liceum w Pico Mundo. On też czasami miał kłopoty z przełykaniem. Nagle, w ciągu zaledwie paru tygodni, poczuł się znacznie gorzej. Zanim zrobił wszystkie niezbędne badania, rak przełyku sięgnął już krtani.

Ulstein nie mógł nic łykać, więc wychudł jak szczapa. Leka-

253

rze wzięli go na naświetlania, z czasem chcąc mu wyciąć przełyk i zastąpić go zupełnie nowym, zrobionym z jelita. Radioterapia nie pomogła. Ulstein zmarł przed operacją. Często go widywałem. Był chudy i mizerny, tak jak w ostatnich dniach swojego życia. Zwykle siadywał na bujanym krześle na werandzie domu, który sam zbudował. Wciąż tam mieszkała jego żona Mary, z którą spędził pełne trzydzieści lat po ślubie.

Krótko przed śmiercią przestał mówić. Dręczyło go to, bo miał żonie mnóstwo do powiedzenia. Chciał ją zapewnić o swojej miłości i o tym, że było mu z nią jak najlepiej. Pisał do niej, ale nie potrafił w ten sposób wyrazić wszystkich subtelności i głębi swoich uczuć. Teraz chodził jak struty, wciąż łudząc się nadzieją, że może jako duch zdoła z nią porozmawiać.

Nowotwór gardła wydał mi się niczym w porównaniu z pytaniem:

— Co się tutaj stało?

— Myślałem, że już wiesz — odparł Sonny Wexler. — Że dlatego przyszedłeś. Ktoś postrzelił szefa.

Drugi z policjantów, Jesus Bustamante, dorzucił złym głosem:

— Przed niecałą godziną jakiś skurwiel wpakował mu w pierś trzy kule. Tutaj, na werandzie.

Mój żołądek zaczął wyprawiać dziwne harce w tempie świateł „koguta" na dachu radiowozu. Urojony nowotwór krtani nabrał nowych kształtów, kiedy nagle poczułem gorzki kłąb w gardle.

Chyba zbladłem i nogi ugięły się pode mną, bo Jesus podtrzymał mnie, a Sonny Wexler powiedział szybko:

— Spokojnie, mały... Szef wciąż żyje. Źle z nim, ale się trzyma. To urodzony fajter.

— Lekarz już się nim zajął — dodał Billy Munday. Fioletowe znamię, które zajmowało mu niemal pół twarzy, połyskiwało dziwnie w księżycowym blasku i upodabniało go do szamana, z powagą głoszącego dobre i złe wróżby. — Na pewno wyjdzie z tego. Musi się wylizać. Bo w przeciwnym razie co zrobimy bez niego?

— To urodzony fajter — powtórzył Sonny.

— Dokąd go zabrali? — spytałem.

— Do Głównego.

Jak szalony pobiegłem do samochodu.

Rozdział czterdziesty

W dzisiejszych czasach większość nowych szpitali w południowej Kalifornii przypomina średnie hurtownie, handlujące tanimi dywanami lub przyborami biurowymi. Ich słodki wygląd nie wzbudza zaufania, że rzeczywiście można się w nich wyleczyć.

Szpital Główny, najstarszy w całej okolicy, imponował olbrzymim wejściem, otoczonym smukłymi filarami i bogato zdobionym gzymsem, biegnącym wkoło gmachu. Już na pierwszy rzut oka widać było, że w środku można spotkać lekarzy i pielęgniarki, a nie natrętnych sprzedawców.

W holu głównym zamiast typowej wykładziny, była posadzka z trawertynu. Trawertynową ladę w rejestracji zdobił brązowy kaduceusz.

Zanim zdołałem o coś zapytać, podeszła do mnie Alice Norrie. Już od dziesięciu lat pełniła służbę w policji Pico Mundo, a teraz przeganiała stąd wścibskich dziennikarzy i innych nieproszonych gości.

— Zabrali go na chirurgię, Odd. To potrwa nieco dłużej.

— Gdzie pani Porter?

— Czeka na oddziale intensywnej terapii. Tam go zawiozą zaraz po operacji.

Oddział był na czwartym piętrze.

— Idę tam, proszę pani — powiedziałem stanowczym tonem, dając jej do zrozumienia, że tak łatwo nie ustąpię, choćby miała mnie aresztować.

— Wcale nie musisz się o to kłócić, Odd. Karla dała mi króciutką listę, kogo na pewno mogę wpuścić.

Wysiadłem z windy na drugim piętrze, na bloku operacyjnym. Bez trudu znalazłem właściwą salę, bo przed jej drzwiami czuwał Rafus Carter — prawdziwy olbrzym, chyba zdolny powstrzymać rozpędzonego byka.

Kiedy zobaczył mnie w świetle jarzeniówek, natychmiast oparł prawą dłoń na kolbie pistoletu.

Zauważył moje zdziwienie, bo powiedział:

— Przepraszam, Odd, ale ręka mnie nie świerzbi tylko na widok Karli.

— Myślisz, że to był ktoś znajomy?

— Prawie na pewno. A to znaczy, że ja go też znam.

— Co z szefem?

— Źle.

— To urodzony fajter — powtórzyłem zaklęcie Sonny'ego Wexlera.

— Lepiej, żeby tak było — mruknął Rafus Carter.

Wróciłem do windy. Między trzecim a czwartym piętrem nacisnąłem STOP.

Trząsłem się jak galareta. Nogi odmówiły mi całkiem posłuszeństwa, więc osunąłem się po ścianie windy i usiadłem na podłodze.

Życie, powiada Stormy, nie polega na tym, żebyś był najszybszy. Nieważne też, jak ci się powiedzie. Najważniejsza jest wytrwałość. Najważniejsze, żebyś stał na nogach i bez względu na okoliczności uparcie szedł naprzód.

W jej kosmosie nasz świat jest tylko obozem dla rekrutów. Ten, kto nie przetrwa wszystkich upokorzeń, ran i związanych z tym niewygód, nie ma szans na następne życie z przygodami, zwane przez nią „prawdziwą służbą". No a potem jest jeszcze jeden świat; pełen przyjemności, lepszych nawet niż cała duża micha kokosowo-wiśniowych lodów z wiórkami czekolady.

Bez względu na wichry zmian i grad różnych doświadczeń Stormy stoi na nogach — dosłownie i w przenośni. Ja z kolei czasami muszę na chwilę przysiąść, żeby potem pójść dalej. Chciałem się pozbierać przed spotkaniem z Karlą. Chciałem być dzielny, silny i pełen optymizmu. Potrzebowała wsparcia, a nie łez smutku lub współczucia.

Po dwóch albo trzech minutach wrócił mi dawny rezon i przynajmniej w połowie odzyskałem spokój. Uznałem, że to wystarczy. Podniosłem się, uruchomiłem windę i wjechałem na czwarte piętro.

Smętna poczekalnia na oddziale intensywnej terapii sprawiała ponury widok. Szare ściany, czarnoszare płytki na podłodze i szarobrunatne krzesła. Atmosfera nieuchronnej śmierci. Ten, kto to zaprojektował, powinien solidnie dostać po uszach.

W rogu siedziała siostra Portera, Eileen Newfield. Oczy miała czerwone od płaczu i w rękach nerwowo mięła koronkową chusteczkę.

Koło niej usiadł Jake Hulquist i mruczał jakieś pocieszenia. Był najlepszym przyjacielem szefa. Trafili do policji w jednym roku.

Nie miał na sobie munduru, tylko szorty khaki i rozciągnięty podkoszulek. Chyba się bardzo śpieszył, bo nawet nie zawiązał adidasów. Włosy sterczały mu na wszystkie strony, jakby nie zdążył się uczesać.

Za to Karla wyglądała tak samo jak zawsze: piękna, spokojna i świeża.

Nie zobaczyłem śladów łez na jej policzkach. Nie płakała. Przede wszystkim była żoną policjanta, a dopiero potem kobietą. Wiedziałem, że nie uroniłaby ani jednej łzy, dopóki jej mąż zmagał się ze śmiercią. W duchu stała u jego boku i pomagała mu w tej walce.

Kiedy stanąłem w drzwiach, podeszła bliżej i uścisnęła mnie.

— To jakiś koszmar, prawda? — spytała. — Chyba w ten sposób młodzi ludzie określają teraz takie sytuacje.

— Tak, proszę pani — odpowiedziałem. — Straszny koszmar.

Karla wyraźnie wyczuwała, co się dzieje z Eileen, więc pociągnęła mnie w głąb korytarza, żebyśmy mogli porozmawiać.

— Ktoś zadzwonił do niego na prywatną komórkę. To było tuż przed drugą w nocy.

— Kto?

— Nie wiem. Byłam zaspana. Wyatt mruknął tylko, że nic się nie stało, i kazał mi spać dalej.

— Ile osób zna jego numer?

— Mało. Nawet się nie ubrał. Wyszedł z pokoju tak jak stał, w piżamie, więc domyśliłam się, że zostanie w domu. Zaraz potem zasnęłam... i obudziły mnie dopiero strzały.

— Kiedy to było?

— Na pewno nie dłużej niż dziesięć minut po telefonie. Otworzył drzwi komuś, kogo się spodziewał...

— A zatem komuś ze znajomych.

— ...i wtedy padły cztery strzały.

— Cztery? Mówiono mi o trzech.

— Trzy w pierś — przytaknęła. — Czwarty w głowę.

Kiedy to usłyszałem, znów miałem ochotę osunąć się po ścianie i siąść na podłodze.

Karla musiała zauważyć, że ze mną jest coś nie tak, bo dodała szybko:

— Mózg jest nienaruszony. Czwarty strzał wyrządził mu najmniejszą krzywdę. — Zdobyła się na bolesny, ale dzielny uśmiech. — Potem na pewno będzie sobie stroił z tego żarty.

— Na pewno.

— Już go słyszę, jak mówi, że mózg Wyatta Portera można przestrzelić tylko wtedy, gdy się celuje w dupę.

— To do niego podobne — westchnąłem.

— Chcieli go dobić, kiedy już leżał, lecz coś musiało ich przestraszyć. Pocisk tylko musnął czubek głowy.

— Nie wyobrażam sobie, żeby ktokolwiek chciał go zabić! — wybuchnąłem.

— Bandyta uciekł, zanim zadzwoniłam na pogotowie i zeszłam na dół z pistoletem w ręku.

Widziałem ją, jak z bronią w obu dłoniach z wolna podchodzi do drzwi, żeby wpakować kulę w człowieka, który chwilę wcześniej strzelał do jej męża. Prawdziwa lwica. Taka jak Stormy.

— Kiedy znalazłam Wyatta, był już nieprzytomny.

Korytarzem od strony windy szła pielęgniarka w zielonym chirurgicznym fartuchu. Na nasz widok zrobiła minę „proszę nie strzelać do posłańca".

Rozdział czterdziesty pierwszy

Znałem tę pielęgniarkę. To była Jenna Spinelli. Rok wcześniej ode mnie zaczęła naukę w liceum. Miała łagodne szare oczy o niebieskim odcieniu i dłonie jakby stworzone do tego, żeby grać na fortepianie.

To, co nam powiedziała, nie było aż tak straszne, jak się spodziewałem, ale nie było też pocieszające. Stan Portera nieco się poprawił, chociaż bez większych rewelacji. Usunięto mu śledzionę, ale ludzie żyją i bez tego. Przestrzelone płuco dało się załatać, a poza tym żaden z ważniejszych organów nie uległ gorszemu zniszczeniu. Trzeba było jeszcze naprawić poszarpane naczynia i tkanki. Główny chirurg oznajmił, że kolejna operacja potrwa półtorej albo dwie godziny.

— Wszyscy są zdania, że pan Porter pomyślnie przeszedł pierwszy zabieg — powiedziała Jenna. — Teraz musimy zadbać o to, żeby nie wystąpiły żadne komplikacje.

Karla weszła do poczekalni, aby przekazać tę wiadomość siostrze Portera i Jake'owi.

Zostaliśmy tylko z Jenną.

— Wszystko już powiedziałaś, czy coś masz w zanadrzu? — spytałem.

— Wszystko, Oddie. Nigdy nie ukrywamy niczego przed rodziną. Tak jest o wiele lepiej.

— Prawdziwy koszmar.

— Jak sto pięćdziesiąt — przytaknęła. — Wiem, że się przyjaźnicie.

— Tak.

— Wyjdzie z tego — powiedziała. — Nie tylko opuści szpital, ale na własnych nogach doczłapie się do domu.

— Nie ma na to żadnej gwarancji.

— Wcale tego nie twierdzę. Porządnie oberwał. Lecz w rezultacie okazało się, że jest w lepszym stanie, niż myśleliśmy przed operacją. Ten, kto dostanie trzy kule w pierś, ma jedną szansę na tysiąc, że przeżyje. Szef Porter może mówić o niezwykłym szczęściu.

— Jeżeli to ma być niezwykłe szczęście, to niech nie jeździ do Las Vegas.

Wyciągnęła dłoń w stronę mojego oka i rozszerzyła mi powieki. Pokręciła głową na widok przekrwionego białka.

— Jesteś strasznie zmęczony, Oddie.

— To był dla mnie cholernie długi dzień. Sama wiesz... wcześnie wstaję, żeby iść do pracy.

— Wiem. Byłam raz u ciebie z dwiema koleżankami. Jadłyśmy twój lunch.

— Co ty powiesz? Czasami jestem tak zajęty, że w ogóle nie podnoszę głowy, żeby się rozejrzeć po lokalu.

— Masz talent do gotowania.

— Dzięki — mruknąłem. — Jesteś kochana.

— Słyszałam, że twój tata wyprzedaje Księżyc.

— Tak, ale to kiepskie miejsce na wakacje. Brak atmosfery.

— Wcale nie jesteś do niego podobny.

— A powinienem?

— Chłopcy najczęściej biorą wzór z ojców.

— Tu się na pewno mylisz.

— Wiesz co? Mógłbyś prowadzić kursy gotowania.

— Najczęściej smażę.

— I tak bym się zapisała.

— To nie najzdrowszy sposób odżywiania — zauważyłem.

— Wszyscy kiedyś umrzemy w taki lub inny sposób. Wciąż jesteś z Bronwen?

— Stormy. Tak. To nasze przeznaczenie.

— Skąd wiesz?

— Mamy takie samo znamię.

— Tylko że jej to tatuaż zrobiony na wzór twojego.

— Tatuaż? Nie... Wkrótce się pobierzemy.

— Serio? O tym jeszcze nic nie słyszałam.

— Bo to wiadomość z ostatniej chwili.

— Poczekaj, niech tylko dziewczyny się dowiedzą — powiedziała Jenna.

— Które dziewczyny?

— Wszystkie.

Niewiele rozumiałem z tej całej rozmowy, więc powiedziałem w końcu:

— Słuchaj, jestem potwornie brudny i chciałbym się wykąpać, lecz nie zamierzam opuszczać szpitala, dopóki Porter nie wyjedzie z sali operacyjnej. Mógłbym gdzieś tu wziąć prysznic?

— Zaraz porozmawiam z siostrą oddziałową. Na pewno coś znajdziemy.

— W samochodzie mam czyste ubranie — dodałem.

— To idź po nie. A potem przyjdź do pokoju pielęgniarek. Wszystko załatwię.

Chciała już odejść, ale jeszcze zatrzymałem ją na kilka sekund.

— Grałaś kiedyś na fortepianie?

— No pewnie... Przez całe lata brałam lekcje. Dlaczego pytasz?

— Masz piękne dłonie. Założę się, że grasz niczym we śnie.

Obrzuciła mnie przeciągłym tajemniczym spojrzeniem. Nie umiałem zgadnąć, co kryje się w jej szaroniebieskich oczach.

— Z tym weselem to tak na poważnie? — zapytała nagle.

— W sobotę — zapewniłem ją, dumny z decyzji Stormy. — Gdybym mógł wyjechać, to już dziś w nocy wzięlibyśmy ślub na przykład w Vegas.

— Niektórzy to mają szczęście — odparła Jenna Spinelli. — Większe niż Wyatt Porter, który jeszcze dycha z trzema dziurami w piersi.

Byłem pewny, że chodzi jej wyłącznie o mnie. O to, że dostałem Stormy.

— Coś mi się wreszcie należy od życia, po tej całej szopce z rodzicami — mruknąłem.

Jenna znów popatrzyła na mnie zagadkowo. Opanowała to wręcz do perfekcji.

— Zawiadom mnie, gdy rozpoczniesz kursy — powiedziała. — Założę się, że wiesz, co robić z trzepaczką.

— Oczywiście! — odparłem ze zdziwieniem. — Ale to się przydaje wyłącznie do jajek. Przy naleśnikach trzeba kroić masło, bo inaczej wszystko się przypali...

Uśmiechnęła się, pokręciła głową i odeszła, a ja zostałem z tym samym uczuciem, które miałem przed laty w liceum, kiedy wyszedłem na boisko w bardzo ważnym meczu, jako najlepszy zawodnik szkolnej drużyny baseballowej. Dostałem łatwą piłkę, więc machnąłem kijem — i nawet jej nie musnąłem.

Szybko poszedłem na parking, do samochodu Rosalii. Wyjąłem pistolet z torby i schowałem go pod fotelem kierowcy.

Kiedy wróciłem na czwarte piętro, pielęgniarki już na mnie czekały. Chociaż opieka nad chorymi i umierającymi nie należała do najprzyjemniejszych zajęć, wszystkie patrzyły na mnie z wesołością i nawet się uśmiechały. Nie wiedziałem, co je tak rozbawiło.

Oprócz typowych sal szpitalnych i kilku izolatek na oddziale były także płatne „pokoje", których nie powstydziłby się żaden hotel. Ciepło pomalowane ściany, dywan, wygodne meble, kiczowate obrazy, lodówka i łazienka z pełnym wyposażeniem...

Ci pacjenci, których ubezpieczenie pozwalało na taki luksus, nie musieli bać się szarej codzienności wielkiego szpitala. Jestem pewny, że w tych warunkach szybciej wracali do zdrowia mimo „dzieł sztuki" w rodzaju białego żaglowca lub kotków siedzących na łące stokrotek.

Pielęgniarki dały mi stertę ręczników i wepchnęły do takiego właśnie pokoju. Na obrazach jakiś artysta z bożej łaski namalował różne zdarzenia z życia cyrku. Byli więc klauni z balonami, smutne lwy i ładna akrobatka z różową parasolką. Przełknąłem jeszcze dwie tabletki na żołądek.

Ogoliłem się, wykąpałem, umyłem głowę i przebrałem w świeże ubranie. Mimo to wciąż się czułem, jakby przejechał po mnie walec. Byłem zupełnie spłaszczony.

Usiadłem w fotelu i przejrzałem zawartość portfela, który zabrałem z kieszeni Robertsona. Parę kart kredytowych, prawo jazdy, karta biblioteczna...

Jedynym niezwykłym przedmiotem był czarny kawałek plastiku, zupełnie pusty, jeśli nie liczyć wypukłych kropek, które wyczułem pod palcami i zobaczyłem, ustawiając kartę pod odpowiednim kątem do światła. Wyglądały tak:

Kropki były tłoczone przez całą grubość karty, więc z drugiej strony znalazłem maleńkie wgłębienia. Mógł to być kod przeznaczony do jakiegoś czytnika, ale podejrzewałem raczej, że chodzi o zwykłą czcionkę dla niewidomych, powszechnie znaną pod nazwą alfabetu Braille'a.

Robertson nie był ślepy, więc po co z sobą nosił plastikową kartę, zapisaną brajlem?

Chociaż wydaje się, że ktoś rzeczywiście ociemniały też nie miałby w portfelu takich rzeczy.

Siedząc w fotelu, z wolna przesunąłem palcem po kropkach. Najpierw zrobiłem to kciukiem, potem palcem wskazującym. Poczułem tylko drobne wypukłości, zupełnie dla mnie nieczytelne. A jednak... im dłużej je gładziłem, tym bardziej ogarniał mnie niepokój.

Zamknąłem oczy i udając ślepca, starałem się odczytać tajemnicze znaki. Miałem nadzieję, że mój szósty zmysł podpowie mi, czym jest ta karta, jeśli nawet nie odgadnę hasła.

Było już późno. Księżyc zniknął poza krawędzią parapetu, a noc ściemniała, jakby zbierała siły do beznadziejnej walki z krwawym świtem.

Nie mogłem zasnąć. Nie odważyłbym się. Wreszcie zasnąłem.

We śnie słyszałem huk pistoletu, pociski z wolna ryły tunele w powietrzu, a kojot szczerzył na mnie czarne plastikowe zęby, pokryte dziwnymi kropkami, które już, już... już prawie umiałem przeczytać. Rana w zsiniałej piersi Robertsona otworzyła się tuż przede mną niczym czarna dziura wchłaniająca mój statek kosmiczny. Wciągnęła mnie siłą potwornej grawitacji i zapadłem się w bezdenną otchłań.

Rozdział czterdziesty drugi

Spałem tylko godzinę, kiedy obudziła mnie dyżurna pielęgniarka. Portera przenoszono z sali operacyjnej na oddział intensywnej opieki.

Za oknem widać było czarne wzgórza na tle czarnego nieba, upstrzonego kropkami brajla, maźniętymi srebrną farbką. Słońce dopiero za godzinę miało wychylić się zza horyzontu.

Chwyciłem torbę, w której schowałem brudne ciuchy, i popędziłem na korytarz. Czekał tam już Jake Hulquist i siostra Portera. Żadne z nich w życiu nie widziało czegoś podobnego do czarnej plastikowej karty.

Minutę później z windy wyszła pielęgniarka w asyście sanitariusza. Wieźli ze sobą nosze, na których leżał Wyatt Porter. Karla szła obok, trzymając męża za rękę.

Gdy nas mijali, zauważyłem, że Porter jest wciąż nieprzytomny i podłączony do inhalatora. Z nosa sterczały mu jakieś rurki. Wydawał się mniej opalony, a usta miał bardziej szare niż różowe.

Pielęgniarka i sanitariusz wspólnymi siłami przeciągnęli nosze przez podwójne drzwi oddziału. Karla powiedziała nam, że Wyatt będzie spał jeszcze przez kilka godzin, i poszła za nimi.

Doskonale wiedziałem, że ten, kto go postrzelił, wcześniej z zimną krwią zabił Robertsona. Nie miałem na to żadnych dowodów, ale jak już wspominałem, nie wierzę w przypadki. Dwa zamachy w ciągu tej samej nocy w tak małym mieście, jakim jest Pico Mundo, muszą być nierozłączne jak bracia syjamscy.

Byłem ciekaw, czy nocny gość Portera nie podał się przypadkiem za mnie. Przecież dzwoniąc, mógł zmienić głos i poprosić szefa, żeby wyszedł na dwór na chwilę rozmowy. Może miał nadzieję, że Porter powie żonie, iż idzie właśnie do mnie? Skoro już chciał mnie wrobić w morderstwo Robertsona, to równie dobrze, bez skrupułów, mógł posunąć się jeszcze dalej.

Alibi miałem nie najlepsze: w czasie gdy to się stało, ukrywałem zwłoki w blaszanym baraku przy Kościele Szepczącej Komety. Takie wyjaśnienie, wraz z dowodem rzeczowym w postaci nieboszczyka, nie wywołałoby zachwytu jakiegokolwiek adwokata.

Żadna z pielęgniarek pełniących dyżur na czwartym piętrze nie wiedziała, do czego służy czarna karta, którą znalazłem w portfelu Robertsona.

Lepiej mi poszło piętro niżej, z bladą, piegowatą i wyjątkowo smętną siostrą, sprawdzającą zawartość kubeczków z tabletkami i stawiającą jakieś znaczki na liście pacjentów. Wzięła ode mnie tajemniczy kawałek plastiku, obejrzała go z obu stron i oświadczyła:

— To karta do medytacji.

— Co to znaczy?

— Zazwyczaj nie ma na nich żadnych wypukłości, tylko małe symbole: krzyże albo portrety Matki Boskiej.

— Ale nie na tej.

— Przesuwasz palcem od rysunku do rysunku i powtarzasz w kółko jakąś modlitwę, na przykład „Ojcze nasz" albo „Zdrowaś Mario".

— Czyli to coś w rodzaju różańca, który swobodnie mieści się w portfelu?

— Właśnie. Różaniec. — Musnęła palcami wypukłe kropki. — Ale używany nie tylko przez chrześcijan — dodała po chwili milczenia. — Prawdę mówiąc, najwięcej takich kart pojawiło się razem z New Age.

— Jak wyglądają?

— Widziałam na nich dzwony, wizerunki Buddy, znaki pokoju, psy lub koty. Wszystko zależy od tego, czy chcesz swoją energię przekazać na rzecz ochrony praw zwierząt, czy na coś innego. Jeżeli dbasz o środowisko, to może być rysunek Ziemi.

— Ta jest dla niewidomych? — zapytałem.

— Nie. Absolutnie nie.

Przyłożyła kartę do czoła, jak magik czytający w myślach list w zamkniętej kopercie.

Nie wiedziałem, po co to zrobiła, i wolałem nie pytać.

Potem znów przesunęła palcem po kropkach.

— Prawie jedna czwarta wszystkich kart jest zapisana brajlem. Musisz przycisnąć palec do kropek i medytować przy każdej literze.

— A co tu jest napisane?

Dotknęła karty i wyraz zakłopotania z wolna pojawił się na jej twarzy, niczym ciemniejące zdjęcie z polaroida.

— Nie wiem. Nie znam alfabetu Braille'a. Napisy są bardzo różne. To rodzaj mantry, która ma pobudzić inspirację i ukierunkować wewnętrzną energię. Tekst jest najczęściej na ulotce dołączanej do każdej karty.

— Nie mam ulotki.

— Możesz też zamówić własne hasło. Taką osobistą mantrę... cokolwiek zechcesz. Pierwszy raz widzę czarną kartę.

— A jakie są zazwyczaj?

— Białe, złote, srebrne, niebieskie jak niebo, często zielone dla obrońców środowiska. — Zmarszczyła czoło. Oddała mi kartę. Z wyraźnym niesmakiem popatrzyła na swoje palce, którymi przedtem dotykała kropek. — Gdzie to znalazłeś? — spytała.

— Na dole, w holu na podłodze — skłamałem.

Spod lady wyjęła butelkę purellu. Wylała nieco żelu na lewą dłoń, odstawiła butelkę i energicznie potarła obie ręce, jakby je chciała umyć.

— Wyrzuć to — powiedziała, nie przerywając mycia. — Im szybciej, tym lepiej.

Zużyła tyle żelu, że poczułem zapach alkoholu.

— Mam wyrzucić? Dlaczego? — zapytałem.

— Negatywna energia. Złe *mojo*. Wyciąga na wierzch najgorsze cechy charakteru.

Zastanawiałem się, gdzie ukończyła kursy pielęgniarek.

— Zaraz wywalę ją do kosza — obiecałem.

Piegi jej pociemniały niczym plamki na czerpanym papierze.

— Ale nie tutaj.

— Nie ma sprawy — odparłem.

— I nigdzie w szpitalu — dodała. — Jedź na pustynię, tam gdzie nikogo nie ma, otwórz okno i niech leci z wiatrem.

— Dobry pomysł.

Ręce miała czyste i suche. Rozchmurzyła się, jakby zły nastrój uleciał z niej wraz z wonią alkoholu. Popatrzyła na mnie z uśmiechem.

— Mam nadzieję, że ci pomogłam.

— Tak. Dziękuję bardzo.

Zabrałem kartę ze szpitala i wyszedłem z nią w mrok nocy, ale nie pojechałem na pustynię.

Rozdział czterdziesty trzeci

Rozgłośnia radiowa KPMC, głos Maravilla Valley, mieściła się w samym centrum Pico Mundo, przy Main Street, w dwupiętrowej ceglanej kamienicy, między dwoma wiktoriańskimi budynkami, w których była piekarnia Good Day i kancelaria adwokacka Knacker & Hisscus.

Do świtu pozostała zaledwie godzina. Światła w piekarni już się paliły. Kiedy wysiadłem z samochodu, poczułem na ulicy zapach świeżo pieczonego chleba, bułeczek z cynamonem i cytrynowego ciasta.

Nie było żadnych bodachów.

Na niższych kondygnacjach budynku KPMC mieściły się zwykłe biura. Studio działało na trzecim piętrze.

Dyżur pełnił dziś Stan „Spanky" Lufmunder. Harry Beamis, który dziwnym trafem przetrwał w radiowym biznesie bez żadnego przydomku, realizował audycję *Noc z Shamusem Cocobolo*.

Wykrzywiłem się do nich przez potrójne okno, oddzielające hol na trzecim piętrze od ich elektronicznej jaskini.

Najpierw mi pokazali, że powinienem częściej uprawiać seks sam z sobą, a potem dali znak „okay" i poszedłem dalej, do głównego studia.

Z głośnika w korytarzu sączyła się melodia *String of*

Pearls nieśmiertelnego Glenna Millera, nadawana właśnie przez Shamusa.

Muzyka była oczywiście z kompaktu, ale Shamus w swoich audycjach posługiwał się slangiem z lat trzydziestych i czterdziestych.

Harry Beamis uprzedził go, że przyjdę, więc kiedy wszedłem, zdjął słuchawki i dał muzykę na głośnik, żeby ją trochę słyszeć.

— Cześć, Czarodzieju. Witaj w moim Pico Mundo — powiedział.

Dla Shamusa jestem Czarnoksiężnikiem z Odd, w skrócie Czarodziejem.

— Coś nie pachniesz dzisiaj brzoskwiniami — mruknął.

— Miałem pod ręką tylko bezzapachową neutrogenę.

Zmarszczył brwi.

— Chyba nie pokłóciłeś się z Królową?

— Wręcz przeciwnie — odpowiedziałem.

— To bardzo dobrze.

Nasze głosy cichły na grubo watowanych ścianach; wszystkie dźwięki traciły swoje ostrzejsze brzmienie.

Ciemne okulary Shamusa miały niebieski połysk starych butelek z mlekiem firmy Milk of Magnesia. Jego skóra była aż tak ciemna, że miejscami wydawała się wręcz granatowa.

Wyciągnąłem rękę i położyłem przed nim kartę do medytacji. Lekko trzepnąłem nią o blat stołu, żeby zwrócił na to uwagę.

Shamus jednak był wytrawnym graczem. Nie wziął jej od razu.

— Po robocie wybieram się do baru na ogromną porcję smażonej polędwicy z młodymi cebulkami i sucharami w sosie.

Obszedłem stół, usiadłem naprzeciwko niego i odsunąłem na bok drugi mikrofon.

— Dziś nie gotuję — powiedziałem. — Mam dzień wolny.

— Gdzie się wybierasz z tej okazji? Pójdziesz popatrzeć na opony?

— Pomyślałem, że pogram w kręgle.

— Król towarzystwa z ciebie, Czarodzieju. Nie wiem, jak twoja pani to wszystko wytrzymuje.

Miller ucichł. Shamus pochylił się do mikrofonu i wykonał zaimprowizowany taniec słowny, zapowiadając *One O'clock Jump* Benny'ego Goodmana i *Take the A Train* Duke'a Ellingtona.

Uwielbiałem go słuchać nie tylko przez radio. Miał głos, przy którym wydawało się, że Barry White i James Earl Jones cierpią na chroniczną chrypę. Wśród radiowców nosił ksywę „Velvet Tongue", czyli „Aksamitny Język".

Codziennie, oprócz niedziel, od pierwszej w nocy do szóstej rano nadawał — mówiąc jego słowami — „muzykę, która wygrała wojnę". Przy okazji trochę opowiadał o życiu i rozrywce w tamtych odległych czasach.

Przez pozostałe dziewiętnaście godzin w KPMC było mniej muzyki, a więcej gadania. Zarząd rozgłośni najchętniej przerywałby emisję na noc, ale licencja zmuszała ich do nadawania przez siedem dni w tygodniu przez okrągłą dobę. Dzięki temu Shamus miał całkiem wolną rękę. Karmił więc wszystkich nocnych marków wspomnieniami ze wspaniałej ery big-bandów. W tamtych latach, powtarzał, muzyka była najprawdziwsza, a życie mocniej opierało się na prawdzie, rzetelności i zwykłej dobrej woli.

Gdy usłyszałem to po raz pierwszy, nie umiałem powstrzymać się od zdziwienia, że tak ciepło wyrażał się o czasach, w których panował wyraźny podział rasowy. Odpowiedział mi: „Jestem czarny, ślepy, cholernie mądry i wrażliwy. Wszystkie czasy są dla mnie niełatwe. Ale wtedy kultura miała coś z kultury. Miała swój styl i to jest najważniejsze".

A teraz mówił do słuchaczy:

— Zamknijcie oczy i wyobraźcie sobie Duke'a w nieskazitelnie białym smokingu. Bądźcie ze mną, kiedy wsiądziemy razem do metra do Harlemu. Tu mówi do was Shamus Cocobolo. *Take the A Train.*

Matka dała mu na imię Shamus, bo chciała, żeby został detektywem. Gdy stracił wzrok w trzecim roku życia, skończyły się marzenia o pracy w policji. Nazwisko Cocobolo przybyło wraz z ojcem prościutko z Jamajki.

Wziął ze stołu czarną kartę i ujął ją na sztorc prawą ręką między kciukiem i palcem wskazującym.

— Jakiś naiwny bank dał ci kredytówkę? — spytał.

— Miałem nadzieję, że mi powiesz, co na niej jest napisane.

Powiódł palcem po karcie. Jeszcze nie czytał, tylko sprawdzał, z czym ma do czynienia.

— Czarodzieju! Chcesz, żebym szukał pociechy w medytacji, kiedy koło mnie są Count Basie, Satchmo i Artie Shaw?

— Zatem wiesz, co to za karta.

— Przez ostatnie dwa lata już kilka razy ktoś usiłował wcisnąć mi coś takiego. Przy okazji musiałem wysłuchać ględzenia o uduchowieniu, inspiracjach i tak dalej. Ślepi nie tańczą, więc medytują. Bez obrazy, mój Czarodzieju, ale do tej pory uważałem cię za kogoś z klasą, kto nie gustuje w takich bredniach. Trochę mnie rozczarowałeś.

— Nic nie szkodzi. Wcale ci jej nie daję, tylko chciałbym wiedzieć, co na niej napisano.

— Cholernie miło mi to słyszeć. A po co ci to?

— Zwykła ciekawość.

— Jasne. O nic nie pytam. — Palcami odczytał napis. — *Father of lies*.

— *Father of flies*? — zdziwiłem się. — „Ojciec much"?

— *Lies* — powtórzył. — Kłamstwa.

Gdzieś już słyszałem to określenie... ale nie mogłem sobie nic przypomnieć. Może nie chciałem?

— Diabeł — powiedział Shamus. — Ojciec Kłamstwa, Ojciec Zła, Jego Wysokość Szatan. O co tu chodzi, Czarodzieju? Znudziła ci się stara wiara, głoszona u Świętego Bartłomieja? Potrzebujesz odrobiny siarki?

— Ta karta nie należy do mnie.

— A do kogo?

— Pewna pielęgniarka z Głównego Szpitala powiedziała mi, że powinienem pojechać na pustynię i wyrzucić to świństwo przez okno.

— Dziwnych ludzi spotykasz, jak na miłego chłopca z baru szybkiej obsługi.

Pchnął kartę w moim kierunku, na drugą stronę stołu. Wstałem z krzesła.

— Nie zostawiaj tutaj tej siary — powiedział.

— Przecież to tylko brednie o uduchowieniu, inspiracjach i tak dalej.

Dwóch bliźniaczo podobnych Oddów patrzyło na mnie ze szkieł jego okularów.

— Znałem kiedyś pewnego satanistę — mruknął Shamus. — Facet zarzekał się, że nienawidzi matki, ale w gruncie rzeczy chyba ją bardzo kochał. Trzymał jej głowę w lodówce, w zamkniętej plastikowej torbie, razem z płatkami róży, żeby była świeża.

Wziąłem kartę do ręki. Była zimna.

— Dzięki za pomoc, Shamus.

— Uważaj na siebie, Czarodzieju. Rzadko miewam tak ekscentrycznych i ciekawych przyjaciół. Zmartwiłbym się, gdybyś nagle umarł.

Rozdział czterdziesty czwarty

Nadszedł czerwony świt. Słońce przecięło ciemny horyzont niczym ostrze kata.

Gdzieś w Pico Mundo szalony zbrodniarz patrzył zapewne na to samo słońce, nie przerywając ładowania karabinu.

Zaparkowałem na podjeździe i wyłączyłem silnik. Musiałem sprawdzić, czy ten sam człowiek, który zastrzelił Boba Robertsona, zamordował także Rosalię Sanchez. Minęły dwie lub trzy minuty, zanim zebrałem się na odwagę, żeby w ogóle wysiąść z samochodu.

Nocne ptaki przestały śpiewać. Wrony, które zwykle budziły się z pierwszym brzaskiem, teraz były zadziwiająco ciche.

Wszedłem od tyłu na werandę. Drzwi do kuchni były otwarte, przesłonięte jedynie siatką. Światło się nie paliło.

Zajrzałem do środka. Rosalia siedziała przy stole, trzymając w rękach kubek z kawą. Wyglądała na żywą.

Pozory jednak mogą mylić. Jej ciało mogło leżeć gdzieś w drugim pokoju, a ja widziałem tylko zbłąkanego ducha, siedzącego przy kawie, której nie zdążył wypić wczoraj, przed wieczorną wizytą mordercy.

Nie czułem zapachu świeżo parzonej kawy.

Rosalia zawsze zapalała światło, kiedy rano czekała na mnie. Nie przypominam sobie, żeby kiedyś siedziała po ciemku.

Kiedy wszedłem, uniosła głowę i uśmiechnęła się na mój widok.

Patrzyłem na nią, bojąc się odezwać, bo przecież duchy nie mogą mówić.

— Dzień dobry, Odd Thomasie.

Westchnąłem z niewysłowioną ulgą.

— Żyje pani.

— Oczywiście, że żyję. Wprawdzie już nie jestem tą samą małą dziewczynką, którą byłam kiedyś, lecz mam nadzieję, że nie wyglądam również na nieboszczkę.

— To znaczy... widzę panią. Tak, widzę.

— Wiem. Już to dzisiaj słyszałam od dwóch policjantów. Nawet nie musiałam na ciebie czekać.

— Policjantów?

— Przyszli z samego rana. Zgasiłam światło, bo chciałam popatrzeć na wschód słońca. — Uniosła kubek. — A może się napijesz soku jabłkowego?

— Nie, dziękuję pani. Co to za policjanci?

— Bardzo mili chłopcy.

— Kiedy to było?

— Trochę więcej niż pół godziny temu. Martwili się o ciebie.

— Martwili? Dlaczego?

— Zawiadomiono ich, że u ciebie ktoś strzelał. Czy to nie dziwne, Odd Thomasie? Powiedziałam im, że nic nie słyszałam.

Byłem pewny, że domniemany świadek im się nie przedstawił. To był morderca Robertsona.

— Spytałam ich, po jakie licho miałbyś strzelać w swoim mieszkaniu — powiedziała pani Sanchez. — Przecież tam nie ma myszy. — Uniosła kubek do ust i wypiła łyk soku. — Prawda, że nie ma?

— Nie ma, proszę pani.

— Mimo wszystko chcieli to sprawdzić. Bali się o ciebie. Bardzo porządni chłopcy. Wytarli nogi, zanim weszli, i niczego nie dotykali.

— Wpuściła ich pani do mnie?

Znowu napiła się łyk soku.

— Przecież to byli policjanci — powiedziała. — Ucieszyli się, kiedy zobaczyli, że nie leżysz ranny. Że nie postrzeliłeś się przypadkiem w nogę albo coś takiego.

Dobrze zrobiłem, że natychmiast usunąłem zwłoki Robertsona ze swojej łazienki.

— Nie przyszedłeś wczoraj po ciastka, które specjalnie dla ciebie upiekłam. A to przecież twoje ulubione, czekoladowe z orzechami.

Na stole czekał owinięty folią talerz pełen ciastek.

— Dziękuję. Pani ciastka zawsze są najlepsze. — Zabrałem talerz. — A może mógłbym... na krótką chwilę pożyczyć od pani samochód?

— Przecież dopiero co nim przyjechałeś.

Poczerwieniałem bardziej niż wschodzące za oknem słońce.

— Tak, proszę pani.

— W takim razie już go pożyczyłeś — powiedziała bez cienia kpiny w głosie. — Nie musisz prosić dwa razy.

Wziąłem kluczyki z kołka przy lodówce.

— Bardzo dziękuję, pani Sanchez. Jest pani dla mnie strasznie dobra.

— Lubię cię, Odd Thomasie. Trochę mi przypominasz mojego siostrzeńca Marco. We wrześniu będzie już trzy lata, odkąd się zrobił niewidzialny.

Marco wraz z resztą jej rodziny był na pokładzie jednego z samolotów, które uderzyły w World Trade Center.

— Myślałam, że kiedyś odzyska normalną postać, ale minęło już tak wiele czasu... — westchnęła. — Pamiętaj, żebyś ty nie zniknął, Odd Thomasie.

Czasami potrafiła ująć mnie za serce.

— Nie zniknę — zapewniłem ją.

Pochyliłem się, żeby ją pocałować w czoło. Wzięła mnie za głowę i przytrzymała moją twarz przy swojej twarzy.

— Obiecaj mi to.

— Obiecuję, proszę pani. Przysięgam na Boga.

Rozdział czterdziesty piąty

Pojechałem do Stormy. Pod jej mieszkaniem nie zauważyłem policyjnego samochodu.

Oczywiście to było zgodne z ich rutyną. Przecież nie przyjechali tutaj w nocy dla ochrony, ale po Robertsona. Myśleli, że mnie będzie śledził. Kiedy jednak po strzelaninie zjawiłem się u Porterów, wyszło na jaw, że nie siedziałem do rana u Stormy. Oni też nie musieli więc tu dalej sterczeć.

Robertson spał snem wiecznym, doglądany przez ducha młodej prostytutki, lecz jego kumpel i zabójca w dalszym ciągu gdzieś krążył na wolności. Był jeszcze gorszym psychopatą, ale przynajmniej nie miał nic do Stormy. Ona z kolei mogła liczyć na swój pistolet, kaliber dziewięć milimetrów, i nie dręczyły jej skrupuły, czy go użyć.

Znów przypomniała mi się dziura w piersiach Robertsona i nie mogłem od niej odwrócić głowy ani zamknąć oczu, tak jak to zrobiłem u siebie w łazience. Gorzej — w jakiś dziwny sposób przewędrowała z trupa na żywe ciało Stormy... A potem zobaczyłem w myślach tę dziewczynę, która uratowała mnie przed kojotami. Tak skromnie zasłaniała swoje piersi i ziejące rany...

Rzuciłem się biegiem do drzwi. Pędem wpadłem po schodach. Przebiegłem przez ganek i jednym szarpnięciem otworzyłem frontowe drzwi.

Znalazłem klucz, upuściłem go na ziemię, pochyliłem się, złapałem klucz w powietrzu, kiedy się odbił od podłogi, przekręciłem go w zamku i wszedłem do mieszkania Stormy.

Zobaczyłem ją w kuchni i podbiegłem do niej.

Stała przy szafce obok zlewu i małym nożem kroiła wspaniałego grejpfruta z Florydy. Na desce leżała niewielka kupka błyszczących pestek.

— Coś taki zdyszany? — spytała, odkładając nóż.

— Myślałem, że nie żyjesz.

— Ale teraz już wiesz, że żyję, więc może zjesz śniadanie?

Miałem jej powiedzieć, że ktoś postrzelił Portera, ale w ostatniej chwili ugryzłem się w język.

— Gdybym ćpał, to chętnie zjadłbym omlet z amfy, a do tego trzy dzbanki mocnej czarnej kawy — westchnąłem. — Prawie dzisiaj nie spałem, a muszę być na nogach i jakoś pozbierać myśli.

— Mam pączki w polewie czekoladowej.

— Na początek wystarczy.

Usiedliśmy przy kuchennym stole. Stormy zajęła się grejpfrutem, a ja pączkami. Do tego pepsi, ale nie light, tylko normalna, na cukrze i z pełną kofeiną.

— Skąd ci przyszło do głowy, że nie żyję? — zápytała Stormy.

I tak już się o mnie bała. Wcale nie chciałem, żeby jej obawy przerodziły się w panikę.

Gdybym powiedział jej o Porterze, to siłą rzeczy musiałbym też wspomnieć o trupie w wannie, o tym, że na cmentarzu był duch Robertsona, o mojej wizycie w Kościele Szepczącej Komety i o satanicznej karcie.

Stormy na pewno chciałaby mi pomóc. Z pistoletem w dłoni stanęłaby u mego boku, żeby zapewnić mi ochronę. Ale w ten sposób sama narażałaby się na najgorsze — a na to za nic w świecie nie mogłem jej pozwolić.

Westchnąłem więc i pokręciłem głową.

— Nie wiem. Wszędzie są bodachy. Całe stada. Strach mnie bierze, że stanie się coś okropnego.

Ostrzegawczym ruchem wymierzyła we mnie swoją łyżkę.

— Tylko mi przypadkiem nie mów, że mam dzisiaj zostać w domu.

— Chciałbym, żebyś dziś została w domu.

— Co powiedziałam?

— Właśnie mówię.

Przez chwilę jedliśmy w milczeniu, spoglądając na siebie spod oka.

— Zostanę — powiedziała Stormy — jeśli ty ze mną też zostaniesz.

— Przecież o tym już rozmawialiśmy. Nie mogę pozwolić, by zginęli niewinni ludzie. Wciąż mam szansę na ich uratowanie.

— A ja nie będę przez cały dzień siedzieć w klatce tylko dlatego, że jakiś tygrys chodzi na wolności.

Wysączyłem ostatni łyk pepsi. Żałowałem, że nie mam pastylek z kofeiną. Przydałyby się też jakieś sole trzeźwiące, bo myślałem z coraz większym trudem i zaczynałem być trochę śpiący. Dlaczego nie jestem całkiem normalnym człowiekiem, bez żadnych cech nadprzyrodzonych? — przemknęło mi przez głowę. Jedyny ciężar, jaki bym wtedy dźwigał, to te kilka pączków w żołądku.

— On jest gorszy niż tygrys — powiedziałem.

— Może być nawet gorszy od tyranozaura. Nic mnie to nie obchodzi. Mam własne życie, które muszę przeżyć, i nie zamierzam tracić więcej czasu. Za cztery lata chcę mieć własny sklep z lodami.

— Nie wygłupiaj się. Przecież to, że raz nie pójdziesz do pracy, wcale cię nie zmusza do rezygnacji z planów.

— Każdy dzień jest dla mnie spełnieniem marzenia. Chodzi o pewien proces, a nie o efekty.

— Po co ja w ogóle z tobą dyskutuję? I tak zawsze przegrywam.

— Kochanie, jesteś człowiekiem czynu. Nie musisz mieć daru wymowy.

— Jestem człowiekiem czynu i świetnym kucharzem.

— Mąż idealny.

— Chyba zjem jeszcze jednego pączka.

Stormy się uśmiechnęła i z pełną świadomością tego, że na pewno nie zgodzę się na jej propozycję, powiedziała:

— Wiesz co? Wezmę dzień wolny i połazimy razem. Przez cały czas będę przy tobie.

Kłopot w tym, że ja chciałem „połazić" tylko po to, żeby znaleźć mordercę Robertsona i uchronić nasze miasteczko od jeszcze jednej, o wiele gorszej zbrodni. Przy mnie Stormy na pewno nie byłaby bezpieczna.

— Nie — odparłem. — Lepiej trzymaj się swoich marzeń. Nakładaj lody, mieszaj koktajle i bądź lodziarką jak się patrzy. Nawet małe pragnienia się nie spełnią, jeżeli brak nam wytrwałości.

— To jakiś cytat, czy sam to wymyśliłeś, Dziwaku?

— Nie poznałaś? Przecież to twoje własne słowa.

Uśmiechnęła się z uczuciem.

— Jesteś sprytniejszy niż ładniejszy.

— Muszę. Dokąd wybierasz się na lunch?

— Znasz mnie... lunch biorę z domu. Tak jest o wiele taniej i nie muszę wychodzić z pracy.

— Niech tak zostanie. Nie chodź do żadnej kręgielni, w pobliże kina, nic z tych rzeczy.

— A na pole golfowe?

— Też nie.

— A na pole do minigolfa?

— Mówię zupełnie poważnie.

— A na automaty?

— Pamiętasz starego *Wroga publicznego*?

— A mogę iść do lunaparku?

— W tym filmie jest scena, w której James Cagney je śniadanie ze swoją laleczką...

— Nie jestem żadną laleczką.

— Ona go wkurza, a on rozgniata jej na twarzy połówkę grejpfruta.

— A ona? Pewnie go kastruje. Też to mogę zrobić... o, nawet tym nożem.

— Ten film powstał w trzydziestym pierwszym roku. Wtedy nie wolno było pokazywać na ekranie takich rzeczy.

— Co za szkoda! Ówczesna sztuka wydaje mi się niedojrzała. Dobrze, że tamte czasy już minęły. Teraz żyjemy w wieku oświecenia. Chcesz pół grejpfruta? Nóż mam przy sobie.

— Mówię jedynie, że cię kocham i strasznie się o ciebie martwię.

— Też cię kocham, maleńki. Obiecuję, że nie zjem lunchu na poletku do minigolfa. Zostanę w lodziarni. Jeśli rozsypię sól, to zaraz rzucę szczyptę przez ramię. A niech tam, rzucę całą solniczkę!

— Dzięki. Ale w dalszym ciągu myślę o grejpfrucie.

Rozdział czterdziesty szósty

Wokół domu Takudów przy Hampton Way nie kręciły się żadne zjawy. A jeszcze wczoraj było ich tu całe mnóstwo. Zatrzymałem samochód przed budynkiem. W tej samej chwili otworzyły się drzwi garażu i Ken Takuda wyjechał swoim lincolnem.

Podszedłem do niego. Zaraz zahamował i opuścił szybę w oknie.

— Dzień dobry, panie Thomas.

Tylko on ze wszystkich moich znajomych zwracał się do mnie tak oficjalnie.

— Dzień dobry panu. Piękny poranek, prawda?

— Wspaniały! — zawołał z niemałym zachwytem. — Zapowiada się ważny dzień. Jak zwykle zresztą... Dzień pełen zupełnie nowych możliwości.

Doktor Takuda pracuje w filii Uniwersytetu Stanu Kalifornia w Pico Mundo. Wykłada literaturę amerykańską dwudziestego wieku.

Wziąwszy pod uwagę to, że większość współczesnych dzieł jest okropnie mroczna i pesymistyczna, przesiąknięta chorobliwym cynizmem oraz mizantropią i na ogół pisana przez przyszłych samobójców, którzy szukają zapomnienia w prochach lub alkoholu tylko po to, żeby na koniec strzelić sobie w głowę, to pan Takuda zasługuje na miano wesołka.

— Chciałbym pańskiej rady w pewnej sprawie — łgałem jak z nut. — Myślę o tym, żeby iść do college'u, z czasem zrobić doktorat i zostać na uczelni. Tak jak pan.

Kiedy bladł, to jego azjatycka karnacja robiła się ciemnoszara.

— Cóż, panie Thomas... Wysoce sobie cenię edukację, ale zupełnie szczerze mógłbym polecić panu tylko nauki ścisłe. Reszta naszego środowiska jest okropnie skłócona. Wszyscy zazdroszczą sobie nawzajem i zachowują się irracjonalnie. Sam tylko czekam, kiedy dostanę premię za dwadzieścia pięć lat ciężkiej pracy i pewnie zacznę pisać książki jak Ozzie Boone.

— Ale zawsze jest pan uśmiechnięty.

— Panie Thomas, tylko dwie rzeczy można zrobić w brzuchu lewiatana. Albo wpaść w czarną rozpacz, albo się uśmiechać i pchać życie do przodu. — Uśmiechnął się promiennie.

Co prawda spodziewałem się innej odpowiedzi, ale brnąłem dalej, licząc na to, że poznam jego rozkład zajęć i w ten sposób zbliżę się o krok do miejsca, w którym czyhał w zasadzce kumpel Robertsona.

— Mimo wszystko chciałbym o tym porozmawiać.

— Na świecie jest za mało porządnych kucharzy i stanowczo za dużo zadufanych w sobie pseudonaukowców. Ale chętnie odpowiem na pańskie pytania. Niech pan zadzwoni na uniwerek i poprosi mojego asystenta, żeby zorganizował nam jakieś spotkanie.

— A teraz to niemożliwe?

— W tej chwili? Skąd u pana ten nagły pęd do wiedzy?

— Muszę poważniej pomyśleć o przyszłości. Żenię się w tę sobotę.

— Czyżby z panną Bronwen Llewellyn?

— Tak, proszę pana.

— Panie Thomas, ma pan niezwykle rzadką okazję, żeby szczęśliwie przeżyć swoje życie. Niech pan, broń Boże, tego nie zmarnuje, wplątując się w handel narkotykami lub w środowisko naukowców. Dzisiaj rano czeka mnie wykład, a potem muszę odbyć dwie nasiadówki ze studentami. Zaraz po lunchu zabieram rodzinę do kina. Sam więc pan widzi, że najwcześniej możemy się spotkać dopiero jutro.

— Gdzie państwo przyjdą na lunch? Do Grille?

— Sam jeszcze nie wiem. Zostawiam wybór moim dzieciom.

— A jaki film państwo obejrzą?

— Ten najnowszy, o psie i kosmitach.

— Pełna porażka. — Pokręciłem głową, chociaż oczywiście wcale go nie widziałem. — Chała.

— Ale robi kasę.

— Do kitu.

— Krytykom się podobał — odparł pan Takuda.

— Randall Jarrell powiadał, że sztuka trwa przez wieki, a krytycy niczym łątki wymrą już nazajutrz.

— Niech pan zadzwoni na uczelnię, panie Thomas. Jutro pogadamy.

Zamknął okno, tyłem wyprowadził samochód na ulicę i pojechał, najpierw na wykłady, a potem na spotkanie ze śmiercią.

Rozdział czterdziesty siódmy

Nicolina Peabody, lat pięć, miała różowe adidasy, różowe szorty i różową koszulkę, a do tego zegarek z różowym plastikowym paskiem i różową świnką na cyferblacie.

— Kiedy już będę duża i sama pójdę po ciuchy — oznajmiła mi poważnym tonem — to wybiorę tylko różowe. Będę chodzić w różowych, różowych i różowych... przez cały dzień i cały rok. Na zawsze.

Levanna Peabody, która niedługo kończyła siódmy rok życia, przewróciła oczami.

— I wszyscy będą mieli cię za dziwkę! — zawołała.

Viola właśnie weszła do pokoju, niosąc tort nakryty szklanym kloszem.

— Levanno! — krzyknęła. — Tak nie wolno mówić. To tylko pół kroku od brzydkiego słowa, za które przez dwa tygodnie nie dostaniesz pieniędzy na lody.

— Co to jest dziwka? — spytała Nicolina.

— Taka, co ubiera się na różowo i całuje mężczyzn za forsę — wszechwiedzącym tonem odpowiedziała Levanna.

Wyjąłem tort z rąk Violi.

— Tylko zabiorę jeszcze im parę książek i możemy ruszać — powiedziała.

Szybko przeszedłem się po mieszkaniu. Nie spotkałem żadnego bodacha.

— To pocałuję ich za darmo! — zawołała Nicolina. — Wtedy będę mogła ubierać się na różowo i nikt mnie nie nazwie dziwką.

— Jak całujesz mężczyzn za darmo, to jesteś latawicą — oznajmiła Levanna.

— Levanna! Dość tego! — skrzyczała ją Viola.

— Ale mamo... — jęknęła Levanna. — Przecież ona musi kiedyś się nauczyć, jakie prawa rządzą naszym światem.

Nicolina zauważyła moje rozbawienie i doskonale zrozumiała, co się dzieje.

— Nawet nie wiesz, co to jest dziwka — powiedziała do starszej siostry. — Tylko ci się tak zdaje.

— Właśnie, że wiem! — zawzięcie upierała się Levanna.

Zeszliśmy razem do samochodu pani Sanchez, stojącego tuż przy krawężniku.

Viola zamknęła dom na klucz i dołączyła do nas. Pudło z książkami położyła obok dziewczynek, na tylnym siedzeniu, a sama usiadła z przodu. Oddałem jej tort i przeszedłem na drugą stronę samochodu, żeby usadowić się za kierownicą.

Poranek był — jak to na Mojave — duszny i jaskrawy. Niebo przypominało przewróconą niebieską miskę, wypełnioną suchym jak pieprz upałem.

Słońce świeciło na wschodzie, a więc wszystkie cienie chyliły się ku zachodowi, jakby ogarnięte tęsknotą za odchodzącą nocą. Wszędzie panował bezruch, tylko mój cień się przesuwał.

Nie zauważyłem żadnych nadprzyrodzonych zjawisk ani stworów.

Wsiadłem do samochodu i zapuściłem silnik.

— I tak nigdy nie będę całowała mężczyzn — odezwała się Nicolina. — Tylko mamę, Levannę i ciocię Sharlene.

— Jak będziesz starsza, to sama zechcesz ich całować — powiedziała Levanna.

— Nieprawda!

— Zobaczysz.

— Nieprawda! — dobitnie powtórzyła Nicolina. — Tylko ciebie, mamę i ciocię Sharlene. Och, i Cheeversa.

— Cheevers to chłopak — oświadczyła Levanna.

Odbiliśmy od krawężnika i pojechaliśmy w stronę domu Sharlene. Nicolina zachichotała.

— Nie, to przecież misio!

— Ale chłopak.

— Jest wypchany.

— Ale to chłopak — nie ustępowała Levanna. — Widzisz? Już się zaczęło. Lubisz całować się z chłopcami.

— Wcale nie jestem latawicą — obruszyła się Nicolina. — Będę leczyła psy.

— To się nazywa weterynarz. Weterynarze nie chodzą w różowych ciuchach przez cały dzień, cały rok i na zawsze.

— Ja będę pierwsza.

— Jakbym miała chorego psa, a ty byś była różowym weterynarzem, to i tak przyszłabym do ciebie — powiedziała Levanna. — Bo na pewno byś go wyleczyła.

Pojechałem dużo dłuższą drogą, co chwila zerkając w lusterko. Minąłem aż sześć przecznic, czyli dwie więcej, niż było potrzeba, żeby dotrzeć na Maricopa Lane.

Po drodze Viola zadzwoniła do swojej siostry z mojego telefonu. Uprzedziła ją, że przyjedzie do niej z dziewczynkami.

Schludny mały domek przy Maricopa Lane miał błękitne okiennice i niebieskie słupy na ganku. Na werandzie, miejscu towarzyskich spotkań całego sąsiedztwa, stały cztery krzesła na biegunach i długa bujana ławka.

Sharlene wstała na nasz widok. Była ogromna, zawsze uśmiechnięta i obdarzona melodyjnym głosem, jakby stworzonym dla śpiewaczki gospel. Zresztą śpiewała w chórze kościelnym.

Duża suka rasy golden retriever, imieniem Posey, też się podniosła i radośnie zamachała puszystym ogonem. Wyraźnie się ucieszyła z wizyty dziewczynek, lecz nie podbiegła do nas, powstrzymana cichym rozkazem swojej właścicielki.

Zaniosłem tort do kuchni i grzecznie odmówiłem sutego poczęstunku, złożonego z szarlotki, trzech rodzajów ciasta, orzechowych sucharków domowej roboty i zimnej lemoniady.

Posey leżała na grzbiecie z łapami w powietrzu, przymilnie prosząc, żeby podrapać ją po brzuchu. Oczywiście dziewczynki zaraz przypadły do niej.

Przyklęknąłem przy nich i udało mi się przerwać tę zabawę przynajmniej na tyle, żeby powiedzieć „Wszystkiego najlepszego w dniu urodzin" do Levanny. A potem obie serdecznie uścisnąłem.

Wydawały mi się strasznie małe i delikatne. Niewiele siły było potrzeba, żeby je zniszczyć, wydrzeć z tego świata. To mnie najbardziej przerażało.

Viola wyszła ze mną na ganek.

— Miałeś mi przynieść zdjęcie człowieka, którego muszę się wystrzegać — powiedziała.

— To już ci niepotrzebne... Źle wyszedł.

Jej wielkie oczy patrzyły na mnie z ufnością, na którą wcale nie zasługiwałem.

— Odd... Powiedz mi tak z ręką na sercu: widzisz śmierć we mnie?

Nie wiedziałem, co dalej będzie, lecz wypełniały mnie złe przeczucia. Dzień był pogodny, ale w mojej głowie kłębiły się czarne burzowe chmury. Viola zmieniła plany, nie szła do kina ani do Grille... więc mogła przeżyć. Tak, tak... Na pewno.

— Nic ci się nie stanie. Dziewczynki także są bezpieczne.

Spoglądała mi prosto w oczy. Nie śmiałem odwrócić głowy.

— A co będzie z tobą, Odd? Znasz... cichą ścieżkę, która zawiedzie cię w jakieś bezpieczne miejsce?

Zmusiłem się do uśmiechu.

— Sama mówiłaś, że znam się na tym, co nierzeczywiste i nadprzyrodzone. Pamiętasz?

Przyglądała mi się jeszcze przez chwilę, a potem wzięła mnie w ramiona. Przytuliliśmy się do siebie.

Nie zapytałem, czy widziała we mnie piętno śmierci. Nie miała daru jasnowidzenia... A mimo to bałem się jej odpowiedzi. Bałem się, że usłyszę „tak".

Rozdział czterdziesty ósmy

Noc z Shamusem Cocobolo już dawno dobiegła końca i ostatnie dźwięki melodii Glenna Millera uleciały poprzez stratosferę ku odległym gwiazdom. W samochodzie Rosalii nie było płyt Elvisa, które mogłyby mi poprawić nastrój. W ciszy przemierzałem ulice Pico Mundo, zastanawiając się, gdzie przepadła cała sfora bodachów.

Podjechałem na stację benzynową, żeby zatankować i pójść do toalety. W porysowanym lustrze nad umywalką zobaczyłem zaszczutą twarz, pomarszczoną i o przekrwionych oczach.

W sąsiednim sklepie kupiłem dużą pepsi w plastikowej butelce i zapas tabletek z kofeiną. Wiedziałem teraz, że nie zasnę, z chemiczną pomocą no-doz, coli i cukru zawartego w ciasteczkach pani Sanchez. Otwartą kwestią pozostawało natomiast to, czy na takiej diecie zdołam zachować przytomność umysłu w chwili, gdy zagwiżdżą kule.

Nie znałem twarzy ani imienia wspólnika Robertsona, więc mój „magnetyzm" był psu na budę. Jazda po mieście na chybił trafił nie miała najmniejszego sensu.

Z premedytacją skręciłem w stronę Camp's End. Wprawdzie wczoraj Wyatt Porter kazał swoim ludziom pilnie obserwować dom Robertsona, ale patrol na pewno został odwołany. Po zamachu na szefa wszyscy wpadli w panikę i ktoś wydał nowe rozkazy.

Nagle uświadomiłem sobie, że być może to nie miało nic wspólnego ze mną. Bandyta wcale nie chciał wrobić mnie w dwa morderstwa, ale próbował usunąć Portera właśnie po to, żeby wywołać chaos na komendzie i mieć swobodne pole do działania.

Zamiast zaparkować gdzieś w bocznej uliczce, odważnie podjechałem pod samą *casita* o wyblakłych niebieskich drzwiach i jasnożółtych ścianach. Wysiadłem i podszedłem do drzwi od kuchni.

Moje prawo jazdy w dalszym ciągu zachowało swoje właściwości. Rozległ się szczęk zapadki i po chwili wszedłem do mieszkania.

Przez minutę stałem nieruchomo, słuchając dźwięków dochodzących z wnętrza domu. Lodówka buczała monotonnie. Ciche skrzypienie i trzaski dowodziły, że budynek jak co dzień prostuje stare kości pod wpływem słonecznego żaru.

Instynktownie wiedziałem, że jestem zupełnie sam.

Najpierw poszedłem do gabinetu. Tym razem nie służył jako stacja przesiadkowa dla bodachów.

Ze ściany, tak jak poprzednio, czujnie patrzyli na mnie McVeigh, Manson i Atta.

Usiadłem za biurkiem i ponownie przetrząsnąłem wszystkie szuflady. Szukałem nazwisk. Podczas poprzedniej wizyty zaledwie przerzuciłem notes z adresami. Teraz przejrzałem go uważnie, od deski do deski.

Znalazłem w nim nie więcej niż czterdzieści adresów i nazwisk. Żadne z nich nie brzmiało choć trochę znajomo.

Nie sprawdzałem ponownie wyciągów bankowych, ale popatrzyłem na nie z zamyśleniem. W ciągu ostatnich dwóch miesięcy Robertson podjął z konta mniej więcej pięćdziesiąt osiem tysięcy dolarów. Z tego miał w kieszeniach niewiele ponad cztery tysiące.

Na co bogaty psychopata może wydać gotówką pięćdziesiąt

kawałków? Jaką krwawą rzeźnię chciał dzisiaj urządzić w Pico Mundo?

Spać mi się chciało jak cholera i łeb mnie bolał od prochów z kofeiną, a mimo to bez większego trudu mogłem odpowiedzieć na te dwa pytania. Zaplanował cyrk śmierci i to na trzech arenach: z bronią, granatami i gazem trującym. Niemal wszystko, z wyjątkiem bomby atomowej.

Gdzieś stuknęły zamykane drzwi. Nie był to głośny huk, ale zaledwie szelest zakończony stłumionym trzaskiem.

Szybko, lecz po cichu, wymknąłem się z gabinetu i rozejrzałem po korytarzu.

Nikogo nie było. To znaczy, nikogo poza mną.

Nikt nie zamknął drzwi do łazienki ani do sypialni.

Szafa w sypialni była rozsuwana, więc to też nie ona.

Pamiętałem o tym, że śmierć bywa karą za niefrasobliwość albo brak odwagi, więc pośpiesznie, nie tracąc czujności, zajrzałem do salonu. Pusto.

Wahadłowe drzwi do kuchni stukały w całkiem inny sposób. Drzwi na zewnątrz były zamknięte.

W lewym rogu salonu stała duża szafa. W szafie: dwie marynarki, kilka pudeł zaklejonych taśmą i parasol.

W kuchni... też nikogo.

A może to ktoś wyszedł? Ktoś, kto był już w domu i cierpliwie czekał, aż się czymś zajmę, żeby uciec?

Czoło miałem zupełnie mokre. Kropla potu spłynęła mi po plecach, wzdłuż kręgosłupa, aż do samej kości ogonowej.

To nie upał sprawiał, że tak się pociłem.

Wróciłem do gabinetu i włączyłem komputer. Przebiegłem po programach, sprawdziłem katalogi i znalazłem mnóstwo śmieci ściągniętych z Internetu. Sadystyczne zdjęcia. Dziecięca pornografia. Kolejne informacje o masowych zbrodniach, rytualnych morderstwach i satanistycznych orgiach.

Niestety nie trafiłem na żaden ślad, który pomógłby mi ustalić tożsamość wspólnika Grzyba. Może gdybym poszperał głębiej... Ale na to nie było czasu. Wyłączyłem komputer.

Żałowałem, że nie mam myjącego żelu, którego używała pielęgniarka w szpitalu. Zużyłbym pewnie z pół butelki, żeby zdezynfekować ręce po tych świństwach.

W czasie poprzedniej wizyty w domu Robertsona tylko pobieżnie obejrzałem wszystkie pomieszczenia i uciekłem, kiedy uznałem, że mam dość dowodów, aby zwrócić się z tym do Portera. Teraz postanowiłem zrobić dokładną rewizję, chociaż zegar nieubłaganie tykał w mojej głowie. Dobrze, że mieszkanie Grzyba było stosunkowo małe.

W sypialni, w górnej szufladzie komody, natrafiłem na kolekcję rozmaitych noży. Niektóre były bardzo dziwne. Kilka z nich miało na ostrzach łacińskie napisy. Nie znam łaciny, ale podejrzewam, że nie mogło to być nic dobrego. Ostre słowa — ostre jak nóż, na którym je wypisano.

Na następnym znalazłem jakieś hieroglify, ciągnące się od czubka, aż po nasadę trzonka. Nie rozumiałem ich tak samo jak łaciny, choć rozpoznałem parę stylizowanych znaków: płomień, jastrząb, wilk, wąż, skorpion...

W drugiej szufladzie był ciężki srebrny kielich, cały pokryty sprośnymi rysunkami. Pieczołowicie wypolerowany. Zimny w dotyku.

Miałem przed sobą urągliwą i wstrętną imitację kielicha, w którym kapłan celebrujący mszę błogosławi wino. Nóżka rzeźbiona była w odwrócone krzyże. Chrystus stał na głowie. Wokół krawędzi biegły sentencje po łacinie, a poniżej widniały postacie nagich ludzi, połączonych ze sobą w akcie kopulacji.

W tej samej szufladzie leżało jeszcze cyborium pokryte czarną laką i też bogato zdobione pornografią. Na jego bokach i pokrywce ręcznie kolorowane sceny przedstawiały ludzi obojga płci, uprawiających miłość z szakalami, hienami, kozłami i wężami.

W Kościele katolickim cyborium służy do przechowywania hostii. Tutaj znalazłem czarne jak smoła wafle, upstrzone czerwonymi plamkami.

Przaśny chleb ma delikatny i przyjemny zapach. Czarne

wafle wydzielały słabą, ale wstrętną woń. Pociągnąłem nosem. Za pierwszym razem poczułem jakieś zioła. Za drugim spalone zapałki. Za trzecim wymiociny.

W komodzie były jeszcze inne rzeczy, ale ja miałem już tego serdecznie dosyć.

Nigdy nie rozumiałem, jak dojrzali ludzie mogą brać na poważnie hollywoodzkie stroje i napuszone rytuały praktykujących satanistów. To dobre najwyżej dla czternastolatków, zwłaszcza tych, którym hormony zaciemniają umysł. Ale dorośli? Nawet psychopaci pokroju Robertsona i jego nieznanego kumpla powinni mieć w sobie tyle rozsądku, żeby widzieć cały absurd takiej maskarady.

Schowałem wszystko z powrotem do komody i zamknąłem szufladę.

Drgnąłem, kiedy ktoś zapukał. Tak... to na pewno był stuk palców. Spojrzałem w okno, przekonany, że ujrzę twarz sąsiada, który chciał spytać, co tu robię. Nic. Tylko blask pustynnego słońca, cienie drzew i kawałek pustego podwórka.

Pukanie znów się powtórzyło, tak samo cicho jak przedtem. Ale tym razem trwało dużo dłużej, jakieś piętnaście lub dwadzieścia sekund.

Poszedłem do salonu, ostrożnie uchyliłem brudne zasłony i wyjrzałem przez okno koło drzwi frontowych. Nikt nie czekał na zewnątrz.

Na ulicy stał tylko samotny chevrolet pani Sanchez. Zmęczony pies, którego widziałem już wczoraj, szedł z nisko zwieszoną głową i ogonem. Na jego widok przypomniałem sobie o wronach tłukących się na poddaszu. Odszedłem od okna, wbiłem wzrok w sufit i nasłuchiwałem chwilę.

Po minucie doszedłem do wniosku, że stukanie już się nie powtórzy. Przeniosłem się więc do kuchni. Stare linoleum skrzypiało mi pod nogami.

Jeżeli chciałem się dowiedzieć czegoś konkretnego o wspólniku Grzyba, to kuchnia raczej nie była najwłaściwszym miejscem do takich poszukiwań. Mimo to przetrząsnąłem wszystkie szuflady i szafki. Większość z nich świeciła zupełną pustką. Znalazłem kilka talerzy, ze sześć szklanek i parę sztućców.

Do lodówki zajrzałem wyłącznie po to, żeby sprawdzić, czy nie leżą tam obcięte głowy, bo wiedziałem, że Stormy znów mnie o to spyta. Było piwo, jakieś soki, szynka z puszki, wyjęta na talerz, pół ciasta truskawkowego i tym podobne rzeczy.

Obok ciasta, w przezroczystej foliowej torebce, spoczywały cztery czarne świece, długie na co najmniej dwadzieścia centymetrów. Pewnie Robertson trzymał je w lodówce, żeby nie rozmiękły w tutejszym upale, zwłaszcza w domu, w którym nie było porządnej klimatyzacji.

Tuż przy świecach stał słoik bez żadnej nalepki, z czymś, co przypominało zęby. Przy bliższych oględzinach okazało się, że tak jest w istocie — zobaczyłem siekacze, kły i trzonowce... Ludzkie zęby. Wystarczyłoby ich na pięć albo sześć jam ustnych.

Patrzyłem przez chwilę na zawartość słoika, zastanawiając się, w jaki sposób Robertson zgromadził tę kolekcję. Potem jednak uznałem, że nie chcę tego wiedzieć, i zamknąłem lodówkę.

Gdybym nie znalazł w niej nic dziwnego, to na pewno nie zajrzałbym do zamrażalnika. Teraz jednak nie mogłem się wycofać.

Zamrażalnik był na samym dole i przypominał szufladę na kółkach. Kiedy go otworzyłem, na zewnątrz buchnął obłok lodowatej pary.

Od razu rozpoznałem dwa duże, różowo-żółte pojemniki. Pochodziły z lodziarni, w której pracowała Stormy. Wczoraj Robertson kupił u niej dwie porcje lodów: orzechowe z syropem klonowym i pomarańczowe z czekoladą.

Oprócz tego było tam jeszcze z dziesięć innych plastikowych pudełek z czerwonymi pokrywkami — takich samych, w jakich na ogół przechowuje się resztki lazanie. Nie zwróciłbym na nie najmniejszej uwagi, gdyby nie to, że na najbliż-

szych z nich trwałym flamastrem napisano: HEATHER JOHN-
SON, JAMES DEERFIELD.

A ja przecież szukałem nazwisk.

Wyjąłem pudełka i przeczytałem dalsze napisy na pokryw-
kach: LISA BELMONT, ALYSSA RODRIQUEZ, BENJA-
MIN NADER...

Zacząłem od Heather Johnson. Otworzyłem pojemnik
i w środku zalazłem kobiece piersi.

Rozdział czterdziesty dziewiąty

Pamiątki. Trofea. Coś, co pobudza wyobraźnię i pozwala przetrwać pustkę samotnej nocy.

Jak oparzony wepchnąłem pojemnik z powrotem do zamrażalnika i kopnięciem zamknąłem szufladę.

Chyba uciekłem od lodówki i pobiegłem na drugą stronę kuchni, ale w ogóle tego nie pamiętam. Oprzytomniałem dopiero wtedy, gdy pochyliłem się nad zlewem. Przez kilkanaście sekund stałem wsparty o brzeg szafki, z nisko zwieszoną głową, i raz za razem przełykałem ślinę, żeby nie pozbyć się ciasteczek pani Sanchez.

W życiu widziałem różne straszne rzeczy. Niektóre nawet straszniejsze od tego, co znalazłem w tym zamrażalniku. Ale to nie znaczy, że jestem niewrażliwy. Wręcz przeciwnie, ludzkie okrucieństwo doprowadza mnie na skraj obłędu. W takich chwilach zaraz miękną mi kolana.

Miałem ochotę umyć ręce i ochlapać twarz zimną wodą. Nie mogłem się jednak przemóc, żeby dotknąć kranu Robertsona. Wzdragałem się na samą myśl o tym, że miałbym wziąć do ręki jego mydło.

Jeszcze dziesięć pudełek stało w zamrażalniku. Ktoś inny będzie musiał je otworzyć. Jeśli zaś chodzi o mnie, to wcale nie byłem ciekaw tego, co zawierają.

W teczce opatrzonej swoim nazwiskiem Robertson umieścił tylko kartkę z kalendarza z datą piętnasty sierpnia. W ten sposób jakby chciał dać do zrozumienia, że od tego dnia rozpocznie karierę zbrodniarza. Ale moje ostatnie znalezisko wyraźnie wskazywało na to, że akta Boba Robertsona powinny być bardzo grube.

Gorące strugi potu ściekały mi po twarzy, a zimne po plecach. Zupełnie niepotrzebnie kąpałem się w szpitalu.

Spojrzałem na zegarek. Dwie po dziesiątej.

Kręgielnię otwierali dopiero o pierwszej. O tej samej porze rozpoczynał się pierwszy seans w kinie.

Jeśli mój sen był prawdziwy, to pozostawały mi zaledwie niecałe trzy godziny, żeby znaleźć i powstrzymać wspólnika Robertsona.

Odczepiłem telefon od paska. Otworzyłem wieczko klawiatury i wyciągnąłem do końca antenę. Włączyłem go. Popatrzyłem na logo na małym ekranie i wysłuchałem całej elektronicznej melodyjki.

Nie wiedziałem, czy Porter odzyskał już przytomność. Jeżeli tak, to na pewno myślał z wielkim trudem, pod wpływem bólu i wciąż pod działaniem środków znieczulających w rodzaju morfiny. Nie miał sił ani głowy do tego, by wydawać rozkazy swoim podkomendnym.

W zasadzie znałem wszystkich policjantów w mieście, ale żaden z nich nie wiedział o moich zdolnościach i żaden nie był moim przyjacielem w takim stopniu jak Wyatt Porter.

Gdybym ich tutaj wezwał, pokazał zamrażalnik i powiedział, że jak najszybciej powinni ustalić miejsce pobytu i tożsamość wspólnika Robertsona, to minęłoby pewnie dobre parę godzin, zanim zdołaliby się choć trochę połapać w sytuacji. Bez mojego szóstego zmysłu nikt nie mógłby uwierzyć, że to wszystko dzieje się naprawdę i że liczy się każda chwila.

Na pewno by mnie zatrzymano, przynajmniej do wyjaśnień. W oczach policji byłbym równie podejrzany jak Robertson. Przecież włamałem się do jego domu. Kto mógł zaręczyć, że przy okazji nie podrzuciłem posiekanych zwłok do zamrażarki? A może chciałem go w coś wrobić?

Jakby jeszcze znaleźli trupa Robertsona, a szef — nie daj Boże — odszedł z tego świata, to oskarżono by mnie o morderstwo. Zostałbym aresztowany.

Wyłączyłem telefon.

Nie wiedziałem, kogo powinienem szukać. Nie miałem do kogo zwrócić się o radę. Po prostu zabrnąłem w ślepą uliczkę i tak walnąłem w ścianę, aż mi zadzwoniły zęby.

Coś z hukiem spadło na podłogę w sąsiednim pokoju. Już nie był to cichy skrzyp zamykanych drzwi ani pukanie, tylko solidny łomot i brzęk tłuczonego szkła.

W podnieceniu zapomniałem o wszelkiej ostrożności. Skoczyłem do drzwi, jednocześnie próbując przyczepić telefon do paska. Oczywiście mi się to nie udało. Upadł. Zostawiłem go tam, gdzie leżał, i pobiegłem dalej.

W salonie zobaczyłem przewróconą lampę. Na podłodze leżały kawałki ceramiki.

Otworzyłem frontowe drzwi. Na zewnątrz nie było nikogo, ani na ulicy, ani na trawniku, więc zamknąłem je z głośnym trzaskiem. Bardzo głośnym, aż zatrzęsły się ściany. Od razu trochę mi ulżyło. Dosyć tego czajenia, pomyślałem ze złością.

Wyszedłem na korytarz, szukając intruza. Zajrzałem do sypialni, łazienki, do szafy, gabinetu, znów do łazienki. Nikogo nie było.

Wrony na dachu nie przewróciły lampy. Ani przeciąg. Ani trzęsienie ziemi.

Wróciłem do kuchni, żeby wziąć telefon i na dobre wynieść się z tego przeklętego domu. Tam natknąłem się na Robertsona. Czekał na mnie.

Rozdział pięćdziesiąty

Jak na umrzyka, którego nic już nie łączyło z wydarzeniami tego świata, Robertson był strasznie wkurzony — niemal tak samo jak wtedy, gdy go zobaczyłem z dzwonnicy Świętego Bartłomieja. Jego sflaczałe ciało emanowało siłą, chociaż wciąż przypominało kolonię wielkich grzybów. Za to nalana twarz nabrała niezwykłej ostrości, wykrzywiona w grymasie gniewu.

Nie miał rany na piersiach, osmalonej koszuli ani krwawej plamy. W przeciwieństwie do Toma Jedda, który oderwaną ręką drapał się po plecach w sklepie z oponami, Robertson nie chciał wiedzieć, że nie żyje. Pozbył się zatem oznak śmierci. Penny Kallisto też początkowo nie nosiła na szyi śladów uduszenia. Pokazała mi je dopiero przy zabójcy.

Robertson wściekle krążył po kuchni i zerkał na mnie spode łba. Oczy miał dzikie i straszniejsze niż kojoty pod Kościołem Szepczącej Komety.

W gruncie rzeczy zginął przeze mnie, bo zacząłem go śledzić i stał się niewygodny dla swojego wspólnika. Ale to nie ja pociągnąłem za cyngiel! A jednak nienawidził mnie bardziej od niego, gdyż w przeciwnym razie snułby się gdzie indziej.

Przeszedł od kuchenki do lodówki, do zlewu i znów do kuchenki. W tym czasie pochyliłem się i podniosłem telefon z podłogi. Tego Robertsona nie bałem się nawet w połowie tak jak tamtego na cmentarzu, kiedy myślałem, że jest żywy.

Spokojnie przypiąłem komórkę do paska. Robertson podszedł do mnie. Zawisł przede mną. Jego szare oczy były jak brudny lód, a mimo to ziała z nich gorąca furia.

Ani na chwilę nie odwróciłem wzroku. Już dawno przekonałem się, że w takich sytuacjach nie wolno okazywać strachu.

Pulchna twarz Robertsona rzeczywiście miała w sobie coś z mięsistego grzyba. Prawdziwe pieczarki portobello. Nagle rozchylił bezkrwiste wargi i wyszczerzył na mnie niedomyte zęby.

Wyciągnął rękę ponad moim ramieniem i chwycił mnie z tyłu za szyję.

Dłonie Penny były ciepłe i suche. Robertsona zimne i wilgotne. Jedne i drugie oczywiście w ogóle nie istniały, były jedynie częścią widma, nieziemskiej zjawy, którą wyłącznie ja czułem i widziałem... ale dużo mówiły o ludzkiej duszy.

Nawet nie drgnąłem, kiedy mnie dotknął, chociaż skrzywiłem się w głębi ducha na myśl, że tą ręką liczył trofea w zamrażalniku. Sam widok łupu nie zawsze dawał mordercy pełną satysfakcję. Na pewno czasem go wyjmował, żeby z lubością przypominać sobie szczegóły każdej zbrodni. Gładził, pieścił, szczypał, przekładał i obsypywał pocałunkami...

Żaden duch, choćby najbardziej wredny, nie może skrzywdzić żywego człowieka. Ten świat należy do nas, nie do nich. Żaden cios pięścią nie dosięgnie nas, a zęby nie utoczą krwi.

Robertson szybko pojął, że nic mi nie zrobi, i cofnął rękę. Wpadł w jeszcze większą wściekłość, dygotał cały, a jego twarz wykrzywiła się w upiorną maskę.

Istnieje tylko jeden sposób, w który duchy wyładowują złość na ludziach. Jeśli ich serce jest dostatecznie czarne, jeśli się całkiem zaprzedały złu, do tego stopnia, że zwykła niechęć przeradza się w nieuleczalną furię, to mogą wówczas swoją energię przenieść na sprzęty i przedmioty.

Taki duch nosi z niemiecka nazwę *Poltergeist*, hałaśliwy duch. Jeden z nich zniszczył mi kiedyś zupełnie nową wieżę stereo oraz tabliczkę, którą dostałem podczas szkolnego konkursu literackiego od jury pod przewodnictwem Małego Ozzie. Duch Robertsona szalał po kuchni tak jak po zakrystii Świętego Bartłomieja. Z jego dłoni raz po raz strzelały widoczne dla mnie strumienie energii. Powietrze wokół nich aż wibrowało, układając się w coraz szersze kręgi, podobne do tych, które powstają na powierzchni wody po wrzuceniu kamienia. Drzwiczki szafek otwierały się i zamykały z donośnym łomotem. Trochę to przypominało głośne kłapanie szczęką podczas przemówień wielu polityków. Talerze ulatywały z półek i świszczały w powietrzu niczym dyski miotane ręką olimpijczyka.

Zręcznie uchyliłem się przed lecącą szklanką, która chwilę później z hukiem szrapnela wylądowała na drzwiach piekarnika. Posypał się grad odłamków. Inne szklanki uderzały z daleka ode mnie, o ściany, stół i szafki.

Złośliwy duch nie kontroluje swojej furii, lecz miota się na oślep. Nie może zrobić nikomu krzywdy świadomym działaniem. Liczy wyłącznie na łut szczęścia, że w końcu czymś cię trafi. Ale dekapitacja — nawet przypadkowa — nie należy do najprzyjemniejszych rzeczy.

Podniecony donośnym aplauzem ze strony łomoczących szafek, Robertson trysnął większą energią. Dwa krzesła zatańczyły kadryla po kuchni, parę razy tupnęły w linoleum i kopnęły w stół. Po chwili drgnęły pokrętła palników. Cztery płomienie gazu strzeliły w górę, zalewając widmowym niebieskim światłem ponurą kuchnię.

Miałem już tego dość. Wciąż uważając na pociski, odwróciłem się od Robertsona i podszedłem do drzwi wychodzących na podjazd.

Jakaś szuflada otworzyła się z trzaskiem i głośno zadźwięczały sztućce. Chwilę potem wyskoczyły wysoko w powietrze, zamigotały i zaczęły wyprawiać dziwne harce, jakby stado wygłodniałych i niewidzialnych duchów z zapałem jadło równie niewidzialny obiad.

Nagle zobaczyłem, że lecą w moją stronę — gładko przeszły

przez Robertsona, nie naruszając jego ektoplazmy — więc uskoczyłem w bok i jednocześnie zasłoniłem twarz przedramieniem. Ciągnęły do mnie, jakbym był magnesem. Jakiś widelec przebił się przez moją obronę, dziabnął mnie w czoło i przeleciał dalej, po włosach.

Opuściłem ręce dopiero wtedy, gdy za mną dał się słyszeć metaliczny grzechot. Noże, łyżki, widelce spadały na podłogę.

Robertson, niczym wielki troll skaczący w takt słyszalnej tylko dla niego muzyki, rzucał się i wywijał pięściami w powietrzu. Wydawało się, że wył i krzyczał, choć to nie miało najmniejszego sensu, bo oczywiście był zupełnie niemy.

Wreszcie siłą woli otworzył lodówkę i rzucił we mnie piwem, sokiem, kawałkiem szynki i ciastem truskawkowym. Wszystko to razem stworzyło na podłodze coś na kształt wielkiej plamy wymiocin. Strzelały kapsle; piwo i cola dosłownie lały się strumieniami.

Lodówka trzęsła się jak w febrze, tłukąc bokami o sąsiednie szafki. Klekotały w niej druciane półki i plastikowe szuflady na warzywa.

Kopnąłem puszkę i kilka sztućców, które zawirowały mi na drodze, i podszedłem do drzwi.

Potworny hałas ostrzegł mnie przed rozpędzoną śmiercią.

Skoczyłem w lewo i poślizgnąłem się na pianie z piwa i wygiętej łyżce.

Lodówka z upiornym ładunkiem zamkniętym w zamrażalniku przemknęła obok i wyrżnęła w ścianę z taką siłą, że tynk popękał na spojeniach.

Wybiegłem na dwór pod zacienioną wiatę i zatrzasnąłem za sobą drzwi.

W środku ciągle wrzało — tumult, huki, trzaski, grzechot i szuranie.

Wiedziałem, że przez dobrą chwilę Robertson nie będzie mnie gonił. Ogarnięty szałem, duch nie może przerwać niszczącego dzieła, póki się nie wypali i na pewien czas nie zniknie zdziwiony w strefie czyśćca między tym i tamtym światem.

Rozdział pięćdziesiąty pierwszy

W tym samym sklepie, w którym przedtem kupiłem no-doz i pepsi, wziąłem następną colę, buteleczkę bactyny i paczkę plastrów z opatrunkiem. Facet przy kasie popatrzył na mnie ze zdumieniem i odłożył na bok sportową stronę „Los Angeles Times".

— Krew ci leci, koleś — powiedział.

Uprzejmość jest nie tylko podstawą kontaktów z ludźmi, ale także ułatwia życie. I tak na co dzień mamy do czynienia z tyloma konfliktami, że nie musimy sobie ich dokładać.

Niestety w tym momencie byłem w złym nastroju. Rzadko mi się to zdarza, lecz czas uciekał i coraz bliżej majaczyła godzina masakry, a ja wciąż nic nie wiedziałem o kumplu Robertsona.

— Wiesz, że krwawisz? — zapytał kasjer.

— Tak mi się zdawało.

— Trochę paskudnie to wygląda.

— Bardzo przepraszam.

— Co sobie zrobiłeś w czoło?

— Dziabnąłem się widelcem.

— Widelcem?

— Tak, proszę pana. Na drugi raz będę jadł łyżką.

— Skaleczyłeś się widelcem?

— Wymknął mi się.

— Wymknął?

— Widelec.

— Widelec wymknął ci się z ręki?

— Tak, i trafił mnie w czoło.

Na chwilę przestał liczyć pieniądze i popatrzył na mnie spod oka.

— To szczera prawda. — Pokiwałem głową. — Widelec wymknął mi się z ręki i trafił mnie w czoło.

Nie zadawał więcej pytań. Wydał resztę, włożył zakupy do papierowej torby i wsadził nos w gazetę.

Poszedłem do toalety na stacji benzynowej. Umyłem zakrwawioną twarz, zdezynfekowałem ranę, grubiej posmarowałem ją bactyną i przyłożyłem papierowy ręcznik. Zadrapania nie były głębokie, więc wkrótce krew przestała lecieć.

Nie po raz pierwszy — i nie ostatni — żałowałem, że w ramach nadludzkich zdolności nie otrzymałem daru uzdrawiania.

Nakleiłem plaster na czoło i powlokłem się do samochodu. Uruchomiłem silnik, włączyłem klimę i przez chwilę po prostu siedziałem za kierownicą, popijając lodowatą pepsi.

Tylko zegarek głosił złą wiadomość: dziesiąta czterdzieści osiem.

Piekły mnie oczy. Bolały wszystkie mięśnie. Czułem się słaby i zmęczony. Może gdzieś tam w sobie miałem ciut więcej energii, niż mi się zdawało, ale na pewno bym nie wygrał z kumplem Robertsona, który bez wątpienia spał lepiej ode mnie.

Godzinę temu połknąłem dwie tabletki z kofeiną, więc nie mogłem tak szybko wziąć następnej dawki. Kwas żołądkowy stężał mi do tego stopnia, że mógłby przeżreć stal na wylot. Byłem wypruty i nerwowy, a to naprawdę nie pomaga w walce o przetrwanie.

Wciąż nie wiedziałem, kogo szukać; nie znałem twarzy i nazwiska, ale wróciłem do Pico Mundo pełen nadziei, że być może doznam jakiegoś oświecenia.

Pustynny dzień prażył już z mocą hutniczego pieca. Wydawało się, że powietrze płonie, jakby Słońce — odległe od Ziemi o niecałe osiem i pół minuty świetlnej — osiem minut temu stało się gwiazdą nową i przysłało nam jedynie krótkie ogniste ostrzeżenie, że za chwilę wszyscy zginiemy.

Każdy błysk światła w szybie samochodu był prawdziwą torturą dla moich zmęczonych oczu. Zapomniałem wziąć z domu ciemne okulary. Wkrótce dostałem od słońca tak potwornej migreny, że już wolałbym chyba mieć widelec w głowie.

Jeździłem bez celu po różnych ulicach, kierując się wyłącznie wewnętrzną intuicją. Nagle znalazłem się w nowszej dzielnicy miasta, Shady Ranch, pośród wzgórz, na których jeszcze dziesięć lat temu gnieździły się tylko Bogu ducha winne grzechotniki. Teraz żyli tu ludzie, a wśród nich być może psychopatyczny potwór, gorszy niż najdziksze zwierzę. Siedział w sielskim zakątku wśród eleganckich willi i snuł zbrodnicze plany.

Shady Ranch, wbrew nazwie „Cienistego rancza", nigdy nie miało w sobie nic wiejskiego. Teraz też nie, chyba że ktoś uznawał ogrody za pastwiska. Cienia było tu nawet mniej niż w centrum miasta, bo niedawno sadzone drzewa jeszcze się nie rozrosły.

Zajechałem do domu ojca, ale chwilę trwało, zanim zgasiłem silnik. Musiałem się zebrać w sobie przed czekającym mnie spotkaniem.

Dom, utrzymany w śródziemnomorskim stylu, był jak jego właściciel, czyli bez charakteru. Beżowe ściany bez żadnych ozdób i dach kryty czerwoną dachówką. Równe krawędzie i proste kąty, jednym słowem nuda bez polotu. Architekt nie wykazał się pomysłowością.

Przysunąłem się bliżej deski rozdzielczej, pochyliłem się nad nawiewem i zamknąłem oczy. Poczułem na twarzy podmuch zimnego powietrza. Pod powiekami wirowały mi świetliste kręgi, dziwnie kojące wspomnienie blasku bijącego z nagrzanej pustyni. A potem znowu przypomniałem sobie ranę na piersiach Robertsona.

Zgasiłem silnik, wysiadłem, podszedłem do drzwi i nacisnąłem guzik dzwonka.

O tej porze ojciec na pewno był w domu. Przez całe życie nigdy nie pracował i rzadko wstawał wcześniej niż o dziewiątej lub dziesiątej.

Otworzył drzwi i zdziwił się na mój widok.

— Nie mówiłeś mi, że przyjedziesz, Odd.

— Fakt — przytaknąłem. — Nie mówiłem.

Mój ojciec liczy sobie czterdzieści pięć lat, wciąż jest przystojny i ma czarne włosy, tylko gdzieniegdzie przetykane siwizną. W dalszym ciągu zachował szczupłą i muskularną sylwetkę, z czego jest bardzo dumny, do granic próżności.

Był boso, ubrany tylko w jasnozielone szorty. Imponował opalenizną utrzymywaną olejkami, pogłębianą tonerami i wzmacnianą odżywkami.

— Po co przyszedłeś? — spytał.

— Sam nie wiem.

— Źle wyglądasz.

Cofnął się o krok od drzwi. Bał się chorób.

— Nic mi nie dolega — zapewniłem go. — Jestem tylko potwornie zmęczony. Nie spałem. Mogę wejść?

— W zasadzie nic nie robiliśmy... Kończymy śniadanie, a potem chyba poleżymy troszeczkę na słońcu.

Uznałem to za zaproszenie i wszedłem do środka, zamykając za sobą drzwi.

— Britney jest w kuchni — powiedział ojciec, prowadząc mnie na tył domu.

Zasłony były zaciągnięte, więc w pokojach panował rozkoszny półmrok. Widziałem to miejsce w dużo lepszym świetle. Było wspaniale urządzone. Ojciec uwielbiał komfort i wygodę.

Odziedziczył spory fundusz powierniczy. Co miesiąc otrzymywał czek na pokaźną sumę i żył tak, że inni mogli mu tylko pozazdrościć.

Miał dużo, ale chciał o wiele więcej. Marzył o luksusach

i zżymał się na postanowienia warunków funduszu, nakazujące mu pobierać tylko pensję, bez prawa dostępu do głównych zasobów.

Jego rodzice byli bardzo mądrzy, ustanawiając te zasady. W przeciwnym razie już dawno temu wyczyściłby swoje konto do ostatniego centa i poszedł z torbami.

Wciąż jest pełen pomysłów, jak tu się wzbogacić. Ostatnio zaczął sprzedawać działki na Księżycu. Gdyby sam mógł zarządzać swoim wielkim majątkiem, nie zadowoliłby się zyskiem rzędu dziesięciu lub piętnastu procent. Utopiłby ogromne sumy w niepewnych inwestycjach, licząc na to, że je podwoi albo potroi w ciągu jednej nocy.

Kuchnia jest duża, z wyposażeniem godnym restauracji oraz wszelkimi nowinkami, chociaż mój ojciec sześć lub siedem razy w tygodniu jada kolację poza domem. Podłoga z klonowych desek, szafki w okrętowym stylu, z obłymi krawędziami, granitowe lady i błyszczące garnki sprawiają bogate, acz miłe wrażenie.

Britney jest szczupła i też miła... w taki sposób, że aż dreszcz emocji przechodzi po plecach. Gdy weszliśmy do kuchni, stała w oknie, popijała porannego szampana i patrzyła na promienie słońca, migoczące w basenie.

Jej bikini było wystarczająco skąpe, żeby wprawić w stan podniecenia nawet zblazowanych redaktorów „Hustlera", ale nosiła je z taką gracją, że spokojnie mogłaby też trafić na okładkę wakacyjnego numeru „Sports Illustrated".

Miała osiemnaście lat, ale wyglądała młodziej. Ojciec zawsze w ten sposób wybierał kobiety. Mogły mieć co najwyżej dwadzieścia lat, ale musiały wyglądać na młodsze.

Jakiś czas temu wpadł w kłopoty pod zarzutem współżycia z szesnastolatką. Zarzekał się, że nie znał jej prawdziwego wieku. Drogi adwokat plus sowita suma wypłacona dziewczynie i jej rodzicom uchroniły go przed aresztowaniem i więzienną fryzurą.

Britney nie powiedziała mi nawet „cześć" na powitanie,

tylko obrzuciła mnie niechętnym wzrokiem. Potem znów odwróciła głowę w stronę błyszczącego w słońcu basenu. Nie lubiła mnie, bo była przekonana, że ojciec daje mi pieniądze, które spokojnie mógłby wydać na nią. To oczywiście bzdura. Nigdy mi nie dał nawet centa, a ja bym nic od niego nie wziął.

Moim zdaniem powinny martwić ją dwie inne rzeczy: po pierwsze była z ojcem już pięć miesięcy, a po drugie każdy jego romans trwał mniej więcej od pół roku do dziewięciu miesięcy. Niedługo wypadały jej dziewiętnaste urodziny. Robiła się dla niego zwyczajnie za stara.

Zabulgotała świeżo parzona kawa. Poprosiłem o kubek, sam sobie ją nalałem i usiadłem na wysokim barowym stołku.

Ojciec, jak zawsze nieswój w moim towarzystwie, niespokojnie krążył po kuchni. Wyjął z rąk Britney kieliszek po szampanie, umył go, przetarł ścierką czysty jak łza blat stołu i poprawił krzesła.

— Żenię się w tę sobotę — powiedziałem.

Nie potrafił ukryć zaskoczenia. Jego małżeństwo z moją matką trwało bardzo krótko. Parę godzin po ślubie już pluł sobie w brodę, że tak dał się podejść. Nie pasował na męża.

— Z tą... Llewellyn? — zapytał.

— Tak.

— Czy to dobry pomysł?

— Chyba najlepszy, jaki miałem w życiu.

Britney odwróciła się od okna i popatrzyła na mnie podejrzliwie. Dla niej wesele oznaczało wydatek w formie prezentu albo ojcowskiej premii. Miała zamiar jak lwica bronić swoich interesów.

Nie czułem do niej najmniejszej złości. Raczej budziła we mnie litość, bo nawet bez szóstego zmysłu mogłem przewidzieć jej najbliższą i głęboko nieszczęśliwą przyszłość.

Prawdę mówiąc, w głębi serca trochę się jej obawiałem, łatwo bowiem wpadała w złość i miewała zmienne humory. Gorzej, była tak pewna siebie, że nie wierzyła, aby jakiś jej postępek mógł mieć dla niej przykre konsekwencje.

Mój ojciec lubił takie dziewczęta. Lubił, kiedy złość do świata przezierała im aż przez skórę. Lubił, kiedy popadały w huśtawkę nastrojów, graniczącą z psychiczną zwałką. To go naprawdę rajcowało. Seks bez emocji uważał po prostu za nudny.

Pod tym względem jego kochanki niczym się nie różniły. Żadnej zresztą nie musiał długo szukać. Przychodziły do niego nadzwyczaj regularnie, jakby ściągnięte tajemniczą siłą albo zapachem feromonów.

Kiedyś powiedział mi, że najlepsze w łóżku są popieprzone histeryczki. To była jego ojcowska rada, której zupełnie nie potrzebowałem.

Teraz, gdy zalewałem kawą żołądek pełen zimnej pepsi, spytał:

— Ona cię w to wciągnęła?

— Nie.

— Jesteś za młody do żeniaczki — stwierdził. — Poczekaj, kiedy będziesz w moim wieku... Wtedy pora się ustatkować.

Powiedział to na użytek Britney. Nie miał zamiaru jej poślubić. Ona z kolei bez wątpienia uznała to za obietnicę. W chwili rozstania czekał ich tytaniczny bój, być może lepszy niż *Godzilla kontra Mothra*.

Podejrzewam, że prędzej czy później któraś z nich, w przypływie wyjątkowo wrednego nastroju, zrobi mu jakąś krzywdę albo wręcz zabije. On chyba też wie o tym w głębi duszy.

— Co masz na czole? — spytała Britney.

— Plaster.

— Wyrżnąłeś gdzieś po pijanemu, czy coś w tym rodzaju?

— Coś w tym rodzaju.

— Biłeś się?

— Nie. To rana od widelca.

— Co takiego?!

— Wredny widelec walnął mnie wbrew woli.

Aliteracja strasznie wkurza ludzi. Britney zrobiła kwaśną minę.

— Czym się naćpałeś?

— Kofeiną — przyznałem. — I to do pełna.

— Aha, uważaj, bo ci uwierzę. Kofeiną...

— Pepsi, kawa i no-doz. I czekolada. Czekolada zawiera kofeinę. Jadłem czekoladowe ciastka. Pączki z czekoladą.

— Ta sobota to kiepski pomysł — odezwał się ojciec. — Nie damy rady. Mamy już inne plany i nie możemy tego odwołać.

— Oczywiście — odparłem. — Nie ma sprawy.

— Szkoda, że nam nie powiedziałeś wcześniej.

— Nic się nie stało. Nie spodziewałem się, że przyjdziecie.

— Co za głupek — wtrąciła Britney — zawiadamia ludzi o swoim ślubie na trzy dni przed uroczystością?

— Wyluzuj trochę — powiedział ojciec.

Jej psychologiczny motor nie miał jednak takiej funkcji.

— Cholerny pętak! Maniak! Dziwoląg!

— W ten sposób niczego nie osiągniesz — ofuknął ją czułym tonem.

— Ale to prawda! — nie ustępowała. — Rozmawialiśmy o tym ze dwadzieścia razy. Nie ma własnego samochodu, mieszka w garażu...

— Nad garażem — poprawiłem ją.

— ...codziennie łazi w tych samych ciuchach, przyjaźni się z jakimiś łachudrami, przylgnął jak gówno do policji, chociaż nie może być policjantem, i na dodatek tak mu odpaliło...

— Nie będę się z tobą kłócił — powiedziałem.

— ...że przychodzi tu narąbany i opowiada coś o jakimś ślubie i widelcu, który go walnął w czoło! Idiotyzm!

— To prawda, jestem dziwolągiem — przytaknąłem. — Wcale się tego nie wypieram. Nie ma powodu o to się kłócić. Pokój.

— Nie mów tak. Niczym nie różnisz się od innych ludzi — powiedział ojciec, siląc się na szczerość, ale niezbyt mu się to udało.

Sęk w tym, że on nic nie wie o moich zdolnościach. Jako

siedmiolatek nie chodziłem do niego, żeby zapytać, co się ze mną dzieje. A działo się wtedy dużo, bo mój szósty zmysł, wcześniej niepewny i słaby, nagle się uaktywnił i nabrał większej mocy.

Ukrywałem to przed nim częściowo z tego powodu, żeby mi nie kazał wygrywać na loterii. Tego nie potrafiłem. W dodatku wiedziałem, że od razu zrobiłby koło mnie mnóstwo szumu. Ciągałby mnie do gazet i do telewizji i sprzedawał na wszystkie strony. Skończyłbym pewnie jako wróżbita dla naiwnych, pod zero-siedemset.

Wstałem ze stołka.

— Chyba już wiem, po co tu przyszedłem — powiedziałem. Skierowałem się w stronę wyjścia. Ojciec poszedł za mną.

— Naprawdę szkoda, że musiałeś wybrać akurat tę sobotę...

Popatrzyłem na niego.

— Wpadłem tutaj, bo bałem się iść do matki.

Britney stanęła tuż za nim i przytuliła się do jego pleców. Oplotła go ramionami i położyła mu ręce na piersiach. Nawet nie próbował wyzwolić się z jej objęć.

— Jest coś, o czym w ogóle nie chciałbym pamiętać... — powiedziałem bardziej do siebie niż do nich. — Coś, czego nie pamiętam. To jest związane z matką... i podejrzewam, że tylko ona zna odpowiedź.

— Jaką odpowiedź? — mruknął ze zdziwieniem. — Dobrze wiesz, że ona naprawdę nie nadaje się do żadnych odpowiedzi.

Britney uśmiechnęła się do mnie złośliwie, wyglądając mu znad ramienia. Powoli przesunęła dłońmi po jego muskularnej piersi i płaskim brzuchu.

— Siadaj — rzekł do mnie ojciec. — Zrobię ci drugą kawę. Jeśli masz jakiś życiowy problem, to możesz pogadać ze mną.

Prawa ręka Britney ześliznęła się jeszcze niżej i sięgnęła za gumkę szortów.

Wyraźnie chciał, żebym zobaczył, że wciąż budzi pożądanie u młodszych od siebie kobiet. Jak wszyscy ludzie słabego charakteru był dumny z roli ogiera i to dumny aż do tego stopnia, że nawet nie pomyślał o moich uczuciach. Nie przyszło mu do głowy, że mnie tym poniża.

— Wczoraj była rocznica śmierci Gladys Presley — powiedziałem. — Elvis płakał jak bóbr na jej pogrzebie i przez rok nosił żałobę.

Na czole ojca pojawiły się nieznaczne zmarszczki świadczące o zakłopotaniu. Ale Britney była zbyt zajęta, żeby mnie w ogóle słuchać. Oczy błyszczały jej triumfalnie i z nieukrywaną drwiną, kiedy powoli wsuwała dłoń głębiej w jego szorty.

— Ojca też kochał. A jutro wypada rocznica jego własnej śmierci. Chyba popatrzę gdzieś tam w górę i powiem mu, że miał cholerne szczęście.

Wyszedłem z kuchni, a potem z domu.

Ojciec nie poszedł za mną. Wiedziałem, że nie pójdzie.

Rozdział pięćdziesiąty drugi

Moja matka mieszkała w pięknym wiktoriańskim budynku w zabytkowej części Pico Mundo. Tym samym, który mój ojciec otrzymał w spadku po rodzicach. Podczas rozwodu dostała dom wraz z wyposażeniem oraz wysokie alimenty „na pokrycie kosztów utrzymania". Ponieważ nigdy nie wyszła drugi raz za mąż i pewnie nigdy nie wyjdzie, więc do końca życia ma zapewnioną pensję.

Taka hojność nie leży w naturze ojca. Bez słowa przyjął jej warunki po prostu ze strachu. Wprawdzie niechętnie dzielił się z nią pieniędzmi z funduszu, ale nie miał odwagi, by podjąć negocjacje nawet przez prawników. W rezultacie dostała wszystko, czego zażądała. Płacił za swoje bezpieczeństwo i szansę na prawdziwe szczęście (tak to nazywał). Zostawił mnie, zanim ukończyłem pierwszy rok życia.

Przesunąłem dłonią po bujanej ławce, wiszącej na werandzie, żeby sprawdzić, czy jest na pewno czysta. Dopiero potem zadzwoniłem do drzwi. Chciałem, aby na czas rozmowy matka usiadła na ławce, a ja wtedy mógłbym usadowić się na balustradzie. Zawsze spotykaliśmy się na dworze. Obiecałem sobie, że już nigdy nie przekroczę progu tego domu, choćbym żył dłużej od niej.

Zadzwoniłem dwa razy, lecz nikt mi nie otwierał. Poszedłem zatem od drugiej strony.

Posiadłość jest dosyć duża. Tuż za domem rosną dwa wielkie kalifornijskie dęby, razem dające trochę cienia. Ale to wszystko. Od tego miejsca nic nie zasłania słońca — i tam właśnie kwitną róże.

Moja matka krzątała się wśród różanych krzewów. Niczym dama z zamierzchłych czasów, ubrana była w żółtą sukienkę i odpowiednio dobrany czepek. Twarz miała częściowo zasłoniętą szerokim rondem czepka, ale zauważyłem, że nic nie straciła ze swojej niezwykłej urody. Była tak samo piękna jak cztery miesiące temu, kiedy widziałem ją poprzednim razem.

Poślubiła mojego ojca jako dziewiętnastolatka. On miał wtedy dwadzieścia cztery lata. Ona teraz miała czterdzieści, ale wyglądała o dziesięć lat młodziej.

Na zdjęciach ze ślubu można było wziąć ją za szesnastolatkę, śliczną jak z obrazka, ale zbyt młodą, żeby poważnie myśleć o małżeństwie. Żadna z późniejszych kochanek ojca nie dorównywała jej urodą.

Nawet teraz, gdyby ją zamknąć — tak jak stała — w jednym pomieszczeniu ze skąpo odzianą Britney, to raczej na nią kierowałyby się spojrzenia wszystkich mężczyzn. A gdyby jeszcze miała humor, to tak by ich oczarowała, że pogłupieliby z zachwytu i nic poza nią nie widzieli.

Podszedłem do niej dosyć blisko, zanim spostrzegła, że już nie jest sama. Oderwała wzrok od kwiatów, wyprostowała się, spojrzała na mnie i zmrużyła oczy, jakbym był fatamorganą.

— Odd, kochanie, chyba w zeszłym życiu musiałeś być kotem, skoro potrafisz tak po cichu przemknąć przez podwórko — odezwała się w końcu.

Zdobyłem się na wątły uśmiech.

— Cześć, mamo. Świetnie wyglądasz.

Zasługiwała na ten komplement. Chociaż oczywiście zawsze wyglądała świetnie.

Gdybym był obcy, to na jej widok na pewno wpadłbym w zachwyt. Ale, niestety, nie umiałem zapomnieć o pewnych rzeczach, które rzucały cień na jej urodę.

Wszedłem w aleję róż, wysypaną granitowym żwirem. Przy każdym kroku drobne kamienie chrzęściły mi pod nogami. Niektóre kwiaty błyszczały w słońcu niczym plamy zakrzepłej krwi. Inne znów wyglądały jak pomarańczowy płomień lub żółty onyks, obramowany złotym światłem. Feeria barw, od różu do purpury tworzyła wręcz karnawałowy nastrój.

Matka pocałowała mnie w policzek. Jej usta nie były zimne, tak jak się tego zawsze spodziewałem.

— To róża „John F. Kennedy" — powiedziała, wskazując mi jeden z krzewów. — Czyż nie jest wyjątkowo piękna?

Delikatnie uniosła kwiat tak ciężki, że zwisał w dół na mocno wygiętej łodyżce.

Róża była biała niczym wyschnięta kość na pustyni, ale z lekkim zielonym odcieniem. Duże i gładkie płatki wydawały mi się strasznie grube.

— Wygląda jak zrobiona z wosku — zauważyłem.

— Właśnie. Są doskonałe, prawda? Kocham wszystkie róże, ale ta należy do moich ulubionych.

Mnie się nie podobała i to nie tylko dlatego, że budziła podziw mojej matki. Była zbyt perfekcyjna. Niemal sztuczna. Zmysłowe kształty jej zewnętrznych płatków tchnęły spełnieniem i tajemnicą, lecz wyglądało to na złudę. Zimna biel, woskowa sztywność i brak zapachu nie miały w sobie nic z życiowej pasji, lecz niosły zapowiedź śmierci.

— Dam ci ją — powiedziała matka i wyjęła z kieszeni parę małych cążków.

— Nie zrywaj jej. Niech sobie rośnie. Nie marnuj jej dla mnie.

— Głupstwa mówisz. Najlepiej zanieś ją swojej dziewczynie. Jedna róża, wręczona we właściwej chwili, o wiele więcej mówi o uczuciach niż cały bukiet innych kwiatów.

Ucięła łodyżkę na długości mniej więcej dwudziestu centymetrów.

Wziąłem różę w dwa palce, tuż przy nasadzie kwiatu, między dwoma kolcami. Spojrzałem na zegarek i stwierdziłem z żalem, że tylko tutaj, wśród kwiatów i słońca, czas zdawał się stanąć w miejscu. W rzeczywistości mijał w strasznym tempie. Być może wspólnik Robertsona już zmierzał na miejsce zbrodni.

Matka z królewską gracją i łaskawym uśmiechem przechadzała się po ogrodzie, spoglądając na pochylone głowy różnobarwnych poddanych.

— Bardzo się cieszę, że wpadłeś, kochanie — powiedziała do mnie. — Z jakiej to okazji?

Szedłem jakieś pół kroku za nią.

— Sam nie wiem. Jest pewien mały kłopot...

— Kłopoty tu nie mają wstępu — przypomniała mi tonem łagodnej nagany. — To zamknięta strefa, od drzwi frontowych aż po koniec płotu.

Dobrze zdawałem sobie sprawę z grożącego nam niebezpieczeństwa. Mimo to brnąłem dalej, nie bacząc na to, że granitowa ścieżka z wolna staje się grząskim bagnem.

Nie miałem innego wyjścia. Zostało za mało czasu, żeby to rozegrać zgodnie z regułami.

— Bezskutecznie usiłuję coś sobie przypomnieć... — powiedziałem. — Coś bardzo ważnego. Przyszedłem tutaj, wiedziony jakimś wewnętrznym impulsem... i z nadzieją, że mi pomożesz.

Podejrzewałem w duchu, że mnie nie zrozumie. Dla niej to był zupełny bełkot. Tak jak ojciec, nic nie wiedziała o moich zdolnościach. Już w dzieciństwie nabrałem przekonania, że nie mogę jej bardziej komplikować życia. Taka wiadomość, przy jej stanie nerwów, doprowadziłaby ją do śmierci. Albo odwrotnie, to ja bym zginął.

W jej małym świecie nie było miejsca na wątpliwości i rozterki. Za nic nie czuła się odpowiedzialna i jak ognia unikała wszelkich zobowiązań. Nie należała do nikogo, z wyjątkiem samej siebie.

Nie nazywała tego samolubstwem. Dla niej to była samoobrona. W przeciwnym razie nie sprostałaby życiowym wymaganiom. To ją po prostu przerastało. Gdyby rzuciła się w wir życia, to szybko wpadłaby w depresję. W rezultacie autokratycznie rządzi swoim światem i cenny dla niej spokój ducha trzyma w kokonie obojętności.

— A może porozmawiamy chwilę? — zapytałem. — Może w ten sposób się domyślę, po co tu przyjechałem?

Jej nastrój zmienił się, jak za dotknięciem czarodziejskiej różdżki. Różana dama była za krucha, żeby poradzić sobie z tym wyzwaniem. Zamiast uśmiechu na jej twarzy pojawił się zacięty grymas złej bogini. Patrzyła na mnie spod zmrużonych powiek, mocno zaciskając usta, jakby mnie chciała gdzieś odesłać tylko siłą spojrzenia.

W każdej innej sytuacji odwróciłbym się i odszedł.

Tymczasem słońce nieubłaganie zbliżało się do zenitu. Coraz mniej czasu pozostawało do godziny zero. Nie mogłem wrócić na rozgrzane ulice Pico Mundo bez nazwiska mordercy lub jakiejś wskazówki, która pomogłaby mi go odnaleźć.

Po chwili matka zrozumiała, że jednak nie odejdę i nie pozwolę jej na powrót zająć się różami. Przemówiła więc kruchym i zimnym jak lód głosem:

— Strzelili mu prosto w głowę.

Popatrzyłem na nią z zaskoczeniem, choć jej słowa w tajemniczy sposób wplatały się w bieg wydarzeń, w których brałem udział.

— Komu? — spytałem.

— Kennedy'emu. — Wskazała na różę. — Dostał prosto w głowę, aż mózg mu wypłynął.

— Mamo... — powiedziałem, chociaż rzadko zwracałem się do niej w ten sposób. — Tym razem chodzi o coś innego. Musisz mi pomóc. Jeśli tego nie zrobisz, to zginą niewinni ludzie.

Chyba nic gorszego nie mogłem powiedzieć. Nie miała tyle hartu ducha, żeby na siebie wziąć odpowiedzialność za życie innych ludzi.

Błyskawicznym ruchem wyrwała mi z ręki różę, którą dostałem od niej kilka minut temu.

Nie zdążyłem puścić łodyżki. Smagnęła mnie po palcach, aż syknąłem z bólu. Złamany kolec utkwił mi głęboko w kciuku. Matka zgniotła kwiat w ręku i rzuciła go na ziemię. Potem odwróciła się do mnie plecami i poszła w stronę domu.

Nie dałem się zastraszyć. Pobiegłem za nią, błagając o chwilę rozmowy, dzięki której mógłbym jakoś poukładać myśli i zrozumieć, po co tu przyszedłem.

Szła coraz szybciej, ale ja także przyśpieszyłem kroku. Zanim dotarła do werandy, puściła się dosłownie biegiem, jedną ręką przytrzymując czepek. Żółta sukienka łopotała za nią niczym skrzydła.

Wpadła do domu i z hukiem zatrzasnęła za sobą drzwi. Ja z kolei, wierny swoim postanowieniom, zatrzymałem się na werandzie.

Wcale nie chciałem jej denerwować, ale nie miałem innego wyjścia. Byłem zdecydowany na wszystko, żeby doprowadzić tę sprawę do końca.

— Nie pójdę stąd! — zawołałem przez drzwi. — Nie tym razem... Po prostu nie mam dokąd!

Nie odpowiedziała. W kuchni panował półmrok, ale było tam zbyt cicho i spokojnie, żeby ktoś się ukrywał. Na pewno uciekła w głąb domu.

— Zaczekam tutaj, na werandzie! — krzyknąłem głośniej. — Nie ruszę się stąd cały dzień, jeśli będę musiał!

Serce waliło mi jak oszalałe. Usiadłem na najwyższym schodku, tyłem do drzwi kuchni.

Teraz, kiedy myślę o tej sytuacji, to wyraźnie widzę, że bezwiednie chciałem, żeby tak się stało. Chciałem ją doprowadzić do ostateczności, do tego, by w obronie sięgnęła po pistolet.

Wtedy jednak byłem tak skołowany, że w ogóle mi to nie przyszło do głowy.

Rozdział pięćdziesiąty trzeci

Popatrzyłem na kolec sterczący mi z palca. Bez większego trudu wyjąłem go zębami, ale ranka wciąż piekła, jak polana kwasem.

W duchu wstydziłem się tak siedzieć przed domem własnej matki. Miałem wrażenie, że ów ból pochodzi nie od jednego małego kolca, ale od ogromnej cierniowej korony.

Już w dzieciństwie, kiedy bolał mnie ząb, nie mogłem liczyć na niczyje względy. Matka natychmiast dzwoniła do ojca albo do sąsiadów, żeby zabrali mnie do dentysty, a sama zamykała się na klucz w swoim pokoju. Siedziała tam dzień lub dwa, aby mieć całkowitą pewność, że gdy wyjdzie, to nie będę jej zawracał głowy swoimi problemami.

Nie umiała sobie poradzić z moją lekką gorączką albo przeziębieniem. Kiedy miałem siedem lat, dostałem zapalenia ślepej kiszki i ze szkoły odwieźli mnie prosto do szpitala. Gdybym tak jednak zachorował w domu, to matka zostawiłaby mnie, żebym umarł. Leżałbym sam w swoim pokoju, a ona by czytała książki, słuchała płyt albo w inny sposób zazdrośnie strzegła swego prywatnego *perfecto mundo*, czyli „idealnego świata".

Moje uczucia, strachy i radości, chwile zwątpienia i nadziei, drobne porażki i obawy należały wyłącznie do mnie. Nie miałem z kim nimi się podzielić. Nie mogłem liczyć na żadną radę ani na słowa pocieszenia. Rozmawialiśmy z matką tylko o tych sprawach, które jej nie denerwowały i nie zmuszały do odpowiedzialności.

W ponurych chwilach, kiedy bieg wypadków na moment zbliżał nasze oba światy i powodował kryzys, którego matka nie zamierzała tolerować, a zarazem nie mogła przed nim uciec, sięgała po broń ostateczną. Broń w sensie dosłownym — po pistolet. Wspomnienie tamtych czarnych godzin i związanego z tym poczucia winy popchnęło mnie do samotności. Nie chciałem jej dokuczać.

Ścisnąłem palce, żeby zatamować krew płynącą z ranki. Z tyłu dobiegło mnie skrzypnięcie otwieranych drzwi.

Nie odwróciłem się, żeby na nią spojrzeć. Dobrze wiedziałem, że za chwilę przyjdzie czas na odwieczny ceremoniał.

— Idź sobie — powiedziała, stojąc za mną.

Popatrzyłem na poplątany cień, rzucany przez dwa dęby, i na błyszczący w słońcu ogród.

— Nie mogę — odparłem głucho. — Nie tym razem.

Spojrzałem na zegarek. Jedenasta trzydzieści dwie. Zimny dreszcz przebiegł mi po plecach. Nie mogłem pozbyć się wrażenia, że na przegubie noszę tykającą bombę zegarową.

Głos matki zabrzmiał głucho i bezbarwnie, przytłoczony ciężarem brzemienia, które złożyłem na jej barki. Gorzej, że tym brzemieniem było coś, czego nigdy nie mogła udźwignąć: najzwyczajniejsza ludzka czułość i życzliwość.

— Nie umiem tak.

— Wiem. Ale jest coś... czego nie jestem pewien... Coś, w czym możesz mi jakoś pomóc.

Usiadła obok mnie na schodach. Pistolet trzymała w obu dłoniach, na razie mierząc w cień na podwórku.

W takich momentach nigdy nie udawała. Pistolet był naładowany.

— Nie chcę tak żyć — powiedziała. — Nie chcę. Nie mogę. Ludzie wciąż czegoś ode mnie oczekują. Żądają krwi... Ty też.

Wciąż o coś pytasz, pytasz i czegoś oczekujesz. Jesteś zachłanny i nienasycony. Twoje potrzeby... są dla mnie niczym żelazny balast. Ciążą mi... Czuję się pogrzebana żywcem.

Przez całe lata — a może nigdy — nie napierałem na nią tak jak tamtej pamiętnej środy.

— Najgłupsze, mamo, że po dwudziestu latach tej okrutnej farsy gdzieś w głębi mojego serca, gdzie powinna być już tylko ciemność, wciąż tli się mały płomyk miłości do ciebie. Może to zresztą litość... Sam już nie wiem, ale dokucza mi na tyle, że musi być miłością.

Nie chciała uczuć — ani ode mnie, ani od nikogo. Nie chciała, bo nie miała nic, czym potrafiłaby się mi odpłacić. Zupełnie nie wierzyła w miłość. Po prostu bała się w nią wierzyć. Przerażały ją związane z tym oczekiwania. Na co dzień wystarczało jej wyłącznie coś na kształt sympatii, zaledwie paru obojętnych słów dla podtrzymania znajomości. W jej idealnym świecie było miejsce tylko dla niej, więc choć nie potrafiła kochać nawet siebie, to przynajmniej myślała o sobie z czułością. Ta myśl pozwalała jej przetrwać w kontaktach z innymi ludźmi.

Moje niepewne wyznanie miłości skłoniło ją do działania. Przytknęła lufę sobie do gardła, pod takim kątem, żeby pocisk na pewno dotarł do mózgu.

Wszystkich wokół umiała do siebie zniechęcić twardym słowem i obojętnością. Ale ze mną było troszeczkę inaczej. Zwykła broń okazywała się bezużyteczna. Być może matka czuła — choćby podświadomie — że między nami istnieje o wiele silniejsza więź, niżby chciała. Żeby ją zerwać, musiała uciec się do najdrastyczniejszych środków.

— Naciśnij spust — powiedziała. — Zrób to dla mnie.

Słysząc tę prośbę, zawsze odwracałem głowę. Teraz też popatrzyłem w bok. Wydawało mi się, że wraz z powietrzem wdycham cienie dębów. Z płuc trafiały do mojej krwi i już po chwili gdzieś w komorach serca poczułem narastającą zimną ciemność.

— Spójrz na mnie — powiedziała matka, jak zwykle w takich razach. — Popatrz na mnie, bo strzelę sobie w brzuch i będę konać z krzykiem i powoli na twoich kolanach.

Oczywiście spełniłem jej prośbę, chociaż trząsłem się jak galareta.

— No dalej! Naciśnij spust, gówniarzu. Po co mnie do tego zmuszasz? Przecież wiesz, że możesz to sam zrobić.

Nie pamiętam już — nie chcę pamiętać — ile razy w życiu słyszałem to wyzwanie.

Moja matka jest obłąkana. Psychologowie pewnie znają inne, dokładniejsze i mniej kategoryczne określenia, ale w *Słowniku Odda* jej zachowanie stanowi synonim obłędu.

Słyszałem, że nie zawsze zachowywała się w ten sposób. Jako dziecko była wesołą, żywą i zupełnie normalną dziewczynką.

Kiedy skończyła szesnaście lat, zaszła w niej straszna zmiana. Wciąż wpadała w zmienne nastroje. Zamiast czułości wrzała w niej pulsująca złość, którą umiała kontrolować tylko wtedy, gdy była sama. Ani lekarstwa, ani psychoterapia nie poprawiły jej zdrowia. W wieku osiemnastu lat stanowczo odmówiła dalszych kontaktów z lekarzami. Nikt jej specjalnie nie namawiał do dalszej kuracji, bo w tym czasie nie była jeszcze tak wyalienowana, pełna solipsyzmu i tak niebezpieczna, jak trzy, cztery lata później.

Ojciec poznał ją, gdy jej humory osiągnęły właśnie takie stadium, żeby wzbudzić w nim pożądanie. Odszedł, kiedy jej stan znacznie się pogorszył.

Nigdy nie poszła do szpitala, bo w kontaktach z obcymi ludźmi doskonale umie nad sobą panować. Wszelkie groźby, łącznie z samobójstwem, kieruje wyłącznie do mnie. Znajomi są wręcz przekonani, że nie brakuje jej rozsądku i uważają ją za czarującą.

Dzięki wysokim alimentom nie musi chodzić do pracy. A ponieważ wybrała życie pustelnika, to stan jej zdrowia nie jest w sumie znany mieszkańcom Pico Mundo.

Wiele korzyści pod tym względem daje jej też uroda. Ludzie na ogół dobrze myślą o tych, którzy są piękni i powabni. Nie potrafimy sobie wyobrazić, że chory i niepewny umysł może kryć się w doskonałym ciele.

— Do tej pory przeklinam noc, w której pozwoliłam, żeby twój ojciec mnie zapłodnił — powiedziała ostrym, wyzywającym tonem.

Zupełnie mnie to nie zdziwiło. Słyszałem od niej już o wiele gorsze rzeczy.

— Szkoda, że nie kazałam cię wyskrobać i od razu wywalić do śmietnika. Ale co bym miała potem, po rozwodzie? Byłeś dla mnie biletem do przyszłości.

Kiedy patrzę na nią w takim stanie, nie dostrzegam w niej żadnej nienawiści. Raczej strach, udręczenie i ogromną boleść. Nawet nie wyobrażam sobie cierpienia, jakie zapewne bym odczuwał na jej miejscu.

Pocieszam się jedynie tym, że gdy zostaje sama i nie musi stawiać czoła żadnym wymaganiom, to odkrywa uroki życia. Ba, może wtedy naprawdę jest szczęśliwa?

— Przestań ssać moją krew, gówniarzu, albo wreszcie pociągnij za ten cyngiel! — warknęła.

Z czasów kiedy byłem dzieckiem, najbardziej wryło mi się w pamięć wspomnienie pewnej styczniowej nocy. Deszcz padał jak z cebra. Miałem wtedy pięć lat, chorowałem na grypę i strasznie kasłałem. W przerwach między atakami kaszlu płakałem głośno, domagając się czyjejś czułości i opieki. Matka nie mogła sobie znaleźć w domu żadnego spokojnego kąta.

Wreszcie przyszła do mojego pokoju i położyła się obok mnie na łóżku. Tak na ogół robią wszystkie matki, kiedy chcą uspokoić chore dziecko. Ale ona przyniosła pistolet. Zagroziła, że się zabije, jeśli natychmiast nie przestanę płakać, jeśli nie będę jej posłuszny i nie zwolnię jej z wszelkich matczynych obowiązków.

Otarłem łzy i jakoś udało mi się uspokoić, lecz nie mogłem opanować bólu i drapania w gardle. Ona zaś z kolei była przekonana, że swoim kaszlem pragnę obudzić w niej litość, i to doprowadziło ją na skraj otchłani.

Kiedy stwierdziła, że nie pomagają groźby samobójstwa, przytknęła lufę pistoletu do mojego prawego oka. Spytała, czy w tym wąskim i ciemnym tunelu widzę błyszczący metalicznie czubek pocisku. Dużo czasu spędziliśmy razem tamtej nocy. Dobrze pamiętam deszcz bębniący w okna. Od tamtej pory przeżyłem wiele niebezpieczeństw, ale nigdy nie bałem się tak jak wtedy.

Teraz, kiedy spoglądam na to oczami kogoś, kto ma już za sobą dwadzieścia lat życia, to wydaje mi się, że jednak by mnie nie zabiła. Wiedziała przecież, że gdyby wyrządziła komuś krzywdę, to stanęłaby przed koniecznością kontaktów z innymi ludźmi. A tego się obawiała najbardziej. Nie chciała ustawicznych pytań i ciągłych odpowiedzi, bała się żądań prawdy, skruchy i sprawiedliwości. Za dużo od niej by oczekiwano. Nie potrafiła sprostać takim wymaganiom.

Nie byłem pewny, czy tym razem znów do mnie nie wymierzy. Nie mam pojęcia, jak bym postąpił w takiej chwili. Przyszedłem po to, żeby w rozmowie z nią czegoś się dowiedzieć... Czegoś, co choć w niewielkim stopniu mogłoby mnie naprowadzić na ślad tajemniczego wspólnika Robertsona.

Matka odjęła lufę od gardła i przyłożyła ją do lewej piersi. Od lat powtarzała tę samą zagrywkę. Prawdopodobnie była przekonana, że kula w sercu matki bardziej przemawia do syna niż strzał w głowę.

— Zostaw mnie, mówię... zostaw natychmiast i przestań sączyć ze mnie krew, wstrętna pijawko, bo przysięgam ci tu i teraz, klnę się na Boga, że to zrobię, nacisnę spust i będziesz miał kłopoty, więc daj mi spokój...

Znów przypomniała mi się rana w piersiach Robertsona, prześladująca mnie od prawie dwunastu godzin. Usiłowałem ją utopić w bagnie niepamięci. To bardzo duże i głębokie bagno, pełne różnych śmieci, na ogół jednak mniej opornych niż ów natrętny obraz.

Nagle uświadomiłem sobie, że wiem, skąd się tu wziąłem i po co tu przyszedłem. Chciałem zmusić matkę do tego rytuału, który był nieodłączną częścią naszego wspólnego życia. Chciałem zobaczyć, jak przykłada pistolet do piersi... a potem odwrócić wzrok i w tej samej chwili usłyszeć ostry rozkaz, żebym na nią spojrzał. Na koniec chciałem w sobie odnaleźć tyle siły, by spełnić to polecenie i faktycznie spojrzeć.

Zeszłej nocy, w łazience, nie miałem odwagi przyjrzeć się ranie Grzyba.

Wyczuwałem, że coś jest nie tak... i że przydałyby się lepsze oględziny. Może bym czegoś się dowiedział? Ale zemdliło mnie, spojrzałem w bok i po omacku zapiąłem mu koszulę.

Matka podała mi pistolet, kolbą w moją stronę.

— Rusz się wreszcie, ty niewdzięczny draniu! — zawołała z gniewem. — Weź to i zastrzel mnie jak psa albo się wreszcie WYNOŚ!

Mój zegarek wskazywał pięć po wpół do dwunastej.

Głos matki ociekał jadem, jak zawsze w takich chwilach.

— Przez cały czas byłam przekonana, że urodzę trupa.

Podniosłem się na chwiejnych nogach i powoli zacząłem schodzić po schodach.

Matka chlastała mnie po plecach nożem alienacji.

— Przez cały czas, kiedy byłam w ciąży, myślałam, że umarłeś. Że z wolna gnijesz w moim brzuchu.

Słońce, karmiąca matka ziemi, zagotowało nieco mleka i wymieszało je z błękitem nieba. Teraz już nawet cienie dębów pulsowały okrutnym żarem. A mnie było jeszcze tak gorąco ze wstydu i poniżenia, że nie zdziwiłbym się, gdyby trawa zapaliła mi się pod stopami.

— Myślałam, że umarłeś — powtórzyła matka. — Całymi miesiącami czułam, że twój martwy embrion gnije gdzieś tam we mnie, sącząc truciznę w moje ciało.

Na rogu zatrzymałem się i spojrzałem przez ramię. Chciałem na nią jeszcze raz popatrzeć... Może już więcej nigdy w życiu nie będę miał tej okazji?

Zeszła ze schodów, lecz nie poszła za mną. Już opuściła rękę z pistoletem, więc lufa celowała w ziemię.

Nie prosiłem się na ten świat. Chciałem tylko, żeby ktoś mnie kochał.

— Nic nie mam! — zawołała. — Słyszysz? Nic ci nie dam! Nic! Nic... Zatrułeś mnie... Zalałeś wstrętną ropą i zaśmieciłeś kawałkami gnijącego mięsa! Jestem zupełnie zrujnowana!

Odwróciłem się z przekonaniem, że to już na zawsze, i szybkim krokiem doszedłem do ulicy.

Wziąwszy pod uwagę moje pochodzenie i przeżycia z dzieciństwa, sam sobie nieraz zadaję pytanie, czy nie jestem wariatem. Może jednak jestem?

Rozdział pięćdziesiąty czwarty

Szybciej, niż to przewidują przepisy drogowe, pojechałem w kierunku przedmieścia Pico Mundo. Wbrew sobie ciągle wracałem myślami do matki mojej matki, czyli Babci Sugars. Matka i babka zajmowały dwa oddzielne królestwa w mojej głowie, dwa suwerenne państwa, niezwiązane żadnym traktatem handlowym. Bardzo kochałem Pearl Sugars i zupełnie nie chciałem o niej myśleć w związku z jej córką wariatką.

Gdybym to zrobił, wróciłyby trudne pytania, na które już od dawna nie szukałem żadnej odpowiedzi.

Pearl Sugars zdawała sobie sprawę z tego, że jej córka jest psychicznie chora. Wiedziała również, że od dłuższego czasu nie poddawała się leczeniu. Mogła się więc domyślać, jakim nieszczęściem będzie dla niej ciąża i obowiązek wychowania dziecka.

A mimo to nie brała mnie w obronę.

Po pierwsze bała się własnej córki. Nieraz widziałem to na własne oczy. W jej obecności czuła się onieśmielona, chociaż poza nią nikomu nie dała się zastraszyć i potrafiła stawić czoło chłopu dwukrotnie większemu od siebie.

Po drugie uwielbiała wędrówki po kraju i nie zamierzała z tego zrezygnować wyłącznie po to, by piastować wnuka. Pasja włóczęgi, zamiłowanie do pokera — zwłaszcza w słynnych i bogatych miejscach, na przykład takich jak Las Vegas, Reno, Phoenix, Albuquerque, Dallas, San Antonio, Nowy Orlean i Memphis — chęć przygód i związany z tym dreszcz podniecenia sprawiały, że nieraz ponad pół roku spędzała gdzieś z dala od Pico Mundo.

Na jej obronę mogę tylko dodać, że w gruncie rzeczy nawet nie podejrzewała, jak głębokie jest szaleństwo matki. Nic nie wiedziała o jej okrucieństwie, o pistolecie i o groźbach, które odarły mnie z dzieciństwa.

W chwili gdy to piszę, nikt nie zna mojej tajemnicy. Nawet Stormy, chociaż poza tym mówię jej o wszystkim. To sprawa między mną i matką. Trzecim wtajemniczonym będzie Mały Ozzie, kiedy przeczyta mój rękopis — pisany zresztą wyłącznie na jego polecenie.

Wstyd i poczucie winy do tej pory skłaniały mnie do milczenia. A przecież, choć mam dopiero dwadzieścia lat, jestem już na tyle dorosły, aby wiedzieć, że nie powinienem się niczego wstydzić. To ja byłem ofiarą, a nie katem. Ale niestety te uczucia towarzyszą mi już od tak dawna, że nie umiem się od nich wyzwolić.

Na pewno spalę się ze wstydu, kiedy moja książka trafi do rąk Małego Ozzie. Schowam twarz w dłoniach, gdy będziemy omawiać te fragmenty.

Skrycie dręczone sumienie powierza
Nieraz poduszce tajemnice duszy.

Szekspir. *Makbet*, akt piąty, scena pierwsza.

Ten cytat nie jest tu wyłącznie dla Ciebie, Ozzie. W moim wypadku prawda smakuje dużo gorzej. Matka zatruwała mi umysł takim jadem, że nie byłem w stanie zwierzyć się poduszce, jak bezprzykładnie cierpię z powodu poniżenia. Wszelkie troski zabierałem w sen, bez puryfikacji.

A wracając do Babci Sugars, zastanawiam się, czy jej wędrowny styl życia i ciągła nieobecność, w połączeniu z niespokojnym duchem oraz miłością do hazardu, nie odcisnęły swego piętna na psychice mojej matki.

Gorzej, że nie potrafię oprzeć się wrażeniu, iż jej choroba mogła być dziedziczna, a nie nabyta przez złe wychowanie. Być może Pearl Sugars cierpiała na łagodne stadium tej samej psychozy, objawiające się w nieco przyjemniejszy sposób niż u matki.

Chęć ucieczki od całego świata była odwrotnością pasji wędrowania. Pęd do majątku i stabilizacji, w pełni świadomie okupiony wstrętną i niechcianą ciążą, mógł być przenicowaną wersją rozpasanej miłości do hazardu.

To by z kolei sugerowało, że bardzo wiele — chociaż nie wszystkie — cech, które kochałem w Babci, było odmienną wersją tego stanu, który przerażał mnie u matki. Niepokoiło mnie to w pewnym sensie z przyczyn, które już rozumiałem — oraz tych, których zapewne nie zrozumiem wcześniej niż za następne dwadzieścia lat... o ile tak długo pożyję.

Kiedy miałem szesnaście lat, Pearl Sugars chciała mnie ze sobą zabrać na włóczęgę. Ale wtedy już byłem tym, kim jestem dzisiaj. Widziałem zmarłych i tego powodu ciążyły na mnie pewne obowiązki. Nie miałem więc innego wyjścia jak tylko jej odmówić. Gdybym widywał ją codziennie, z kartami w ręku, wiecznie w drodze, poszukującą ciągle nowych przygód, to może odkryłbym kobietę zupełnie inną od tej, którą znałem. Może gorszą?

Na razie mocno wierzę w to, że odwrotnie niż moja matka Babcia Sugars potrafiła kochać i że naprawdę mnie kochała. Jeśli to kłamstwo, to najlepiej będzie, jak na zawsze zapomnę o dzieciństwie.

Takie myśli chodziły mi po głowie, gdy mijałem ostatnie domy w Pico Mundo. Do Kościoła Szepczącej Komety dotarłem w podłym nastroju, pasującym do martwych palm, spalonej słońcem pustyni i zardzewiałych pustych baraków.

Zatrzymałem się przed budynkiem, w którym oblegały mnie trzy kojoty. Żadnego z nich nie było widać.

Zwykle polują nocą. Upalny dzień wolą przeczekać w jakiejś ciemnej i chłodnej rozpadlinie.

331

Nie zobaczyłem także zmarłej prostytutki, czarodziejki stada kojotów. Miałem nadzieję, że odnalazła drogę do drugiego świata, chociaż wątpliwe było, żebym ją przekonał swoimi uwagami, rzucanymi nieskładnie i trochę bez sensu.

Z samego dna foliowej torby, która służyła mi za walizkę, wyciągnąłem latarkę, nożyczki i paczkę wilgotnych chusteczek higienicznych. Nie wiem, jak to się stało, że przy pakowaniu wziąłem z domu właśnie chusteczki i nożyczki. Może już wtedy podświadomie byłem przekonany, że będą mi potrzebne. Nikt z nas nie jest dla siebie obcy. To tylko pozory.

Wysiadłem z samochodu. Żar lał się z nieba i wokół panowała nieruchoma cisza. Taka cisza, jaką zapewne można znaleźć tylko w szklanej kuli ze sztuczną śnieżycą.

Zegarek pokazywał jednak, że czas nie stoi w miejscu. Jedenasta pięćdziesiąt siedem.

Dwie zeschłe palmy rzucały zębaty cień na piaszczystą ścieżkę przed barakiem, jakby w ten sposób chciały powitać w mej osobie jakiegoś niewczesnego mesjasza. A ja tymczasem nie przyszedłem tutaj po to, żeby wskrzeszać zmarłych. Chciałem obejrzeć trupa.

Wszedłem do środka i poczułem się niczym Sadrach, Mesach i Abednego w piecu Nabuchodonozora. Było tu nie tylko piekielnie gorąco, ale panował też okropny smród, przed którym nie mógł mnie ocalić żaden anioł.

Białe światło pustyni wdzierało się przez wszystkie szpary, lecz okna były zbyt małe i zbyt daleko jedno od drugiego, żebym nie musiał palić latarki.

Zaśmieconym korytarzem doszedłem do czwartych drzwi. Otworzyłem je i wszedłem do różowej izby, w której kiedyś za pieniądze kupowano miłość, a która teraz się zmieniła w powolne krematorium.

Rozdział pięćdziesiąty piąty

Nikt tu nie zaglądał pod moją nieobecność; ani wścibscy ludzie, ani ścierwojady. Zwłoki leżały tam, gdzie je zostawiłem, z jedną nogą na wierzchu, częściowo zawinięte w białe prześcieradło. Upalna noc i gorący ranek przyśpieszyły proces rozkładu. Śmierdziało tutaj znacznie gorzej niż w innych częściach baraku.

Efekt był natychmiastowy. Miałem wrażenie, że ktoś wymierzył mi dwa szybkie ciosy wprost w żołądek. Czym prędzej wycofałem się z pokoju na korytarz. Z jednej strony usiłowałem zaczerpnąć tchu, a z drugiej broniłem się przed wymiotami.

Wprawdzie chusteczki przyniosłem w całkiem innym celu, lecz szybko otworzyłem paczkę i jedną z nich podarłem na dwa cienkie paski. Wilgotny papier pachniał cytrynowo. Zwinąłem paski w coś na kształt tamponów i wepchnąłem je sobie do nosa.

Teraz musiałem oddychać ustami, więc nie czułem trupiego smrodu. Mimo to znów mnie zatkało, kiedy z powrotem wszedłem do pokoju.

Mogłem bez trudu przeciąć sznurowadło, które wiązało górny róg kokonu — dolne samo się rozwiązało wczoraj — i wytrząsnąć zwłoki z prześcieradła. Wolałem jednak nie widzieć

Grzyba turlającego się po podłodze. Miałby w sobie zbyt wiele życia. Musiałem uciec się do innego sposobu.

Ociągając się, przyklęknąłem tuż przy jego głowie. Umieściłem latarkę tak, żeby jak najlepiej oświetlała mi wskazane miejsce. Przeciąłem sznurowadło i rzuciłem je na ziemię. Nożyczki były wystarczająco ostre, żeby rozciąć naraz trzy warstwy zwiniętego materiału. Pracowałem powoli i bardzo ostrożnie, bo nie chciałem zadrasnąć ciała nieboszczyka. Myśl o tym wydawała mi się obrzydliwa.

Po chwili prześcieradło zaczęło się rozchylać i najpierw zobaczyłem twarz. Za późno przyszło mi do głowy, że gdybym zaczął ciąć z drugiego końca, to przecież zawsze mógłbym się zatrzymać gdzieś na wysokości szyi, odsłonić ranę, a zarazem uniknąć tego widoku.

Czas i upał już zrobiły swoje. Twarz, którą widziałem z góry, była napuchnięta, dużo ciemniejsza niż poprzednio i pokryta zielonkawym nalotem. Trup miał lekko rozchylone usta. Bielmo pokrywało wpółprzymknięte oczy, choć wciąż widać było różnicę zabarwienia między białkiem i tęczówką.

Gdy wyciągnąłem rękę nad nieruchomą twarzą, żeby bardziej rozchylić połówki prześcieradła, trup polizał mnie po nadgarstku. Oczywiście wrzasnąłem ze zgrozy i przerażenia, odskoczyłem w tył i zgubiłem nożyczki.

Z rozchylonych ust nieboszczyka wychynęło coś ruchliwego i czarnego. Był to tak dziwny stwór, że go nie poznałem, dopóki nie wyszedł cały. Przysiadł na twarzy Robertsona na czterech tylnych nogach, a przednimi zamachał w powietrzu. Tarantula.

Szybkim ruchem, żeby mnie nie zdążyła dziabnąć, grzbietem dłoni strąciłem ją na ziemię. Przetoczyła się po podłodze, zerwała na równe nogi i uciekła do drugiego kąta.

Schyliłem się po nożyczki. Ręka drżała mi tak okropnie, że na próbę kilka razy przeciąłem powietrze, aby się trochę uspokoić.

Teraz pracowałem już dużo ostrożniej, w obawie przed jakimiś innymi insektami, które mogły wpełznąć pod całun, żeby dokładniej zbadać wonne zwłoki. Po chwili odsłoniłem trupa aż do pasa, na szczęście nie natknąwszy się na biesiadników. Podczas spotkania z tarantulą niechcący wydmuchnąłem z nosa jeden tampon. Drugi wciąż miałem w lewej dziurce, ale nie czułem już cytrynowej woni. Mimo to mogłem wytrzymać przy zwłokach, bo wciąż oddychałem wyłącznie ustami.

Spojrzałem w kąt, do którego zwiała tarantula. Pusto. Pająk zniknął.

Przez chwilę rozglądałem się nerwowo. Potem, mimo ciemności, zdołałem go wypatrzyć na różowej ścianie, nieco na lewo od rogu pokoju, jakiś metr nad podłogą. Powoli piął się w górę.

Nie miałem czasu ani ochoty, żeby ponownie bawić się z koszulą Robertsona. Rozerwałem ją jednym szarpnięciem. Guziki posypały się na wszystkie strony. Jeden z nich lekko uderzył mnie w twarz, a inne potoczyły się wokół po podłodze.

Przywołałem w myślach wizerunek matki z pistoletem przyłożonym do lewej piersi. Teraz już mogłem w świetle latarki uważniej popatrzeć na ranę. Znów, tak jak poprzednim razem, wydawała mi się jakaś dziwna...

Ułożyłem latarkę w fałdach prześcieradła tak, żeby świeciła prosto na poszarpany otwór i wyciągnąłem z paczki trzy chusteczki. Zmiąłem je razem na kształt gąbki i ostrożnie starłem z piersi Robertsona kleistą maź, która się wysączyła z rany.

Kula przeszła przez tatuaż, wykłuty tuż nad jego sercem. Czarny prostokąt miał dokładnie ten sam kształt i wielkość co karta, którą wcześniej znalazłem w portfelu. W środku widniały trzy czerwone hieroglify.

Nie potrafiłem ich rozpoznać. Byłem niewyspany, po kilku kawach i zdenerwowany, a w dodatku patrzyłem na nie do góry nogami.

Przesunąłem się trochę w bok, żeby lepiej widzieć. Wydawało mi się, że nieboszczyk poruszył oczami, śledząc mnie niesamowitym, wyblakłym spojrzeniem oczu przesłoniętych mleczną kataraktą.

Zerknąłem na tarantulę. Na ścianie jej nie było. W świetle latarki znalazłem ją już na suficie, sunącą w moją stronę. Zamarła, kiedy padł na nią krąg jasnego blasku.

Znów poświeciłem na tatuaż i zobaczyłem, że tajemne znaki to nic innego jak trzy litery skreślone ozdobnym pismem. F... O... Trzecia była częściowo rozerwana przez pocisk, ale rozpoznałem ją jako L.

FOL. Nie jedno słowo, tylko skrót. Shamus Cocobolo podpowiedział mi, co to znaczy. *Father of Lies*. Ojciec Kłamstwa. Robertson nosił na sercu imię swojego mistrza.

Trzy litery. FOL. Niedawno gdzieś widziałem coś całkiem podobnego...

Nagle przypomniałem sobie zwalistą sylwetkę posterunkowego Simona Varnera. Siedział w radiowozie stojącym na parkingu pod kręgielnią i wyglądał przez otwarte okno. Już wspominałem wcześniej, że miał pogodną twarz — taką, że z powodzeniem mógłby występować w programach dla dzieci — i ciężkie powieki zaspanego misia. Na muskularnej łapie też nosił tatuaż, ponoć „z dawnych czasów", kiedy należał do ulicznego gangu. Na pozór trochę się go wstydził. Tatuaż nie był aż tak niezwykły jak u Robertsona. Żadnych czarnych prostokątów ani wyszukanego pisma. Proste trzy litery, układające się w kolejny skrót. D... coś tam. Może DOP?

Czyżby posterunkowy Simon Varner z policji w Pico Mundo też nosił imię tego samego mistrza na lewym przedramieniu? Skoro Robertson był naznaczony jednym z imion diabła, to przecież Varner mógł należeć do tego samego klubu.

Reszta imion w szaleńczym tempie przelatywała mi przez głowę: Szatan, Lucyfer, Syn Zatracenia, Belzebub, Ojciec Zła, Jego Szatańska Mość, Apollyon, Beliar... Nie znalazłem nic, co by przypominało skrót na ręce Varnera, lecz byłem pewny, że już mam wspólnika Robertsona.

Do kręgielni przyjechał sam, bez bodachów. Gdyby kręciły się wokół niego tak jak wokół Grzyba, to od razu wiedziałbym, co to za potwór.

Szybko zebrałem z podłogi strzępki opakowania od chusteczek. Wepchnąłem je do kieszeni, bo bałem się, że zostały na nich moje odciski palców. Wziąłem nożyczki, wstałem i przesunąłem światłem latarki po suficie. Tarantula wisiała dokładnie nad moją głową.

Tarantule są bojaźliwe. Nie polują na ludzi. Jednym skokiem wypadłem na korytarz. Za sobą usłyszałem cichy, lecz wyraźny stuk. Pająk właśnie pacnął o ziemię. Błyskawicznie zatrzasnąłem drzwi i wytarłem klamkę rogiem podkoszulka. To samo zrobiłem przy drzwiach frontowych.

Tarantule są bojaźliwe, a ja nie wierzę w przypadki. Podbiegłem do samochodu, wrzuciłem nożyczki i latarkę do torby, uruchomiłem silnik i wcisnąłem do dechy pedał gazu. Z piskiem opon odjechałem spod Kościoła Szepczącej Komety, w tumanach kurzu i odłamków pokruszonego asfaltu. Chciałem jak najprędzej wydostać się na szosę, zanim zostanę na dobre otoczony przez połączone w jedną armię oddziały skaczących pająków, hordę kojotów i wielki batalion wsparcia grzechotników.

Rozdział pięćdziesiąty szósty

Nie DOP, lecz POD. *Prince of Darkness*. Książę Ciemności. Tak brzmiał skrót na ręce Varnera. POD, uświadomiłem to sobie, gdy mijałem granicę Pico Mundo.

Poprzebierani sataniści, odprawiający dziwne rytuały w obscenicznych „kaplicach" i „świątyniach", postrzegani są przez większość z nas jako groźniejsi, ale jednocześnie głupsi od obywateli, którzy w wielkich futrzanych czapach przychodzą na zebrania Zakonu Braci Jeży. Skoro udają złych, to w gruncie rzeczy niczym się nie różnią od nieudaczników strzyżonych kosiarką. Od tych, co noszą grube okulary, spodnie podciągają metr powyżej pępka i na samochodzie naklejają napis typu JAR JAR RZĄDZI.

Ale tak nie jest. Nawet gdybym miał ochotę uznać ich za idiotów, którzy tylko bawią się w zło, to natychmiast wróciłby mi rozum po tym, co znalazłem w lodówce Robertsona.

Teraz, kiedy już poniekąd znałem jego wspólnika, mogłem wreszcie spokojnie skorzystać z szóstego zmysłu i rzeczywiście wziąć się do roboty. Jechałem wolniej, bo pamiętałem, że gdy jestem w mocy „psychicznego magnetyzmu" (Stormy czasem nazywa to „syndromem PM", w skrócie PMS *), to w każdej chwili mogę nagle skręcić.

---

* *Pre-Menstrual Syndrome*, napięcie przedmenstruacyjne.

338

PMS sprawia, że częściowo odrywam się od zewnętrznego świata i myślę raczej o tym, kogo szukam, czyli na przykład o Varnerze, a nie o tym, gdzie jestem i dokąd jadę. Cel wędrówki poznaję dopiero na samym końcu.

W takich chwilach mój umysł pracuje na jałowym biegu i co pewien czas przychodzą mi do głowy zupełnie przypadkowe myśli. Tym razem przypomniała mi się starsza siostra matki, czyli moja ciotka Cymry. Nigdy w życiu jej nie spotkałem.

Matka twierdzi, że Cymry wyszła za jakiegoś Czecha imieniem Dobb. Ojciec mi z kolei mówił, że nigdy nie miała męża. Sęk w tym, że żadnej stronie nie mogę do końca wierzyć. Podejrzewam jednak, że ojciec jest bliższy prawdy i że nie mam wuja gdzieś w Czechach ani nigdzie indziej, jeśli już o to chodzi.

Ojciec wprawdzie powiada, że Cymry to dziwaczka, lecz w gruncie rzeczy nie wiadomo, co się za tym kryje. Matka gwałtownie temu się sprzeciwia. Jej zdaniem Cymry została natchniona przez Boga.

Brzmi to dziwnie, bo w innych sprawach postępuje tak, jakby była dogłębnie przekonana, że Boga po prostu nie ma.

Gdy zapytałem o to Babcię Sugars, za pierwszym razem wybuchła płaczem. Nigdy przedtem nie widziałem, żeby płakała. Następnego dnia, ciągle pociągając nosem, wyjechała na jedną z dłuższych pokerowych wypraw.

Za drugim razem, kiedy spytałem ją o tajemniczą córkę, rozzłościła się, że znów do tego wracam. Nigdy przedtem na mnie nie krzyczała. Potem przez pewien czas była milcząca i oschła. W tym nastroju zadziwiająco mocno przypominała mi moją matkę.

Później już nigdy nie próbowałem rozmawiać z nią o Cymry.

Podejrzewam, że moja ciotka jest podobna do mnie. Pewnie siedzi zamknięta gdzieś w jakimś szpitalu, karmiona lekarstwami. Być może nie umiała ukryć swego daru.

Babcia Sugars dość często wygrywała całkiem pokaźne sumy, a mimo to nie zostawiła po sobie majątku. Prawdopodobnie założyła fundusz na dalsze leczenie córki.

Przypadkowe uwagi, czasami rzucane przez ojca, skłaniają mnie do przypuszczenia, że Cymry miała nie tylko szósty zmysł, ale także uległa fizycznej mutacji. Zatem budziła strach swoim zachowaniem i wyglądem.

Deformacja niezmiernie rzadko objawia się sama w sobie. Najczęściej towarzyszą jej inne schorzenia. Ozzie powiada — i to nie jako powieściopisarz — że na każde osiemdziesiąt osiem tysięcy dzieci, jedno rodzi się, tak jak on, z sześcioma palcami u ręki. W takim razie po ulicach amerykańskich miast powinny chodzić setki, jeśli nie tysiące sześciopalczastych istot! A tymczasem zupełnie ich nie widać... Dzieje się tak dlatego, że umierają młodo, o wiele gorzej zniekształcone, dręczone chorobami.

Te zaś, które są w miarę zdrowe i rokują nadzieję na przyszłość, zwykle każą usunąć niepotrzebny palec, jeżeli taka operacja nie zmniejsza sprawności ręki. Żyją wśród nas, mówi Mały Ozzie, mając na myśli zwykłych „przeciętniaków" o pięciu palcach.

Moim zdaniem to prawda, Ozzie bowiem jest dumny z szóstego palca i skrupulatnie zbiera wszelkie wieści o ludziach, których sam nazywa „urodzonymi kieszonkowcami z naszej wyższej rasy". Dodaje przy tym, że jego drugim schorzeniem jest zdolność pisania dobrych książek, wzbudzających entuzjazm wśród czytelników.

Czasem we śnie widzę ciotkę Cymry. Ale nie są to prorocze sny. Pełno w nich raczej smutku i tęsknoty.

Teraz, wciąż myśląc o niej, miałem pełną świadomość mijającego czasu. Była dwunasta dwadzieścia jeden. Pod wpływem mocy PMS spodziewałem się, że tuż za rogiem zobaczę Simona Varnera, kręgielnię lub kino, w którym za godzinę zacznie się pierwszy seans. Niespodziewanie dojechałem do Green Moon Mall.

To, co tam ujrzałem, zupełnie nie przypominało leniwego dnia w samym środku lata. Parking był zapchany do ostatniego miejsca. Wielki transparent przypomniał mi, że dzisiaj o dziesiątej rozpoczęła się słynna doroczna wyprzedaż, która potrwa do końca weekendu.

Co za tłumy...

Rozdział pięćdziesiąty siódmy

Tysiące słońc, na kształt ogromnej galaktyki, migotało w szybach pojazdów. Ostry blask kłuł mnie w zmęczone oczy i sprawił, że musiałem choć trochę zmrużyć powieki. Na północnym i południowym krańcu wielkiego kompleksu budynków wznosiły się dwa kilkupiętrowe domy towarowe. Między nimi ciągnęły się dwie kondygnacje przeróżnych sklepów i sklepików.

Za sprawą PMS wylądowałem na północnym krańcu. Przejechałem na drugą stronę centrum i zaparkowałem obok szerokiej i pochyłej rampy, prowadzącej do podziemnych magazynów, w których rozładowywano towary z ciężarówek.

Trzy samochody dalej stał czarno-biały policyjny wóz patrolowy. Pusty, bez policjanta.

Jeżeli to był wóz Varnera, to sam Varner musiał być już w centrum.

Dłonie drżały mi jak w febrze. Nie mogłem trafić palcem w dziwnie małe klawisze telefonu. Dwa razy wystukiwałem numer do lodziarni. Chciałem powiedzieć Stormy, żeby natychmiast przerwała pracę, wyszła z budynku najbliższymi drzwiami, szybko wsiadła do samochodu i odjechała. Gdzie? Dokądkolwiek. Byle jak najdalej.

Usłyszałem sygnał w słuchawce... i rozłączyłem się. Pomyś-

341

lałem, że w tym momencie wcale nie musiała stać na drodze Varnera. Gdybym namówił ją do zmiany planów, mogłaby mu wejść pod lufę, w chwili gdy zacznie strzelać.

Byliśmy sobie przeznaczeni. Na dowód tego mieliśmy kartkę z maszyny do wróżenia, wiszącą w ramkach nad łóżkiem Stormy. Za ćwierć dolara Mumia Cyganki dała nam to, czego druga para nie mogła kupić za żadną cenę.

Logicznie rzecz biorąc, nic nie powinienem robić, żeby Stormy była zupełnie bezpieczna. Gdybym coś zmienił, mógłbym niechcący popsuć naszą wspólną przyszłość. Pozostawała mi tylko wiara w nieomylność losu.

Moim głównym zadaniem było powstrzymać Varnera, zanim ten zdoła wprowadzić swój plan w życie i kogoś zabije.

No właśnie. Znalazłem się w typowej sytuacji z rodzaju „łatwiej powiedzieć, niż zrobić". Varner był policjantem, ja nie. On miał przy sobie broń, ja nie. On był większy, silniejszy i dobrze wyszkolony w walce wręcz oraz wszelkich sposobach obezwładniania napastnika. Miał więc wszystkie atuty, z wyjątkiem szóstego zmysłu.

Pod fotelem kierowcy w moim samochodzie wciąż leżał pistolet, z którego zastrzelono Boba Robertsona. Schowałem go tam zeszłej nocy, myśląc, że potem go wyrzucę. Pochyliłem się, wsunąłem rękę pod siedzenie, znalazłem broń i wyciągnąłem ją na światło dzienne. Miałem wrażenie, że dotykam śmierci.

Po paru próbach udało mi się wyjąć magazynek. Naliczyłem dziewięć nabojów połyskujących metalicznym błyskiem. Magazynek był prawie pełny. Brakowało tylko jednej kuli, tej, która przebiła serce Robertsona.

Wcisnąłem magazynek z powrotem w kolbę. Szczęknął cicho.

Pistolet mojej matki miał bezpiecznik. Czerwona kropka wskazywała, gdy był odbezpieczony.

Na tym nie znalazłem czegoś takiego. Może wyposażono go w bezpieczny spust, z podwójnym naciskiem.

W moim sercu nie było żadnych zabezpieczeń. Waliło mi jak oszalałe.

Miałem wrażenie, że dotykam śmierci — mojej śmierci.

Położyłem pistolet na kolanach, wziąłem telefon do ręki i zadzwoniłem na prywatną komórkę Wyatta Portera. Klawisze były coraz mniejsze, jakby telefon był prezentem, który Alicja otrzymała od gąsienicy palącej nargile. Mimo to udało mi się nie pomylić.

Karla Porter odebrała po trzecim sygnale. Powiedziała, że wciąż jest w szpitalu, w poczekalni na oddziale intensywnej opieki. Trzy razy już widziała męża, ale zawsze nie dłużej niż pięć minut.

— Ostatnim razem był przytomny, chociaż bardzo słaby. Rozpoznał mnie. Nawet się uśmiechnął. Mówił coś słabym głosem, lecz nic z tego nie zrozumiałam. Ciągle ładują w niego jakieś leki na uspokojenie. Wątpię, żeby przed jutrzejszym dniem w pełni odzyskał świadomość.

— Ale go wyciągną z tego, prawda? — zapytałem.

— Tak mówią... i zaczynam w to naprawdę wierzyć.

— Kocham go — powiedziałem łamiącym się głosem.

— On doskonale zdaje sobie z tego sprawę, Oddie. Też cię kocha. Uważa cię za syna.

— Niech pani mu to ode mnie powie.

— Powiem.

— Jeszcze zadzwonię — obiecałem.

Rozłączyłem się i rzuciłem telefon na fotel pasażera.

Porter nie mógł mi w niczym pomóc. Ani on, ani nikt inny. Nie było tutaj żadnej smutnej i martwej prostytutki, która umiałaby odwołać kojota w ludzkiej skórze. Zostałem sam.

Coś mi mówiło, żebym nie brał pistoletu. Wsunąłem go pod fotel.

Zgasiłem silnik i wysiadłem. Palące słońce zamknęło ziemię między sobą i swoim odbiciem, stając się jednocześnie młotem i kowadłem.

Mój magnetyzm psychiczny działa równie sprawnie, gdy jadę samochodem albo idę pieszo. Bez wahania wszedłem na rampę. Chwilę później wkroczyłem w chłodną otchłań podziemnych magazynów.

Rozdział pięćdziesiąty ósmy

Niski sufit i długie betonowe ściany podziemnego parkingu dla pracowników centrum handlowego sprawiały posępne wrażenie i przywodziły na myśl stary egipski grobowiec, zagrzebany pod piaskiem Sahary, jeden z tych, w których chowano złych faraonów, bez malowideł i złotego skarbu.

Wzdłuż tunelu, obok platformy ciągnącej się przez całą jego długość, w różnych miejscach stały ogromne ciężarówki. Największy magazyn mógł w błyskawicznym czasie przyjąć dwie duże dostawy naraz.

Wszędzie panował gwar i harmider. Towary, sprawnie rozładowywane przez obsługę ciężarówek, przechodziły w ręce magazynierów, aby potem, już po zamknięciu sklepów, trafić na stoiska.

Kluczyłem wśród najrozmaitszych kontenerów, pak, skrzyń, pudeł i tobołów pełnych wszelakiego dobra: od balowych sukien poprzez garnki i naczynia do piłek plażowych. Oglądałem perfumy, opalacze, czekoladki...

Nikt mnie stamtąd nie przepędził. A kiedy z dużego stosu wyciągnąłem twardy kij baseballowy, to tak samo nikt mi nie kazał odłożyć go z powrotem.

W sąsiedniej paczce znalazłem inne kije, zrobione z aluminium. Ale te były dla mnie za lekkie. Potrzebowałem czegoś cięższego, z dobrym wyważeniem. Drewnianym kijem łatwiej złamać rękę lub zmiażdżyć kolano.

W gruncie rzeczy to nie wiedziałem, czy taka broń na coś mi się przyda. Przyszedłem tutaj, bo tak kazał mi PMS — zatem nie mogłem tego zlekceważyć. Na pewno potem bym żałował.

Baseball był jedynym sportem, który interesował mnie w gimnazjum. Jak już wspominałem wcześniej, miałem wspaniałą statystykę, chociaż nie grałem w meczach wyjazdowych.

Od tamtej pory nie wyszedłem z wprawy. W Pico Mundo Grille mieliśmy własny zespół. Graliśmy z drużynami różnych firm i organizacji. Rok po roku dostawali w dupę.

Wyjechało na mnie kilka podnośników i elektrycznych wózków, załadowanych towarami. Cichym trąbieniem i melodyjnymi pomrukami poprosiły mnie, żebym zszedł im z drogi. Zrobiłem to i poszedłem dalej, chociaż w ogóle nie wiedziałem, dokąd idę.

Przed oczami miałem stały obraz: Simon Varner. Przemiła twarz. Zaspane oczy. POD na lewym przedramieniu. Poszukaj łobuza.

Minąłem duże wahadłowe drzwi i znalazłem się na pustym korytarzu o białych betonowych ścianach i gołej betonowej podłodze. Zawahałem się, spojrzałem w prawo i poszedłem w lewo.

Brzuch mnie bolał. Przydałyby się krople żołądkowe.

Chciałbym mieć większy kij, kamizelkę kuloodporną i jakieś solidne wsparcie. Chciałbym, ale nie miałem. Szedłem więc dalej. Po drodze czytałem napisy na drzwiach po prawej stronie korytarza. TOALETY. BIURO WYSYŁKOWE. DZIAŁ HANDLOWY.

Szukaj Simona Varnera. Słodka twarz. Książę Ciemności. Wyczuj go. Idź do niego.

Minąłem jakichś dwóch mężczyzn, kobietę, potem znów mężczyznę. Pozdrawialiśmy się nawzajem uśmiechem i skinieniem głowy. Nikt nie zapytał mnie, skąd jestem, gdzie gramy mecz i jaki wynik.

Wreszcie dotarłem do drzwi z napisem OCHRONA. Zatrzymałem się. Coś mi nie pasowało... a jednocześnie czułem, że to tutaj.

PMS działa trochę inaczej. Zwykle *wiem*, że właśnie dotarłem do celu. Tym razem *czułem*. Nie potrafię lepiej wyjaśnić tej różnicy.

Położyłem rękę na klamce i zamarłem.

W uszach zabrzmiał mi głos Lysette Rains, z którą rozmawiałem w ogrodzie u Porterów: „Przedtem byłam zwykłą manikiurzystką, a teraz dostałam dyplom. Możesz mnie nazywać artystką od paznokci...".

W życiu — zupełnie trafne określenie, zważywszy na to, że szedłem prościutko pod kule — a więc w życiu nie domyśliłbym się, dlaczego w tamtej chwili przypomniałem sobie właśnie o Lysette.

Znów usłyszałem jej głos: „Trochę trwa, zanim człowiek naprawdę pojmie samotność tego świata... A potem boi się przyszłości".

Puściłem klamkę.

Stanąłem z boku.

Serce waliło mi jak oszalałe. Nawet żelazne końskie podkowy nie dudniły głośniej o stwardniałą od słońca ziemię.

Instynkt był moim najlepszym trenerem. Kiedy powiedział „pałkarz!", to wcale się z nim nie sprzeczałem, że jeszcze nie jestem gotowy do meczu. Chwyciłem kij w obie dłonie, stanąłem w odpowiedniej pozycji i pomodliłem się do Mickeya Mantle.

Skrzypnęły otwierane drzwi i jakiś facet wyszedł na korytarz. Był ubrany w czarne wysokie buty, lekką czarną wiatrówkę z kapturem, czarną maskę i czarne rękawiczki.

W ręku trzymał strzelbę tak ogromną, że wyglądała jak rekwizyt z pierwszych filmów Schwarzeneggera. U pasa wisiało mu osiem lub dziesięć zapasowych magazynków.

Kiedy wyszedł, popatrzył w lewo. Ja stałem z prawej, lecz natychmiast wyczuł, że dzieje się coś złego, bo już w połowie następnego kroku odwrócił głowę w moją stronę.

Nie lubiłem grać skrótem. Machnąłem kijem z całej siły, ponad strefą narzutu. Trafiłem go prosto w twarz.

Zdziwiłbym się, gdyby od razu nie rymnął na podłogę. Ale się nie zdziwiłem.

Korytarz był zupełnie pusty. Nikogo w polu widzenia. Przynajmniej na razie.

Musiałem działać po kryjomu, żeby uniknąć wszelkich zbędnych pytań. Wyatt Porter najpierw sam powinien twardo stanąć na nogi, a dopiero potem mnie chronić.

Wrzuciłem kij i strzelbę do pokoju, złapałem zamaskowanego drania za kurtkę, wytaszczyłem go za sobą z korytarza i zamknąłem drzwi.

Zobaczyłem poprzewracane krzesła i rozlaną kawę. Na podłodze leżało trupem trzech nieuzbrojonych ochroniarzy. Prawdopodobnie zostali zabici z pistoletu z tłumikiem, bo nikt nie usłyszał strzałów. Wyglądali na zaskoczonych.

Coś mnie ścisnęło w dołku na ten widok. Zginęli, bo za późno wziąłem się do roboty.

Wiem, że wcale nie ponoszę winy za każdy przypadek śmierci. Nie dźwigam na swoich barkach świata niczym Atlas. Lecz coś mi podpowiada, że może jednak powinienem...

Dwanaście wielkich monitorów, każdy z ekranem dodatkowo podzielonym na cztery części, przekazywało obraz z czterdziestu ośmiu kamer, rozmieszczonych w różnych miejscach sklepu. Wszędzie widać było nieprzebrane tłumy. Wielka wyprzedaż ściągnęła tutaj chyba wszystkich mieszkańców hrabstwa Maravilla.

Przykucnąłem obok mordercy i zdjąłem mu maskę. Krwawił ze złamanego nosa. Przy każdym oddechu w jego nozdrzach tworzyły się czerwone bańki. Prawe oko już zaczynało puchnąć. Na głowie tworzył mu się duży siniec.

Ale to nie był Simon Varner. Przede mną leżał zastępca Portera, Bern Eckles, którego ostatnio spotkałem na przyjęciu. Ten sam, którego Porterowie chcieli wyswatać z Lysette Rains.

Rozdział pięćdziesiąty dziewiąty

Bob Robertson miał nie jednego, ale dwóch wspólników. A może było ich więcej? Prawdziwy sabat — chyba że ta nazwa zastrzeżona jest tylko dla czarownic. Jeszcze jeden, a powstałby zespół, z własną muzyką na czarną mszę, możliwością grupowego ubezpieczenia zdrowotnego i rodzinną zniżką do Disneylandu.

Podczas przyjęcia u Porterów wokół Ecklesa nie kręciły się żadne podejrzane zjawy. Widok bodachów sprawił, że zwróciłem baczniejszą uwagę na Robertsona. Jego wspólnicy byli czyści... Przyszło mi do głowy, że złowrogie cienie działały z pełnym rozmysłem. Tak jakby wiedziały, że je widzę. Jakby chciały mnie... wymanewrować.

Przewróciłem Ecklesa na bok, żeby się nie udusił krwią i śliną, a potem rozejrzałem się, szukając czegoś, czym mógłbym go związać.

Wiedziałem, że obudzi się nie wcześniej niż za dziesięć minut. Po odzyskaniu przytomności będzie się raczej wił z bólu po podłodze i błagał o jakąś pomoc, a nie uganiał ze strzelbą po sklepie.

Mimo wszystko wyrwałem dwa kable od telefonów, skrępowałem mu ręce na plecach i związałem nogi. Mocno zaciągnąłem więzy, nie przejmując się tym, że straci czucie w palcach wskutek braku krążenia.

Eckles i Varner byli najmłodszymi stażem policjantami w Pico Mundo. Rozpoczęli służbę zaledwie miesiąc albo dwa temu. Idę o zakład, że znali się już przedtem. Varner zgłosił się tutaj jako pierwszy i przygotował grunt dla Ecklesa.

Robertson jeszcze wcześniej przyjechał z San Diego do Pico Mundo i kupił dom w Camp's End. O ile dobrze sobie przypominam, Varner służył przedtem w okolicach San Diego, a może i w samym mieście.

Nie znam przeszłości Berna Ecklesa, ale z dwojga złego znowu stawiałbym bardziej na San Diego niż Juneau na Alasce.

Pozostawało jednak zagadką, dlaczego wybrali właśnie Pico Mundo? Tym bardziej że swój plan wymyślali długo i starannie.

Kiedy zjawiłem się u Portera z prośbą, żeby sprawdził Boba Robertsona, ten przekazał sprawę w ręce Ecklesa. Żaden z nas nawet się nie domyślał, że tym samym wydał na Grzyba wyrok śmierci.

Robertson zginął w ciągu godziny. Eckles bez wątpienia zadzwonił do wspólnika jeszcze od Porterów. To Varner nacisnął spust. Może stał obok Robertsona w chwili, gdy rozmawiał z Ecklesem?

Związałem Ecklesa i rozpiąłem mu kurtkę na tyle, żeby sprawdzić, czy na pewno miał na sobie mundur.

Miał. Wszedł do ochroniarzy w mundurze i z odznaką. Nic dziwnego, że go wpuścili bez najmniejszych podejrzeń.

Strzelbę i kurtkę przyniósł w walizce. Tej samej, która teraz otwarta i pusta leżała na podłodze. Samsonite.

Zapewne mieli zgodnie z planem dokonać rzezi wśród klientów, a potem w jakimś zakamarku pozbyć się broni i przebrania. Na samym końcu niepostrzeżenie wmieszaliby się w grupę policjantów wezwanych na miejsce zbrodni. Eckles mógł gdzieś porzucić strzelbę i udawać, że też usłyszał sygnał z centrali.

Wiedziałem już, jak to się miało odbyć. Trudniejsze z pytań brzmiało: dlaczego?

Niektórzy ludzie są przekonani, że słyszą głos Boga. Innym znów diabeł szepcze wprost do ucha. Może ci dwaj także przyszli do Green Moon Mall, zachęceni namową szatana. A może chcieli się pobawić? Urządzić sobie małą hecę? Ich religia pewnie dopuszczała właśnie taką formę rekreacji. W końcu chłopcy zawsze są chłopcami, nawet psychopaci.

Simon Varner wciąż krążył gdzieś po sklepach. A może on i Eckles nie przyszli tutaj sami? Przecież do końca nie wiedziałem, z ilu członków składał się ich konwent.

Podszedłem do jednego z czynnych telefonów, wystukałem dziewięćset jedenaście, zgłosiłem trzy morderstwa i odłożyłem słuchawkę na stół, nie odpowiadając na żadne pytania. Zaraz zjawi się tu policja, pomyślałem. SWAT. Za trzy minuty, może cztery... Najwyżej pięć.

To za późno. Zanim przyjadą, Varner zacznie strzelać do klientów.

Kij baseballowy się nie złamał. Znakomite drewno.

Co prawda dobrze spełnił swoją funkcję w spotkaniu z Ecklesem, ale nie spodziewałem się, że z Varnerem będę miał równie wiele szczęścia. Bez względu na mój wstręt do pistoletów potrzebowałem lepszej broni niż kij marki Louisville Slugger.

Na pulpicie obok monitorów leżał pistolet, z którego Eckles zabił ochroniarzy. Obejrzałem go i zobaczyłem, że w magazynku pozostały cztery z dziesięciu naboi.

Próbowałem nie patrzeć na nieruchome zwłoki, lecz mimo woli ciągle zerkałem w ich stronę. Nienawidzę przemocy. Jeszcze bardziej nie cierpię niesprawiedliwości. Chcę być tylko kucharzem, ale świat domaga się ode mnie czegoś więcej niż jajecznicy i naleśników.

Odkręciłem tłumik i rzuciłem go niedbale na bok. Wyciągnąłem podkoszulek z dżinsów. Wetknąłem pistolet za pasek.

Próbowałem nie myśleć o matce, ale to mi się nie udawało. Ciągle ją widziałem z pistoletem pod brodą albo przyciśniętym do jej lewej piersi. Próbowałem zapomnieć chłodny dotyk lufy przystawionej do mojego oka. Za nic nie chciałem patrzeć w głąb wąskiego tunelu, żeby zobaczyć błyszczący pocisk.

Podkoszulek nie był najlepszym schowkiem dla broni. Podejrzewałem jednak, że w gorączce zakupów nikt nie zauważy dziwnego wybrzuszenia na wysokości moich bioder.

Ostrożnie uchyliłem drzwi na tyle, żeby się przez nie przecisnąć i wyszedłem na korytarz. W oddali zobaczyłem plecy jakiegoś mężczyzny, idącego w stronę magazynów. Poszedłem za nim, prosząc w duchu, żeby naprawdę się pośpieszył.

Skręcił w prawo, przez wahadłowe drzwi. Natychmiast pobiegłem dalej, minąłem windy dla personelu i wpadłem na schody. Przeskakiwałem po dwa stopnie naraz.

Gdzieś tam przede mną był Simon Varner. Przemiła twarz. Senne powieki. POD na lewym przedramieniu.

Na parterze porzuciłem schody i wszedłem na zaplecze jakiegoś dużego działu.

Ładna dziewczyna o rudych włosach właśnie układała małe pudełeczka na mocno zapchanych półkach.

— Cześć — powiedziała przyjaznym tonem.

— Cześć — rzuciłem w przelocie, już wchodząc do sklepu. Okazało się, że to dział sportowy. Tłoczno jak cholera. Kilkudziesięciu mężczyzn, o wiele mniej kobiet i tłumy nastolatków. Największym powodzeniem cieszyły się rolki i skateboardy.

Dalej były sportowe buty. Jeszcze dalej — dresy, szorty, koszulki...

I wszędzie ludzie. Niemal świąteczny nastrój. Wszyscy zbici w ciasną gromadę na niewielkiej przestrzeni. Zupełnie bezbronni.

Bern Eckles zabiłby już pewnie co najmniej z dziesięć osób, gdybym mu nie przyłożył w michę tam na dole. Może ze dwadzieścia. Albo ze trzydzieści.

Simon Varner. Duży facet. Ogromne łapska. Książę Ciemności. Simon Varner.

Wierzyłem w swoją nadprzyrodzoną siłę, tak jak nietoperz

wierzy w radar. Szybko przeszedłem na drugą stronę sklepu, kierując się w stronę wyjścia na główną promenadę.

Dobrze wiedziałem, że tu nie znajdę drugiego mordercy. Eckles i Varner rozlokowali się w dwóch odległych punktach. To był najlepszy sposób, żeby wzbudzić totalną panikę. Poza tym żaden z nich nie znalazłby się przypadkowo na linii strzału.

Jakieś dziesięć kroków od drzwi wiodących na promenadę zobaczyłem Violę Peabody. Przyszła na zakupy, chociaż powinna siedzieć w domu swojej siostry przy Maricopa Lane.

Rozdział sześćdziesiąty

Nie zauważyłem w pobliżu jubilatki Levanny ani jej różowiutkiej siostry Nicoliny. Uważniej rozejrzałem się po całym sklepie, lecz nigdzie ich nie było.

Błyskawicznie podszedłem do Violi i złapałem ją za ramię. Drgnęła i upuściła torbę.

— Co ty tu robisz? — zapytałem.

— Odd! Przez ciebie niemal umarłam ze strachu!

— Gdzie dziewczynki?

— Z Sharlene.

— Dlaczego nie jesteś z nimi?

Podniosła torbę z podłogi.

— Nic nie kupiłam Levannie na urodziny. Przecież muszę mieć jakiś prezent. Wpadłam tylko na chwilę, żeby kupić rolki.

— Twój sen — powiedziałem głucho. — Właśnie się spełnia.

Szeroko otworzyła oczy.

— Ale ja zaraz stąd wychodzę! Poza tym nie jestem w kinie...

— To się nie stanie w kinie, lecz tutaj.

Serce zamarło jej z przerażenia i na chwilę wstrzymała oddech.

— Uciekaj stąd — powiedziałem — i to natychmiast.

Z jękiem wypuściła z ust powietrze i obłąkanym wzrokiem popatrzyła na tłum klientów, jakby myślała, że każdy z nich może być mordercą. Skierowała się w stronę drzwi.

— Nie! — Przyciągnąłem ją z powrotem do siebie. Ludzie zaczęli się nam przyglądać. Co to w tej chwili miało za znaczenie? — Tam jest niebezpiecznie.

— Więc gdzie?

Odwróciłem ją w drugą stronę.

— Idź dalej, aż za buty i całą resztę. Tam gdzie przedtem kupowałaś rolki, zobaczysz drzwi na zaplecze. Wejdź tam. Schowaj się.

Dała krok do przodu, zatrzymała się i spojrzała na mnie.

— A ty nie idziesz?

— Nie.

— To co zrobisz?

— Muszę pójść w przeciwnym kierunku.

— Nie rób tego... — zawołała błagalnym tonem.

— Uciekaj!

Niemal biegiem rzuciła się na tył sklepu, a ja wyszedłem na promenadę.

Na północnym końcu Green Moon Mall ze sztucznych skał spływał dwunastometrowy wodospad, w dole kończący się strumieniem, który płynął przez całą długość głównej arterii centrum handlowego. Gdy go mijałem, szum wody zabrzmiał w moich uszach niczym głuchy pomruk ogromnego tłumu.

Smugi cienia i światła, takie same jak we śnie Violi. Cień rzucany przez wysokie palmy rosnące nad strumieniem.

Spojrzałem w górę, na liście palm na galerię na pierwszym piętrze, i ujrzałem setki bodachów cisnących się przy balustradzie. Patrzyły na promenadę. Wiły się, przepychały i włazyły na siebie niczym ruchliwy kłąb rozdrażnionych pająków.

Niżej przelewał się tłum klientów zajętych zakupami i niezdających sobie sprawy, że są obserwowani przez nie mniej liczne grono nieprzyjaznych stworów, karmiących się ludzkim nieszczęściem.

A mój niezwykły dar, cudowny i wstrętny zarazem, prowadził mnie — szybciej i szybciej — wciąż na południe, z biegiem strumienia, w poszukiwaniu Simona Varnera.

Tu już nie było setek bodachów. Były tysiące. Nigdy w życiu nie przypuszczałem, że zobaczę ich aż tak wiele. Przypominały motłoch w rzymskim Koloseum, z lubością czekający na kaźń chrześcijan, na lwy i na krew na piasku.

Zastanawiało mnie, dlaczego znikły z ulic miasta. Tutaj miałem odpowiedź. Wybiła ich godzina.

Mijałem właśnie sklep z pościelą, kiedy przed sobą usłyszałem głośny huk strzałów.

Pierwsza seria była bardzo krótka. Przez dwie, trzy sekundy w całym centrum handlowym zapadła niemożliwa cisza.

Setki ludzi zamarło w pół ruchu. Woda w strumyku pewnie wciąż płynęła, lecz na pozór nie wydawała nawet najmniejszego plusku. Nie zdziwiłbym się, gdybym popatrzył na zegarek i zobaczył, że czas stanął w miejscu.

Nagle ktoś krzyknął. Po chwili cały świat eksplodował przerażonym wrzaskiem. Znowu rozległa się seria strzałów, tym razem dłuższa niż poprzednio.

Z uporem przepychałem się w tamtym kierunku. Nie było to wcale łatwe, bo w przeciwną stronę walił spanikowany tłum uciekinierów. Co i rusz ktoś na mnie wpadał, ale szedłem dalej, tam gdzie po raz trzeci padły strzały.

Rozdział sześćdziesiąty pierwszy

Nie powiem wszystkiego, co wtedy widziałem. Nie chcę. Nie mogę. Zmarłym należy się szacunek, rannym choć trochę prywatności, a ukochanym spokój.

Ale do rzeczy. Już wiem, dlaczego żołnierze po powrocie z wojny nie chcą zbyt wiele mówić swoim bliskim. Ci z nas, którzy przeżyli, muszą dalej żyć, choćby przez pamięć o tych, co umarli. Jednakże nie wolno nam ze szczegółami rozpamiętywać okrucieństwa dziejącego się na naszych oczach. To tłumi w nas chęć do życia, a nie można przetrwać bez nadziei.

Przerażony tłum popędził dalej i znalazłem się sam pośród leżących na ziemi ofiar, rannych i zabitych. Było ich mniej, niż się spodziewałem, ale i tak za dużo. Zobaczyłem jasnowłosą barmankę z Green Moon Lanes... i trzy inne ciała, podobnie ubrane. Pewnie przyszli na lunch przed rozpoczęciem pracy.

Kimkolwiek jestem, nie ma we mnie nic z nadczłowieka. Krwawię. Cierpię. Tego było dla mnie stanowczo za wiele. Jezioro Malo Suerte do trzeciej potęgi.

Pogarda ludzkie serce ma... przemoc człowieka boski kształt. To nie Szekspir. William Blake. Sam też był dziełem sztuki.

Zastępy cieni zwinnie schodziły z galerii. Krążyły wśród umierających.

Nie wiedziałem, czy zdołam wykonać swe zadanie. Mimo to musiałem przynajmniej spróbować. Gdybym odwrócił się i odszedł, to równie dobrze mógłbym sam się zabić.

Przede mną była sadzawka pełna złotych karpi, otoczona sztuczną dżunglą. Widziałem ławkę, na której tak niedawno siedziałem obok Stormy, jedząc kokosowo-wiśniowe lody z wiórkami czekoladowymi.

Facet w czarnej kurtce i naciągniętej na twarz czarnej kominiarce. Duży, więc rzeczywiście mógł to być Simon Varner. W rękach trzymał karabinek szturmowy, przestawiony — wbrew wszelkim przepisom — na ogień ciągły.

Kilka osób chowało się za palmami i w sadzawce. Większość klientów jednak uciekła do pobliskich sklepów; do jubilera, kiosku z pamiątkami, galerii sztuki i garmażerii, tłocząc się tam i usiłując wybiec przez zaplecze. Widać ich było przez wystawy, przepychających się wzajemnie.

W naszych obecnych krwawych czasach, które na ogół przypominają grę wideo, wiele określeń ze świata graczy na stałe weszło do języka codziennego. Tę sytuację można było nazwać *target-rich environment*, czyli w kwiecistym przekładzie „środowisko, w którym aż roi się od ruchomych celów".

Varner stał tyłem do mnie. Gradem kul zasypywał najbliższe witryny. Wielka szyba w lodziarni Burke & Bailey rozleciała się na miliony błyszczących odłamków.

Jesteśmy sobie przeznaczeni. Mamy wróżbę z maszyny w lunaparku. Mamy podobne znamię.

Miałem do drania jakieś dwadzieścia metrów. Piętnaście... Dopiero teraz zauważyłem, że ściskam w ręku pistolet. Nie wiedziałem, kiedy wyrwałem go zza paska.

Drżałem tak, że musiałem ścisnąć kolbę oburącz.

Nigdy nie używałem broni. Boję się pistoletów.

Równie dobrze sam możesz pociągnąć za cyngiel, gówniarzu.

Staram się, mamo. Naprawdę chcę to zrobić.

Varner wystrzelał cały magazynek. A może to już drugi? Miał ich jeszcze kilka, podobnie jak Eckles przyczepionych do pasa.

Strzeliłem do niego z dwunastu metrów. Chybiłem.

Usłyszał mnie, natychmiast się odwrócił i wyrwał z karabinka pusty magazynek.

Znowu strzeliłem i znów pudło. Na filmach nigdy nie chybiają z takiej odległości. Chyba że ktoś celuje w głównego bohatera, to wtedy nie ma prawa trafić nawet z dwóch metrów. Lecz Simon Varner nie był bohaterem, więc nie wiedziałem, co się dzieje.

On wiedział. Dobrze wyćwiczonym, szybkim i spokojnym ruchem sięgnął do pasa po nowy magazynek.

W pistolecie Ecklesa były tylko cztery naboje. Sześć zużył na ochroniarzy. Ja zmarnowałem dwa, więc dwa zostały.

Strzeliłem po raz trzeci, z dziesięciu metrów.

Varner dostał w lewe ramię, ale nie upadł. Zatoczył się, odzyskał równowagę i z głuchym szczękiem wcisnął magazynek w gniazdo karabinka.

Wokół nas wiły się w podnieceniu dziesiątki bodachów. Kłopot w tym, że Varner nic o nich nie wiedział, a mnie co chwila przesłaniały widok i utrudniały celowanie.

Dziś rano zastanawiałem się, czy przypadkiem nie jestem wariatem. Teraz odpowiedź miałem jak na dłoni. Byłem nim. Byłem totalnym idiotą.

Biegłem wprost na Varnera przez stado bodachów, połyskujących jak czarna satyna, lecz bezcielesnych niczym cienie. Pistolet trzymałem w sztywno wyciągniętych rękach, żeby broń Boże nie zmarnować ostatniej kuli. Patrzyłem, jak lufa karabinka kieruje się w moją stronę, i wiedziałem, że pewnie zaraz padnę trupem, lecz dałem jeszcze jeden krok... i jeszcze jeden... aż wypaliłem, kiedy mój pistolet niemal dotykał ciała przeciwnika.

Nie widziałem żadnego grymasu na jego twarzy, bo była

zasłonięta czarną kominiarką. Ale trysnęła krew. Varner padł jak sam Książę Ciemności, gdy leciał z nieba w otchłanie piekieł. Karabinek głucho stuknął o podłogę.

Kopnięciem odrzuciłem broń jeszcze dalej na bok i pochyliłem się nad Varnerem. Na sto procent był martwy. POD zmienił się w DOA *.

Mimo to podszedłem z powrotem do karabinka i znów go kopnąłem. I jeszcze raz...

Pistolet był mi już zupełnie niepotrzebny. Rzuciłem go na ziemię.

Przez chwilę miałem dziwne wrażenie, że stoję na wzniesieniu, a czarne zjawy są tylko cieczą spływającą po jego zboczach. Bodachy odstąpiły ode mnie natychmiast i wróciły na pobojowisko.

Zebrało mi się na wymioty. Podszedłem do sadzawki i osunąłem się na kolana.

Ruchy kolorowych ryb podziałały na mnie odwrotnie, niż się spodziewałem. Po chwili mdłości ustały. Nie porzygałem się, ale kiedy wstałem, rozpłakałem się.

W sklepach zaczął się jakiś ruch. Zza potłuczonych szyb wychynęły czyjeś twarze.

Jesteśmy sobie przeznaczeni. Na potwierdzenie tego mamy wróżbę. Mumia Cyganki nigdy się nie myli.

Spocony, drżąc na całym ciele, otarłem zapłakane oczy wierzchem dłoni. Ciążyło mi poczucie straty. Chory z przerażenia, zacząłem iść w stronę lodziarni.

Ludzie wstawali spod przewróconych stołów. Niektórzy z nich ostrożnie stąpali po potłuczonym szkle, wracając na promenadę.

Nie zauważyłem wśród nich Stormy. Może na początku strzelaniny wybiegła na zaplecze, do kantorka?

Nagle poczułem, że coś mnie ciągnie zupełnie w inną

---

* *Dead on arrival* — „martwy w chwili przybycia"; skrót używany na określenie np. ofiary zamachu lub wypadku, zmarłej, zanim trafiła do szpitala.

stronę. Prędzej, prędzej, prędzej... Odwróciłem się tyłem do lodziarni i zrobiłem kilka niepewnych kroków. Co ty wyprawiasz? — pomyślałem ze zdenerwowaniem. Próbujesz uciec przed tym, co być może zobaczysz w Burke & Bailey? Nie. To wciąż był delikatny, lecz stanowczy nakaz. Mój psychiczny magnetyzm. Wciąż mnie wzywał. Przed chwilą mi się wydawało, że już skończyłem pracę. Wyraźnie się myliłem.

Rozdział sześćdziesiąty drugi

Drugi dom towarowy miał większe aspiracje niż ten, w którym Viola kupowała rolki. Badziewie sprzedawane tutaj było o wiele lepsze od badziewia wystawianego po przeciwnej stronie.

Minąłem dużą perfumerię, pełną podświetlanych gablot, sugerujących, że towary z tego działu są niemal tak cenne jak brylanty.

Za to jubiler lśnił czarnym granitem, chromowaną stalą i kryształem, jakby sprzedawał nie zwykłe brylanty, lecz nieziemskie cacka ze szkatuły Boga.

Strzały umilkły, ale sprzedawcy i klienci wciąż się kryli pod kontuarami i wśród marmurowych kolumn. Odważniejsi zerkali na mnie, kiedy przechodziłem, lecz natychmiast się krzywili i znów pochylali głowy.

Widocznie wydawałem im się niebezpieczny, chociaż nie miałem żadnej broni. A może tylko wyglądałem na mocno wzburzonego? Tak czy owak, nie chcieli ryzykować. Nie mogę im mieć tego za złe.

Ciągle płakałem, rękami tarłem załzawione oczy i głośno mamrotałem coś do siebie. Nie mogłem przestać, chociaż był to tylko niezrozumiały bełkot.

Nie wiedziałem, dokąd prowadzi mnie mój instynkt. Nie

wiedziałem, czy Stormy przeżyła zamach na lodziarnię. Chciałem tam do niej wrócić, ale wpierw musiałem usłuchać wewnętrznego głosu. Wyprawiałem więc dziwne harce: szedłem prosto, nagle skręcałem, zatrzymywałem się z wahaniem i znów pędziłem w nowym kierunku. Z boku musiało to wyglądać co najmniej dziwnie, jeśli nie idiotycznie.

Miły, zaspany Simon Varner nie był już miły ani zaspany. Leżał nieżywy przed Burke & Bailey. Szukałem zatem czegoś innego. Czegoś, co było z nim związane. Sęk w tym, że nie wiedziałem czego. Nakaz tropienia rzeczy nieznanych był dla mnie czymś zupełnie nowym.

Przeszedłem obok wieczorowych sukien, jedwabnych bluzek i żakietów, obok torebek, aż dotarłem do drzwi z napisem TYLKO DLA PRACOWNIKÓW. Za nimi był mały magazyn. Po jego drugiej stronie trafiłem na następne drzwi, wiodące na klatkę schodową.

Wszystko tu wyglądało tak jak w podziemiach, do których przedtem wszedłem od północy. Schody zaprowadziły mnie do korytarza, minąłem windy — też dla pracowników — i wreszcie przez podwójne wahadłowe drzwi wyszedłem na miejsce oznakowane tabliczką DOSTAWY.

Tu także trwał wytężony ruch, ale było o wiele spokojniej niż na północnym cyplu centrum handlowego. Towary stały na paletach i wózkach widłowych, w oczekiwaniu na przyjęcie, sprawdzenie i przewóz do magazynów i stoisk na wyższych piętrach.

Wprawdzie wspomniałem o wytężonym ruchu, ale gdy wszedłem, to akurat cała praca zamarła. Grupka pracowników stała wokół płaczącej kobiety, a pozostali zewsząd zbiegali się w jej stronę. Tutaj, na dole, nie było słychać odgłosów strzelaniny. Zatem dopiero teraz dotarły złe wieści o masakrze.

Na rampie stała tylko jedna ciężarówka. Nie największa, długa najwyżej na pięć metrów, bez żadnych napisów na drzwiach ani na pace. Poszedłem do niej.

Jakiś barczysty facet z ogoloną głową i sumiastym wąsem zaczepił mnie, zanim zdążyłem otworzyć drzwi szoferki.

— To twój towar?

Nie odpowiedziałem, tylko zajrzałem do środka. W stacyjce nie było kluczyków.

— Gdzie masz szofera? — zapytał łysy.

Zapuściłem żurawia do schowka na rękawiczki. Nic. Nawet dowodu rejestracyjnego ani ubezpieczenia wymaganego przez prawo stanu Kalifornia.

— Jestem tu kierownikiem zmiany — coraz bardziej denerwował się łysy. — Ogłuchłeś czy może wolisz mieć kłopoty?

Pod fotelami zupełnie pusto. Żadnych śmieci na podłodze. Nawet papierka po cukierkach. Żadnej choinki zapachowej ani maskotki na lusterku.

Ten samochód bez wątpienia nie należał do kierowcy, który większą część dnia spędzał za kółkiem.

Wygramoliłem się z szoferki. Kierownik spytał:

— Gdzie wasz człowiek? Nie dał mi specyfikacji i zostawił zamkniętą pakę.

Poszedłem na tył ciężarówki i stanąłem przed podnoszonymi drzwiami. Rzeczywiście były zamknięte na solidny zamek, wchodzący w ramę podwozia.

— Czeka na mnie inna robota! — żołądkował się kierownik. — Nie mogę tu wiecznie siedzieć!

— Ma pan wiertarkę? — zapytałem.

— A co chcesz zrobić?

— Przewiercę zamek.

— Nie przyjechałeś tutaj z tą dostawą. Jesteś z tej samej firmy?

— Policja — skłamałem. — Poza służbą.

Spojrzał na mnie z powątpiewaniem.

Pokazałem mu palcem płaczącą kobietę, otoczoną przez pracowników.

— Słyszał pan, co mówiła?

— Właśnie tam szedłem, kiedy cię zobaczyłem.

— Dwóch uzbrojonych psychopatów urządziło rzeźnię na górze.

Zbladł tak, że nawet wąsy chyba mu pobielały.

— A wie pan o wczorajszym zamachu na Wyatta Porte-ra? — spytałem. — To było tylko preludium.

Z narastającym przerażeniem spojrzałem na strop wielkiej hali. Nad nami były trzy betonowe piętra, wsparte na masywnych słupach.

Kuliły się tam setki ludzi oszołomionych strzelaniną. Podkreślam, setki.

— Może ci dranie przyjechali tutaj z czymś gorszym od karabinów — mruknąłem.

— O kurna... — jęknął. — Idę po wiertarkę. — Wystrzelił jak z procy.

Płasko przyłożyłem dłonie do drzwi, stałem tak przez chwilę, a potem oparłem czoło o chłodny metal. Nie wiedziałem, czego oczekuję. Prawdę mówiąc, nie czułem nic nadzwyczajnego poza nieustającym świerzbieniem magnetyzmu. Nie szukałem zatem ciężarówki, ale tego, co było wewnątrz.

Kierownik wrócił z wiertarką i parą plastikowych gogli. W podłodze hali, w równych odstępach zamontowano gniazdka elektryczne. Kierownik wcisnął wtyczkę w najbliższe. Kabla starczyło z okładem.

Wiertarka była dosyć ciężka. Nawet przypadła mi do gustu. Silnik zawarczał z dużą mocą.

Ostro naparłem na dziurkę od klucza. Drobne opiłki metalu kąsały mnie w policzki i odbijały się od gogli. Spaliłem wiertło, lecz w kilka sekund przewierciłem zamek.

Odłożyłem wiertarkę i ściągnąłem gogle. W tej samej chwili ktoś krzyknął z daleka:

— Ej, ty! Zjeżdżaj stamtąd!

Rozejrzałem się po magazynie — nikogo. Nagle go zobaczyłem. Stał poza halą, jakieś sześć, siedem metrów od wjazdu.

— To właśnie jest szofer — odezwał się kierownik.

Wytężyłem wzrok. Zupełnie nie znałem faceta. Zapewne przedtem stał na parkingu dla pracowników centrum i obserwował nas przez lornetkę.

Złapałem uchwyt i pociągnąłem drzwi do góry. Nasmarowane i dobrze wyważone, dały się otworzyć bez najmniejszego trudu.

Ciężarówka była wyładowana materiałem wybuchowym. Tak na oko leżało tego kilkaset kilogramów.

Dwukrotnie huknęły strzały. Jeden pocisk odbił się od podwozia. Ludzie zaczęli krzyczeć, a kierownik odbiegł gdzieś na bok. Obejrzałem się. Szofer nie podszedł ani trochę bliżej. Miał tylko pistolet, więc nie mógł dobrze strzelać na taką odległość.

Obok ładunku leżał zwykły kuchenny timer, a dalej dwie baterie, coś, czego nie rozpoznałem, i pęk drutów. Dwa druty z miedzianymi końcówkami były wetknięte w szarą ścianę śmiercionośnego plastiku.

Trzeci pocisk zrykoszetował z metalicznym zgrzytem.

Gdzieś z boku rozległ się cichy szum silnika. Kierownik uruchomił wózek widłowy.

Ładunek nie był zabezpieczony dodatkową pułapką, eksplodującą z chwilą otwarcia drzwi paki. Nie pomyśleli o tym zapewne dlatego, że nastawili zegar tylko na pół godziny. Prawdopodobnie byli przekonani, że nikt w tak krótkim czasie nie będzie chciał zajrzeć do środka. Strzałka timera pokazywała zaledwie trzy minuty do wybuchu.

Klik. Dwie minuty.

Czwartą kulą dostałem w plecy. Nawet nie czułem bólu, jedynie tępe uderzenie, które rzuciło mnie do przodu, o centymetry od zegara.

Może padł jeszcze piąty strzał, a może szósty... Kolejny pocisk z mokrym plaśnięciem ugrzązł w plastiku.

Nic nie wybuchło. Na to potrzebny był impuls elektryczny.

Druty sterczące z detonatora dzieliło jakieś dwadzieścia centymetrów. Jeden na plus, drugi na minus? A może drugi jest awaryjny, w razie gdyby nie zadziałał pierwszy? Mam wyrwać jeden czy oba naraz? Nie wiedziałem.

Może padł szósty strzał, a może siódmy... Znów zarobiłem w plecy. Tym razem ból przeszył mnie do szpiku kości.

Nogi ugięły się pode mną. Zanim upadłem, chwyciłem w rękę oba druty i pociągnąłem je za sobą. Zgarnąłem wszystko — zegar, baterie i cały detonator.

W chwili upadku zdążyłem się przekręcić na bok, twarzą w kierunku pochyłego wjazdu. Szofer zszedł trochę niżej, żeby mieć lepsze pole do strzału.

Mógł mnie wykończyć następną kulą, ale nagle odwrócił się i zaczął uciekać.

Tuż obok mnie z cichym poświstem przejechał wózek widłowy. Łysy kierownik znalazł osłonę za uniesionym wysięgnikiem.

Wątpliwe jednak, żeby strzelec przestraszył się nadjeżdżającego wózka. Wolał uciec, bo nie widział, co zrobiłem z detonatorem. W razie wybuchu chciał być jak najdalej od magazynów i garaży.

Jacyś ludzie podbiegli do mnie z niepokojem.

Kuchenny zegar ciągle tykał. Leżał na ziemi, tuż koło mojej twarzy. Klik. Jedna minuta.

Ból w plecach jakby zmalał... w zamian zrobiło mi się strasznie zimno. Zaskakująco zimno. W betonowych podziemiach zawsze było chłodniej niż na zewnątrz. Nawet nie montowano tu klimatyzacji. Ale żeby aż tak?...

Ktoś klęknął przy mnie. Ktoś coś mówił — chyba w obcym języku, bo nie zrozumiałem z tego ani słowa.

Śmieszne... Tak zimno na Mojave?

Nie usłyszałem terkotu zegara, kiedy strzałka przeszła na zero.

Rozdział sześćdziesiąty trzeci

Stormy Llewellyn wraz ze mną opuściła obóz rekrutów i wkroczyliśmy w drugie życie, pełne wspaniałych przygód. Bawiliśmy się znakomicie.

Najczęściej jeździliśmy na romantyczne wyprawy do egzotycznych i tajemniczych krajów. Spotykaliśmy tam wielu niezwykłych ludzi, nie wyłączając Indiany Jonesa, który zaprzeczał, że w rzeczywistości jest Harrisonem Fordem. Luke'a Skywalkera i nawet mojej ciotki Cymry, która zadziwiająco przypominała Jabbę, ale była bardzo miła. Oczywiście przyszedł też Elvis.

Ale zdarzały się też inne, mroczniejsze przygody, pełne huku, zapachu krwi i złowrogiej sfory bodachów, z którymi czasem moja matka biegała na czworakach.

Co pewien czas widziałem Boga i aniołów, spoglądających na mnie z nieba tego nowego świata. Mieli pociągłe, lekko rozmyte twarze o przyjemnej zielonej barwie, choć chwilami zmieniały się w zupełnie białe, z których patrzyły tylko oczy. Bez ust i nosa powinni pewnie budzić przerażenie, a jednak biła od nich niesłychana troska, połączona z ogromną miłością. Uśmiechałem się do nich, zanim swoim zwyczajem znikali w gęstych chmurach.

Wreszcie odzyskałem świadomość na tyle, aby zrozumieć,

że przeszedłem długą operację i teraz leżę w Szpitalu Głównym, na oddziale intensywnej opieki.

Zatem wciąż byłem tylko rekrutem.

Bóg i jego aniołowie odzyskali postać lekarzy i pielęgniarek. Ciotka Cymry, gdziekolwiek była, na pewno nie przypominała Jabby.

Do sali weszła jakaś pielęgniarka, zwabiona zmianą odczytu na monitorze pracy serca.

— Proszę, proszę... Któż to się obudził? — powiedziała. — Pamiętasz, jak się nazywasz?

Skinąłem głową.

— Powiesz mi jak?

Nie wiedziałem, że jestem aż tak słaby, póki nie spróbowałem się odezwać. Mój głos brzmiał cicho i niewyraźnie.

— Odd Thomas.

Zajęła się mną, powiedziała, że jestem bohaterem, i zapewniła, że wszystko będzie dobrze.

— Stormy — szepnąłem chrapliwie.

Bałem się wypowiedzieć jej imię. Bałem się, że za chwilę usłyszę coś okropnego. Lecz sam dźwięk jej imienia był dla mnie tak cudownie piękny, że kiedy już je wymieniłem, rozkoszowałem się nim bardzo długo.

Pielęgniarka myślała jednak, że narzekam na bolące gardło, więc zaproponowała mi, żebym przez chwilę possał płatek lodu. Pokręciłem głową najmocniej, jak umiałem, i powiedziałem po raz drugi:

— Stormy. Chcę się zobaczyć ze Stormy Llewellyn.

Serce waliło mi jak młotem. Słyszałem szybkie pip-pip-pip, dochodzące z aparatury.

Pielęgniarka poszła po lekarza, żeby mnie dokładniej zbadał. Kiedy wszedł, wyglądał na mocno speszonego. Jestem tylko kucharzem, a zatem nie przywykłem do takich rewerencji i zupełnie mi się to nie podobało.

Tyle razy powtarzał „bohater", aż wreszcie z trudem poprosiłem go, żeby przestał.

Byłem potwornie zmęczony, ale nie chciałem zasnąć, dopóki nie zobaczę Stormy. Kazałem im ją przyprowadzić. Nie zrobili tego od razu, więc znów się przeraziłem. Mimo lekarstw, które dostawałem, serce wciąż tłukło mi się w piersiach i pulsowały rany.

Lekarze bali się, że nawet krótkie pięć minut rozmowy będzie dla mnie zbyt wielkim przeżyciem. Ale ja ciągle zasypywałem ich prośbami, więc wreszcie ją wpuścili.

Na jej widok wybuchnąłem płaczem.

Ona też płakała. Łzy błyszczały w jej czarnych egipskich oczach.

Byłem za słaby, żeby wyciągnąć do niej rękę. Wsunęła dłoń pod barierką łóżka i położyła ją na mojej dłoni. Wykrzesałem z siebie tyle siły, żeby leciutko ścisnąć jej palce. Zawiązaliśmy węzeł miłości.

Całymi godzinami siedziała w poczekalni, ciągle ubrana w strój z lodziarni. Ten sam, którego nie lubiła: różowe buty, białe skarpetki, różowa spódniczka, biało-różowa bluzka.

Powiedziałem jej, że to chyba najweselszy ubiór, jaki widziano w tym szpitalu. Poinformowała mnie, że w poczekalni jest jeszcze Mały Ozzie w żółtych spodniach i hawajskiej koszuli. Zajmował co najmniej dwa krzesła. Była też Viola i Terri Stambaugh.

Kiedy spytałem, co się stało z jej różowym czepkiem, najpierw uniosła rękę z zaskoczeniem, aby sprawdzić, że go rzeczywiście nie ma. Zginął gdzieś w zamieszaniu podczas strzelaniny.

Zamknąłem oczy i płakałem, lecz nie ze szczęścia, ale z goryczy. Mocniej ścisnęła moją rękę. Dała mi siłę, żebym zasnął i stawił czoło moim demonom.

Później wróciła znowu na pięć minut i powiedziała, że musimy przełożyć datę ślubu. Uparłem się, aby nic nie zmieniać i zostać przy sobocie. Po tym, co się zdarzyło, byłem pewny, że nikt nie będzie rzucał nam kłód pod nogi. A gdyby jej stryj nie mógł nagiąć praw kościelnych i połączyć nas węzłem małżeńskim w szpitalu, to zawsze przecież pozostawał jakiś sędzia pokoju.

Zrezygnowałem nawet z nadziei na rychłą pierwszą noc poślubną. Małżeństwo zawsze było dla mnie ważniejsze od pożycia. A teraz może jeszcze bardziej. Mieliśmy przecież przed sobą całe życie, by razem sypiać nago.

Przedtem mnie pocałowała w rękę. Teraz przechyliła się przez krawędź łóżka i złożyła czuły pocałunek na moich ustach. Jest moją siłą. Moim przeznaczeniem.

Straciłem poczucie czasu. Ciągle zasypiałem.

Następnym gościem była Karla Porter. Weszła dopiero wtedy, gdy pielęgniarka uniosła mi zagłówek i pozwoliła wypić kilka łyków wody. Uścisnęła mnie na powitanie i pocałowała w czoło i w policzek. Staraliśmy się nie płakać, ale płakaliśmy.

Do tej pory nigdy nie widziałem, żeby Karla płakała. Jest twarda. Musi być taka. Teraz wyglądała na całkiem zdruzgotaną.

Przestraszyłem się, że z jej mężem jest gorzej niż poprzednio, lecz powiedziała mi, że to nieprawda.

Wręcz przeciwnie, przyniosła wspaniałą wiadomość, że Wyatt jutro z samego rana opuszcza oddział intensywnej opieki. Lekarze byli przekonani, że w pełni wyzdrowieje.

Ale horror w Green Moon Mall na nas wszystkich wywarł niezatarte piętno. Pico Mundo już nigdy nie będzie takie, jak było dawniej.

Ucieszyłem się, że Porter wraca do zdrowia, i o mój stan nawet nikogo nie pytałem. Stormy żyła. Spełniała się przepowiednia Mumii Cyganki. Nic więcej dla mnie nie miało znaczenia.

Rozdział sześćdziesiąty czwarty

W piątek rano, czyli dzień po tym, jak Wyatt Porter opuścił oddział intensywnej opieki, mnie także czekała mała przeprowadzka.

Trafiłem do jednego z tych śmiesznych „apartamentów", przypominających pokoje hotelowe. Był to ten sam, w którym brałem prysznic w noc po napadzie na Portera.

Przypomniałem im, że mnie na to nie stać i że jestem kucharzem z baru szybkiej obsługi. W odpowiedzi sam dyrektor szpitala zapewnił mnie solennie, że umorzą mi wszystkie opłaty przekraczające kwotę ubezpieczenia.

Wkurzało mnie to moje całe „bohaterstwo" i nie chciałem żadnych przywilejów. Ale po namyśle łaskawie przyjąłem ich ofertę, bo w ten sposób Stormy nie musiała przestrzegać pory odwiedzin, tylko mogła praktycznie też tu się wprowadzić i być ze mną przez okrągłą dobę.

Policja postawiła straż przed moimi drzwiami. W gruncie rzeczy nic mi nie groziło. Wartownik miał po prostu nie wpuszczać dziennikarzy.

Dowiedziałem się, że o wypadkach w Green Moon Mall pisano na pierwszych stronach gazet niemal na całym świecie. Nie zamierzałem o tym czytać. Nie włączałem telewizora.

Wystarczyły mi nocne zmory. To i tak było dla mnie zbyt wiele.

W tych warunkach musieliśmy jednak zrezygnować z sobotniego ślubu. Reporterzy wiedzieli już o naszych planach i szturmowaliby drzwi ratusza. Nie brakowało także innych kłopotów, więc postanowiliśmy przesunąć datę o miesiąc.

W piątek i w sobotę schodzili się do mnie sami przyjaciele. Ciągle ktoś mi przynosił kwiaty i prezenty.

Ucieszyłem się na widok Terri Stambaugh — mojej mentorki oraz opiekunki od chwili, kiedy w wieku szesnastu lat zdecydowałem się rozpocząć dorosłe życie. Bez niej nie miałbym pracy i własnego miejsca na świecie.

Viola Peabody najpierw przyszła sama. Ciągle powtarzała, że gdyby nie ja, to jej córki byłyby sierotami. Następnego dnia zjawiły się całą trójką. Nicolina zdradziła mi, że uwielbia chodzić ubrana na różowo, bo lubi lody z Burke & Bailey i zawsze jej się podobał kostium Stormy.

Mały Ozzie przybył bez Strasznego Chestera. Kiedy wspomniałem mu o żółtych spodniach i hawajskiej koszuli, ofuknął mnie, że nigdy w życiu nie ubrałby się w taki sposób, bo w tych „przewiewnych łachach" robi się jeszcze grubszy. Jest we mnie trochę próżności, dodał. Jak potem wyszło na jaw, Stormy zmyśliła to naprędce, żeby mnie trochę rozweselić, gdy leżałem pod kroplówkami.

Ojciec sprowadził ze sobą Britney. Miał mnóstwo planów, jak korzystnie sprzedać moją historię w książkach albo w telewizji, jak zrobić o mnie film i wypuścić na rynek gadżety. Chyba nie wyszedł zadowolony.

Matka w ogóle mnie nie odwiedziła.

Rosalia Sanchez, Bertie Orbic, Helen Arches, Poke Barnet, Shamus Cocobolo, Lysette Rains, rodzina Takudów i wielu, wielu innych...

Przy okazji liznąłem nieco statystyki, której w gruncie rzeczy wolałbym nie lizać. Na promenadzie zostało rannych czterdzieści jeden osób. Dziewiętnaście zginęło.

Wszyscy powtarzali, że to prawdziwy cud.

Co się, do diaska, stało z naszym światem, że dziewiętnaście śmiertelnych ofiar postrzega się w kategoriach cudu?

Specjaliści z miejskich, stanowych i federalnych sił bezpieczeństwa dokładnie zbadali ładunek na ciężarówce i oświadczyli, że było tego tyle, by wysadzić nie tylko dom handlowy, który znajdował się bezpośrednio nad magazynami, ale i niemal całą południową część centrum handlowego.

Oszacowano, że w tym wybuchu mogło zginąć od pięciuset do tysiąca osób.

Bern Eckles zabił wprawdzie tylko trzech ochroniarzy, ale miał ze sobą tyle amunicji, że mógł wystrzelać co najmniej kilkudziesięciu klientów.

Wieczorami, w moim przytulnym „hotelowym" pokoju, Stormy kładła się na moim łóżku i brała za rękę. Tuliła mnie, kiedy się budziłem z krzykiem, kołysała, kiedy płakałem. Szeptała mi do ucha uspokajające słowa. Karmiła nadzieją.

W niedzielę po południu przyszła Karla, pchając przed sobą wózek, na którym siedział Wyatt Porter. Szef doskonale rozumiał moją niechęć do prasy, nie mówiąc już o książkach, filmie i telewizji. Sam podsunął mi parę pomysłów, jak się z tego wywinąć. To naprawdę wspaniały człowiek, chociaż złamał krzesełko z dinozaurem Barneyem.

Bern Eckles uparcie odmawiał wyjaśnień, ale śledztwo wartko toczyło się naprzód, a to głównie dlatego, że wąsaty kierownik dogonił wózkiem widłowym niejakiego Gosseta. Wspomniany Kevin Gosset gadał jak najęty.

On, Eckles i Varner znali się już od dawna. W wieku czternastu lat zostali satanistami. Być może na początku to była zabawa, lecz szybko przerodziła się w coś poważniejszego.

Rok później wspólnie zabili swoją pierwszą ofiarę. To im się spodobało. Jako zdeklarowani sataniści nie mieli wyrzutów sumienia. „To tylko inny rodzaj wiary", zaręczał Gosset.

Kiedy mieli po szesnaście lat, przysięgali przed swoim bogiem, że wstąpią do policji, aby mieć stałe alibi, i żeby zgodnie z nakazem szatana jak najczęściej podważać zaufanie ludzi do wszelkich służb prawa i porządku.

Eckles i Varner dotrzymali przysięgi, Gosset natomiast został nauczycielem. Deprawacja młodych umysłów też była bardzo ważna.

Boba Robertsona poznali niecałe półtora roku temu. Spotkali się na wielkim zlocie satanistów. Na pozór miał to być jedynie bal przebierańców lubujących się w dziwnym „gotyckim" nastroju, ale Robertson zwrócił ich baczną uwagę, bo był jedynakiem i miał bogatą matkę.

Najpierw chcieli po prostu zabić ich oboje i skraść z domu wartościowe rzeczy. Potem, gdy się dowiedzieli, że Robertson chętnie płaci za wszystkie — jak to sam określał — „paskudne wiadomości", zaproponowali mu, żeby wszedł z nimi w spółkę. Zamordowali jego matkę, stwarzając pozory, że zmarła nagle i doszczętnie spłonęła w przypadkowym pożarze. Na pamiątkę przynieśli mu jej uszy.

Prawdę mówiąc, wszystkie trofea, które znalazłem w zamrażalniku, pochodziły z kolekcji Ecklesa, Varnera i Gosseta. Robertson nigdy nie miał odwagi, by kogoś zamordować, ale był dla nich szczodry, więc chcieli, żeby poczuł się członkiem klanu.

Mając pieniądze, zaczęli snuć wspaniałe plany. Gosset już nie pamiętał, kto pierwszy wpadł na pomysł, żeby wybrać jakieś spokojne miasto i zamienić je w piekło na ziemi, a na koniec doszczętnie zniszczyć. Sprawdzili dziesiątki miejsc i wreszcie wybrali Pico Mundo — nie tak duże, żeby nie można było zamienić go w perzynę, i nie za małe, żeby ich akcja przeszła bez większego echa.

Na pierwszy ogień poszło Green Moon Mall. Zamierzali najpierw zamordować Portera, a potem wywołać ogólny chaos. Cała seria iście makiawelskich posunięć miała im zapewnić kontrolę nad policją. Zniszczenie miasta było już łatwizną i swoistym wyznaniem wiary.

Bob Robertson sprowadził się do Camp's End, bo nie chciał

zwracać na siebie niczyjej uwagi. Poza tym nie zamierzał szafować pieniędzmi na przyziemne sprawy. Miał je po to, żeby się dobrze bawić.

W końcu Wyatt Porter zaczął nam opowiadać, w jaki sposób zamierza mnie osłaniać i co trzeba zrobić, żeby nikt się nie dowiedział o moim szóstym zmyśle. Twarz miał bladą i zerkał na mnie z wyraźnym niepokojem, więc wyobrażam sobie, że też źle wyglądałem. Z pomocą Karli powiedziałem mu o zwłokach Robertsona ukrytych w Kościele Szepczącej Komety, żeby i ten drobny szczegół znalazł wyjaśnienie w jego opowieści. Zawsze umiał mnie chronić, lecz tym razem sprawił, że patrzyłem na niego z niekłamanym podziwem.

Stormy nazwała go geniuszem. Jak widać nie mitrężył czasu wyłącznie na rekonwalescencję.

Rozdział sześćdziesiąty piąty

Moje rany okazały się znacznie mniej groźne, niż początkowo przypuszczano, i w środę, równo tydzień po wypadkach w Green Moon Mall, wypisano mnie ze szpitala.

Dziennikarzom powiedziano, że wyjdę dzień później. Wyatt Porter kazał nam podstawić nieoznakowany wóz policyjny — ten sam, z którego Eckles przed kilkoma dniami śledził mnie pod mieszkaniem Stormy.

Gdyby zobaczył, że wychodzę, policja by mnie przyłapała „na gorącym uczynku", z ciałem Robertsona. Ja jednak, jak wiadomo, wymknąłem się tylnym wyjściem. Po pewnym czasie Eckles doszedł do wniosku, że zostałem u dziewczyny na noc, i się zwinął.

Po wyjściu ze szpitala nie miałem zamiaru wracać do mojej dawnej klitki nad garażem pani Sanchez. Nie mógłbym się tam nawet spokojnie wykąpać, wciąż mając w pamięci widok trupa w wannie.

Wyatt i Karla próbowali mnie przekonać, żebym na razie nie wprowadzał się do Stormy. Argumentowali — zresztą całkiem słusznie — że dziennikarze znają ten adres. Ale żadne z nas nie mogło przyjąć propozycji, żeby na jakiś czas zamieszkać u nich. Chcieliśmy być nareszcie sami. Porterowie w końcu skapitulowali. Do domu Stormy wśliznęliśmy się od tyłu.

Przez następne dni przeżywaliśmy prawdziwe oblężenie, lecz jednocześnie były to najszczęśliwsze dni w moim życiu. Nie odpowiadaliśmy na żadne pukania ani telefony. Przed domem, na ulicy, ciągle koczowało co najmniej kilka ekip reporterów. Cyrk na kółkach. Spoglądaliśmy na nich czasem zza zasłonki, ani przez chwilę nie zdradzając naszej obecności. Mieliśmy siebie i to nam wystarczyło, żeby pokonać nawet całą armię. Odżywialiśmy się niezdrowo. Nie zmywaliśmy brudnych naczyń. Dużo spaliśmy.

Rozmawialiśmy dosłownie o wszystkim, z wyjątkiem ostatnich wypadków. Mówiliśmy o tym, co już było i co dopiero będzie. Snuliśmy rozmaite plany. Marzyliśmy.

Przypomnieliśmy sobie o bodachach. Stormy uważała, że to demoniczne duchy, a czarny pokój w domu Robertsona był przedsionkiem piekła.

Ja jednak wciąż miałem w pamięci dwie krótkie podróże w czasie, które wtedy odbyłem, więc przyszło mi do głowy inne wyjaśnienie. Być może kiedyś ktoś odkryje, jak się przenosić w przeszłość? Nasi odlegli potomkowie sami nie mogli tak wędrować, ale ich „wirtualne ciała" bez trudu trafiały do nas. Widziałem je tylko ja i ów dawno zmarły chłopiec z Anglii.

Być może przemoc, która z dnia na dzień coraz bardziej zaciemnia wizerunek świata, doprowadziła nasz gatunek do takiego stanu, takiej degeneracji, że wędrówki w czasie służą tylko do napawania się widokiem krwi i cierpienia. Złowrogie cienie wcale nie muszą być podobne do swoich „właścicieli". Ci zapewne o wiele bardziej przypominają zwykłych ludzi. Za to bodachy są projekcją ich chorej i zdeformowanej duszy.

Stormy uparła się, że to demony na przepustce z piekła.

Lepiej, żeby tak naprawdę było. Niestety nie umiałem do końca w to uwierzyć.

W zlewie rosła sterta brudnych naczyń. Zjedliśmy wszystko, co niezdrowe, ale ze względu na tłum przed drzwiami nie chciało nam się iść po zakupy. Sięgnęliśmy zatem do zdrowszych zapasów.

Telefon dzwonił niemal nieustannie. Żadne z nas ani razu nie podniosło słuchawki. Nawet wyłączyliśmy podsłuch w automatycznej sekretarce, żeby nie słyszeć głosów dziennikarzy nagabujących nas o wywiad. Wieczorem kasowałem wszystkie wiadomości, nie sprawdzając, co się nagrało.

Nocami, w łóżku, leżeliśmy razem, ciasno przytuleni. Całowaliśmy się, lecz nic poza tym. Z premedytacją odwlekaliśmy tę najprzyjemniejszą chwilę. Było mi dobrze. Pomyślałem nawet, że nie musimy czekać cały miesiąc, ale wziąć ślub już za dwa tygodnie.

Rankiem piątego dnia policja usunęła dziennikarzy z ulicy pod pretekstem zakłócania porządku publicznego. Obyło się bez protestów. Wszyscy i tak byli przekonani, że nas tu po prostu nie ma.

Tego wieczoru, tuż przed zaśnięciem, Stormy zrobiła coś tak pięknego, że łzy nabiegły mi do oczu. Na moment uwierzyłem nawet, że z czasem zapomnę o masakrze w Green Moon Mall...

Przyszła do mnie bez podkoszulka, naga od pasa w górę. Powoli wzięła mnie za rękę, odwróciła ją dłonią do góry i wskazującym palcem przesunęła po moim znamieniu.

Znamię ma kształt półksiężyca, jest szerokie na trzy i pół centymetra i odcina się mleczną bielą od różowej skóry.

Znamię Stormy jest identyczne, tylko brązowe i na kuszącym pagórku jej prawej piersi. Gdybym jej dotknął w najbardziej naturalny sposób, to oba znaki stworzyłyby nierozerwalną całość.

Staliśmy tak przez chwilę, uśmiechając się do siebie. Od samego początku wiedziałem, że jej znamię to tylko tatuaż. Przyznałem się do tego bez zakłopotania. Bo przecież jak mogłem jej nie kochać za to, że tak bardzo chciała udowodnić, że jesteśmy sobie przeznaczeni?

W łóżku, pod wróżbą, przyszła pora na zupełnie niewinne pieszczoty. Niewinne, choć trzymałem rękę na piersi Stormy.

W jej mieszkaniu czas dla mnie zatrzymał się na zawsze.

Tutaj jestem zupełnie spokojny. Tu zapominam o swoich

378

ta. Że musimy stać się odporni na wszelkie przeciwności. Wydaje mi się, że jestem teraz zażarty jak rasowy buldog, chociaż nieraz myślę sobie, że ów trening czasami całkiem niepotrzebnie bywa zbyt bolesny.

Nazywam się Odd Thomas. Jestem kucharzem z baru szybkiej obsługi. Wiodę niezwykłe życie we własnym *pico mundo*, moim małym świecie. Ale żyję spokojnie.

Rozdział sześćdziesiąty szósty

Na moment całkiem oszalałem. Moja rodzina od pokoleń była obłąkana. Moi przodkowie zawsze uciekali od rzeczywistości.

W pewnym sensie od samego początku wiedziałem, że mam do czynienia z duchem. Nie chciałem jednak w to uwierzyć. Kiedy Stormy przyszła do mnie po raz pierwszy, byłem za słaby, żeby przyjąć wiadomość o jej śmierci. Po takiej ranie zupełnie straciłbym chęć do życia i nie podźwignąłbym się ze szpitalnego łóżka.

Zmarli nie mówią. Nie wiem dlaczego. Przez cały tydzień, w czasie naszych rozmów, nieświadomie grałem obie role. Mówiłem to, co sama chciałaby mi powiedzieć. Niemal czytałem w jej myślach. Jesteśmy z sobą bardziej związani niż kochankowie albo przyjaciele. Stormy i ja jesteśmy dla siebie przeznaczeniem.

Wyatt, nie bacząc na własne rany, po ojcowsku przygarnął mnie do siebie i pozwolił mi się wypłakać na swojej piersi.

Po jakimś czasie Mały Ozzie wziął mnie za rękę i pociągnął ku kanapie. Sam też usiadł, przechylając mebel w swoją stronę.

Wyatt zajął miejsce naprzeciwko nas na krześle. Karla ulokowała się na oparciu po mojej drugiej stronie. A Terri usiadła po prostu na podłodze i położyła mi rękę na kolanie.

Moja cudowna Stormy z rozrzewnieniem obserwowała tę scenę. Nigdy przedtem nie widziałem na jej twarzy wyrazu tak wielkiej miłości jak w tamtej straszliwej chwili.

Mały Ozzie wziął mnie za rękę.

— Chyba wiesz, że powinieneś jej pozwolić odejść, chłopcze — powiedział.

Nie mogłem mówić, więc tylko pokiwałem głową.

Jakiś czas potem Ozzie nakazał mi surowo, że mam pisać o wszystkim świadomie lekkim tonem, niczym narrator z *Zabójstwa Rogera Ackroyda* Agaty Christie. Zwodziłem więc czytelnika. Często mówiłem o Stormy w czasie teraźniejszym, tak jakby naprawdę żyła. Teraz już nie muszę tego robić.

— Jest tu z nami, prawda? — spytał Ozzie.

— Tak.

— Nie opuściła cię ani na chwilę?

Pokręciłem głową.

— Chyba nie chcesz, żeby wasza wspólna miłość uwięziła ją tutaj na zawsze? Ona musi pójść dalej, Oddie.

— Wiem.

— Nie zatrzymuj jej. To nie fair ani w stosunku do niej, ani wobec ciebie.

— Chyba zasłużyła... na nowe przygody — westchnąłem.

— Już pora, Oddie — powiedziała Terri. Sama nosiła w sercu wizerunek zmarłego męża.

Dygotałem ze strachu na myśl, że tracę Stormy, lecz posłusznie wstałem i podszedłem do niej. Oczywiście wciąż miała na sobie biało-różowy kostium z lodziarni Burke & Bailey, ale bez czepka. Mimo to nigdy nie wyglądała piękniej.

Moi przyjaciele nie wiedzieli, gdzie stała, dopóki nie uniosłem ręki i nie pogładziłem jej po twarzy. Poczułem jej ciepły dotyk.

Zmarli nie mówią, ale usta Stormy poruszyły się i z ruchu jej warg wyraźnie odczytałem dwa słowa: kocham cię.

Pocałowałem ją, moją zmarłą miłość, tak czułą i niewinną. Chwyciłem ją w ramiona i ukryłem twarz w jej włosach.

Po chwili wzięła mnie pod brodę. Uniosłem głowę.

Cztery dalsze słowa: Nie martw się. Wytrwaj.

— Do zobaczenia na służbie — powiedziałem, używając nazwy, którą określała drugie życie.

Jej oczy. Uśmiech. Teraz są już tylko wspomnieniem.

Wypuściłem ją z objęć. Odwróciła się, zrobiła trzy kroki i zblakła. Popatrzyła przez ramię. Wyciągnąłem do niej rękę i wtedy zniknęła.

Rozdział sześćdziesiąty siódmy

Teraz sam wynajmuję mieszkanie Stormy i żyję wśród zgromadzonych przez nią sprzętów i mebli. Obok starej lampy z jedwabnym abażurem z frędzlami. Wśród krzeseł od Stickleya i wiktoriańskich stołków. Obok obrazów Maxfielda Parrisha i wazonów z kolorowego szkła.

Nigdy w życiu nie miała zbyt wiele, ale z pomocą kilku drobiazgów urządziła swój świat lepiej niż królewski pałac. W gruncie rzeczy nie trzeba nam pieniędzy, bo prawdziwy skarb kryje się w naszych sercach.

Wciąż widzę zmarłych i czasami muszę coś dla nich zrobić. I tak jak przedtem moje działania kończą się dodatkowym praniem.

Czasami budzę się w nocy, bo wydaje mi się, że słyszę jej głos: „A może coś mi o tym opowiesz, Dziwaku?". Rozglądam się, ale jej nie ma. Wiem jednak, że zawsze jest koło mnie. Więc opowiadam jej o wszystkich najnowszych wydarzeniach.

Elvis wpada do mnie o wiele częściej niż przedtem. Lubi patrzeć, jak jem. Kupiłem kilka jego płyt i siadujemy razem w dużym pokoju, przygaszamy światła i słuchamy, jak śpiewał, kiedy był żywy i młody i znał swoje miejsce w świecie.

Stormy mówiła, że najpierw musimy zaliczyć wstępne trudne szkolenie, by awansować do innego, pełnego przygód świa-

zmartwieniach. Tu nie myślę o naleśnikach i złośliwych duchach.

Tu nikt mnie nie może skrzywdzić.

Tutaj znalazłem swoje przeznaczenie i jest mi z tym cholernie dobrze.

Tu mieszka Stormy. To najważniejsze. Przy niej czuję się naprawdę sobą.

Zasnęliśmy.

Następnego ranka zasiedliśmy do śniadania, gdy ktoś zapukał. Swoim zwyczajem nie otworzyliśmy. Po chwili z korytarza dobiegł nas głos Terri Stambaugh:

— To ja, Oddie. Otwórz. Tym razem musisz mnie wpuścić.

Przecież nie mogłem powiedzieć „nie" mojej mentorce i przyjaciółce. Okazało się, że nie przyszła sama. Byli z nią Wyatt i Karla Porterowie i Mały Ozzie. Wszyscy, którzy znali moją tajemnicę, tę, że widuję zmarłych.

— Dzwoniliśmy do ciebie — powiedziała Terri.

— Myśleliśmy ze Stormy, że to dziennikarze — odparłem. — Wciąż nie dawali nam spokoju.

Cała czwórka weszła do środka, a Mały Ozzie zamknął za sobą drzwi.

— Właśnie siadamy do śniadania — powiedziałem. — Zjecie coś z nami?

Wyatt położył mi rękę na ramieniu. Miał osowiałą minę i bardzo smutne oczy.

— Pora to przerwać, synu.

Karla przyniosła mi swoisty podarunek. Brązową urnę.

— Kochanie... — zająknęła się. — Koroner w końcu wydał nam jej ciało. Tu są jej prochy.